Stadt in Flammen

Hannes Nygaard ist das Pseudonym von Rainer Dissars-Nygaard. 1949 in Hamburg geboren, hat er sein halbes Leben in Schleswig-Holstein verbracht. Er studierte Betriebswirtschaft und war viele Jahre als Unternehmensberater tätig. Hannes Nygaard lebt auf der Insel Nordstrand.
www.hannes-nygaard.de

Dieses Buch ist ein Roman. Handlungen und Personen sind frei erfunden. Ähnlichkeiten mit lebenden oder toten Personen sind nicht gewollt und rein zufällig.

HANNES NYGAARD

Stadt in Flammen

HINTERM DEICH KRIMI

emons:

Bibliografische Information der Deutschen Nationalbibliothek
Die Deutsche Nationalbibliothek verzeichnet diese Publikation
in der Deutschen Nationalbibliografie; detaillierte bibliografische
Daten sind im Internet über http://dnb.d-nb.de abrufbar.

© Emons Verlag GmbH
Alle Rechte vorbehalten
Umschlagmotiv: Montage aus mauritius images/imageBROKER/
Michael Dietrich, photocase.com/David-W-
Umschlaggestaltung: Tobias Doetsch
Gestaltung Innenteil: César Satz & Grafik GmbH, Köln
Lektorat: Dr. Marion Heister
Druck und Bindung: CPI – Clausen & Bosse, Leck
Printed in Germany 2016
ISBN 978-3-95451-962-0
Hinterm Deich Krimi
Originalausgabe

Unser Newsletter informiert Sie
regelmäßig über Neues von emons:
Kostenlos bestellen unter
www.emons-verlag.de

Dieser Roman wurde vermittelt durch die Agentur Editio Dialog,
Dr. Michael Wenzel (www.editio-dialog.com).

Für Helga und Manfred, Renate und Wolfgang

Der Schoß ist fruchtbar noch, aus dem das kroch.
Bertolt Brecht

Eins

Der Himmel strahlte in einem Blau, dass es dem Auge fast wehtat. Die Sonne reflektierte im leuchtend weißen Schnee. Die Menschen in ihren roten, blauen und gelben Jacken bildeten fröhliche bunte Farbtupfer. Die Heiterkeit spiegelte sich auch in ihren braun gebrannten Gesichtern wider. Die Augen blitzten und funkelten vor Ausgelassenheit, wenn die modisch in die Haare gesteckte Sonnenbrille es zuließ. Die Skier trugen sie lässig unter dem Arm. Im Hintergrund war eine winzige Kirche zu erkennen, deren schneebedecktes Dach gut als Dekoration auf einen Adventskalender gepasst hätte. Die Glöckchen des Pferdeschlittens bimmelten. Es war eine friedvolle Atmosphäre. Der Wetterbericht hatte bestes Winterwetter bei erneutem ergiebigem Schneefall bis in die Täler vorausgesagt. Ganz Deutschland lag unter Hochdruckeinfluss. Über Nacht sollte es strengen Frost bei sternenklarem Himmel geben. Dieses idyllische Winterbild hatte ein Einspieler im Fernsehen vermittelt.

Leider galt das nicht für Kiel. Hier betrug die Temperatur knapp über null Grad. Der »ergiebige Schneefall« prasselte als Regen herab. Schleswig-Holstein streifte ein Skandinavien-Tief, und an der Luftmassengrenze über der Ostsee bildeten sich Druckunterschiede, die als eiskalter Ostwind über die Förde pfiffen und in der Hörn, dem äußersten Zipfel der Förde, wie durch unsichtbare Kanäle in die Straßenschluchten auswichen und die moorige Geländestufe zum fünfundzwanzig Meter höher gelegenen Gaarden erklommen.

Das war keine physikalische Erklärung des Phänomens, aber jeder Bewohner des Kieler Stadtteils am Ostufer der Förde empfand es so. Genau genommen gliederte sich Gaarden in die Teile Ost und Süd. Wer als Auswärtiger von »Gaarden« sprach, meinte den Osten zwischen Hörn und Schwentine, dessen Aufschwung mit der Gründung der Kaiserlichen Werft begann. Kaiser Wilhelm I. war marinevernarrt und machte Kiel zum

Reichskriegshafen, sein Enkel Heinrich, ein Großadmiral, der die »Prinz-Heinrich-Mütze« populär machte und in Altbundeskanzler Helmut Schmidt einen herausragenden Nachfolger als Mützenträger fand, förderte die Stadt als Marinestandort ebenso. Weitere klangvolle Werften fanden ihren Standort in Gaarden: die Germaniawerft und die Deutsche Werft, die als HDW irgendwann massiv an Bedeutung verlor, während ihre Schiffe unter einem anderen Namen immer noch als Inbegriff für Hightech galten, zumindest bei den U-Booten.

Mit dem Schiffbau ging auch der Stolz der hier lebenden Werftarbeiter unter. Aus dem alten Arbeiterkiez wurde ein Multikulti-Stadtteil mit vielen sozialen Problemen.

Heute Morgen einigte aber alle Menschen hier ein einziges Problem: Sie froren erbärmlich.

Der Vinetaplatz war das Zentrum Gaardens. Er trug diesen Namen seit 1903 und ist nach dem Kreuzer SMS Vineta benannt. In den Häusern der Gründerzeit, die drei Seiten des Marktes einschlossen, waren zu dieser frühen Stunde noch fast alle Fenster dunkel. Das galt auch für den großen Block aus roten Klinkern, der den westlichen Abschluss bildete.

Kahle Bäume streckten ihre Äste zum grauen Himmel empor. Die Mitte des Platzes war leer. Die Eisbude am einen Ende war ebenso geschlossen wie der Imbiss im steinernen Bau auf der anderen Seite, auf dessen Rückseite sich der Zugang zu den öffentlichen Toiletten befand, deren Betreten auch für Hartgesottene eine Herausforderung war.

Nur wenige Menschen hasteten im Schutz der Häuser zu ihrem Arbeitsplatz. Die Mehrheit der Gaardener unterlag diesem Zwang nicht.

Werner Ziebarth gehörte zu den Frühaufstehern. Vor zwei Stunden hatte er seinen rollenden Verkaufsstand in Probsteierhagen beladen und war mit seiner Frau Hannelore nach Gaarden aufgebrochen. Jetzt rangierte er das Gefährt auf den angestammten Stellplatz des Wochenmarktes. Hannelore stand vor dem Peugeot und ruderte mit den Armen.

»Weiter links, Werner. Noch ein bisschen. Ja. So ist gut.«

Die Händler hatten ihre Stände in L-Form vor dem roten Bau des Vinetazentrums und an der nördlichen Seite aufgebaut.

Neben Ziebarths mobilem Verkaufsstand für Fleisch- und Wurstwaren hielt ein alter Mercedes-Kombi mit einem zweiachsigen Anhänger. Die Seitenscheibe wurde abgesenkt, und ein bärtiges Gesicht erschien aus dem Wageninneren.

»Wenn jeder so lange rangiert wie du, ist der Markt wieder vorbei.«

Ziebarth hob drohend die Faust. »Hassan, du Plünhändler. Komm das nächste Mal mit deinem Kamel. Dann kommst du auch durch.«

Hassan Chihab lachte. »Bis nachher«, rief er und fuhr im Schritttempo weiter.

Das Ehepaar Ziebarth verrichtete die notwendigen Handgriffe schweigsam und routiniert. Seit über fünfunddreißig Jahren waren sie ein eingespieltes Team. Da saß jeder Handgriff. In einer Stunde würde der Wochenmarkt seine Tore öffnen. Erfahrungsgemäß kamen die ersten Kunden aber bereits eine halbe Stunde früher. Es waren überwiegend Stammkunden. Man kannte sich.

Die Ziebarths wussten von den Vorlieben der Einzelnen. Und wenn jemand ein paar Wochen lang nicht mehr bei ihnen einkaufte, war er gestorben. In Urlaub fuhr kaum jemand der Einwohner. Für den Alteingesessenen tauchte irgendwann jemand anderes auf. Jemand mit Migrationshintergrund. Es war ein schleichender Prozess in Gaarden, dass aus dem Arbeiterviertel der Nachkriegszeit ein Stadtteil entstand, in dem die halbe Welt zu Hause war. Trotzdem hatte sich die urbane gründerzeitliche Kiezatmosphäre gehalten. Irgendwie.

Unter dem inzwischen hochgeklappten Vordach des Verkaufswagens tauchte ein schnauzbärtiger Mann auf, der über seinem dicken Wollpullover eine grüne Schürze trug.

»Moin, Ömer. Ein frohes Neues«, grüßte Ziebarth und sortierte dabei Frischwurst aus dem Kühlfach in die Auslage. »Kaffee?«

Ömer Gürbüz nickte. »Moin, Werner. Euch auch.«

»Seid ihr gut reingekommen?«, wollte Ziebarth wissen.

Gürbüz kratzte sich den Schädel. »Au Mann. Hab immer noch so 'nen dicken Kopf.«

Ziebarth lachte. »Ich staune immer wieder, dass du als Muslim trinkst.«

Gürbüz winkte ab. »Mein Prophet ist ein fröhlicher. Der lässt seine Gläubigen Spaß am Leben haben. Außerdem – was soll ich machen? Erika allein Wein und Sekt trinken lassen?«

»Das würde deiner Frau nicht gefallen«, stellte Ziebarth fest, während Hannelore einen Becher mit dampfendem Kaffee über den Tresen reichte.

Der türkische Gemüsehändler nippte vorsichtig am Becher. »Klasse, Hannchen, wie immer«, sagte er. »Dein Kaffee ist der beste. Ihr solltet den verkaufen. Besonders bei solch einem Scheißwetter.«

»Nix da«, erwiderte Ziebarth. »Der ist nur für gute Freunde.« Er wedelte mit einer Mortadella. »Geht übrigens in Ordnung. Ich bringe am Sonnabend dein Hammelfleisch mit. Und das Schweinefilet.«

Gürbüz verzog das Gesicht. »Brrh. Das habe ich Erika in fünfundzwanzig Jahren nicht abgewöhnen können.« Dann zog er die Stirn kraus. »Scheißwetter habt ihr hier in Kiel. Ich hätte in Izmir bleiben sollen.«

»Tünkopf«, erwiderte Ziebarth. »Du Mors bist doch hier geboren. Bist im Unterschied zu mir sogar ein echter Kieler.«

Gürbüz antwortete nicht, sondern sah am Wagen vorbei. »Was ist das denn?«, fragte er.

»Was meinst du?«

»Das da – da ist ein dritter Kopf auf dem Brunnen. Zwischen den Figuren.«

Ziebarth kam aus seinem Verkaufswagen heraus und sah in die Richtung, in die Gürbüz wies.

»Ein Scherz? Noch von Silvester? Sieht verdammt echt aus.«

Die beiden Männer machten ein paar Schritte in Richtung Brunnen und blieben dann stehen. Sie sahen entgeistert auf den menschlichen Kopf, der zwischen die Granitköpfe des hingebungsvoll tanzenden Paares der Hans-Kock-Plastik geklemmt war.

»Das … ist … kein … Scherz«, stammelte Ziebarth mit leichenblassem Gesicht. »Das ist echt.«

Mit zittrigen Fingern zog er sein Handy hervor und wählte die Eins-Eins-Null. Er hatte Mühe, seine Meldung zu formulieren.

Zwei

Hauptkommissar Vollmers fluchte unentwegt. Auf das Wetter. Auf die äußeren Umstände. Auf die Leute, die trotz Kälte und Regen einen dichten Ring um die Absperrung gebildet hatten. Und auf die Medien, die versuchten, möglichst nahe heranzukommen, um spektakuläre Bilder einzufangen.

»Das haben wir auch noch nicht gehabt«, sagte Oberkommissar Horstmann neben ihm. »Die Spurensicherung ist am Ball. Und der Rechtsmediziner auch.«

»Können wir schon etwas sagen?«

Horstmann schüttelte den Kopf. »Das ist eine merkwürdige Auffindesituation. Es sieht aus, als wäre er geköpft worden.«

»Bei uns? In Kiel? Das sind Schauermärchen, die uns abends in den Nachrichtensendungen serviert werden. Paris, Madrid, Brüssel, London – da rechnet man im schlimmsten Fall mit solchen Dingen, abgesehen von den Orten, wo die heißen Auseinandersetzungen stattfinden. Aber doch nicht hier an der Förde.«

»Das ist nicht die einzige Absonderlichkeit. Das Opfer ist noch sehr jung. Ich schätze, ein Jugendlicher. Er trägt lange schwarze Locken und eine Kippa.«

Vollmers hielt den Atem an. »Ach du grüne Neune. Sind die Haare echt? Oder ist es eine Perücke?«

»Das hat der Rechtsmediziner gleich geprüft. Sie sind echt.«

»Herrje. Dann gehört der Tote zu den orthodoxen Juden. Und dann geköpft. Mensch, Horstmann. Da haben wir uns etwas eingefangen. Nee. Nix da. Das ist mir zu heikel. Da gehen wir nicht alleine ran.« Er zog sein Mobiltelefon hervor und telefonierte.

Eine Viertelstunde später hielt ein dunkelblauer 5er BMW dort, wo die Fußgängerzone Elisabethstraße auf den Vinetaplatz stieß. Ein hochgewachsener Mann mit blonden Wuschelhaaren entstieg ihm, zwängte sich durch die neugierigen Schaulustigen hindurch und suchte den Hauptkommissar. Sie begrüßten sich mit einem festen Händedruck.

»Moin, Herr Dr. Lüders«, sagte Vollmers.

»Ah, das LKA«, ergänzte Horstmann. »Der Staatsschutz.«

Vollmers berichtete in wenigen Worten, was sie vorgefunden hatten.

»Gut, dass Sie uns so zügig informiert haben«, sagte Lüder Lüders. »Dem ersten Anschein nach könnte es sich um einen Ritualmord handeln, möglicherweise mit politischem oder rassistischem Hintergrund. Hat man bisher nur den Kopf gefunden?«

»Wir sind auch erst am Beginn unserer Arbeit«, antwortete Vollmers bissig. »Aber mehr als das, was ich Ihnen geschildert habe, wissen wir auch nicht. Von anderen Körperteilen fehlt uns jede Spur.«

»Wer hat ihn gefunden?«

»Zwei Marktbeschicker. Ömer Gürbüz, der betreibt einen Obst- und Gemüsestand, und Werner Ziebarth, der seit Jahrzehnten Fleisch- und Wurstwaren verkauft.«

»Konnten die Zeugen etwas Verwertbares aussagen?«

»Die stehen unter Schock. Wir haben lediglich von Ziebarth herausbekommen, dass er glaubt, den Toten schon einmal gesehen zu haben. ›Das ist der Irre, der in der letzten Zeit durch Gaarden gelaufen ist und die Leute verrückt gemacht hat‹, hat er gesagt, bevor sich der Notarzt seiner angenommen hat. Im Augenblick kommen wir nicht an ihn heran.«

Beamte der Schutzpolizei und Vollmers' Mitarbeiter waren ausgeschwärmt, um nach Zeugen zu suchen. Nach wenigen Minuten kam ein Uniformierter zurück und berichtete dem Hauptkommissar, dass sich einer der Händler eigentümlich geäußert habe. Lüder folgte dem Polizisten, als er zu dem Verkaufsstand ging. Neben einem blau-weiß gestreiften Zelt stand ein älterer Mercedes-Kombi, daneben ein zweiachsiger Anhänger. Unter dem Zelt hatten Kleiderständer Platz gefunden. Mäntel, Daunenjacken, Pullover, Kleider, Hosen. Mittendrin stand ein Mann mit zerfurchtem Gesicht und sah ihnen aus dunklen Augen entgegen. Er trug eine Wollmütze und hatte sich mit einer Schaffelljacke, die deutliche Gebrauchsspuren aufwies, vor dem kalten Wind geschützt.

»Sie haben etwas beobachtet?«, fragte Vollmers.

»Hab ich nicht gesagt«, antwortete der Kleidungsverkäufer mit einem deutlich erkennbaren Akzent.

»Wie heißen Sie?«, mischte sich Lüder ein.

»Hassan Chihab.« Der Mann zeigte auf ein Metallschild, das mit Draht am Gestänge des Zelts befestigt war. Chihab war als Gewerbetreibender in der Kieler Iltisstraße gemeldet, einen Steinwurf vom Markt entfernt. »Und wer sind Sie?«

Lüder stellte Vollmers und sich vor. »Sie haben den Kollegen von der Streife erzählt, dass Sie etwas Eigentümliches wahrgenommen haben.«

»Man sagt, da drüben am Brunnen mit der Skulptur ›Tanzpaar‹ von Hans Kock«, sagte Chihab, »hätte man einen abgeschlagenen Kopf gefunden. Ist das wahr?«

»Die Polizei ist derzeit dabei, die ersten Untersuchungen anzustellen«, wich Lüder aus.

»Wurst-Werner – also der kleine Dicke mit dem Fleischwagen – soll ihn entdeckt haben. Ein Judenkopf.«

»Was verstehen Sie darunter?«, hakte Lüder nach.

»Seit einiger Zeit läuft hier so ein Verrückter herum. Hier! In *unserer* Stadt. In Gaarden. Die reinste Provokation. Der ist immer schwarz gekleidet und hat eine Kippa auf dem Kopf. Genauso wie die militanten Juden auf dem Tempelberg. Will der Krieg in Gaarden?«

»Sie meinen, ein Jugendlicher ist in der letzten Zeit in der traditionellen Kleidung der orthodoxen Juden herumgelaufen?«

»Sag ich doch, Mann. Krass. Was soll das? Hier leben alle friedlich miteinander. Allein in Gaarden gibt es«, Chihab zählte es an den Fingern der linken Hand ab, »sieben Moscheen. Alle existieren nebeneinander. Alles ist ruhig. Und dann kommt so ein kleiner Wichser daher und macht Stress.«

»Was hat der junge Mann gemacht? Bewohner angesprochen? Schilder hochgehalten? Drucksachen verteilt? Gepredigt?«

»Wo? Hier? Mann!« Chihab fasste sich an die Stirn. »In welcher Welt lebt ihr denn? Der ist hier durch die Straßen gelaufen. ›Geh nach Hause‹, haben ihm viele geraten. Aber nix da. Der ist immer wiedergekommen.«

»Das ist sein gutes Recht, wenn er niemanden belästigt hat«, stellte Vollmers fest.

»Hat er doch. Das erzähl ich doch die ganze Zeit. Der hat alle provoziert.«

»Nur dadurch, dass er auf der Straße spazieren ging?« Lüder schüttelte ungläubig den Kopf.

Chihab senkte den Kopf in die geöffneten Handflächen. »Begreift ihr das nicht? So wie der aufgetreten ist – das beleidigt die Menschen hier.«

»Wir sind eine weltoffene Stadt«, erklärte Lüder. »Ich habe hier in Gaarden viele Menschen gesehen, die in traditioneller islamischer Kleidung herumlaufen. Die Mehrheit der Frauen trägt ein Kopftuch.«

»Das ist doch etwas anderes. Das steht im Koran, wie du dich kleiden sollst.« Chihab zeigte auf sein Angebot. »Alles, was ich hier anbiete, ist sauber. Das darf jeder tragen. Sag mir, wo du darin eine Provokation findest, eh?«

»Hat jemand den jungen Mann bedroht?«, fragte Lüder.

Chihab schlug die Hände zusammen, faltete sie und hielt sie auf Nasenhöhe vors Gesicht. Er verbeugte sich andeutungsweise. »Was weiß ich?«

Dann drehte er sich um und wandte sich einer Frau zu, die einen der Kleidungsständer drehte und verschiedene Stücke nacheinander begutachtete.

»Kommen Sie«, sagte Lüder zu Vollmers. Inzwischen war an den Ständen vereinzelt ein Marktbetrieb zu erkennen. »Fast die Hälfte der Bevölkerung hat einen Migrationshintergrund. Noch größer ist der Anteil der ausländischen Kinder an den Schulen. Böse Zungen sagen, dort gäbe es nur noch vereinzelt Kinder mit deutschen Eltern. Und die werden gemobbt. Wie viel stärker wird da ein jüdischer Jugendlicher wahrgenommen, der mit seinem Auftreten die mehrheitlich muslimische Bevölkerung provoziert. Der Textilhändler hat es deutlich kundgetan.«

»Was glauben Sie, was hier los ist, wenn sich die erste Vermutung als wahr herausstellen sollte: In Kiel wird ein jüdischer Jugendlicher aus religiösen Gründen geköpft. Gott möge uns beistehen, dass dieses nicht zutrifft«, stöhnte Vollmers.

»Welcher Gott?«, entgegnete Lüder sarkastisch. »Über diese Frage ist ja die Unruhe ausgebrochen. Darüber wird in vielen Teilen der Welt Krieg geführt. Das ist die Wurzel von Extremismus und Terrorismus. Hier in Gaarden leben viele verschiedene Nationalitäten neben- und miteinander. Sehen Sie sich auf dem Markt um. Das Angebot stammt aus der ganzen Welt. Na ja – fast«, schränkte er ein. »Multikulti. Das sehen Sie an der Vielfalt der kleinen Geschäfte und Restaurants. Natürlich ist das nicht konfliktfrei. Wir wissen, dass Gaarden ein sozialer Brennpunkt ist. Es gibt überdurchschnittlich viele Arbeitslose. Und nahezu jeder Zweite bezieht Sozialleistungen wie Hartz IV.«

Sie hatten die Polizeiabsperrung passiert und den Zugang zum Zelt, das man um den Brunnen als Sichtschutz errichtet hatte, zur Seite geschlagen.

Dr. Diether, der Rechtsmediziner, sah kurz auf. Hinter dem Mundschutz war nur die Augenpartie sichtbar.

»Das ist wieder typisch«, sagte er. »Bevor Spurensicherung und Rechtsmedizin die Arbeit aufgenommen haben, taucht der Jurist auf. Ich kann aber definitiv versichern, dass unser Freund hier nicht ertränkt wurde.« Er musterte Lüder von oben bis unten. Sein Blick blieb an Lüders Händen haften. »Ist nicht so toll mit Ihnen, was? Ich hatte erwartet, dass Sie den Rest von dem jungen Mann hierher mitbringen.« Er zupfte kurz an einer schwarzen Haarlocke. »Wie Störtebeker sieht der auf den ersten Blick nicht aus, obwohl dem Piraten ja das Gleiche widerfahren sein soll.«

»Sie meinen, das Opfer wurde tatsächlich geköpft?«

»Ist gut möglich. Soweit ich erkennen kann ... Sehen Sie mal hier.« Seine Finger mit den dünnen Handschuhen fuhren zum Hals des Toten. »Ein ziemlich glatter Schnitt. Da hängt nichts heraus. Das geschah auf einen Schlag. Ich neige zu der Behauptung, dass er hier jetzt Jurist ist«, fuhr der für seinen schwarzen

Humor berüchtigte Mediziner fort. »Zumindest der Rest von ihm. Der läuft jetzt kopflos durch die Gegend.«

»Sie meinen, es könnte ein Schwert gewesen sein – kein Messer?«

»Ein Beil wäre auch möglich oder eine Axt.« Dr. Diether spitzte die Lippen. »Auf keinen Fall ein Messer. Da würden die Schnittkanten anders aussehen. Mit einer Axt müssen Sie mehrfach zuschlagen. Dies hier sieht aber wie ein einzelner Hieb aus. Auf den ersten Blick – ja, er wurde regelrecht geköpft.«

»Hat er leiden müssen?«, wollte Lüder mit belegter Stimme wissen.

»Ihm würde es besser gehen, wenn Kopf und Rumpf noch eins wären. Der Tötungsvorgang selbst geht relativ rasch vonstatten. Ich möchte aber nicht wissen, was in dem Jungen vorher los war. Hat man ihm die Ermordung angekündigt? Wir wollen uns beide nicht vorstellen, wie es in einem Menschen aussieht, dem man mit dieser Art der Ermordung droht und der dann zur Hinrichtungsstätte geführt wird, sich niederknien muss und …« Den Rest des Satzes ersparte Dr. Diether den Anwesenden. »Nun lassen Sie mich weitermachen«, sagte er entschieden. »Ach – noch etwas: Drängeln nutzt nichts. Auch wenn es *nur* der Kopf ist … dauert es trotzdem seine Zeit.«

»Machen Sie weiter so«, empfahl Lüder dem Rechtsmediziner. »Irgendwann werden Sie sich selbst als Opfer obduzieren müssen.«

»Da habe ich keine Sorge. Ich weiß ja, wie es geht«, verabschiedete sich Dr. Diether.

Oberkommissar Horstmann meldete sich. »Wir haben eine Vermisstenmeldung. Gestern Abend gegen zweiundzwanzig Uhr haben Eltern ihren sechzehnjährigen Sohn Shimon Rosenzweig als vermisst gemeldet.«

Lüder betrachtete noch einmal den Kopf. Ein leichter Flaum hatte sich um das Kinn und auf der Oberlippe gebildet. Das Opfer war noch sehr jung.

»Mein Gott«, sagte er. »Sechzehn Jahre. Ein Kind. Und dann so etwas?« Für einen Moment herrschte betretenes Schweigen.

»Shimon Rosenzweig«, sagte Lüder langsam. »Das klingt wie ein jüdischer Name. Das Aussehen mit den gedrehten Locken und die Kippa ... Das könnte passen.«

Er bat einen Spurensicherer, ihm ein Foto des Opfers aufs Smartphone zu übertragen. Dann fuhr er ins Landeskriminalamt. Dort suchte er einen Spezialisten für Bildbearbeitung auf und ließ sich das Foto so ändern, dass man den Ansatz der tödlichen Verletzung nicht mehr erkennen konnte. Der Fachmann retuschierte mit wenigen Mausklicks auch ein wenig das leichenblasse Aussehen des Opfers.

Die Zwischenzeit nutzte Lüder, um sich über Shimon Rosenzweig und dessen Familie zu informieren. Der Tote – wenn es sich um Shimon Rosenzweig handeln würde – war der Sohn von Hans-Jürgen und Esther Rosenzweig. Nach den Meldedaten gab es auch noch eine Tochter. Devorah war dreiundzwanzig Jahre alt. Als Adresse war der Stadtfeldkamp in Kiel eingetragen. Polizeilich war noch kein Familienmitglied in Erscheinung getreten.

Es war schwierig, in dem gewachsenen Wohngebiet nahe dem Südfriedhof, der dem Stadtteil auch den Namen gab, einen Parkplatz zu finden. Die Straße mit den wunderbaren Fassaden aus der Gründerzeit und den im Sommer schattenspendenden Bäumen machte einen fast idyllischen Eindruck. Das Kopfsteinpflaster trug ein Übriges dazu bei. Die Wohnung der Familie Rosenzweig lag in einem Haus, das ein wenig zurücklag und durch einen Vorgarten von der Straße abgegrenzt wurde.

Es dauerte eine Weile, bis der Türsummer ertönte und sie im Treppenhaus die zweite Etage erklimmen konnten. Eine Frau erwartete sie. Der Rock im Schottenkaro reichte bis über die Knie. Der hellbraune Rollkragenpullover umschloss den mageren Hals. Aschblonde Haare waren hinter dem Kopf zu einem Knust zusammengesteckt. Das schmale Gesicht wurde von der spitzen Nase und den ausdruckslos starrenden Augen bestimmt. Lüder fiel auf, dass die Frau weder geschminkt war noch Schmuck trug.

»Frau Rosenzweig?«

Sie bewegte kaum merklich den Kopf.

»Polizei. Dürfen wir hereinkommen?«

Ihr war das Erschrecken anzumerken. Die magere Hand fuhr an den Mund.
»Shimon?«, fragte sie tonlos.
Lüder bat erneut darum, eingelassen zu werden.
»Kommen Sie.«
Vom Flur gingen mehrere Türen ab. Lüder staunte über die antiquiert wirkende Ausstattung. Ein geschickter Innenausstatter hätte das alte Gemäuer bestimmt als Schmuckstück herausgeputzt. Yuppies würden sich die Finger nach einer solchen Wohnung lecken. Die Rosenzweigs hingegen schienen Wohnung und Interieur von den Großeltern übernommen und seitdem nichts verändert zu haben. Man konnte die sprichwörtliche Patina fast riechen. Lüder hätte es nicht gewundert, wenn alles mit einer dicken Staubschicht bedeckt gewesen wäre. Aber es war blitzblank.

Am Fenster vor den zugezogenen Stores mit den beiden seitlichen Schals aus mit Blumenmuster bedrucktem Stoff stand ein hagerer Mann, an dem alles dunkel war. Die Kleidung. Die Haare. Das Gesicht. Die Augen. Auch er trug die Haare an den Schläfen lang und zu Locken gedreht, was Lüder bisher nur auf Bildern gesehen hatte.

»Aviel«, sprach ihn die Frau an. »Die Polizei.«
»Ist Ihr Mann auch im Hause?«, fragte Lüder.
»Das ist mein Mann.«
»Aviel? Ich denke, er heißt Hans-Jürgen?«
Der Mann drehte sich um. »Was wissen Sie schon? Meine Eltern gehörten zur Generation derer, die der Shoah nur durch Zufall entkommen sind. Unter dem Eindruck dessen, was sie als Kinder durchmachen mussten, haben sie mir den Vornamen Hans-Jürgen gegeben. Sie wollten mich damit schützen. Ich selbst nenne mich Aviel. Das bedeutet: ›Gott ist mein Vater.‹«

Lüder hatte Verständnisprobleme. Der Zuname Rosenzweig deutete unzweifelhaft auf eine jüdische Herkunft hin. Warum musste das auch noch durch einen jüdischen Vornamen unterstrichen werden?
»Es geht um Ihren Sohn.«

Der Mann nickte. »Shimon.«

Lüder zog sein Smartphone hervor und zeigte das zurechtgemachte Foto der Frau. »Ist das Shimon?«

Frau Rosenzweig hielt sich die Hand vor den Mund. »Mein Gott. Shimon! Wie sieht er aus? So blass. Was ist mit ihm?«

Lüder vergewisserte sich noch einmal, dass die Frau glaubte, ihren Sohn erkannt zu haben. Dann sagte er: »Es könnte sein, dass wir Ihnen eine schlimme Nachricht überbringen müssen.«

»Was wollen Sie damit sagen?« Die Frau reagierte wie alle Mütter dieser Welt, während der Mann wie unbeteiligt wirkte und sich nicht rührte.

»Heute Morgen ist ein Toter gefunden worden. Es ist der junge Mann, dessen Bild ich Ihnen eben gezeigt habe.«

»Shimon soll tot sein?« Sie schüttelte ungläubig den Kopf. Immer heftiger. »Nein, das kann nicht sein. Er ist gestern Nachmittag aus dem Haus. So gegen halb fünf.«

»Wo wollte er hin? War er mit jemandem verabredet?«

»Shimon war nie verabredet«, mischte sich der Vater ein.

»Er war ein auf die Welt neugieriger Sechzehnjähriger ...«, begann Lüder, wurde aber sofort unterbrochen.

»Neugierig auf die Welt? *Diese* Welt? Es gibt nur eines, das sich zu erkunden lohnt: Gottes Wort.«

»Das äußere Erscheinungsbild Ihres Sohnes, aber auch Ihres ... Darf ich vermuten, dass Sie sich am orthodoxen Judentum orientieren?« Dafür sprach das ganze Äußere des Mannes.

»Wir sind Chassidim«, bestätigte Rosenzweig. »Unser Lebensinhalt gilt dem Studium religiöser Schriften.«

Lüder wusste, dass es in Israel charedische Männer gab, die keiner Arbeit nachgingen und ihre Zeit in religiösen Lehranstalten verbrachten. Sie wurden oft vom Staat finanziert und hatten bis vor einiger Zeit Privilegien, zum Beispiel waren sie vom Militärdienst befreit.

»Der Baal Schem Tov und seine Nachfolger fordern das traditionelle Studium der Tora und der mündlichen Überlieferung sowie des Talmuds. Für uns steht auch das persönliche und gemeinschaftliche religiöse Erlebnis an vorderster Stelle.

Wir treffen uns am Sabbat und an den jüdischen Festtagen zum Gebet.«

»Mit Liedern und Tänzen, gemeinsam mit Ihrem Rabbi?«, fragte Lüder und ließ unerwähnt, dass man in dem Zusammenhang auch von religiöser Ekstase sprach.

»Das machen wir, um Gott näherzukommen«, erklärte Rosenzweig, als hätte er Lüders Gedanken gelesen.

Lüder erstaunte es, dass der Vater eine religiöse Rechtfertigung abgab und nicht nach dem Grund für den Besuch der Polizei fragte. Lüder hatte erwähnt, dass man einen Toten gefunden hatte. War es nicht natürlich, dass Eltern zunächst danach fragten? Er drehte sich zu der seitlich hinter ihm stehenden Frau um. Sie hatte die Augen weit aufgerissen. Die Nasenflügel bebten. Sie hatte die Finger ineinander verhakt und hielt sie vor den Mund.

»Sagen Sie, was ist mit meinem … unserem Sohn?«, fragte sie mit zittriger Stimme.

»Sie haben gestern Abend eine Vermisstenanzeige aufgegeben«, antwortete Lüder.

»Shimon ist nicht nach Hause gekommen. Das ist sonst nicht seine Art«, erklärte die Mutter. »Daraufhin bin ich zum Polizeirevier in der Von-der-Tann-Straße gegangen.«

»Sie haben dort angerufen?«

»Wir haben kein Telefon. Und auch keinen Computer. Es gibt auch keinen Fernseher. All das verdirbt den Charakter«, sagte der Vater.

»Sie waren mit Ihrem Mann dort?«

»Allein.« Esther Rosenzweigs Stimme vibrierte. »Man hat mir gesagt, ich soll noch abwarten. Es würde oft vorkommen, dass Jugendliche in dem Alter nicht zeitig nach Hause kommen.«

»Das ist Humbug«, ließ sich der Vater hören. »Shimon hat sich nicht herumgetrieben. Er ist ein guter Sohn. Und gottesfürchtig. Er ist immer zu Hause. Oder beim Rabbi und studiert die Schriften.«

»Als Ihr Sohn gestern Nachmittag das Haus verließ – war er traditionell gekleidet?«

»Er benimmt sich so, wie man es von ihm erwartet.«

Lüder drehte sich wieder zu der Mutter um. »Hat Shimon gesagt, wo er hinwollte?«

»Ich habe nicht danach gefragt«, erwiderte Esther Rosenzweig leise. Es war herauszuhören, dass sie es gar nicht wissen wollte. Angst schwang mit.

»Hat Ihr Sohn sich manchmal in Gaarden aufgehalten?«

»Da ist die Synagoge«, sagte der Vater.

»In Gaarden?« Lüder war überrascht. »Ich dachte, die sei am Schrevenpark.«

»Wir gehören dem Bund traditioneller Juden in Deutschland an. Die Gemeinde in der Goethestraße ist liberal ausgerichtet.« Es klang eine Spur abwertend.

»Wo hat man ... Wo ist Shimon?«, mischte sich die Mutter ein.

»Man hat ihn auf dem Vinetaplatz gefunden«, sagte Lüder.

»Das ist gleich in der Nähe der Synagoge. Hundert Meter entfernt in der Wikingerstraße 6.« Hans-Jürgen Rosenzweig schien sich immer noch nicht für das Schicksal seines Sohnes zu interessieren.

»Was heißt ... gefunden?« Die Mutter wollte sich nicht mehr zurückhalten.

»Wollen Sie sich nicht setzen?«, fragte Lüder vorsichtig.

»Mein Gott.« Esther Rosenzweig war laut geworden.

»Du sollst den Namen des Herrn nicht im Mund führen«, tadelte sie ihr Mann.

»Aviel!«, schrie sie ihn an. »Ich will endlich wissen, was mit meinem Sohn ist.«

»Händler auf dem Markt haben heute Morgen einen Leblosen gefunden«, umschrieb Lüder die Situation. »Wir schließen die Möglichkeit nicht aus, dass es sich dabei um Shimon handeln könnte.«

»Um unseren Sohn?« Jetzt hatte sie »unseren« gesagt. »Aber warum denn?«

Auf diese Frage konnte Lüder keine Antwort geben.

»Wenn es wirklich Shimon ist – wann kann er beerdigt werden?«, fragte Rosenzweig unvermittelt. »Wir müssen die Chewra Kadischa rufen.«

»Die …«, begann Lüder.

»Die heilige Bruderschaft«, erklärte Esther Rosenzweig leise. »Das sind die in den jüdischen Gemeinden bestehenden Beerdigungsgesellschaften, die sich um die rituelle Bestattung der Verstorbenen kümmern.«

»Der Leichnam des Opfers ist noch nicht freigegeben«, wich Lüder aus. Er brachte es nicht zustande, den Eltern zu berichten, dass man bisher nur den Kopf gefunden hatte.

»Was heißt das?« Zum ersten Mal zeigte sich der Vater aufgebracht. »Ich will den Toten sehen. Wenn es Shimon ist, so soll er alle Ehrungen nach unserem Glauben erfahren.«

»Es gibt in Deutschland Regeln und Gesetze«, sagte Lüder.

»Das oberste Gesetz ist das Gottes«, sagte Rosenzweig. »Was könnte über Gottes Wort stehen?«

»Es wird noch eine Weile dauern, bis der Staatsanwalt seine Einwilligung erteilt. Haben Sie etwas Persönliches von Ihrem Sohn? Eine Zahnbürste? Ein Kleidungsstück?«

Zum Glück widersprach der Vater nicht. Esther Rosenzweig hatte angefangen, tränenlos zu weinen. Der ganze Körper zitterte.

»Ist es wirklich Shimon?«, fragte sie leise und erschauderte, als Lüder sanft ihren Oberarm berührte.

»Wir wissen es nicht. Aber es ist nicht auszuschließen.«

»Aber wieso?« Die Frau sah ihn mit angstgeweiteten Augen an.

»Es stehen noch Untersuchungen aus.«

»Ich möchte ihn sehen. Dann weiß ich doch, dass es nicht mein Sohn ist.«

Lüder fühlte sich hilflos. Was sollte man einer Mutter sagen, die sich wohl vergeblich an ein Fünkchen Hoffnung klammerte?

»Das ist im Augenblick nicht möglich.«

Frau Rosenzweig schwankte. Lüder griff zu und stützte sie an den Schultern.

»Sollen wir einen Arzt anfordern?«

»Gott hilft uns«, behauptete Rosenzweig, unternahm aber keinen Versuch, sich seiner Frau zu nähern und ihr beizustehen.

»Kann Ihre Tochter Ihnen helfen?«, fragte Lüder.
»Wir haben keine Tochter«, erklärte Rosenzweig barsch.
Lüder war erstaunt, dass Rosenzweig das erste Mal die Beherrschung zu verlieren schien.
»Und jetzt verlassen Sie unser Haus. Aber sofort!« Er schrie fast.
»Die Zahnbürste«, erinnerte Lüder die Frau an seine Bitte.
Sie ging voraus, verschwand im Badezimmer und bat, nachdem sie Lüder eine Zahnbürste in die Hand gedrückt hatte, um »einen Moment«. Sie ging in ein anderes Zimmer und tauchte kurz darauf mit einer kleinen Holzschachtel auf.
»Das ist eine Locke von Shimon«, sagte sie mit erstickter Stimme. »Die möchte ich wiederhaben.«
»Alles Gute«, sagte Lüder leise zu ihr und verließ mit Vollmers die Wohnung.
Auf dem Weg zum Auto wunderte sich der Hauptkommissar. »Sind wir im 21. Jahrhundert? Oder gibt es wirklich Menschen, die noch sooo leben? Ich achte jede religiöse Ausrichtung. Aber diese Leute kasteien sich doch selbst. Gut. Sie sind nicht so aufdringlich wie andere Sektierer, die ihre Überzeugung der Menschheit aufdrängen wollen, ganz zu schweigen von denen, die die sogenannten Ungläubigen mit Feuer und Schwert bekehren oder ausrotten wollen.« Vollmers stutzte plötzlich.
»Sie sagen es«, griff Lüder seinen Gedanken auf. »Die Juden waren in der Geschichte immer das Ziel von Anfeindungen. Der Holocaust war bestimmt das Schlimmste, was kranke und verbohrte Geister zustande gebracht haben. Wenn Sie aber an den Nahen Osten denken, finden Sie auch vehementen Hass gegen das jüdische Volk. Und wer jüdische Menschen mit dem Schwert ausrotten will, fängt unter Umständen mit einem Sechzehnjährigen an, der – zugegeben – durch sein Erscheinungsbild und sein Auftreten auf manche provozierend gewirkt haben mag.«
»Es bleibt dem Einzelnen überlassen, eine andere Meinung zu haben, vielleicht im Stillen über Schläfenlocken und eigentümliche Kleidung auch zu lächeln, aber das rechtfertigt doch keine

Hetzkampagnen, Gewaltanwendungen bis hin zu einer brutalen Enthauptung. Und das hier – in Kiel.«

»Das wissen wir beide. Und Millionen anderer Menschen, unabhängig von der Hautfarbe und der Religionszugehörigkeit. Aber es gibt immer eine Ausnahme. Und die gilt es jetzt zu finden. Da ist noch etwas.«

»Ja«, sagte der Hauptkommissar. »Warum verleugnen die Eltern die Tochter?«

»Ich könnte mir vorstellen, dass die junge Frau sich vom religiösen Fanatismus des Vaters losgesagt hat, während der kleine Bruder sich dem Wahn nicht entziehen konnte.«

Vollmers schwieg nachdenklich auf ihrem Weg bis zum Auto.

»Ich gehe zu Fuß zur Blume« – so wurde intern der Sitz der Bezirkskriminalinspektion im historischen Polizeigebäude in der Blumenstraße genannt –, »der Weg und die feuchte Kieler Januarluft werden mir guttun. Ich muss das erst einmal verarbeiten, was uns da begegnet ist.«

Lüder kehrte zum Landeskriminalamt im Polizeizentrum Eichhof zurück. Er überlegte, seinen Vorgesetzten aufzusuchen, entschied sich aber dagegen. Kriminaldirektor Dr. Starke würde nicht unbedingt seine Meinung teilen. Stattdessen rief Lüder im Innenministerium an und verlangte, den Amtschef zu sprechen.

»Der Herr Minister ist verhindert«, sagte ihm die Sekretärin. »Ich hinterlasse ihm eine Nachricht, dass er Sie zurückruft.«

Lüder versuchte in der Zwischenzeit, etwas über die Familie Rosenzweig in Erfahrung zu bringen.

»Meine Freundin Google«, murmelte er, als er fündig wurde. Esther Rosenzweig war Lehrerin an der Gemeinschaftsschule Hassee. Die befand sich unweit von Lüders Wohnung. Er hatte keinen Kontakt zu dieser Schule. Seine Kinder Viveka und Jonas besuchten das Gymnasium, die Jüngste ging noch zur Grundschule. Er rief dort an und vereinbarte einen Termin mit dem Schulleiter.

Dann informierte er sich über die radikalislamische Szene der Landeshauptstadt, aber auch über den aktuellen Stand der

Ermittlungen gegen Neonazis. Die Beobachtung beider Gruppierungen gehörte zum Aufgabenbereich des Polizeilichen Staatsschutzes.

In der Abteilungsbesprechung hatten sie in der letzten Zeit ausführlich über eine selbst ernannte Scharia-Polizei diskutiert, die seit einiger Zeit in Gaarden patrouillierte, Passanten ansprach und ihnen die »richtigen Verhaltensmaßregeln« nahebringen wollte. Ein paar Bürger hatten sich über diese Belästigungen beklagt. Eine formelle Anzeige lag aber nicht vor.

»Es ist schwierig, dagegen vorzugehen«, hatte der Kriminaldirektor festgestellt. »Wir müssen das aber unter Beobachtung behalten. Nicht dass sich dort eine Paralleljustiz entwickelt.«

Lüder hatte nachgefragt, ob die Mitglieder dieser Gruppe in irgendeiner Form uniformiert auftraten.

»Ja. Sie tragen grüne Armbänder.«

Diese auch öffentlich zur Schau gestellte Stärke fand Lüder besorgniserregend.

»Leider gibt es ein Urteil des Landgerichts Wuppertal, das bundesweit Aufsehen erregt hat«, hatte Lüder zu bedenken gegeben. »Dort liefen Salafisten mit auffälligen Warnwesten mit der Aufschrift ›Scharia-Polizei‹ auf dem Rücken herum. Sie haben sich damit nicht strafbar gemacht, und es liegt kein Verstoß gegen das Uniformverbot vor, hat das Gericht entschieden.«

»Das hatte ich schon gesagt«, hatte Dr. Starke pikiert angemerkt.

Lüders Überlegungen wurden jetzt durch das Klingeln des Telefons unterbrochen. Der Innenminister war am Apparat.

»Herr Dr. Lüders«, grüßte er ihn und fragte, wie es der Familie ging.

Sie führten einen kurzen Small Talk, bevor Lüder von den Geschehnissen auf dem Vinetaplatz berichtete. Der Innenminister war bereits informiert.

»Kommen Sie zu mir«, sagte er kurz entschlossen.

Wenig später saß Lüder ihm gegenüber und warf durch die Fenster einen Blick über die Förde. Das gegenüberliegende Ufer war im Nieselregen nur schwer zu erkennen. Lüder staunte, dass sich trotzdem ein einsames Ruderboot den Weg über die Förde bahnte.

»Schietwetter«, brummte der Minister, als er Lüders Blick folgte, und ließ sich die bisherigen Erkenntnisse, aber auch Lüders Gedanken vortragen.

Wer mochte bei dieser Witterung seinem Hobby frönen?

»Wir haben schon genug Baustellen im Land«, stellte der Innenminister fest. »Wenn sich jetzt noch eine Szene etabliert, die eine tödliche Jagd auf Andersgläubige veranstaltet, haben wir ein großes Problem. Ich werde mit dem Verfassungsschutz sprechen. Ihren Vorgesetzten, den Herrn ... äh«, der Minister schnippte mit dem Finger, »setzen Sie in Kenntnis? Ich gehe davon aus, dass Sie mich auf dem Laufenden halten. Sie haben meine volle Unterstützung und Rückendeckung. Ich weiß die Sache bei Ihnen in besten Händen.« Er beugte sich vor. »Haben Sie jemals in Erwägung gezogen, in Sachen Sicherheit ins Innenministerium zu wechseln? Sie wissen, der Verfassungsschutz ist meinem Ministerium als Abteilung angegliedert.«

»Ich bin mit Leidenschaft Polizist«, erwiderte Lüder, versicherte aber, dass er das Angebot zu schätzen wisse.

Lüder kehrte ins LKA zurück, suchte Dr. Starke auf und berichtete ihm von den Vorkommnissen auf dem Vinetaplatz.

»Warum erfahre ich erst jetzt davon?« Der Abteilungsleiter war erbost. »Sie hätten mich umgehend informieren müssen. Was ist, wenn der Minister anruft? Wie stehe ich da?« Dr. Starke plierte zum Telefon. »Ich werde ihn umgehend anrufen.«

»Das ist nicht erforderlich. Der Minister weiß schon Bescheid.«

»Bescheid ...?«, echote Dr. Starke. »Bin ich etwa der Letzte, der informiert wird?«

Du bist *der* Letzte und *das* Letzte, dachte Lüder und hatte Mühe, ein Grinsen zu unterdrücken. Laut sagte er: »Der erste Angriff muss immer unverzüglich erfolgen. Es blieb keine Zeit, sich vorher abzustimmen. Außerdem – was hätte ich Ihnen berichten können?«

»Ich werde umgehend eine Kommission unter meiner Leitung

einsetzen und dabei auch ein besonderes Augenmerk auf diese sogenannte Scharia-Polizei werfen. Der Anführer nennt sich Saif ad-Dīn.«

»Das heißt übersetzt ›Schwert der Religion‹«, erwiderte Lüder. »Mit bürgerlichem Namen heißt er Mujahid Yassine, kommt aus Marokko und hat hier politisches Asyl beantragt. Angeblich wird er in seiner Heimat verfolgt.«

»Sie sind gut vorbereitet«, sagte Dr. Starke.

»Immer.«

Der Kriminaldirektor bedachte die Antwort mit einem abwertenden Blick. »Ich möchte, dass Sie als mein Vertreter in der Sonderkommission mitarbeiten.«

Ich mache die Arbeit, und du entscheidest, dass ein anderer Weg beschritten wird, dachte Lüder. »Das wird sich nicht ermöglichen lassen. Der Minister möchte, dass ich ihm als Berichterstatter zuarbeite«, umschrieb er seine Aufgabe. Lüder war sich sicher, dass Dr. Starke nicht rückfragen würde.

»So geht das nicht«, wies ihn der Abteilungsleiter zurecht. »Ich führe die Dienstaufsicht. Was in meiner Abteilung geschieht, wird von mir geregelt und veranlasst.«

Lüder lehnte sich zurück und verschränkte die Arme vor der Brust. »Selbstverständlich, Herr Kriminaldirektor. Darf ich davon ausgehen, dass Sie den Herrn Minister von der neuen Vorgehensweise in Kenntnis setzen? Oder soll ich ihn informieren, dass seine Anweisung nicht ausgeführt werden soll?«

»So geht das nicht«, wiederholte Dr. Starke verbittert und klopfte mit dem Knöchel auf die Tischplatte. »Das ist das letzte Mal.«

Dat glövst du aver nur, dachte Lüder und stand auf.

»Sie halten mich auf dem Laufenden«, rief ihm der Kriminaldirektor hinterher.

»Lies Zeitung«, murmelte Lüder unhörbar für seinen Vorgesetzten.

»Welchen Rat geben Sie ihm?«, wollte Edith Beyer, die Abteilungssekretärin, wissen.

»Ich habe ihm nur den Tipp gegeben, wie ich mich informiere«, erwiderte Lüder gut gelaunt und kehrte in sein Büro zurück.

Vollmers meldete sich. »Es hat vor einiger Zeit einen Einbruch im Lager der polizeihistorischen Sammlung gegeben«, berichtete der Hauptkommissar. »Es gibt einen katholischen Pfarrer mit einem außergewöhnlichen Hobby. Er hat sein ganzes Leben lang eine einmalige historische Sammlung zur Polizeigeschichte zusammengetragen und ist offizieller Landesbeauftragter für die Polizeihistorie.«

»Ich weiß«, unterbrach ihn Lüder. »Ich durfte mir sein Lebenswerk in einer privaten Führung ansehen. Hunderte von Waffen, Schwerter, Säbel, Uniformen, Hüte, Einsatzmittel ... Alles, was auch nur im Entferntesten mit der Polizei zu tun hat, findet sich dort. Man hat den Mann zu Recht mit Auszeichnungen und Verdienstorden bedacht. Ich fand es beeindruckend, dass er zu jedem einzelnen Gegenstand die passende Geschichte parat hatte und im Detail erklären konnte. Eine Datenbank ist ein Nichts im Vergleich zu seinem Wissen.«

»Man beabsichtigt, diese Sammlung – oder zumindest Teile daraus – öffentlich auszustellen. Derzeit befindet sich die gesamte Sammlung gut geschützt in –« Vollmers wurde von Lüder unterbrochen.

»Ich weiß.«

»Trotzdem ist in das Magazin eingebrochen worden. An die Schusswaffen sind die Täter nicht herangekommen. Sie hatten es offenbar nur auf die Blankwaffen abgesehen. Unter den gestohlenen Exponaten befindet sich auch ein Richtschwert.«

»Donnerwetter«, entfuhr es Lüder. »Gibt es schon Hinweise auf die Einbrecher?«

»Der Vorgang wird von der zuständigen Kriminalpolizeidienststelle bearbeitet«, wich Vollmers aus.

Lüder nahm Kontakt zur Dienststelle auf und wurde mit der Sachbearbeiterin verbunden. Frau Timmermanns wunderte sich, dass sich das LKA mit dem Vorgang befasste.

»Wir können nicht ausschließen, dass eines der gestohlenen Schwerter möglicherweise für ein Tötungsdelikt benutzt wurde.«

»Oh«, antwortete die Beamtin und bedauerte, dass es noch keine heiße Spur gab. »Die Sammlung ist gut geschützt und wird auch durch eine Alarmanlage überwacht. Die Täter müssen sich ausgekannt haben. Sie sind nicht nur mit Brachialgewalt vorgegangen, sondern hatten es offenbar gezielt auf die Blankwaffen abgesehen.« Sie versprach, sich umgehend zu melden, wenn es neue Erkenntnisse gebe.

Lüder sah auf die Uhr. Es war Zeit, die Schule in der Rendsburger Landstraße aufzusuchen.

Die Schule lag auf einem großen Areal etwas abseits der Hauptstraße. Lüder lächelte. Ob der »Bummelgang« genannte Fußweg einen Bezug zur Schule hatte?

»Raabe«, stellte sich der Schulleiter vor. »Das ist Frau Hansen-Sienknecht, die Klassenlehrerin«, sagte er und nickte kurz in Richtung der asketisch schlanken Frau mit dem herb wirkenden Gesichtsausdruck. Er machte einen betroffenen Eindruck. »Wir haben gehört, was vorgefallen sein soll. Der Rundfunk, Buschfunk – überall macht das grausige Verbrechen die Runde. Man hält sich noch bedeckt, was den Namen des Opfers angeht. Ist es Shimon?«

»Bisher gibt es nur Vermutungen. Bestätigt ist noch nichts. Schenken Sie den Gerüchten keinen Glauben. Sie sind also«, dabei sah Lüder die Frau an, »die Klassenlehrerin von Shimon.«

Frau Hansen-Sienknecht bewegte kaum den Kopf. »Ja«, hauchte sie.

»Shimon Rosenzweig ist an derselben Schule, an der seine Mutter unterrichtet?«

Shimons Klassenlehrerin schien froh zu sein, dass der Schulleiter das Antworten übernahm.

»Der Junge war bis vor zwei Jahren an einer anderen Schule. Zunächst verlief dort alles normal, bis Shimon sich mit zunehmendem Alter absonderte. Besonders fiel das zu dem Zeitpunkt auf, als er seine Bar-Mizwa feierte. Er hat nach jüdischem Recht damit die volle Religionsmündigkeit erreicht. Fast schlagartig änderte sich sein Verhalten. Er sonderte sich ab, mied die Gemeinschaft, und auch vom Äußeren her machte er deutlich, dass er anders sein wollte. Das führte trotz Bemühen der dortigen Kollegen zur Eskalation. Pubertierende Jugendliche haben kein Verständnis für so etwas und begannen, Shimon massiv zu mobben. Wir haben mit der Mutter und den dortigen Lehrern zusammengesessen und nach einer Lösung gesucht. Seitdem ist er auf unserer Schule.« Raabe lehnte sich zurück. Eine entspannte Haltung sah anders aus.

»Und wie ist das Verhältnis zu den Mitschülern?«, fragte Lüder.

Frau Hansen-Sienknecht sah erst ihren Schulleiter an, bevor sie antwortete. »Es gibt keins. Uns war klar, dass Shimon kaum in die Gemeinschaft zu integrieren sein würde. Er ist ein Einzelgänger. Immerhin wird er nicht gemobbt. Zumindest wissen wir nichts davon.«

»Und seine Mutter?«

Die beiden tauschten rasch einen Blick aus.

»Frau Rosenzweig«, begann der Schulleiter, »gehört dem Kollegium schon eine Reihe von Jahren an. Sie ist eine ruhige Frau. Manchmal wünschte ich mir, dass sie ein wenig durchsetzungsstärker wäre.«

»Es gibt ja auch Mobbing gegen Lehrer«, sagte Lüder.

Raabe schüttelte versonnen den Kopf. »Nein. So weit geht das nicht. Kinder sind unruhig. Es ist heutzutage in unserem multimedialen Zeitalter eine Herausforderung, einen Sack Kids konzentriert bei der Sache zu halten. Wenn Sie es fünfundvierzig Minuten schaffen, dann sind Sie ein Genie. Manche Lehrkräfte verschaffen sich schon einmal mit – nun, sagen wir so – erhobener Stimme Gehör. Frau Rosenzweig ist eine stillere Natur.«

»Ihnen wird bekannt sein, dass der Ehemann sich zum Chassidismus bekennt«, ergänzte die Klassenlehrerin.

»Eine ultraorthodoxe Ausrichtung. Er hat seinen Sohn infiziert«, sagte Lüder.

Die beiden Lehrer warfen Lüder einen überraschten Blick zu. Das »infiziert« hätten sie wohl nicht verwendet.

»Gab es in der Schule Anfeindungen gegen Frau Rosenzweig

oder ihren Sohn aus religiösen Gründen? Ich vermute, Sie haben auch eine Reihe muslimischer Kinder unter Ihren Schülern.«
»Nein«, sagte Raabe bestimmt. »Die Religion der Lehrkräfte ist den Kindern nicht bekannt. Es wäre ihnen auch egal. Alle Mitglieder des Kollegiums verhalten sich neutral. In dieser Hinsicht haben wir keine Probleme. Nur der Sohn – Shimon – hat eine besondere Rolle gespielt. Das lag aber an seinem Auftreten. Insgesamt«, schob Raabe hinterher. »Aber Anfeindungen aus rassistischen oder religiösen Gründen ... Das haben wir nicht beobachtet. Falls Shimon das Opfer ist, was wir nicht hoffen, liegen die Gründe mit Sicherheit nicht an unserer Schule«, erklärte Raabe überzeugt.

Der Besuch hatte Lüder nicht weitergebracht. Oder doch. Er musste den Aussagen der Lehrer Glauben schenken. Es deckte sich mit dem, was einige Händler vom Vinetaplatz auch ausgesagt hatten. Shimon Rosenzweig hatte durch sein Auftreten provoziert. Er war damit in der Schule zum Sonderling geworden. Offener Hass oder gar Gewalt war ihm allerdings nicht entgegengeschlagen. Wie schwer musste es der Mutter gefallen sein, als ihr Sohn an ihrer Schule auftauchte und sich in den Augen anderer Schüler zum Gespött machte. Das war ihr mit Sicherheit nicht entgangen.

Shimon Rosenzweig hatte sich in Gaarden aufgehalten. Dort patrouillierte auch die selbst ernannte Scharia-Polizei. Lüder beschloss, das örtliche Polizeirevier aufzusuchen.
Er fand einen Parkplatz hinter dem Haus. Hauptkommissar Sawitzki war eine bullige Erscheinung mit kurzen roten Haaren. Er hätte vom Äußeren her auch als irischer Landarbeiter durchgehen können.
»Ich vertrete den Revierleiter«, sagte er. »LKA? Es geht um den Toten auf dem Vinetaplatz. Schaltet sich jetzt das LKA ein?«
Lüder erklärte, dass ein Staatsschutzdelikt nicht auszuschließen sei und einige Verdachtsmomente dafürsprächen.
»Wird auch Zeit, dass hier mal was geschieht«, sagte Sawitzki

unfreundlich. »Sogar ein Tatort mit Axel Milberg hat sich des Themas Gaarden angenommen. Die drüben auf der anderen Seite der Förde haben uns doch vergessen. Nur wenn wieder einmal ein Terrorismus-Verdächtiger enttarnt wird, guckt man auf diesen Stadtteil. Da war der al-Qaida-Verdächtige, der hier ein Internetcafé betrieb. Und der Kofferbombenattentäter von Bonn ist hier auch herumgelaufen. Wundert es Sie, dass es bei der Oberbürgermeisterwahl eine Wahlbeteiligung von unter zwanzig Prozent gab?«

»Ich möchte mit Ihnen keine politischen Diskussionen führen«, wehrte Lüder ab.

Sawitzki hob den Zeigefinger.

»Doch«, sagte er energisch. »Haben Sie eine Ahnung, was hier abgeht? Raub. Drogendealer mit Goldkettchen und aufgemotzten bayerischen Fahrzeugen kurven an bitterarmen Kindern vorbei. Vergessen Sie bundesweit bekannte Brennpunkte wie Neukölln in Berlin oder Duisburg-Marxloh. Hier brennt die Lunte. Fast die Hälfte der Einwohner lebt von der Stütze, von den Kindern sogar zwei Drittel. Die Mehrheit hat einen Migrationshintergrund. Die müssen doch ausflippen, wenn sie nur einen Steinwurf entfernt dem puren Luxus begegnen. Da liegt das Kreuzfahrtterminal. Das sind gerade mal dreihundert Meter. Und gleich über der Hörnbrücke findet sich die Glitzerwelt des Konsums, die schicke Einkaufspassage, während hier kaputte Familien hausen, *hausen*, nicht wohnen oder gar leben. Alkis, abgedrehte Junkies, mit Drogenbestecken verseuchte Kinderspielplätze … Das ist doch lächerlich, wenn sich irgendjemand einfallen lässt, dass die Bronx in New York oder die Favelas in Südamerika gefährlich sind. Wer so was sagt, ist nie in Gaarden gewesen«, redete sich Sawitzki in Rage.

»Wir sollten nicht übertreiben, auch wenn Sie es sehr plastisch schildern«, erwiderte Lüder.

»Übertreiben?« Der Hauptkommissar hatte so heftig geantwortet, dass ein feiner Sprühregen aus seinem Mund auf die Schreibtischunterlage niederregnete. »Gehen Sie doch einmal durch die Straßen. Die schönen Fassaden sind verunziert durch

Tausende Satellitenschüsseln. Sie sollten den Blick aber nicht nach oben richten, sonst landen Sie in den Hundehaufen oder der Kotze. Oder Sie rennen gegen einen wilden Sperrmüllhaufen. Wer hier gelandet ist, gehört zu den Vergessenen. Viele wollen weg. Aber wohin? Gaarden ist die Endstation. Mit dieser Adresse im Absender bekommen Sie nirgendwo anders eine Chance. Sehen Sie sich doch die Geschäfte an. Wenn es keine Dönerbude ist, steht ein Wachmann vor der Tür. Ein einziger Supermarkt ist übrig geblieben. Nee, Herr Kriminalrat, das hier ist etwas anderes.«

»Mich interessiert die sogenannte Scharia-Polizei«, wechselte Lüder das Thema. Der Hauptkommissar übertrieb sicher bei seiner Zustandsbeschreibung des nicht unproblematischen sozialen Brennpunkts.

Sawitzki lachte höhnisch auf. »Sie meinen, unsere ›Kollegen‹ mit den grünen Armbinden? Ich muss Ihnen nicht erzählen, dass wir machtlos sind. Die verschaffen sich auf ihre Weise Respekt, während es für uns gefährlich ist, in Uniform nach Gaarden reinzugehen.«

»Das klingt, als gäbe es dort einen rechtsfreien Raum«, sagte Lüder nachdenklich.

»Nennen Sie es, wie Sie wollen. Sie haben gut reden. Sitzen am Schreibtisch in einem geheizten Büro. Kriminalrat, sagten Sie? Die Sekretärin trägt Ihnen den heißen Kaffee ans Bett. Und die Kollegen von der Streife? Sie werden beschimpft und bespuckt. Das ist die harmlose Variante. Wie fühlt man sich als Polizist, wenn einem ein Junkie eine Spritze entgegenhält? Sticht er zu, sind Sie HIV-infiziert. Oder Sie bekommen Hepatitis. Mit Glück ist es ein Volltreffer, und Sie haben sich beides eingefangen. Und das alles für eine Handvoll Euros. So dürfen Sie es nicht sagen, und so handelt auch keiner der Kollegen aus dem 4. Revier. Das will ich ausdrücklich betonen. Aber das Beste wäre, wenn die sich gegenseitig abstechen. Wir kümmern uns um das Delta, das übrig bleibt.«

»Das will ich nicht gehört haben«, sagte Lüder scharf.

»Ich habe auch nichts gesagt«, meinte Sawitzki. »Was sollen

wir gegen die Verrückten machen, die durch Gaardens Straßen laufen und die Leute anmachen: Frauen, die kein Kopftuch tragen, Männer, die rauchen. Diese Fanatiker behaupten sogar, sie würden uns einen Gefallen tun. Wir würden uns nicht um die Alkis und Junkies kümmern. Die Scharia-Polizei räumt auf.«

»Sind Ihnen Übergriffe oder Gewalttakte bekannt?«

Sawitzki lachte laut auf. »Spreche ich Chinesisch? Wer wagt es, sich gegen diese Leute zu stemmen? Es ist ungesund bis lebensgefährlich, sie anzuzeigen. Sie kennen doch die Namen. Was haben Sie unternommen? Nichts. Aber mit großen Augen auf die Polizistinnen und Polizisten des 4. Reviers herabsehen. Schaffen Sie uns die Leute vom Hals.«

»Wir sind ein Rechtsstaat. Da gelten Spielregeln.«

»An die sich aber nur wir halten müssen. Was wäre, wenn – sagen wir mal – eine Bürgerwehr nachts mit Knüppeln durch Gaarden zieht und auf die Scharia-Polizei trifft? Ich möchte es mir nicht ausmalen, wie es den Besatzungen der maximal zwei Streifenwagen ergeht, die da zwischen die Fronten geraten.«

»Und deshalb fährt die Polizei gar nicht erst hinaus zum Einsatz?«

»Es ist sinnlos, mit Ihnen zu reden«, behauptete Sawitzki und bewegte den Zeigefinger hin und her. »Nun legen Sie mir nicht etwas in den Mund, was ich nie gesagt habe.«

»Es gibt ein Mordopfer in Gaarden.«

»Ich hoffe, die Täter werden bald zur Rechenschaft gezogen. ›Das geht gar nicht‹, hat unsere Kanzlerin gesagt. Allerdings in einem anderen Zusammenhang. Hoffentlich haben die Täter damit nicht eine Lunte angezündet. Wenn *das* hochgeht, möchte ich nicht in der Nähe sein. Sehen Sie zu, dass Gaarden nicht anfängt zu brennen.« Sawitzki atmete tief durch. »Wissen Sie, was das Blöde ist? Ich mag Gaarden. Es könnte hier so schön sein. Noch in den neunziger Jahren war die Welt hier in Ordnung. Hier lebten Studenten. Sie haben nur ein paar Schritte bis in die Innenstadt. Einmal über die Hörnbrücke. Hier gab es viel Grün. Jetzt verfällt alles, aber die herrlichen Gründerzeithäuser künden noch heute vom verfallenden Charme dieses Viertels. Es müsste die gute Fee kommen und mit ihrem Zauberstab alles wieder zum Guten wenden.«

»Und wenn statt der Fee Rambo käme und es mit Gewalt versuchen würde?«

Sawitzki streckte den Zeigefinger in Lüders Richtung aus. »Da werfen die Politiker und Sozialromantiker Millionen aus dem Fenster und diskutieren über die Probleme der Ghettoisierung. Sozialwissenschaftler finden hier angesichts des geballten sozialen Elends ein Experimentierfeld. Aber nichts hilft wirklich. Stattdessen sollte man mehr Geld für die Sicherheit ausgeben, mehr Polizisten zum 4. Revier abordnen. Wer von den Kollegen hier gelandet ist, will schnell wieder weg. Jeder Uniformierte in der Landespolizei weiß, dass wir das schwierigste Revier in ganz Schleswig-Holstein sind. Unter den hiesigen Beamten kursiert der Spruch: Nach einer Zeit in Gaarden sollte man zur Erholung für eine gewisse Dauer an die Davidwache auf der Reeperbahn versetzt werden, um neue Kräfte zu tanken.« Sawitzki drehte sich im Stuhl hin und her. »Nun habe ich genug gequatscht«, sagte er entschieden. »Sehen Sie zu, dass Sie diesen Saif ad-Dīn, den Anführer der Scharia-Polizei, aus dem Verkehr ziehen.« Der Hauptkommissar unterstrich seine Worte dadurch, dass er aufstand und sagte: »Ich begleite Sie zur Tür.«

Lüder sah auf die Uhr. Mit ein wenig Glück würde er Geert Mennchen noch erreichen. Der Regierungsamtmann saß im schlichten Rotklinkergebäude des Innenministeriums direkt an der Kieler Förde. Im Unterschied zum Bund oder zu anderen Ländern war der Verfassungsschutz in Schleswig-Holstein keine eigene Behörde, sondern eine Abteilung des Innenministeriums.

»Herr Dr. Lüders«, begrüßte ihn Mennchen. »Lassen Sie mich raten: der Mord auf dem Vinetaplatz.«

Lüder bestätigte es. »Wir haben eine Vermutung, wer das Opfer ist«, begann er und berichtete. »Haben Sie irgendwelche Erkenntnisse über neue Entwicklungen in Gaarden?«

Mennchen spitzte die Lippen. »Was nennen Sie neu?«, wich er aus.

»Kennen Sie das Opfer oder dessen Familie?«

»Gegen die liegt nichts vor.«

»Lassen Sie uns nicht um den heißen Brei herumreden«, sagte Lüder. »Uns eint das gemeinsame Interesse, dass hier Frieden herrscht und unsere Rechte und Gesetze eingehalten werden.«

»Die Familie Rosenzweig hat in keiner Weise dagegen verstoßen.«

»Warum ist sie Ihnen trotzdem bekannt?«

»Wir haben eine etwas andere Ausrichtung als Sie.«

»Das weiß ich.« Lüder wurde ungeduldig.

»Es gibt Personengruppen, die besonders gefährdet sind. Kritische Journalisten, die sich gegen rechts engagieren, Politiker, religiöse Würdenträger, die nicht in das Weltbild anderer passen, und so weiter. Schleswig-Holstein gehört zwar zu den kleineren Bundesländern, aber wir sind liberal. Vater und Sohn Rosenzweig leben ihre Religion in einer – nun, äh …«, Mennchen suchte nach einem geeigneten Wort, »… expressionistischen Weise. Wenn ein Mann bunt angemalt im Baströckchen durch die Holstenstraße läuft – bitte sehr. Er wird belächelt. Mehr nicht. Sie dürfen auch in betonter Kleidung wie die Rosenzweigs durch die Innenstadt laufen. Niemand spricht Sie an. Auch an Frauen mit Kopftuch oder gar mit einer Burka haben wir uns gewöhnt. Sie dürfen aber nicht als orthodoxer Jude erkenntlich in Gaarden auftreten. Ich weiß«, Mennchen hob die Hand, »nun wollen Sie mir etwas von dem Grundrecht der freien Meinungsäußerung und so erzählen. Nicht *ich* brauche diese Erklärung. In Gaarden gilt unsere Rechtsordnung nur eingeschränkt. Das wissen Sie genauso wie ich. Und nach Auffassung mancher Leute ist es nun einmal nicht zulässig, sich dort so provokativ zu bewegen.«

»Die Vokabel ›Provokation‹ habe ich heute schon oft gehört«, erwiderte Lüder. »Wir haben es hier mit einem offenbar terroristischen Mord zu tun.«

»Das sehe ich auch so. Wenn wir das nicht in den Griff bekommen, entwickelt sich dort etwas.«

Lüder dachte an die Ausführungen von Hauptkommissar

Sawitzki. Es gab Polizeibeamte, die nicht mehr in den Problembezirk hineinwollten.

Mennchen senkte die Stimme. »Man darf es nicht laut sagen, aber das Übel muss bekämpft werden.«

»Mit den Mitteln des Rechtsstaats«, entgegnete Lüder. »Die Täter gehören vor Gericht gestellt.«

»So sehe ich das auch. Wir haben es dabei allerdings mit einer besonderen Konstellation zu tun. Zum Glück nicht bei uns, noch nicht, werden junge Leute als Selbstmordattentäter akquiriert. Mit für uns nicht nachvollziehbaren Versprechungen gewinnt man sie für diese fürchterlichen Taten, früher in Flugzeugen, heute auf belebten Plätzen, in U-Bahnen oder Bussen, überall dort, wo viele Menschen zusammenkommen.«

»Noch gib es akut keine Anzeichen für solche Aktionen bei uns in Schleswig-Holstein.«

Mennchen kniff ein wenig die Augen zusammen. »Wir kennen Leute, denen wir so etwas zutrauen. Die sind so radikalisiert, dass sie zu den extremen Gefährdern gehören. Auf die haben wir ein Auge. Natürlich können wir nicht alle vierundzwanzig Stunden am Tag überwachen.«

»Zu denen gehört Mujahid Yassine.«

»Bestimmt«, bestätigte Mennchen. »Allein sein selbst erwählter Name Saif ad-Dīn besagt alles.«

»Schwert der Religion«, sagte Lüder mehr zu sich selbst. »Ein bekannter radikaler Islamist.«

»Asylbewerber aus Marokko«, erklärte Mennchen. »Er wird angeblich in seiner Heimat bedroht. Sein Leben ist dort in Gefahr – behauptet er. Dort geht es doch relativ liberal zu, solange man nicht gegen den König wettert. Sehen Sie. Yassine hetzt gegen alle. Nach unseren Informationen hat er König Mohammed VI. beschimpft. Der verfolgt eine gemäßigtere Politik als sein Vater. Kurz nach seiner Inthronisation äußerte er in einer Fernsehansprache, gegen die Missstände in seinem Land, wie etwa Armut und Korruption, vorgehen zu wollen. Außerdem wolle er die Wirtschaft sowie die Menschenrechte in Marokko stärken. Als Verfechter einer moderaten Modernisierung steht er im Kontrast zu den islamisch-konservativen Kräften in Marokko. Insbesondere den islamischen Fundamentalisten des Landes gilt zum Beispiel die Einführung eines liberaleren Familienrechts, das den Frauen mehr Rechte zusichert, als Ärgernis. Solche gemäßigten Ansätze sind Leuten wie Mujahid Yassine zuwider. Sie wollen sie mit Macht bekämpfen. Yassine ist kein Einzelkämpfer«, ergänzte der Regierungsamtmann. »Nach unserer Erkenntnis ist die Keimzelle in der Nur-al-Din-Moschee zu finden. Dort tritt auch Qassim al'Ab auf, den ich als Hassprediger bezeichnen würde. Wenn es nach mir ginge ... Dieser Mann müsste ins nächste Flugzeug gesetzt und nach Sanaa zurückgeschickt werden.«

Lüder war der Name bekannt. Gegen al'Ab ermittelte die Staatsanwaltschaft wegen Volksverhetzung. Man warf ihm auch vor, den Holocaust zu verherrlichen.

»Dort wird gepredigt, dass Christen und Juden zu vernichten sind«, sagte Lüder.

Mennchen schlug sich mit der flachen Hand gegen die Stirn. »Man versteht es nicht, wie blöde wir sind. Da dulden wir jemanden, der unsere eigene Vernichtung fordert. Stellen Sie sich vor, Sie würden im Zentrum von Riad von der Güte und Gnade Jesu Christi predigen, von Vergebung und Nächstenliebe. Wohlgemerkt: nicht von Hass und Zerstörung. Was meinen Sie, wie schnell die Religionspolizei Sie festsetzen würde? Wie viele Peitschenhiebe mag das geben? Ich bin für die Freiheit des Gewissens, der Weltanschauung und der Religion. Warum regeln wir das nicht so: Für jede Moschee, die bei uns – selbstverständlich – gebaut wird, darf eine Kirche in der Türkei oder in Saudi-Arabien errichtet werden. Ich weiß – reine Phantasie.«

»Es ist ein schwieriger Weg, in einer Demokratie auch denen alle Vorteile eines Rechtsstaats zukommen zu lassen, die den Schutzmantel, den wir über sie ausbreiten, vernichten wollen. Versuchen wir unser Bestes.«

»Wir bleiben in Kontakt – und das nächste Mal wieder auf rein sachlicher Ebene. Aber angesichts eines geköpften Jugendlichen darf ich auch einmal Emotionen zeigen«, sagte der Regierungsamtmann zum Abschied und reichte Lüder die Hand.

Lüder rief zu Hause an und gab Bescheid, dass es heute ein bisschen später werde.

»Ich hab es mir gedacht«, sagte Margit. »Den ganzen Tag über gibt es in den Nachrichten nichts anderes als den geköpften jüdischen Jungen.«

»Den was …?«, fragte Lüder erstaunt.

»Tu nicht so, als wüsstest du nichts. Man hat heute Morgen auf dem Vinetaplatz den abgeschlagenen Kopf eines jüdischen Jugendlichen gefunden. Thorolf rief vorhin an und erzählte, dass er davon auf BBC gehört habe.«

»Wir beschäftigen uns im Stab mit diesem Thema«, sagte Lüder. »Ich wusste nicht, dass die Medien schon so gut informiert sind. Wir haben versucht, es unter dem Deckel zu halten.«

»Das verstehe ich«, sagte Margit. »Sei vorsichtig.«

»Keine Sorge«, versicherte er. »Früher war das gefährlicher für die Gesundheit, als in den großen Stabsbesprechungen noch geraucht werden durfte. Heute müssen wir nur aufpassen, dass wir nicht im Angstschweiß von Dr. Starke ertrinken.«

Er fuhr zum direkt am Hauptbahnhof gelegenen Parkhaus. Ängstlich war er nicht, aber er verstand, dass viele Menschen die Anlage bei Dunkelheit nur ungern nutzten. Lüder schien es, dass sein BMW hier sicherer untergebracht war, als wenn er ihn zu dieser Tageszeit in Gaarden abstellte.

Lüder überquerte die vielspurige Kaistraße, die den Bahnhof vom Wasser trennte. Selbst bei diesem nasskalten Wetter hockte eine alte Frau auf dem Boden vor dem Eingang der Filiale einer Systemgastronomie und hielt den Passanten einen Becher hin.

Die Hörnbrücke überspannte den letzten Zipfel der Kieler Förde. Im Dunst vereinigte sich zur Linken das graue Wasser mit dem ebenso grauen Dunst, der über der Förde hing. Am topmodernen Schwedenkai hatte die schneeweiße »Stena Scandinavica« festgemacht, die bis eintausenddreihundert Passagiere nach Göteborg bringen würde. Der Norwegenkai lag am östlichen Ufer. Dort wartete die majestätische »Color Fantasy« auf Fahrgäste und Autos für die Überfahrt nach Oslo. Im Vordergrund lag verlassen die Bahnhofsbrücke, mit den zu dieser Jahreszeit beschäftigungslosen Schiffen der Schlepp- und Fährgesellschaft Kiel, die nach der Winterpause wieder die bei Einheimischen und Gästen beliebten Ziele an der Förde ansteuern würden.

Auf der Gaardener Seite waren nicht nur das Fährterminal, sondern auch die lang gestreckten modernen Neubauten gelungen. Vor der Tür des Restaurants »Fabrik« waren Stühle und Tische angekettet, die bei besserem Wetter viele Besucher anlocken würden. Gediegene Geschäfte wie der Bottleshop oder das »Kopfcentrum« – dahinter verbargen sich Facharztpraxen wie Augen und Hals-Nasen-Ohren, Zahn und Kiefer sowie plastische Chirurgie – zogen die Besucher von »drüben« an.

Sie konnten auch einen Blick auf die Traditionsschiffe im Germaniahafen auf der anderen Straßenseite werfen. Der etwas höher gelegene Platz bildete den Abschluss des Ensembles. Auf ihm stand eine Plastik, die in einem engen Käfig gefangen war. Dahinter begann ansatzlos das »andere Gaarden«. Lüder mochte nicht glauben, dass es keinen anderen Weg gab als die Rutschbahn eine Böschung hinab über einen als Abstellfläche genutzten Standplatz zum Fuß der hölzernen Treppe, die zur Gaardener Brücke hinaufführte. Am Brückenpfeiler war ein Plakat befestigt: »Willkommen in Gaarden – bunt – vielfältig«.

Wer den Weg nicht gewohnt war, erschrak beim Erreichen der Brücke. Gehäuse und Kabine des Fahrstuhls waren nicht nur verschmiert, sondern wurden offenbar auch für Verrichtung menschlicher Bedürfnisse genutzt. Die Brücke stellte die Verbindung der Bewohner des Viertels mit dem Kieler Zentrum her. Unterhalb lagen eine Autovermietung und die Filiale eines Discounters. Die Brücke endete an der Schwimmhalle, und der Weg führte weiter an der Kirche und der Sozialversicherung für die Landwirtschaft vorbei ins Herz Gaardens, den Vinetaplatz.

Auf den Straßen waren ungewöhnlich viele Menschen unterwegs. Das galt auch für die Nebenstraßen, die Lüder zum Ende der Kaiserstraße führte, dem Standort der Nur-al-Din- Moschee, die in einem ungepflegten Hinterhof untergebracht war.

Während er von der anderen Straßenseite das unscheinbare Äußere des Hauses betrachtete und kurz überlegte, dass dieses Gebetshaus keine Ähnlichkeit mit den Bildern prachtvoller Moscheen aus den Golf-Emiraten aufwies, trat ein Mann aus dem Schatten des Eingangs, überquerte die Straße und kam auf ihn zu. Er trug eine abgewetzte Lederjacke, hatte den Kragen hochgeklappt und sah Lüder finster an, als er sich vor ihm aufbaute.

»Was willst du hier? Hau ab«, sagte er unfreundlich.

Lüder kannte die Reaktionen von Islamisten, die genauso wie rechte Sympathisanten sich nicht scheuten, Gewalt gegen Journalisten sogar bei laufender Kamera einzusetzen. Beide Gruppen unterschieden sich in diesem Punkt durch nichts. Er wollte sich keiner Diskussion aussetzen, schon gar nicht etwas provozieren, obwohl es ihn ärgerte, dass ein unbescholtener Bürger sogar auf der anderen Straßenseite fortgejagt wurde.

»Ich sehe mir nur die Gotteshäuser an«, sagte er ruhig. »So, wie ich Kirchen und andere Kulturdenkmäler ansehe, interessiert mich, wie die Gebetsstätten anderer Religionen aussehen.«

Der Mann ging nicht darauf ein. »Verpiss dich«, sagte er scharf und kam noch einen Schritt näher heran. »Hier ist kein Platz für dich. Los. Fix.«

»Ich will keinen Ärger«, sagte Lüder. »Dieses ist ein freies Land. Ich nehme das Recht in Anspruch, mich in der Öffentlichkeit dorthin zu bewegen, wohin ich möchte.«

Der Wächter, Lüder unterstellte ihm diese Funktion, ging nicht darauf ein. Er streckte seinen Arm plötzlich vor und stieß Lüder heftig gegen die Brust, sodass der ein wenig taumelte.

»Lass dich hier nicht mehr blicken. Du hast hier nichts zu suchen. Geh in deinen verfickten Bezirk. Aber nicht hierhin. Sonst …« Er ließ offen, welche Konsequenzen Lüder sonst drohen würden.

Das war zu viel des Guten. In Lüder kochte es. Er war nicht ängstlich, aber die Vernunft gebot ihm, der Aufforderung zu folgen. Wenn sich die Leute allein durch einen harmlosen Spaziergänger provoziert fühlten, wie viel heftiger musste der Auftritt des jungen Shimon Rosenzweig auf sie gewirkt haben?

Im Internet, aber auch in einigen Nachrichtenmagazinen wurde Gaarden sogar als »No-go-Area« bezeichnet. Es waren keine Einzelmeinungen, wenn Menschen sagten, sie seien froh, dort nicht mehr wohnen zu müssen. Der Stadtteil war sich selbst überlassen, manche behaupteten, er sei ein rechtsfreier Raum geworden. Sogar Lokalpolitiker nannten Gaarden eine Insel mit eigenen Gesetzen, wo Polizei und Justiz keine Rolle mehr spielten. Manche Polizeibeamte sprachen von einer zweiten Ordnungsebene. Der Moscheewächter hatte es eben eindrucksvoll demonstriert. Es hatte seine Berechtigung, wenn in Stadtführern davor gewarnt wurde, Gaarden bei Nacht zu betreten. Und um diese Jahreszeit begann »die Nacht« bereits um kurz nach sechzehn Uhr.

Lüder war sich nicht sicher, ob der Wächter mit seiner Vertreibung zufrieden war oder eventuell weitere Leute alarmierte, die ihm die »Gesetzmäßigkeiten« des Viertels nahebringen sollten. Für den Rückweg wollte er nicht den finsteren Fußweg nutzen, sondern die auch vom Durchgangsverkehr genutzte Straße Karlstal. Es bedeutete zwar einen kleinen Umweg um die Hörn herum zum Parkhaus, aber er war damit sichtbar außerhalb der »Verbotenen Stadt«.

Der Nieselregen war unangenehm. Lüders Schatten wurde von einer Straßenlaterne aufgenommen, überholte ihn und tauchte vor ihm auf, bis er sich mit dem der nächsten Laterne überschnitt. Lüder warf einen Blick über die Schulter. Niemand folgte ihm. Er erschrak dennoch, als im selben Augenblick neben ihm ein »Pst« ertönte und ihn eine Hand in einen dunklen Hauseingang zog. Seine Muskeln spannten sich, und reflexartig war er versucht, gegen den Unbekannten vorzugehen.

Der musste die Reaktion geahnt haben und flüsterte: »Nicht. Ich will Ihnen nichts tun. Nur Sie von der Straße wegziehen.«

Im selben Moment ließ ihn die Hand los, und Lüder konnte den Mann erkennen.

»Herr Gürbüz?«, fragte er erstaunt, als er den türkischen Gemüsehändler erkannte, den er am Morgen auf dem Wochenmarkt getroffen hatte.

»Entschuldigung, aber ich habe Sie vorhin zufällig gesehen, als Sie durch den Torweg zum Vinetaplatz gingen. Ich habe Sie wiedererkannt und bin Ihnen gefolgt. Es ist nicht gut, was Sie machen. Wenn es nicht erforderlich ist, sollte man diese Gegend meiden.«

»Sie meinen, wegen der Scharia-Polizei?«

»Es gibt viele Gründe. Schieben Sie nicht alles auf die Ausländer, die hier wohnen. Die Wachleute vor dem Supermarkt stehen dort, um Junkies abzuwehren. Überall finden Sie Erbrochenes auf den Gehwegen. Und die Kampfhunde der Alkis scheißen alle Wege voll.« Erschrocken hielt er inne. »Entschuldigung, aber es trifft zu. Niemand kommt auf die Idee, herumhängende Alkis mit Muslimen gleichzusetzen. Es gibt viele verschiedene Gruppierungen, die nicht freundlich zueinander stehen, die Besitzansprüche anmelden wollen. Und nachts kommen die Raubtiere aus ihren Löchern. Sie wissen selbst, Muslim ist nicht gleich Muslim. Die unterschiedlichen Richtungen bekämpfen sich erbittert.«

»Sie wohnen hier?«

»Nein. Ich wohne in Schwentinental.«

»Und was treibt Sie zu dieser Stunde hierher?«

»Ach, wissen Sie. Ich bin seit vielen Jahren hier auf dem Markt und kenne eine Menge Bewohner. Bei Licht sind viele Anständige dabei. Da geht es fast familiär zu. ›Op de anne Site‹, wie wir hier das andere Ufer der Förde nennen, ist es oft teurer auf den Wochenmärkten. Hier spricht man miteinander, kennt die häuslichen Umstände der Kunden, ihre Wehwehchen, packt auch mal einen Apfel mehr in die Tüte, wenn es zum Monatsende hingeht. Sie finden kaum woanders ein so vielfältiges internationales Angebot. Unter den Händlern gibt es zahlreiche Nationalitäten. Besonders viele Türken. So wie mich. Auf dem Weg zum Markt treffen Sie regelmäßig kleine illegale Stände. Das ist wie eine Art Flohmarkt. Wer auf so etwas achtet, auf die fremden Gerüche, das Sprachengewirr, der glaubt sich auf einem orientalischen Basar. Und deshalb liebe ich meine Stadt, mein Gaarden, meinen Vinetaplatz. Man sollte in gegenseitiger Achtung voreinander leben. Miteinander, aber nicht nebeneinander. Ich bin mit einer Deutschen verheiratet. Erika sagt, wo es langgeht. Und das seit Langem. Natürlich gehe ich auch in die Moschee.« Er grinste. »Manchmal«, schob er hinterher. »Aber immer aus Überzeugung. Ich bin erbost über die vielen Neuankömmlinge, von denen eine große Zahl nicht bereit ist, Deutsch zu lernen. Das ist auch nicht nötig. Sie können in Gaarden alles kaufen, ohne ein Wort Deutsch zu sprechen. Die Geschäfte haben sich angepasst. Tageszeitungen bekommen Sie in vielen Sprachen. Da sind selbst Großstadtbahnhöfe neidisch. Fast alle Geschäfte bieten importierte Waren an.« Erneut grinste er. »Ich natürlich nicht. Mein Obst und Gemüse kommt aus der Region. Sie gehen hier zum Arzt aus dem Libanon und zum türkischen Friseur.«

»Sie haben mir viele Gründe genannt, weshalb Sie gern hier sind«, sagte Lüder. »Aber …«

Gürbüz legte die flache Hand aufs Herz. »Ich mache mir Sorgen. Wir alle haben von der Scharia-Polizei gehört. Ich selbst habe sie aber noch nie gesehen. Ich möchte wissen, was in meiner Stadt passiert. Deshalb bin ich hier.«

»Sie haben mir gerade erzählt, dass es ungesund ist, bei Dunkelheit herumzulaufen.«

Noch einmal grinste Gürbüz und zeigte mit dem ausgestreckten Finger auf Lüder.

»Ja. Für Sie. Ich kenne mich hier aus. Mir tut keiner etwas. Selbst die Alkis übersehen mich. Ich bin wie ein Geist, wenn ich abends unterwegs bin.«

»Laufen Sie oft durch das Viertel?«

Aus dem Grinsen wurde ein helles Lachen. »Nein. Dann würde ich Ärger mit Erika bekommen. Und das wäre schlimmer als ein Zusammenstoß mit einem ganzen Trupp besoffener Penner.« Er packte Lüder am Ärmel. »Kommen Sie. Ich begleite Sie bis an die Grenze.«

»Haben Sie über Ihre Kontakte irgendetwas gehört, wer hinter dem Mord steckt?«

»Nein.« Gürbüz wurde plötzlich einsilbig.
»Gibt es Gerüchte?«, wollte Lüder wissen.
»Nein.«
Die Verabschiedung fiel frostig aus.

Fußgänger waren keine unterwegs, als Lüder die Gablenzstraße entlangging, die Brücke verließ und auf das hell erleuchtete Gebäude des Bürokomplexes »Hörn Campus« sah. Er folgte dem Fußweg direkt am Wasser entlang, wo der Raddampfer »Freya« lag und auf das Ende des Winters wartete. Von dort waren es nur noch wenige Schritte bis zum Parkhaus am Bahnhof.

Wenig später traf er am Hedenholz in Hassee ein. Als er den BMW langsam durch die ruhige Wohnstraße rollen ließ, wurde ihm bewusst, dass die drei Kilometer Luftlinie zwischen Gaarden und diesem bürgerlichen Wohnviertel eine nahezu unüberwindbare Distanz waren.

Drei

Am Abend war Lüder von seiner Familie regelrecht überfallen worden. Mit Ausnahme von Sinje, die sich mehr für das Erreichen des nächsten Levels in ihrem Videospiel interessierte, wollten alle von ihm etwas über den Mord in Kiel hören. Das war die Sensation gewesen und beherrschte die Nachrichten in allen Medien. Sogar die Tagesschau hatte mit dieser Meldung eröffnet.

Lüder hätte sich nicht gewundert, wenn man dem Ereignis auch noch einen Brennpunkt gewidmet hätte. Politiker aller Couleur waren nach ihrer Meinung gefragt worden und hatten versichert, dass man dringend schärfere Gesetze benötige. Ein Experte hatte den anderen als Interviewpartner abgelöst und analysiert, wer hinter dieser Tat steckte, warum sie so ausgeführt wurde, welche Symbolik dahinterstand, und behauptet, dass der Terror jetzt auch von der deutschen Provinz Besitz ergriffen habe.

»Provinz?« Jonas war wütend aufgesprungen. »Die haben den Schuss nicht gehört. Das ist Kiel. Wir sind die Hauptstadt.«

»Beruhige dich«, hatte Lüder versucht, seinen Sohn zu besänftigen. »Schleswig-Holstein ist eines der kleinen Bundesländer.«

»Aber das schönste Bundesland der Welt«, hatte sich Sinje aus der Ferne eingemischt. »Das sagen die immer im Radio«, verwies sie auf einen Spruch, den ein privater Radiosender populär gemacht hatte.

Lüder hatte sich entspannt zurückgelehnt und die Hände hinterm Nacken verschränkt. »Ich habe die nächsten Wochen frei.«

»Wie das denn?«, wollte Jonas wissen. Begeisterung klang anders.

»Es gibt so viele Experten, die es besser wissen und ihren Senf zu dem Vorfall abgeben. Da sind wir von der Polizei überflüssig.«

Belustigt hatte Lüder festgestellt, dass sich Jonas' Gesichtszüge wieder entspannten.

Der nächste Morgen war – wie üblich im Hause Lüders – anderen Themen gewidmet. Was waren drohende Weltkriege gegen den Kampf, wer wie lange das Badezimmer benutzen durfte? In der kleinen Küche war es eng. Wie immer. Und es herrschte überall Betriebsamkeit.

»Bist du eigentlich froh, wenn alle weg sind?«, hatte er Margit gefragt.

»Ja«, hatte sie mit einem Seufzer geantwortet, sich kurz in den Arm nehmen lassen und angefügt: »Eigentlich nicht.«

Wie wird es sein, wenn die Kinder irgendwann das Haus verlassen und ihr eigenes Leben führen?, dachte Lüder auf dem Weg ins Landeskriminalamt. Im Auto hörte er Nachrichten. Gestern Abend war in Gaarden eine Gruppe Motorradfahrer aufgekreuzt, hatte mit lautem Gedröhne das Viertel durchquert und sich eine kurze Schießerei mit Unbekannten geliefert. Verletzte gab es zum Glück keine.

In der Abteilung herrschte große Aufregung. Dr. Starke lief aufgeschreckt hin und her und versuchte, Struktur in die »Unordnung« zu bringen. Unordnung war seine Interpretation. Die Beamten des Polizeilichen Staatsschutzes waren routiniert. Jeder wusste, was von ihm erwartet wurde. Edith Beyer bat Lüder gleich ins Besprechungszimmer.

Kurz darauf hatte der Kriminaldirektor die wichtigsten Mitarbeiter versammelt und gab einen kurzen Lagebericht ab. Er berichtete, dass gegen zweiundzwanzig Uhr dreißig ein Trupp von etwa zehn schweren Motorrädern durch Gaarden gerollt sei. Auf den Krädern hätten jeweils ein oder zwei Gestalten in dunklen Lederkutten gesessen. Gesichter seien keine zu erkennen gewesen. Es war nicht nur zu dunkel, die Leute hatten sich auch durch Helme und Visiere unkenntlich gemacht.

»Trugen die Kutten Aufschriften?«, wollte ein Beamter wissen.

Dr. Starke sah auf sein Manuskript. »Das ist hier nicht vermerkt.«

»Ich gehe davon aus, dass nicht«, mischte sich Kriminaloberrat

Gärtner ein. »Die sind nach dem Verbot ihrer Clubs vorsichtig geworden. Der Einzug des Vereinsvermögens war schmerzlich. Und vor Gericht sind sie auch gescheitert.«

»Kfz-Kennzeichen?«, wollte ein anderer mit Zwischenruf wissen.

Lüder zog mit seinem demonstrativen Lachen die Aufmerksamkeit der Runde auf sich. »Selbst wenn die Motorradfahrer sie mit Halogen angestrahlt hätten, würde sich niemand melden. Mich wundert, dass die Polizei überhaupt verständigt wurde. Hat sich einer wegen ruhestörenden Lärms beklagt?«

»Nein. Die Meldung ging erst ein, als es zu einer Schießerei kam«, erklärte Dr. Starke. »Das war auf Höhe des Spielplatzes am Ende der Kaiserstraße.«

»Da ist doch die Nur-al-Din-Moschee in der Nähe«, rief Lüder dazwischen.

»Das mag sein. Wir sollten vorsichtig mit irgendwelchen Mutmaßungen sein. Die Spurensicherung sondiert das Gelände. Noch haben wir keinen Überblick. Zumindest scheint niemand verletzt worden zu sein. Darüber hinaus gab es Sachschäden. Die Motorrad-Gang hat bei ihrem Auftritt in Gaarden an mehreren Stellen Fensterscheiben eingeworfen. Es sieht wie ein ausländerfeindlicher Übergriff aus, da nur Dönerbuden, Telefonläden und andere Geschäfte betroffen sind, die Ausländern gehören. Betriebe einheimischer Inhaber, wenn ich es einmal so formulieren darf, waren nicht betroffen.«

»Gibt es Bekennerschreiben?«, wollte Lüder wissen.

Der Kriminaldirektor verneinte es.

In der kurzen Diskussion war sich die Runde einig, dass der nächtliche Überfall aller Wahrscheinlichkeit nach rechtsgerichteten Tätern zuzuschreiben war.

»Auf meiner Liste derer, denen ich das zutrauen würde, gehören Alf Föhrenbeck und sein rechtsradikaler Trupp ›Thor-Bund‹ ganz nach oben«, sagte Gärtner. »Es gibt Parallelen zum ›Bund Wiking‹ aus den zwanziger Jahren des vorigen Jahrhunderts. Die Organisation wurde verboten, weil sie in Putschvorbereitungen gegen die Weimarer Republik verwickelt war. Sie war eindeutig antisemitisch. Nach dem Verbot sind führende Mitglieder bei anderen NS-Organisationen wie dem ›Stahlhelm‹ oder der SA untergekommen.«

»Thor ist der nordische Name für Donar, den Gott des Donners. Da braut sich etwas Schlimmes zusammen. Neben ausländerfeindlicher Hetze und Rufen nach einem reinen Germanien, wie wir es schon von Föhrenbeck gehört haben, ist auch noch zu bedenken, wie Thor häufig bildlich dargestellt wird«, sagte Lüder und sah in die Runde. Nach einer kurzen Pause ergänzte er: »In skandinavischen Abbildungen in Steingräbern wurde Thor oft als beil- oder axtschwingender Berserker dargestellt.«

»Der Kopf ...«, warf ein Beamter ein.

Lüder nickte. »Nicht nur Salafisten kennen diese Methode des Tötens. Und Juden sind den Rechtsradikalen auch ein Dorn im Auge.«

»Das ist noch maßlos untertrieben«, stimmte Gärtner zu.

»Wir werden wie folgt vorgehen ...«, begann der Kriminaldirektor und erläuterte die nächsten Schritte.

Ein Punkt war die Razzia auf Föhrenbecks Grundstück. Er wohnte in einem Resthof in der kleinen Gemeinde Schinkel.

Nach der Besprechung kehrte Lüder in sein Büro zurück und fand eine Nachricht auf seinem Rechner vor. Vollmers bat um seinen Rückruf. Im Büro war er nicht zu erreichen. Lüder versuchte es auf dem Mobiltelefon.

»Es ist ja schön, wenn sich das LKA der Sache annimmt«, sagte der Hauptkommissar missgelaunt. »Wir leiden nicht unter Arbeitsmangel. Warum werden wir aber gerufen, wenn man jemanden an einem Baukran aufgehängt hat?«

»Was sagen Sie da?«, fragte Lüder erstaunt.

»Es ist nur eine Puppe, aber die hat ein Schild um den Hals. ›Tod den Zionisten‹, steht da drauf.«

»Gibt es irgendeinen Hinweis auf Amerikaner? Ähnelt die Puppe dem amerikanischen Präsidenten?«, wollte Lüder wissen.

»Meines Wissens gehört er nicht dieser Religion an«, erwiderte Vollmers.

»Solche Puppen werden von Islamisten häufig als Symbol im Kampf gegen Amerikaner eingesetzt«, erklärte Lüder. »Mit dem Schild zielt die Puppe aber auf eine andere Bevölkerungsgruppe ab.«

»Wenn Sie mich ausreden lassen würden ...«, beklagte sich der Hauptkommissar. »Das ist noch nicht alles. Darunter steht, dass auch die Verantwortlichen des jüdischen Staats so enden werden.«

»Mensch, Herr Vollmers, was ist da am Laufen?«, fragte Lüder. »Weist die Baustelle irgendwelche Besonderheiten auf?«

»Ja«, antwortete Vollmers. »Dort sollen billige Wohnblocks errichtet werden. Man munkelt, dass die Stadt Kiel Asylbewerber dort unterbringen möchte.«

»Soll das eine Warnung sein? Es wäre nicht das erste Mal, dass auf solche Bauvorhaben Brandanschläge verübt werden.«

»Es wird noch pikanter«, berichtete Vollmers. »Bauherr ist die Wiker Wohnbau. Fällt Ihnen dabei etwas auf?«

»Ich habe von denen gehört. Die sind recht aktiv. Man sieht öfter ihre Baustellenschilder.«

»Das Unternehmen gehört der Familie Silberstein«, sagte Vollmers.

»Oh verdammt. Das erklärt alles. Ich werde mit den Leuten sprechen.«

Vollmers wünschte ihm viel Erfolg.

Lüder fuhr in die Wik. Die Wohnungsbaugesellschaft war in einem modernen Bürogebäude am Flintkampsredder untergebracht.

»Es geht sicher um diese Merkwürdigkeit auf der Baustelle in Dietrichsdorf«, stellte Helmut Silberstein fest, als Lüder in sein Büro geführt wurde. Der Unternehmer war untersetzt und hatte welliges Haar, in dem das Grau dominierte. Er trug eine gut sitzende Kombination und ein Hemd mit dezent gemusterter Krawatte. Seine Erscheinung entsprach dem Klischee, das man mit »Geschäftsmann« umschreiben konnte, auch wenn es weit von einem protzigen Auftreten entfernt war. Das galt auch für die Ausstattung des Büros. Die war auf Zweckmäßigkeit ausgerichtet, ohne das Flair einer Behördenschreibstube zu verbreiten. Die Wände zierten Kunstdrucke.

Silberstein hatte ihm einen Platz in der Besprechungsecke angeboten, auf einen Händedruck verzichtet, aber freundlich nach einem Getränkewunsch gefragt und – ohne die Antwort abzuwarten – bei seiner Sekretärin Kaffee bestellt.

»Nun ist es über sechzig Jahre her«, begann Silberstein unaufgefordert. »Trotzdem gibt es immer wieder Verbohrte, die es nicht lassen können. Sparen wir uns den historischen Diskurs. Ich nehme das alles nicht ernst. Mich stört nur, dass über solche Aktionen Stimmung gegen das Unternehmen gemacht wird. Wir sind ein erfolgreicher Familienbetrieb und stellen unsere Arbeit auch unter das Motto, etwas für die Menschen zu tun, indem wir bezahlbaren Wohnraum schaffen. Das Bauvorhaben in Dietrichsdorf auf dem freien Gelände gegenüber der Schmerzklinik soll zunächst der Unterbringung von Flüchtlingsfamilien dienen. Das Konzept sieht aber vor, dass dort, falls dieser Bedarf sich irgendwann erschöpft, auch andere Bewohner einziehen können.«

»Haben Sie eine persönliche Meinung zu den potenziellen Bewohnern? Manchem mag es nicht unproblematisch erscheinen, dass dort sicher eine große Zahl von Menschen aus muslimischen Ländern wohnen wird.«

»Sie sagen es schon richtig: Dort ziehen Menschen ein. Mich fragt auch niemand, wenn ich mit Banken über neue Finanzierungen spreche, ob mein Engagement als Vorstandsmitglied der jüdischen Gemeinde sich auf die unternehmerische Arbeit auswirkt. Religion ist Privatsache.«

»Kennen Sie die Familie Rosenzweig?«

Silberstein nahm einen Kugelschreiber zur Hand und drückte zigmal auf den Druckknopf. »Mich hat es genauso erschüttert wie alle anderen in der Stadt. Da es sich um ein Mitglied aus meiner Gemeinde handelt, bin ich besonders betroffen. Ich gehe aber nicht so weit, laut von einer neuen Pogromstimmung zu sprechen. Die absolute Mehrheit der Menschen da draußen hat aus der Geschichte gelernt und ist freundlich zu jedermann, unabhängig von der Herkunft oder Hautfarbe. Ausnahmen treffen

Sie überall. Wir alle wissen, wie die Menschen im Nahen Osten, aber auch in anderen zum Islam gehörenden Staaten über die Existenz Israels denken. An manchen Stellen wird schon gewarnt, dass in jüngster Zeit eine große Anzahl Muslime ins Land geströmt ist, die hier natürlich die Garantie des Grundgesetzes auf die freie Religionsausübung genießen. Darunter befinden sich aber mit Sicherheit auch Leute, die überall auf der Welt, folglich auch in Kiel, Juden verfolgen und verjagen wollen. Viele israelkritische Muslime wandern ein und könnten das Stimmungsbild in der deutschen Gesellschaft beeinflussen. Da müssen wir aufpassen. Alle.«

»Sehen Sie eine Gefahr in der aufkommenden Islamisierung?«, fragte Lüder.

Silberstein lächelte leise. »Das hat mich der Journalist des Boulevardblatts auch gefragt, der heute Morgen hier war.«

»Dittert?«

»Ja, so heißt er«, bestätigte Silberstein. »Ich habe ihm gesagt, dass ich mir eine friedliche Welt wünschen würde, in der für alle Platz ist und wir tolerant nicht neben-, sondern miteinander leben.«

»Hat es schon Drohungen gegen Sie, Ihre Familie oder das Unternehmen gegeben?«

»Ach«, winkte Silberstein ab. »Das darf man nicht ernst nehmen. Gibt es in Ihrem Wohnviertel nicht auch irgendeinen Stinkstiefel, der gegen die Nachbarn wettert?«

»Noch einmal zur Familie Rosenzweig.«

Silberstein legte die Hände zu einem Dach zusammen. »Man sollte seine Herkunft, seinen Glauben und seine Überzeugung nicht verleugnen. Aber man kann es auch übertreiben. Ich wäre sehr irritiert, wenn ein katholischer Geistlicher mit Gefolge im Rahmen einer feierlichen Prozession das Kreuz durch die Synagoge tragen würde. Aber ich würde nie Gewalt gegen ihn anwenden.«

Lüder verstand die Symbolik dieses Vergleichs und hinterließ seine Karte.

»Ich bin jederzeit für Sie erreichbar«, sagte er.

Als er auf die Dienststelle zurückkehrte, erfuhr er, dass Staatsanwalt Brechmann die Forderung nach einer Razzia auf dem Restbauernhof, auf dem Föhrenbeck und sein Thor-Bund untergekommen waren, abgelehnt hatte.

»Es liegen nicht hinreichend Verdachtsmomente vor«, erklärte Dr. Starke. »Der Schutz der Wohnung ist ein hohes Rechtsgut. Außerdem fürchtet der Staatsanwalt, dass eine Razzia, die keine handfesten Ergebnisse liefert, den Rechtsradikalen Auftrieb liefern könnte. Sie würden es als Staatsterror propagandistisch ausschlachten.«

»Und eine Telefonüberwachung?«

»Sie kennen die in der Öffentlichkeit geführte Diskussion um die Vorratsdatenspeicherung. Ich habe das Thema gar nicht erst angesprochen. Worauf sollen wir das stützen? Weil irgendwelche Leute mit ihren Motorrädern durch Gaarden gefahren sind?«

»Immerhin gab es dort eine Schießerei«, sagte Lüder. Dann kam der Jurist in ihm durch. »Ein Anwalt würde erst einmal argumentieren, dass die Motorradfahrer nicht identisch sein müssen mit den Leuten, die an der Schießerei beteiligt waren.«

Ergebnisse der Spurensicherung lagen noch nicht vor. Lüder konnte lediglich in Erfahrung bringen, dass man Geschosshülsen gefunden hatte. Die ersten Erkenntnisse zielten auf verschiedene Waffen ab. Das war durch die unterschiedlichen Kaliber nachgewiesen.

Was sind das für Zeiten?, überlegte er. Da liefern sich zwei bewaffnete Gruppen eine regelrechte Straßenschlacht. Was ist, wenn Unschuldige zwischen die Fronten geraten?

Lüder beschloss, sich noch einmal in Gaarden umzusehen. Er parkte seinen BMW hinter dem Haus des Polizeireviers an der Werftstraße und musste sich mit einem Uniformierten auseinandersetzen, der ihn von dort verjagen wollte. Auch sein Dienstausweis half zunächst nichts.

»Der Kaiser von China darf hier auch nicht seine Sänfte abstellen«, schimpfte der Mann.

»Nur der Präsident der Scharia-Polizei?«, erwiderte Lüder.

»Hören Sie mit dem Schwachsinn auf.« Mit jeder Vokabel troff der Frust aus dem Mund des Mannes. »Denen gehört mit einem Besenstiel eingebläut, wo es langgeht.« Er rückte ein wenig näher an Lüder heran, als würde er ihm Vertrauliches offenbaren. »Das ist ja verrückt. Da laufen Junkies angeturnt durch Gaarden, und die Betrunkenen sind mehr als ein Ärgernis. Der Versuch, die Verslumung zu stoppen, ist gescheitert. Das Verbot, auf öffentlichen Plätzen Alkohol zu trinken, ist von einem Gericht kassiert worden. Mittlerweile werden offen Heroin, Koks und Marihuana angeboten. Auf Schritt und Tritt. Ich glaube, die da drüben sehen es als gar nicht so übel an, wenn bestimmte Probleme auf dieser Seite der Förde bleiben. Säufer und Fixer sind aus der Innenstadt verdrängt worden. Wenn man sie auch von hier vertreibt, kehren sie womöglich wieder nach drüben zurück. Und jetzt läuft die Scharia-Polizei durch die Straßen. *Noch* gab es keine Übergriffe, sondern nur Ermahnungen. Soweit wir wissen«, ergänzte er. »Aber was ist, wenn die Ultras ihre Vorstellungen mit Gewalt umsetzen? Und wir hocken zwischen den Stühlen. Die Scharia-Polizei räumt mit den Junkies auf und gewinnt damit vielleicht sogar die Sympathien der noch nicht fortgezogenen Alt-Gaardener, denen die Rauschgiftdödel ein Dorn im Auge sind.«

Alf Föhrenbeck und seine Rocker mischen im Rauschgiftgeschäft mit, überlegte Lüder. Denen kann es nicht recht sein, dass die Islamisten ihnen das Geschäft kaputtmachen könnten.

»Ich wünsche Ihnen erfolgreiches Bemühen und beneide Sie nicht um Ihren Job«, sagte Lüder versöhnlich.

»Scheiße«, fluchte der Beamte knapp und verschwand ins Innere des Reviers.

Bei Tag sah das Viertel nicht so runtergekommen aus wie in der Dunkelheit. Ganz in der Nähe hatte vor nicht allzu langer Zeit am helllichten Tag eine Gruppe libanesischer Kurden einen Iraker hingerichtet. Zu all den sich abzeichnenden Problemen kam noch hinzu, dass hier verschiedene Ethnien lebten, die sich untereinander nicht grün waren. Hielt jetzt jemand das Streichholz ans Pulverfass?

Es war ein buntes Vielvölkergemisch, dem Lüder begegnete. Auf dem Vinetaplatz waren alle Spuren des Vortags beseitigt. Die Stadtreinigung hatte gründliche Arbeit geleistet. Lüder sah auch nirgendwo kleine Gruppen, die die Vorkommnisse diskutierten.

Sein Weg führte ihn zur Nur-al-Din-Moschee. Sie lag friedlich inmitten des Wohngebietes. Vom Wächter, der ihn am Vortag aufgehalten hatte, war keine Spur zu sehen. Etwas weiter lag der Spielplatz. Durch Flatterband war die Fläche abgesperrt. Ein einsamer Streifenwagen sollte die Leute daran hindern, die Beamten der Spurensicherung bei der Arbeit zu stören. Die beiden Beamten unterhielten sich mit einem halben Dutzend Kinder, die dort standen und neugierig zum Spielplatz hinübersahen.

Lüder blieb an der Absperrung stehen und winkte einem Beamten zu, den er vom Ansehen her kannte. Der Mann im weißen Ganzkörperanzug kam heran und grüßte freundlich.

»Wir sind noch nicht fertig«, erklärte er. »Die haben ganz schön rumgeballert. Alles werden wir nicht finden. Im Augenblick sind wir bei etwa fünfzig Schuss, die gewechselt wurden. Die eine Gruppe war auf der Straße. Vermutlich die Motorradfahrer. Die anderen haben sich auf dem Spielplatz der Kindertagesstätte verschanzt. Dazu mussten sie den hohen Zaun überwinden. Es gibt noch eine extra abgegrenzte Trafostation. Auch dort lauerte ein Schütze. Es grenzt an ein Wunder, dass es keine Toten und Verletzten gab.«

»Dann sind die Motorräder von dort gekommen. Die Straße macht aber einen Knick. Hier ist nur ein Fußweg. Am Ende des Weges ist die hell erleuchtete Bushaltestelle ›Räucherei‹. Wieso sind die Rocker dort entlang?«

»Da ist die Preetzer Straße, die Hauptstraße«, sagte der Spurensicherer.

»Man könnte vermuten, dass die Rechtsradikalen genau wussten, was sie hier erwartet. Sie waren auf den Hinterhalt gefasst. Und weshalb haben ihre Gegner ihnen hier aufgelauert? Es ist nicht zwangsläufig so, dass die Motorräder den engen Wohnbezirk ausgerechnet über diesen Fußweg verlassen.«

Mit einem schlichten »Hmh« stimmte der Spurensicherer Lüders Überlegungen zu.

»Haben Sie feststellen können, ob auch aus Richtung der Moschee geschossen wurde?«

»Dafür haben wir noch keine Anzeichen gefunden.« Der Mann sah über die Schulter. »Ich muss mal wieder«, entschuldigte er sich. »Um diese Jahreszeit wird es früh dunkel.«

Lüder kehrte um und ging in das Wohnviertel zurück. Mujahid Yassine wohnte in einem vielgeschossigen Betonblock am Ende der Medusastraße. Ein Namensschild fand Lüder nicht. Irgendwie taten ihm die Menschen leid, die eine solche Umgebung ihr Zuhause nennen mussten. Trostlos war allerdings auch der Müll, der rund um das Haus lag. Es hatte den Anschein, als wenn einige Bewohner ihre Abfälle aus dem Fenster entsorgten.

Während er gedankenverloren auf das Haus starrte, öffnete sich die abgeschrammte Tür, und ein älterer Mann trat heraus. Trotz der kühlen Witterung trug er nur ein bis oben zugeknöpftes buntes Baumwollhemd und ein abgenutztes braunes Sakko, das er am Kragen zusammenhielt. Der Kopf war mit einem Hut aus schwarzem Kunstleder bedeckt. Er warf Lüder einen abschätzenden Blick zu, wollte vorbeigehen und überlegte es sich noch einmal.

»Suchen Sie wen?«, fragte er. Aus seinem Mund mit den schwarzen Zahnstummeln kam eine üble Wolke heraus.

»Wohnt hier Mujahid Yassine?«, fragte Lüder.

»Keine Ahnung, wie die heißen. Alles voller Ausländer. Da blickt keiner durch. Uns verjagen die. Bald sind alle weg. Wo soll man hin? Wenn man sagt, man kriegt Hartz, ist es vorbei. Daddeldu. Uns will keiner haben.«

»Sie haben doch eine Wohnung.«

»Wohnung?« Der alte Mann lachte bitter auf. »Ein Drecksloch. Das stinkt wie Katzenpisse im Treppenhaus.«

»Wissen Sie etwas über die Scharia-Polizei?« Lüder ging nicht auf die Bemerkung ein.

»Polizei?«, hatte ihn der Alte missverstanden. »Die kommt nicht hierher.«

»Ich meine die Leute, die mit Armbinden herumlaufen.«

»Diese grünen Putzlappen? So was hat Hitlers Gestapo auch getragen, als sie die Juden aufgemischt haben«, brachte der Mann einiges durcheinander.

»Sie meinen die SA«, versuchte ihn Lüder zu korrigieren. Es missfiel ihm, dass der Mann von »Aufmischen« sprach, aber wenn er ihn zurechtweisen würde, bekäme er keine weiteren Auskünfte.

»Ja, ja. Sage ich doch. Die in den braunen Hemden. War doch die Gestapo, oder? Was bilden sich die Affen ein, hier herumzutrampeln und den großen Motz zu machen?« Sein dünner Finger zeigte auf eine unbestimmte Etage des Hauses. »Da oben wohnt ein Türke. Einer der wenigen, die noch arbeiten und nicht von unserem Geld leben. Hat 'nen ganzen Stall voll Kinder. Na ja. Was anderes machen die ja nicht. Seine große Tochter – Mann«, er unterbrach seinen Redefluss und deutete mit seinen beiden Händen den Umfang eines mittleren Baumstamms an, »solche Oberschenkel hat die. Und ganz knappe Röcke. Da wollen alle mal ran. Die schminkt sich auch immer so, als wenn sie aufn Strich geht. Die haben die mit den grünen Armbinden mal gefaltet. So richtig. Seitdem hab ich sie noch nicht wieder so gesehen.«

»Was meinen Sie mit ›so‹?«

»Na – so geil. Das wollen diese Spinner nicht. Soll'n die doch woandershin gucken. Und wenn die Weiber hier nackt herumlaufen, das geht die einen Dreck an. Da drüben wohnt Bartels. So lange ich zurückdenken kann, säuft der Kerl. Am Vierten des Monats ist seine Stütze weg. Dem haben sie mal ordentlich welche gelangt. Der sah gar nicht gut aus. Tja, ich weiß nicht, ob das alles gut ist. Irgendwie machen die aber auch Ordnung im Stall. So. Muss nun weiter.« Ohne ein weiteres Wort schlurfte er davon.

Von solchen Übergriffen erfuhren die Behörden nichts. Niemand wagte es, sie anzuzeigen. Es war eine gefährliche Entwicklung, die sich dort anbahnte. Wenn die Mitglieder der sogenannten Scharia-Polizei feststellten, dass ihre Methode Erfolg hatte, würden sie die Zügel weiter anziehen und allmählich ihre eigenen Gesetze etablieren.

Auf dem Rückweg zum Gaardener Zentrum klingelte Lüders Handy. Dr. Diether von der Rechtsmedizin meldete sich und gab einen Vorabbericht seiner Obduktion durch. Es gab keine neuen Erkenntnisse. Der detaillierte Bericht würde schriftlich folgen.

»Haben Sie inzwischen den Rest des jungen Mannes gefunden?«, wollte Dr. Diether wissen.

Lüder versicherte ihm, dass Hundertschaften auf der Suche seien.

»Aufschneider«, stellte der Rechtsmediziner fest. »So viele Polizisten hat das ganze Land nicht.«

In der Elisabethstraße, der Haupteinkaufsstraße, war ein libanesischer Ladenbesitzer damit beschäftigt, eine Graffitischmiererei mühsam mit einer Bürste und Seifenlauge zu beseitigen. Er sah auf, als Lüder stehen blieb.

»Schweinerei«, schimpfte er.

Lüder nickte.

»Ja, was glotzt du so? Macht mir kein Spaß.«

»Ist das heute Nacht passiert?«

»Immer wieder. Und was macht Polizei? Nix. Sitzt im Warmen. Muss viel Steuern zahlen. Wofür?« Er schlug mit der Bürste auf die Hauswand. »Soll kommen Leute von Stadt. Faschisten haben gesprüht an viele Geschäfte. Kollega auch sauer. Immer wieder. Manche lassen einfach dran.«

Lüder zeigte auf das Graffiti. »Sind es immer die gleichen Symbole?«

»Was heißt, Symbole? Arschlöcher sagen, es sind *tags*. Mir egal. Ist Sauerei. Wenn nichts passiert, wir werden selbst aufpassen.«

»Sie meinen die Scharia-Polizei?«

»Was verstehen du davon? Islam ist gute Religion. Friedlich. Es nur geht um diesen Schweinkram. Wir organisieren Leute, die aufpassen nachts, damit keine deutschen Schweine kommen und machen so was. Nun hau ab.« Wütend schwang der Mann die Bürste in Lüders Richtung.

Lüder ging die Straße bis zum Ende der Geschäfte und kehrte auf der anderen Straßenseite wieder zurück. Er fand weitere Graffitis, ausnahmslos an Geschäften, die ausländischen Inhabern gehörten. Es waren keine wilden Schmierereien, sondern nach oben gerichtete Pfeile. Die geschädigten Ladenbesitzer wussten mit Sicherheit nicht, dass es sich um die Rune »Tiwaz« handelte, auch Tyr-Rune genannt. Sie war dem Himmels- und Kriegsgott Tyr zugeordnet. Sie sollte der Sage nach zweimal in das Schwert eingeritzt werden, um den Sieg zu erlangen.

Mein Gott, dachte Lüder. Nun stehen sich islamistische Fundamentalisten und Leute mit abstrusen germanischen Rassenwahnvorstellungen gegenüber. Die Tyr-Rune, die auch als Kampfrune bezeichnet wurde, war im Nazireich den erfolgreichen Absolventen der Reichsführerschulen verliehen worden und wurde oberhalb der Hakenkreuz-Armbinden getragen.

Nachdenklich kehrte Lüder zum Polizeirevier zurück, stieg in seinen Wagen und fuhr zum Polizeizentrum Eichhof. Dort erwartete ihn eine neue Entwicklung. Für den kommenden Sonnabend hatte Johannes Piepke eine Demo in Gaarden angemeldet. Dann war Wochenmarkt.

Piepke war Pastor einer freien evangelischen Gemeinde und örtlicher Funktionär der Partei, die mit ihren ausländerfeindlichen Parolen den Behörden viel Kopfzerbrechen bereitete. Der Aufruf würde weit über Kiels Grenzen Gehör finden und mit Sicherheit zahlreiche gewaltbereite Radikale anlocken. Die nächste Eskalationsstufe bahnte sich an.

Auf dem Flur fing ihn Edith Beyer ab.

»Sie sollen sofort zu ihm kommen«, sagte sie. »Da ist Besuch da.«

Mit »ihm« war der Abteilungsleiter gemeint.

Dr. Starke war in ein Gespräch mit einem älteren, asketisch wirkenden Mann vertieft. Tiefe Falten durchzogen das Gesicht. Das weiße Haar war akkurat gescheitelt. Eine schmale Goldrandbrille saß auf der gebogenen Adlernase. Der Mann trug einen dunkelgrauen Anzug. Am Schreibtisch lehnte ein Stock.

»Dr. Feigenbaum«, stellte Dr. Starke den Mann vor. »Er ist Landesrabbiner der jüdischen Gemeinden in Hessen.«

»War«, sagte Dr. Feigenbaum, nachdem er versucht hatte, sich mühsam zu erheben, um Lüder die Hand zu reichen. »Ich gehe auf die achtzig zu und bin lange pensioniert. Im Augenblick vertrete ich den örtlichen Rabbiner in Kiel. Der ist mit einigen Gemeindemitgliedern auf einer Studienreise in Israel.«

Da Dr. Starke ihm keinen Platz angeboten hatte, sondern Lüder nur als »mein Mitarbeiter« vorgestellt hatte, zog er sich selbst einen Besucherstuhl heran und setzte sich neben den Rabbi.

Dr. Starke fasste kurz zusammen, was sie bisher besprochen hatten. »Dr. Feigenbaum möchte gern die Beerdigung nach jüdischen Vorschriften organisieren.«

Der Rabbiner nickte. »Wann werden die sterblichen Überreste dafür freigegeben? Können wir noch heute davon ausgehen? Den Eltern ist sehr daran gelegen.«

Er hatte die Frage an den Kriminaldirektor gerichtet. Der zeigte auf Lüder.

»Das kann mein Mitarbeiter sagen.«

Du Feigling weißt genau, wie der Sachstand ist, dachte Lüder und bedachte seinen Vorgesetzten mit einem giftigen Blick.

»Der ›Mitarbeiter‹ heißt Dr. Lüder Lüders und ist Kriminalrat«, sagte Lüder.

Dr. Feigenbaum sah die beiden Beamten irritiert an. »Kriminalrat? Dann sind Sie der Vorgesetzte?«

»Nein«, fuhr Dr. Starke dazwischen. »Ich bin Kriminaldirektor.«

»Herr Starke leitet die Ermittlungen. Ich verstehe den Wunsch der Angehörigen nach einer schnellen Freigabe des Leichnams. In solchen Fällen sind aber noch Untersuchungen erforderlich. Ich will nicht verhehlen, dass wir es hier mit einem ganz besonderen Fall zu tun haben«, erklärte Lüder. »Deshalb trifft auch der Ermittlungsleiter die Entscheidung«, gab Lüder den Ball an den Abteilungsleiter zurück.

Der bedachte ihn mit einem finsteren Blick und stammelte: »Ja, äh, wir unterrichten Sie umgehend, wenn das der Fall ist.«

Dem Rabbiner war der Disput zwischen den beiden Beamten nicht entgangen.

»Ist etwas Besonderes?«, fragte er lauernd.

Dr. Starke sah hilfesuchend zu Lüder hinüber. Der hatte Mühe, ein Grinsen zu unterdrücken.

»Die rechtsmedizinischen Untersuchungen sind noch nicht abgeschlossen.«

»Mich hat heute ein Journalist besucht«, begann der Rabbi.

»Leif Stefan Dittert?«, unterbrach ihn Lüder.

»Ja«, bestätigte Dr. Feigenbaum. »Der hat angedeutet, dass man bisher nur den Kopf gefunden hat. Ist das richtig? Es wäre eine unvorstellbare Schändung.«

»Wir geben keine Informationen zu laufenden Ermittlungen an die Öffentlichkeit«, sagte Dr. Starke abweisend.

»Ich möchte nur wissen, ob es wahr ist, was der Journalist behauptet hat. Lügen Sie mich nicht an.«

Der Kriminaldirektor wich den Blicken der anderen aus. »Mehr kann ich dazu nicht sagen. Offizielle Statements gibt die Presseabteilung heraus.«

Dr. Feigenbaum kniff die Augen zu einem schmalen Schlitz zusammen. »Ich bin kein Reporter«, sagte er scharf. »Stimmt es, dass man bisher nur den Kopf gefunden hat?«

Dr. Starke knetete nervös seine Finger. »Ich ersuche Sie, keine Vermutungen zu streuen«, sagte er.

Dr. Feigenbaum versuchte, sich zu erheben. Beim ersten Versuch fiel er wieder auf den Stuhl zurück. Als Lüder aufstand und ihm behilflich sein wollte, wies er ihn brüsk zurück.

»Fassen Sie mich nicht an.« Er griff seinen Stock und ging mühsam zur Tür. Dort drehte er sich noch einmal um. »Sie sind sich der Tragweite des Geschehens hoffentlich bewusst.« Obwohl er mit brüchiger Stimme sprach, war die Drohung unverkennbar.

Der Abteilungsleiter war blass geworden.

»Herr Lüders«, sagte er tonlos. »Was rollt da auf uns zu? Der Vorfall wird internationales Aufsehen erregen. Ausländische

Medien werden über uns herfallen. Besonders in Amerika. Was ist, wenn man vom Beginn eines neuen Pogroms sprechen wird?«
»Ich möchte nicht mit Ihnen tauschen«, schürte Lüder das Feuer. »Sie werden in vielfältiger Weise Rede und Antwort stehen müssen. Wir kennen die Bilder, wenn die Kameras auf den Polizeichef gerichtet sind und der erklären muss, warum dieses oder jenes passiert ist. Oder unterlassen wurde«, fügte er hinzu.
»Ich tue doch mein Bestes«, sagte Dr. Starke leise.
Lüder unterdrückte den Wunsch, zu sagen: Das reicht nicht. Stattdessen fragte er: »Gibt es irgendwelche Spuren, die uns zum Körper des toten Jungen führen könnten? Bekennerschreiben?«
»Nichts«, sagte der Kriminaldirektor ratlos.

Lüder beschloss, das Innenministerium aufzusuchen. Die Entwicklung wollte er unbedingt mit dem Minister besprechen.
»Es tut mir leid, Dr. Lüders«, sagte die Sekretärin. »Der Minister ist heute in Berlin. Er will aber noch heute Nacht zurückkommen. Kann Ihnen sonst jemand behilflich sein?«
»Nein, danke. Oder ... vielleicht doch. Wissen Sie, ob jemand aus dem Ministerium mit der geplanten Demonstration gegen die Ausländerpolitik betraut ist?«
»Wir sind darüber informiert. Die Entscheidung über die Genehmigung liegt bei der Stadt. Ich weiß, dass der Minister in dieser Angelegenheit mit dem Oberbürgermeister gesprochen hat. Das Ergebnis kenne ich leider nicht. Das ist eine ganz vertrauliche Information. Sie wissen doch: Ich bin im Politikgeschäft so etwas wie eine Krankenschwester. Auskünfte dürfen aber nur die Ärzte erteilen.«
»Ich bin verschwiegener als jeder Beichtvater«, sagte Lüder. »Danke.«
Dann suchte er Geert Mennchen auf. Der Verfassungsschützer sah ihm erstaunt entgegen.
»Ich hatte hier zu tun«, erklärte Lüder.
»Waren Sie beim Minister?«, wollte der Regierungsamtmann wissen.
Lüder überging die Frage und berichtete von seiner Entde-

ckung, dass offenbar Rechtsradikale Schmierereien an die Wände und Scheiben von Gaardener Geschäften angebracht hatten.

»Die Tyr-Rune, ein altes von den Nazis verwendetes Symbol.« »Ist es noch jemandem aufgefallen?«, fragte Mennchen. »Wenn es gelingt, das unter dem Deckel zu halten, wäre es gut für uns. Sonst kommt noch die Mär vom germanischen Rassenwahn hoch. Das wäre das Allerletzte, was wir brauchen können.«

»Wie gut sind Ihre Informationen über das, was sich dort anbahnt?«, wollte Lüder wissen.

»Es gibt hinreichend Anlass zur Sorge.«

»Meinen Sie, die Rechtsgerichteten weiten ihren Aktionsradius aus und werden gewalttätig? Die Ermittlungsgruppe arbeitet fieberhaft daran, die Hintergründe der nächtlichen Schießerei aufzuklären. Stellen Sie sich vor, es hätte dabei Verletzte oder gar Tote gegeben.«

Mennchen bat Lüder auf seine Seite des Schreibtisches und rief einen Videomitschnitt auf. »Das ist bei einem der letzten Freitagsgebete in der Nur-al-Din-Moschee aufgenommen worden.«

»Wie kommen Sie an solches Material?«, fragte Lüder erstaunt. »Haben Sie einen V-Mann in der Szene?«

»Sie erwarten keine Antwort«, stellte Mennchen fest und ließ das Video ablaufen. Der Gebetsraum war einfach eingerichtet, wies aber eine gewisse Würde auf. Eine Wand war besonders hervorgehoben. Die Qibla-Wand kennzeichnete die Gebetsrichtung. An ihr konnten die Gläubigen die Ausrichtung gen Mekka erkennen, um ihre Gebete dorthin zu richten. Im Video waren die gebeugten Rücken zahlreicher Männer zu erkennen, die niederknieten. Ihnen zugewandt stand der Imam.

»Das ist Qassim al'Ab«, erklärte Mennchen. »Zunächst spricht er nur rituelle Gebete auf Arabisch.« Der Verfassungsschützer ließ das Video vorlaufen. »Ab hier wird es interessant«, sagte er.

Al'Ab wechselte in ein holpriges Deutsch. Seine Stimme wurde schrill. Die ganze Körpersprache gewann an Dynamik. Wild herumrudernde Arme begleiteten die Rede. Al'Ab sprach von der Verachtung, die man Ungläubigen entgegenbringen müsse. Es sei Aufgabe jedes Anwesenden, für die Verbreitung des rechten Glaubens zu sorgen und sich gegen die Missachtung ihrer Religion zu stemmen. Niemand dürfe es zulassen, dass Allahs Gesetze nicht befolgt und der Islam gekränkt würden. Das Verbot von Unglaube, Alkohol, Unzucht und andere unabdingbare Forderungen müssten beachtet werden. Gestraft würden die, die sich nicht gegen das wehrten, was täglich um sie herum geschah. Nicht nur in Palästina, auch sonst überall in der Welt würden die Gesetze des wahren Glaubens mit Füßen getreten. Kein Muslim dürfe es zulassen, dass sich die Zionisten weiter ausbreiteten, die Glaubensbrüder demütigten und mordeten, Land raubten und mit verbrecherischen Mitteln besetzt hielten. Jeder wisse, dass die Heiligtümer in Jerusalem von den Juden beschmutzt würden. Es sei die Zeit gekommen, das nicht länger zu dulden, forderte Qassim al'Ab.

»Es ist die Zeit gekommen, im Namen des Propheten die Dinge zu ändern. Allahs Schwert muss geschärft werden, um der Schlange des Bösen den Kopf abzuschlagen. Vernichtet die Brut, bevor sie sich weiter ausdehnt und die Weltherrschaft des Islam unmöglich macht. Nicht nur dort, wo unsere Brüder im tapferen Kampf gegen Zionisten und alle anderen *kâfirn* ihr Blut hingeben, auch an allen anderen Plätzen der Welt müssen wir uns gegen jene stellen, die nicht an die Offenbarungen des Korans und die göttliche Sendung Mohammeds glauben. Vernichtet sie«, lautete die eindeutige Botschaft zum Schluss der Ansprache.

Lüder war sprachlos. »Das ist Anstiftung zu Gewalttaten«, sagte er, »wenn nicht gar zum Mord. Wir haben es hier mit einer terroristischen Gruppierung zu tun.«

»Es bringt uns nichts, wenn wir beide dieser Ansicht sind«, erwiderte Mennchen. »Ich muss Ihnen nicht erklären, dass dieses Video als Beweismittel nicht zulässig ist. Der erste Versuch, die NPD zu verbieten, ist vor dem Bundesverfassungsgericht gescheitert, weil der Verfassungsschutz V-Leute in den Führungsgremien der Partei platziert hatte.«

Lüder nickte versonnen. »Dieses Material können Sie nicht verwenden. Das ist das Dilemma. Aber ohne solche Quellen wüssten wir überhaupt nicht, was dort vorgeht. Sie haben wichtige Informationen gewonnen, können sie aber nicht verwerten. Das sind die Fußangeln, die sich ein Rechtsstaat selbst anlegt.«

Beide starrten auf das gestoppte Videobild, das den bärtigen Prediger zeigte. Wenn man der Phantasie freien Lauf ließ, konnte man einen hasserfüllten Ausdruck in Qassim al'Abs Mimik erkennen. Davon durften sie sich aber nicht beeindrucken lassen.

»Wie sicher ist Ihr Mann, den Sie in die Moschee eingeschleust haben?«

»Wenn jemand außer Ihnen und mir von seiner Existenz erfährt, ist er tot«, sagte Mennchen nüchtern.

»Es muss doch noch mehr Leute geben, die von seiner Tätigkeit wissen.«

»Nein«, behauptete der Verfassungsschützer.

Lüder hatte sich wieder auf die andere Seite des Schreibtisches gesetzt. Er versuchte, sich vorzustellen, dass Mennchen sein Büro verlassen und in der »Unterwelt« agieren würde. Lüder hatte Schwierigkeiten, Mennchen an einem anderen Ort als an diesem Schreibtisch zu sehen. Es wirkte manchmal so, als würde der Regierungsamtmann sein Büro nie verlassen.

»Ich weiß nicht«, sagte Mennchen leise, »wie man diesen Hasspredigten begegnen kann. Niemand von denen, die dort als Gläubige in der Moschee beten, wird gegen Qassim al'Ab als Zeuge auftreten. Es gibt öffentlich zugängliche Dokumente, Reden, aber auch Schriftsätze, in denen al'Ab zum Agieren gegen alle Nichtmuslime aufruft, aber nirgendwo fordert er so offen zu Gewalt auf wie in diesem Video.«

»Gibt es verwertbare Ansätze, um eine Ausweisung zu erwirken?«

Mennchen fuhr sich mit zwei Fingern über das Doppelkinn. »Wir kontrollieren den Zahlungsverkehr. Eine Telefonüberwachung wurde nicht gestattet. Sporadisch hängen wir uns an ihn ran. Wenn es uns gelingen würde, ihm die Unterstützung einer terroristischen Vereinigung nachzuweisen, wären wir ein Stück weiter. So offen er auch den Hass predigt, so vorsichtig bewegt er sich durch unsere Rechtsordnung. Führungspersönlichkeiten wie al'Ab verstehen es, andere zu motivieren, sie zu Gewalttaten bis hin zu terroristischen Aktionen anzustiften, sich selbst aber im Hintergrund zu halten. Ich weiß, dass ich das nie gesagt habe, was ich jetzt denke, aber unser Wissen müsste in die Hände von Leuten gelangen, die weniger zimperlich bei der Auslegung der Gesetze sind. Wenn Qassim al'Ab extensiv den Koran nach seinen Vorstellungen auslegt, müsste man ihm mit der Bibel antworten.«

»Vergessen Sie es«, sagte Lüder. »Aug um Aug, Zahn um Zahn.« Er reckte sich und zwinkerte Mennchen zu. »Schade, dass ich heute nichts von Ihnen erfahren konnte. Aber es war nett, mit Ihnen über das Kieler Wetter zu plaudern. Machen Sie es gut. Und wenn Sie vom nächsten Tiefdruckgebiet hören ... Mich interessiert es.«

Im Landeskriminalamt erwartete ihn die nächste Überraschung. Man hatte ein Video ins Internet gestellt, das die Enthauptung Shimon Rosenzweigs zeigte.

»Bevor Sie fragen ...«, begann Dr. Starke, »unsere Fachleute versuchen herauszufinden, von wem das Video stammt, das heißt, wer es veröffentlicht hat. Eine Antwort liegt noch nicht vor.«

Dann ließ er es abspielen.

Es war grausam. Selbst hartgesottene Polizeibeamte mussten dabei schlucken. Zunächst war der Jugendliche zu sehen, wie er sich mit hinter dem Rücken gefesselten Händen durch Sand schleppte. Zwischendurch waren immer wieder Grasbüschel zu erkennen. Es war dunkel. Nur der Schein einer Kameraleuchte erhellte das Geschehen. Shimon Rosenzweig war barfuß. Dann blieb er stehen und sah fragend in Richtung Kamera. Er sagte etwas. Die Aufnahme war ohne Ton.

»Wir haben einen Gebärdendolmetscher bestellt«, erklärte der Kriminaldirektor. »Vielleicht kann der übersetzen, was das Opfer gesprochen hat.«

Lüder bat darum, die Aufnahme zu stoppen. »Zoomen Sie auf das Gesicht. Ich möchte die Augen sehen.«

Der Kriminaltechniker holte die Augen heran.
»Das ist unmenschlich«, stellte Dr. Starke mit stockender Stimme fest. Deutlich war seine Angst erkennbar.
»Können Sie es weiterlaufen lassen in der Zoomeinstellung?«, fragte Lüder.
Auch ohne Ton war ersichtlich, dass man Shimon Rosenzweig etwas Schlimmes gesagt haben musste. Die Augen weiteten sich. Die Mundwinkel zuckten. Dann begannen die Lider zu flattern.
»Wer nicht weiß, wie Todesangst aussieht, muss diese Bilder gesehen haben«, sagte Lüder. Es war grauenvoll, dem Jungen in diesem Moment ins Gesicht zu sehen. »Es ist denkbar, dass man ihm genau in diesem Augenblick erklärt hat, dass er sterben muss«, vermutete Lüder. Niemand widersprach ihm. »Jetzt bitte wieder auf die Totale gehen.«
Der junge Mann sah in die Kamera. Er hörte jemandem zu. Dann schüttelte er den Kopf. Immer wieder. Immer heftiger.
»Er will sich dem widersetzen, was man von ihm verlangt«, kommentierte Lüder das Geschehen.
Eine Gestalt in einem langen Gewand erschien von der linken Seite und schlug dem Jungen mit Wucht von hinten in die Kniekehlen. Shimon knickte ein, fiel auf die Knie und dann der Länge nach mit dem Oberkörper in den Schmutz. Er versuchte, sich mit den Händen abzustützen und hochzustemmen, aber ein Bein stellte sich auf seinen Rücken. Unter dem langen Gewand sah man einen Stiefel hervorgucken. Deutlich war die Muskelspannung des Jungen, aber auch die seines Peinigers zu erkennen.
»Widerlich«, warf Dr. Starke in die Stille des Raumes.
»Es sind mehrere an der Tat beteiligt«, sagte Lüder, als zwei Armpaare erschienen und Shimon Rosenzweigs Hände auf dem Rücken fesselten. Dann wurde er hochgerissen und auf die Knie gesetzt. Die Kamera schwenkte zu einem mit einem Tuch verhüllten Mann und öffnete sich. Ein Horrorregisseur hätte es nicht effektvoller in Szene setzen können. Der Weitwinkel wurde so lange zurückgefahren, bis der Mann komplett zu sehen war. Mit beiden Händen hielt er ein Schwert.

»Stopp«, rief Lüder. »Wir brauchen eine Auswertung des Bildes. Uns liegt eine Meldung über den Diebstahl eines Richtschwerts aus dem Arsenal des polizeihistorischen Museums vor. Die zuständige Kriminalpolizeidienststelle ermittelt in dieser Sache. Wir sollten feststellen, ob dieses Schwert identisch mit einer der gestohlenen Waffen ist. Wenn wir von diesem Bild eine Vergrößerung der Waffe machen, können wir es dem Polizeihistoriker vorlegen. Wenn er sein Schwert wiedererkennt, wüssten wir, woher die Waffe stammt.«

Der Kriminaltechniker sah Lüder fragend an. Als der nickte, ließ der Experte das Bild weiterlaufen. Die Kamera schwenkte noch einmal auf den Jungen, der von zwei Männern an den Oberarmen gehalten wurde. Dann nahm das Bild das Schwert auf, das über den Kopf des Henkers gehoben wurde.

Noch einmal rief Lüder laut: »Stopp!«

Der Kriminaltechniker hielt den Film an und zoomte das Bild auf seine Bitte hin heran.

»Das ist unscharf. Schade, dass wir keine bessere Auflösung hinbekommen. Man sieht nur Schemen.« Lüder zeigte auf das Bild und fuhr mit dem Zeigefinger eine undeutlich erkennbare Linie ab. »Mit ein wenig Phantasie könnte man vermuten, dass im Hintergrund das Marineehrenmal in Laboe zu sehen ist. Es ist dunkel. Aber davor – das sieht aus wie U 995, das dort am Strand liegt.«

»Das ist aber sehr vage«, widersprach Dr. Starke. »Warum sollten die Täter sich einen so symbolträchtigen Ort für die Hinrichtung ausgesucht haben?«

»Vielleicht interpretieren wir da zu viel hinein«, meinte Lüder. »Bei der Tat ist viel Blut geflossen. Das macht man nicht in einem geschlossenen Raum, sondern man sucht sich einen Ort im Freien.«

»Und warum ausgerechnet Laboe?«

»Der Platz ist gut erreichbar. Und an einem ungemütlichen Januartag kommt dort kaum jemand hin.«

»Ich bin nicht überzeugt«, antwortete Dr. Starke. »Aber wir dürfen nichts unversucht lassen.« Er zeigte mit zittriger Hand auf den Bildschirm. »Können wir jetzt weiter? Uns den Rest ansehen?«

Lüder schüttelte den Kopf. »Mich interessieren Fakten, keine barbarischen Grausamkeiten. *Das* muss ich nicht sehen.«

Damit verließ er den Raum. Er wusste, dass es kein schöner Feierabend werden würde.

Vier

Lüder hatte Mühe gehabt, zu Hause alle Fragen nach dem Mord an dem jüdischen Jungen abzuwehren. Das Thema beschäftigte nicht nur die Mitglieder seiner Familie, sondern auch die Medien. Eine solche Nachricht ging rund um die Welt. Ausländische Korrespondenten fielen in Gaarden ein, von den deutschen Journalisten ganz abgesehen.

Nachdem Lüder im Landeskriminalamt eingetroffen war, rief er Hauptkommissar Sawitzki vom Gaardener Revier an.

»Verfluchte Scheiße«, begann der Beamte der Schutzpolizei ohne Umschweife. »Da sollen mal die über die Förde rüberkommen, die uns diesen Mist eingebrockt haben. Hier gehört nicht die Polizei hin, sondern eine Schwadron der Stadtreinigung, die den Stall ausmistet. Sie hocken in Ihrem warmen Büro, während hier der Teufel los ist. Da ziehen Tausende von Reportern«, übertrieb Sawitzki, »durch Gaarden, blockieren alles und halten jedem Idioten ein Mikrofon unter den Schnauzbart. Jeder Arsch darf etwas von sich geben. Meinungsfreiheit. Pah. Wenn auch nur einer von denen schreiben würde, dass unsere öffentliche Ordnung, ja unser ganzer Rechtsstaat in Gefahr ist. Nein! Da pickt sich jeder dieser Schreiberlinge eine Figur heraus. Die brüllt was von mangelnder Integration und dass man sich nicht der Not dieser Menschen annimmt, andere beschwören die Übernahme der Macht durch die Muslime herauf und dass Gaarden schon lange ein Stadtteil von Bagdad ist. Oder Asmara. Oder sonst was. Ist doch auch egal. Lesen Sie mal die Boulevardzeitung. Ganz vorn eine Riesenüberschrift. ›Muss die Bundeswehr nach Kiel? Warum soll sie am Hindukusch und in Syrien gegen Terroristen kämpfen?‹«

»Ich verstehe Ihre Aufregung«, unterbrach Lüder den Hauptkommissar.

»Gar nichts begreifen Sie. Nichts. Absolut nichts. Wenn Sie einen Arsch in der Hose haben, kommen Sie rüber nach Gaarden.

Und bringen Sie mehrere Hundertschaften mit. Ich habe heute Morgen drei Krankmeldungen für die Schicht. Finden Sie, dass das normal ist? Und bevor Sie etwas sagen: Das sind bestimmt keine Blaumacher.«

»Ich komme nach Gaarden«, sagte Lüder.

Für einen kurzen Moment herrschte verblüffte Stille in der Leitung.

»Glaube ich nicht«, sagte Sawitzki. Lüder hörte im Hintergrund Lärm. Es klang nach einem Tumult. »Ich habe keine Zeit mehr für Small Talk«, rief der Hauptkommissar und legte auf.

Lüder blätterte im Schnelldurchgang die Morgenpresse durch. Tatsächlich hatte Leif Stefan Dittert es mit seinem reißerischen Artikel auf die erste Seite gebracht. Artikel? Es waren nur ein paar dürftige Sätze. Die waren aber so geschickt angelegt, dass man meinen konnte, der Krieg in Homs oder Aleppo sei ein Nichts gegen die Ereignisse am Kieler Ostufer. Andere Medien berichteten auch über die Vorkommnisse, aber zurückhaltender und besonnener.

Auf Seite drei war ein großes Bild von Rabbi Feigenbaum abgedruckt. Darunter ein kurzer Artikel von LSD. Es war der Extrakt eines Interviews. Der Rabbi fürchte um das Leben seiner Glaubensbrüder. Man hatte ihm in den Mund geschoben, dass die rechte Gefahr in Deutschland sich der Araber als Erfüllungsgehilfen bediene. Es wurde eine historische deutsch-arabische Freundschaft zitiert.

»Die einzige, die ich kenne«, knurrte Lüder, »war die zwischen Kara Ben Nemsi und Hadschi Halef Omar Ben Hadschi Abul Abbas Ibn Hadschi Dawuhd al Gossarah. Und die des Geldes zwischen den ultrareligiösen Scheichs in Saudi-Arabien und der deutschen Waffenindustrie.«

»Welchem Scheich hat Karl May Panzer verkauft?«, mischte sich von der offenen Tür eine Stimme ein.

Lüder sah auf.

»Moin, Friedhof«, begrüßte er den mehrfach behinderten Büroboten. »Im Augenblick spinnen ziemlich viele. Wie gut, dass es auch noch vernünftige Menschen wie dich gibt.«

»Sag ich doch. Man sollte statt Waffen Fußbälle auf der Welt verteilen. Und wenn es Ärger gibt, trägt man das auf dem Sportplatz aus.«

Lüder winkte ab. »Hör auf, Friedhof. Schleswig-Holstein hinkt schon so hinterher. Und wenn wir dann mit unserem Paradestück Holstein Kiel antreten ...«

»Sag das nicht«, fuhr Friedjof beleidigt dazwischen. »Die haben nur Pech gehabt. Sonst ...« Friedjof als begeisterter Holstein-Fan verstand bei Schmähungen gegen *seinen* Verein keinen Spaß.

»So? Seit vielen Jahren?«

»Und du? Du bist ein Kind des Glücks. Man sieht es dir an. Heute Morgen besonders.«

»Ja«, seufzte Lüder. »Ich bin wirklich glücklich. Es ist nicht mein Verdienst, dass ich auf der richtigen Seite der Förde leben darf. Ich hätte auch im Jemen zur Welt kommen können.« Oder in Somalia, fügte er in Gedanken an und erinnerte sich an seinen dortigen Einsatz. »Und ich habe eine großartige Familie, einen wunderbaren Beruf und natürlich ... dich, meinen besten Freund im ganzen Amt.«

Friedjof suchte demonstrativ den Fußboden ab. »Ich kann sie nicht entdecken«, sagte er.

»Was siehst du nicht?«

»Die Schleimspur.«

Dann versuchte er eilig, Lüders Büro zu verlassen. Die Handvoll Büroklammern, die hinter ihm herflogen, erwischte ihn nur zur Hälfte. Den Rest bekam Kriminaloberrat Gärtner ab, der von der anderen Seite auftauchte.

»He, he – was ist hier los? Greift die Aggression des Ostufers schon auf das LKA über?« Es klang nicht unfreundlich. Der weißhaarige Oberrat war nicht nur einer der erfahrensten Beamten, sondern auch ein umgänglicher Kollege. Manche hätten ihn gern an der Spitze der Abteilung gesehen. »Kommen Sie? Stabsbesprechung«, sagte Gärtner und war wieder verschwunden.

Die leitenden Beamten des Polizeilichen Staatsschutzes hatten sich im Besprechungsraum versammelt. Dr. Starke stand an der Frontseite des langen Tisches, wartete, bis Gärtner und Lüder

Platz genommen hatten, und begann sofort zu berichten, ohne die Teilnehmer zu begrüßen. Er kam direkt von einer Sitzung der Amtsleitung, an der auch der Landespolizeidirektor und der Ministerialdirigent im Innenministerium als Leiter der Polizeiabteilung teilgenommen hatten.

»Man sollte es nicht beschönigen. Es war eine Krisensitzung.« Er ging auf das ein, was Lüder schon – mit anderen Worten – von Hauptkommissar Sawitzki gehört hatte.

Lüder malte sich im Stillen aus, welche Lösung über den Stammtischen kreisen würde: Schickt doch ein Bataillon afghanistanerprobter Bundeswehrsoldaten nach Gaarden hinein. Die würden schon aufräumen. Das sind nicht solche Weicheier wie unsere Sonntagsredner. Begriffe wie Rechtsstaat und Gesetz kamen in diesen Parolen nicht vor.

Natürlich war Berlin hellhörig geworden. Aus dem dortigen Innenministerium hatte man einen hochrangigen Beamten nach Kiel geschickt.

»Wir brauchen keine Aufpasser«, schob Dr. Starke empört ein.

»Und keine Ratschläge von Minister Hau drauf aus der Weißwurstrepublik«, ergänzte Lüder, nachdem sich der Lautsprecher unter den deutschen Ministerpräsidenten schon am Vorabend mit seinen Kommentaren zu Wort gemeldet hatte. Der süddeutsche Landeschef hatte auch zwischen den Zeilen angedroht, dass man im Zweifelsfall auch ohne Zustimmung der Verantwortlichen in Schleswig-Holstein »einmarschieren« könne, um den Bund zu retten.

»Sparen Sie sich solche Anmerkungen«, tadelte ihn der Kriminaldirektor. Er fuhr in seinem Vortrag fort, dass Gaarden einem explosiven Pulverfass glich. Die größte Sorge der Polizei sei, dass bisher nur der Kopf des toten Jungen aufgetaucht war. Für die Hinterbliebenen sei das Leid noch größer, wenn sie nicht an der sterblichen Hülle des Toten trauern konnten. Bei Flugzeugunglücken im Meer flog man an die vermeintliche Untergangsstelle, und selbst bei den erbittertsten Gefechten im erbarmungslosen Stellungskrieg hatte man Kampfpausen eingelegt, damit jede Seite ihre Gefallenen bergen konnte.

Der Kriminaldirektor gestand ein, dass man auf der Suche nach den Tätern noch keinen Schritt weitergekommen sei. Natürlich spulte man in solchen Fällen eine Routine ab. Es gab unterschiedliche Gruppierungen, die man zuerst verdächtigte. Die Liste der Personen, denen man solche Taten zutraute, wurde kritisch beleuchtet. Es wurde versucht, Informationen aus verschiedenen Quellen zusammenzutragen, von den Verfassungsschutzbehörden, von den Geheimdiensten befreundeter Staaten, aber auch eigene inoffizielle Quellen wurden angezapft.

Keine Maßnahme hatte sich bisher als erfolgversprechend erwiesen. Es war erst der Anfang. Die Auswertung der Ergebnisse würde trotz fieberhafter Suche noch eine Zeit in Anspruch nehmen. Dr. Starke erläuterte noch einmal, warum man bei der Aufklärung der nächtlichen Schießerei nicht mit einer Großrazzia bei Alf Föhrenbeck und seinem rechtsradikalen Thor-Bund erscheinen konnte.

»Die Öffentlichkeit achtet auf jeden unserer Schritte«, sagte Dr. Starke. »Man macht Druck, erwartet umgehend Ergebnisse. Wenn die Thor-Leute beteiligt waren, müssten wir Waffen und Munition bei ihnen finden. Das dürfte kaum zu erwarten sein. Die Leute würden den ›Staatsterror‹ groß anprangern, und die Medien würden begierig aufgreifen, dass die Polizei in die falsche Richtung ermittelt und ihre Ressourcen nicht richtig einsetzt.«

Leider hatte der Kriminaldirektor recht, auch wenn ihm niemand den Gefallen tat und es laut aussprach. Aus der Runde wurde nach einer Telefonüberwachung gefragt.

»Wen denn?«, antwortete Dr. Starke resigniert. »Wir wissen, dass an der Nur-al-Din-Moschee der Hassprediger Qassim al'Ab auftritt. Gegen ihn läuft ein Ermittlungsverfahren der Staatsanwaltschaft. Herr Gärtner – bitte.«

Der Kriminaloberrat nickte. »Wir sammeln schon eine ganze Weile Beweise gegen ihn. Man hat uns auch eine Telefonüberwachung genehmigt. Die war bisher nicht erfolgreich«, gestand Gärtner ein. »Telefongespräche und E-Mail-Verkehr erfolgen ausschließlich auf Arabisch. Wir müssen alles übersetzen lassen. Die Gegenseite ist technisch versiert. Sie benutzt die gesamte

Bandbreite der modernen Kommunikation. Nachrichtendienste, Facebook, Twitter, soziale Netzwerke. Um uns in die Irre zu führen, werden stundenlange Telefongespräche getätigt. Wie gesagt – alles auf Arabisch. Wir haben herausgefunden, dass es irgendwelche Zusammenschnitte sind, meist mit harmlosen Inhalten wie Verhaltensregeln in einer Ehe, Vorlesungen aus dem Koran und anderen, die man zu Endlosschleifen zusammengestellt hat. Und immer ist die Stimme Qassim al'Abs zu hören.«

»Keine Dialoge, wie man sie bei normalen Telefonaten erwarten kann?«

»Nein«, bestätigte Gärtner. »Nur selten geht es um eine Bestellung beim Gemüselieferanten, eine Beschwerde, dass das Papier für den Drucker zu teuer sei, und ähnlich banale Dinge.«

»Man führt uns regelrecht vor. Offenbar gibt es noch andere Kommunikationswege, die wir nicht kennen«, vermutete Lüder.

Gärtner stimmte ihm zu. »Wir haben auch Erkundigungen bei den Lieferanten der Moschee eingeholt. Selbst die Menge des Klopapiers ist uns bekannt. Aber auch das ist schwierig. Wo es möglich ist, bezieht man die notwendige Ausrüstung bei muslimischen Kaufleuten. Die sind aber nicht bereit, mit uns zusammenzuarbeiten. Wir müssen äußerst vorsichtig sein, um möglichst wenig aufzufallen.«

»Sie sagten ›wenig‹«, stellte Lüder fest. »Den Nur-al-Din-Leuten dürfte lange bekannt sein, dass sie observiert werden. Sonst würden sie sich nicht so viel Mühe mit der Verschleierung geben. Haben wir die Texte schon einmal dahin gehend analysiert, ob dort versteckte Botschaften enthalten sind?«

Auf Gärtners Gesicht zeigte sich ein gequälter Ausdruck. »Die Texte liegen beim Bundeskriminalamt. Das BKA oder der Bundesnachrichtendienst haben eine Software, die solche Analysen durchführen kann. Noch liegen uns aber keine Ergebnisse vor.«

Es war deprimierend, dass man an keiner Stelle weiterzukommen schien.

Lüder kehrte in sein Büro zurück und fand eine Bitte um Rückruf vor.

»Timmermanns«, meldete sich die Sachbearbeiterin für Einbruchsdelikte von der Kriminalpolizeidienststelle. »Wir sind ein Stück weitergekommen. Unsere Suche konzentrierte sich auf Leute, die von der Sammlung wussten und Insiderwissen haben. Dabei sind wir auf eine externe Reinigungsfirma gestoßen, die im Depot tätig ist. Diese wiederum beschäftigt Subunternehmer. Einer von denen setzt illegal Asylbewerber ein, ohne für sie Steuern und Sozialabgaben zu entrichten. Er behauptet, keine Aufzeichnungen zu führen und deshalb keine Namen nennen zu können. Ich glaube ihm nicht. Irgendwie muss er die Hilfskräfte ja rekrutieren. An dieser Frage arbeite ich noch.«

Lüder bedankte sich, auch wenn die Spur nicht sehr hoffnungsvoll klang. Dann machte er sich auf den Weg nach Gaarden. Wie gewohnt parkte er seinen BMW im Parkhaus auf der Rückseite des Bahnhofs.

Unterwegs begegneten ihm nur wenige Menschen. Vereinzelt waren Familien in Richtung Stadtzentrum unterwegs. Die Kleinen, viel zu leicht für die nasskalten Temperaturen bekleidet, trotteten an der Hand der Eltern über die Gaardener Brücke. Andere lugten aus den Kinderwagen hervor oder waren ganz unter den Bettdecken verschwunden.

Auf dem Weg zwischen der Schwimmhalle und der St.-Johannes-Kirche begegnete ihm ein altes Ehepaar. Die Gesichter waren zerfurcht. Die Frau trug ein Kopftuch, das nur ihr Gesicht frei ließ. Sie hatte einen langen Mantel an, der bis zum Boden reichte. Aus ihrem Mund strömten ununterbrochen Flüche. Lüder nahm zumindest an, dass es sich um solche handelte. Den alten unrasierten Mann mit dem Hut aus schwarzem Kunstleder schien es nicht zu interessieren. Gebeugt trottete er zwei Schritte vor seiner Frau her.

Auf dem Vinetaplatz herrschte gähnende Leere. Lediglich der Übertragungswagen eines privaten Fernsehsenders stand neben einer Litfaßsäule an der Ecke des Platzes.

Es waren nur wenige Leute unterwegs. Von Sawitzkis »tausend Reportern« war nichts zu sehen. Und die Polizeipräsenz reduzierte sich auf einen Streifenwagen, der unbeachtet von den

Bewohnern in der Nähe des Fahrzeugs des Fernsehsenders stand. Der Ort, an dem man Shimon Rosenzweigs Kopf gefunden hatte, wies keinerlei Hinweise auf die Geschehnisse auf. Rund um den Brunnen mit dem tanzenden Paar glänzten die roten Betonsteine.

Lüder war nicht überrascht, dass am Ort der Gewalttat nichts an das Opfer erinnerte. Es lagen keine Blumen, keine Kerzen brannten, keine Plakate erinnerten an das Opfer. Nichts. Absolut nichts.

Die Passanten, die ihm begegneten, schenkten ihm keine Aufmerksamkeit. Ein kurzes Aufsehen, dann wurde der Blick wieder gesenkt. Aus einem Hauseingang neben einem Kiosk, der für gleich zwei Billigsorten Bier warb, trat ein Junge, vielleicht vierzehn Jahre alt.

»Eh, Sie?«, zischte er Lüder zu. »Presse? Wollen Sie etwas wissen? Fünfzig Euro.«

Er streckte Lüder die Hand mit den schwarzen Fingernägeln entgegen.

»Nix Presse. Ich besuche Freunde.«

»Spinner«, rief ihm der Junge hinterher, der nur ein wenig jünger war als Shimon Rosenzweig.

Der eine hatte keine Zukunft mehr, der andere auch nicht, dachte Lüder bitter.

An der Straßenecke standen zwei ältere Männer, die dem Aussehen nach Ur-Gaardener und keine Zugezogenen waren. Lüder steuerte sie an.

»Moin. Sind alle wieder weg«, sagte er.

Die beiden Alten musterten ihn.

»Sooo?«, sagte schließlich einer der beiden und zog die Nase hoch. »Bist doch auch einen von denen?« Er zupfte Lüder ungeniert am Parka. »So was Feines trägt hier keiner.«

Lüder zuckte die Schultern. Den Leuten war nichts vorzumachen.

»Schiet, was da passiert ist«, sagte Lüder und versuchte, eine Brücke zu bauen. »Wohn jetzt woanders. Aber Oma und Opa haben hier gelebt.«

»Wo denn?«, wollte der Zweite wissen.

»Drüben, inne Gaußstraße. Opa war auffe Werft.«
»Wo denn?«, wiederholte der alte Mann.
»HDW. Hat ordentlich rangekloppt. Knochenjob.«
»Wie hieß er denn?«
»Schulz.«
»August oder Heini?«
»Willi.«
»Willi? Willi Schulz?« Der Mann zog die Stirn kraus. »Ich hab da auch gearbeitet. Und Johann«, dabei tippte er dem anderen gegen die Brust, »auch. Viele von hier war'n da.« Er runzelte die Stirn. »Willi Schulz? Was hat der gemacht? Schweißer?«

»Nieten gekloppt. War kein hohes Tier. Opa war bodenständig.« Hoffentlich verzieh ihm der Opa die Schwindelei. Er war, wie Lüders Vater, Zimmermann in Kellinghusen gewesen. »Nun isser schon lange hin. Kein Wunder. Was ihr damals schuften musstet. Sogar am Sonnabend.«

»Ja.« Die beiden Alten nickten sich gegenseitig zu. »Stimmt.«

Lüder schien ihr Vertrauen gewonnen zu haben. Wenn Opa hier gewohnt hatte ... Dann war er selbst zumindest ein Teil-Gaardener.

»Is 'nen Ding, was die aus unserem Gaarden gemacht haben«, sagte Lüder. »Früher wär das nicht passiert.«

Der eine Alte rückte ein Stück von ihm ab. »Fang nich mit solche Sprüche an. Mit Adolf und so. Das ham wir noch oft gehört als Kinder. ›Bei Adolf wär das nicht passiert.‹«

»So mein ich das nicht. Aber als hier noch die Leute von der Werft wohnten, war das anders. Da gab es keine so schrecklichen Dinge.«

»Stimmt«, sagte der, den der andere Johann genannt hatte. »Wenn es mal Meinungsverschiedenheiten gab, bumms – da gab's was aufs Maul. Das war's. Aber 'nem Jungen 'nen Kopf abhacken? Man sollte mit den', die das gemacht hab'n, das Gleiche tun. Hier aufn Vinetaplatz.« Er streckte den Arm aus. »Und da drüben könn' dann die Würstchenbuden und Bierstände stehen. So eine Sauerei. Ich mein, war ganz schön mutig von dem Knirps. Hat ja wohl auch 'nen Sockenschuss gehabt. Hier so rumzulaufen.«

»Bist dumm geblieben?« Der andere Alte war sichtlich verärgert. »Lass ihn doch. Aber die annern, die hier im Nachthemd rumlaufen mit ihr'n komischen Hüten. Als Kind hat Oma Liesbeth mir immer die Geschichten von Ali Baba vorgelesen. Hab ja nie nich geahnt, dass die wirklich herkommen.«

»Das war'n doch vierzig Räuber?«, fragte Johann nach und klopfte seinem Kumpan auf den Oberarm.

»Nich«, beschwerte der sich. »Meine Arthritis.«

»Wenn's man nur vierzig geblieben wär'n. Aber hier sind die zu Hunderttausenden eingefallen. Kann's nirgends mehr hingeh'n. Überall hocken die Typen herum. Weißt noch, was hier los war, als die Afrikaner in Köln in ganzen Bataillonen über die Frauen hergefallen sind? Das war schlimmer als die Vergewaltigungen von den Russen, als die in Ostpreußen einmarschiert sind.«

Sein Gegenüber zeigte das lückenhafte Gebiss. »Muss dich nich aufregen. An deine Alma geht keiner mehr ran. Und sowieso«, er drehte sich jetzt zu Lüder um, »sind da ja noch die Verrückten von der Dingsda-Polizei.«

»Scharia-Polizei«, half Lüder aus.

»Genau. Ich weiß nich so recht. Einerseits sorg'n die ja für Ordnung. Die passen auf, dass die Scheiß-Junkies hier nich alles in 'n Griff kriegen. Das find ich ja gut. Aber dass sie auch vorschreiben, was die Leute anzieh'n soll'n – nee. Das geht zu weit. Is doch mein Bier«, dabei lachte der alte Mann meckernd, »ich mein, wenn ich abends so 'nen Lütt'n zu mir nehm'tu. Hab mich 'nen ganzes Leb'n krummgemacht. Da soll'n solche Eierköppe nich ankomm' und sag'n, ich darf kein' Alkohol trinken. Die hab'n doch 'nen Stich. Hier in Gaarden kann's nirgendwo mehr hingeh'n. Früher ham wir nach'er Schicht bei Heinz unser Bier getrunken. So ganz sutsche. Is alles wech. Da is jetz sonne Teestube drin. Pfui deufi.«

»Is nich alles schlecht«, stellte sein Kollege fest. »Guck mal. Hier kann's die Miete noch bezahlen. Wenn da sonne Schickimickitypen rübergekommen wär'n ... Die hätten alles saniert, und wir Ollen wär'n wech vom Fenster. Dann würdste irgendwo im Hochhaus in Mettenhof hocken. Willste das?«

»Nee. 'türlich nich. Aber weil das so billig ist, komm' hier immer mehr Zigeuner her. Die sind gar nich angemeldet. Die hausen zu zehnt in 'ne Zwei-Zimmer-Wohnung. Sieht dann aus wie Schwein.«

»Ja – aber«, wandte sein Kollege ein. »Diese Scha-Dingsbums-Polizei, du weißt – die mit den grünen Armreifen –, die passen auch auf die auf. Die ekeln die wieder weg.«

»Und wenn du hier einkaufen tust«, ergänzte der Erste. »Is ordentlich was billiger als drüben in Kiel. Im Sommer hocken die ganzen Frauen am Rand vom Markt und verkaufen das Zeug, das sie in ihren Kleingärten ernten. Hier kannst du für 'nen Zehner Schuhe kaufen. Oder Klamotten. Wo gibt's so was noch? Schade nur, dass der Markt immer kleiner wird.«

»Komm, Schorsch.« Johann zupfte seinem Kumpel am Ärmel. »Wir woll'n weiter.«

»Wohin denn?«, fragte Schorsch. »Morgen is nich anders als heute. Immer das Gleiche. Jeden Tag. Nur dass dann wieder ein paar mehr von denen da sind.«

Dann trotteten sie davon.

Lüder ging auch langsam weiter. Er hatte nur durch Zuhören viel von der Stimmung erfahren, die in Gaarden herrschte. Sicher waren die beiden Alten nicht repräsentativ. Aber das Meinungsbild war authentisch. Zumindest für einen kleinen Teil der Bevölkerung, der allerdings nicht mehr den Alltag bestimmte und höchstens noch von den neuen Herren geduldet wurde.

Lüder erschrak. Hatte er wirklich eine Formulierung wie »neue Herren« durch seine Gedanken kreisen lassen? Genau das durfte nicht passieren. War in Gaarden bereits ein unterschwelliger Krieg im Gange?

Seine Schritte hatten ihn zur Kaiserstraße geführt. Die Straße lag still und verlassen da. Es war ein fast friedliches Bild. Einzig der Müll störte die Beschaulichkeit. Wer etwas zu entsorgen hatte, stellte es offenbar an den Straßenrand. Das galt auch für den Unrat, den manche an Ort und Stelle fallen ließen. Gehwege und Rinnstein waren davon übersät. Auch die Vierbeiner schienen mitzumischen und erleichterten sich mitten auf dem Fußweg.

Früher musste Gaarden ein lebendiger Arbeiterkiez gewesen sein. Die verkommenen zahlreichen Eckkneipen, die jetzt leer standen, zeugten davon. Auch kleine Läden, die die Nachbarschaft versorgten, kündeten von früheren Zeiten. Heute verwehrten verdreckte Scheiben den Blick in die leere Hülle. Selbst das Kopfsteinpflaster auf dem letzten Stück der Straße war von Teerflicken übersät.

Die Nur-al-Din-Moschee war nur für Eingeweihte als Gebetsstätte erkennbar. Sie machte im Hinterhof einen kümmerlichen Eindruck.

Zu gern hätte Lüder geklingelt und um ein Gespräch mit dem Imam Qassim al'Ab gebeten. Natürlich hatte er keine Handhabe dazu. Man hätte klingeln und fragen können. Deutsche Kriminelle hätten ihn ausgelacht, hätten gesagt, er solle mit einem richterlichen Beschluss wiederkommen.

Hier lag es anders. Es schien, als würden staatliche Stellen davor zurückschrecken, diesen Weg zu beschreiten. Gründe gab es mehrere. Es war politisch nicht opportun, ohne handfesten Tatverdacht in Gotteshäuser einzudringen. Man zögerte auch, den Eindruck zu erwecken, man würde gezielt gegen muslimische Menschen vorgehen. Jede Aktion wäre Wasser auf die Mühlen der Rechtspopulisten, die es propagandistisch als »Schlag gegen die Islamisten« auslegen würden und nicht zwischen Extremisten oder gar Terroristen und anderen Menschen unterschieden.

Trotzdem beschlich Lüder das unangenehme Gefühl, dass es mittlerweile Bereiche gab, aus denen sich der Rechtsstaat zurückzog. Er wollte sich abwenden, als die Tür geöffnet wurde und der Wächter vom Vortag erschien, diesmal in Begleitung zweier bärtiger junger Männer. Gezielt überquerten sie die Straße und steuerten auf Lüder zu.

Bevor Lüder reagieren konnte, bekam er einen heftigen Stoß versetzt und taumelte leicht zurück.

»*Kâfir*«, stieß der Mann dabei drohend aus.

Lüder war des Arabischen nicht mächtig. Aber »*kâfir*« bedeutete »Ungläubiger«. So wie der Bärtige es aussprach, war es ein Schimpfwort, eine Beleidigung. Wie sollte Lüder reagieren?

In ihm stieg der Zorn hoch. Durfte er sich so behandeln lassen? Erneut streckte der Mann den Arm aus. Lüder tänzelte mit einem Sidestep aus der Stoßrichtung.

»Ich habe dir gestern schon gesagt: Verpiss dich«, sagte der Türwächter. Dunkle Augen blinzelten ihn zornig an. »Es gibt keine weitere Warnung.«

Einer seiner Begleiter sah ihn an. »Was ist, Dulamah? Zeigen wir es dem Hurensohn.«

Der Türwächter schien kurz zu überlegen. »Weist ihm den Weg zurück. Wenn er hier noch einmal aufkreuzt, dann ...« Er ließ die Konsequenzen unausgesprochen.

Die Versuchung war groß, sich zur Wehr zu setzen. Vielleicht hätte Lüder eine Chance gegen die drei gehabt. Dann würde er sich aber für den Einsatz rechtfertigen müssen. Andererseits sahen die Männer nicht aus, als wären sie unerfahren beim Einsatz körperlicher Gewalt. Im schlimmsten Fall hatten sie in einem Trainingscamp eine Ausbildung erfahren.

Er blieb noch für ein paar Herzschläge stehen, machte ganz langsam zwei Schritte rückwärts und fixierte dabei ununterbrochen die Augen des ersten Angreifers. Er bedeutete ihm so, dass er keine Angst vor ihm hatte, sondern nur der Vernunft folgte. Vielleicht deutete der Mann Lüders Bick auch als Warnung, dass man sich wiedersehen würde. An einer anderen Stelle, zu einer anderen Zeit. Auch der Türwächter hatte es bemerkt. Lüder sah, wie es um die Mundwinkel des Mannes zuckte.

Dann drehte sich Lüder um. Er hatte das unangenehme Gefühl, das einen beschlich, wenn man hinter dem Rücken beobachtet wurde. Man sah nichts, aber spürte die Blicke im Nacken. Zudem war er sich nicht sicher, ob man ihn nicht doch noch angreifen würde. Er wollte jedoch keine Schwäche zeigen und drehte sich nicht um. Die Hände ließ er neben der Hosennaht pendeln. Er durfte sie nicht lässig in die Jackentasche stecken.

Erst als er die Hausecke erreichte, atmete er tief durch. Mit weit ausgreifenden Schritten überquerte er den menschenleeren Vinetaplatz. Lüder überlegte, welchen Weg er einschlagen sollte, um Gaarden zu verlassen. Er entschloss sich, den direkten Weg zu wählen, und steuerte den Durchgang zum Pastor-Gosch-Weg an, der direkt zur Gaardener Brücke und weiter zur Hörnbrücke zurück an das andere Fördeufer führte. Dort war nicht nur Kiels Zentrum, dort war eine andere Welt.

Im Schaufenster eines Geschäfts für Modeschmuck, das auch für den An- und Verkauf von Gold und Silber warb, bemerkte Lüder einen Schatten, der ihm folgte. Er glaubte, den Mann erkannt zu haben, der ihn gestoßen hatte. Wollte man wissen, wer er war und wohin er ging? Oder hatte man vor, ihn anzugreifen, vermied es aber, den Übergriff in der Kaiserstraße vor der Moschee zu starten? Weshalb folgte ihm dann nur einer? Oder hatte sein zurückweichendes Verhalten den Eindruck erweckt, ein Einzelner könnte es leicht mit ihm aufnehmen?

Lüder wollte sich nicht überraschen lassen, sondern seinerseits die Initiative ergreifen. Er war sich bewusst, dass er im rechtsfreien Raum agierte. Das stand aber in keinem Verhältnis zu dem, was diese Leute sich anmaßten.

Er überquerte den Vinetaplatz und ging direkt auf den Durchgang zu. Das Schaufenster des Schuhgeschäfts gab nur ein schwaches Licht ab. Die Konditorei auf der anderen Seite war gar nicht erleuchtet. Von der Decke hing die Leuchtreklame der Stadtbücherei.

Vor ihm öffnete sich der düstere Schlund des Durchgangs. Die Leuchtstoffröhren an der Decke gaben nur ein mageres Licht ab. Die rote Leuchtreklame des Wellness-Centers trug auch nicht zur Aufhellung bei. Am Ende des Durchgangs tauchte Lüder nach rechts hinter der Hausecke ab. Der schmale Fußweg führte weiter am Parkhaus entlang. In weiten Abständen standen mickrige Straßenlaternen.

Lüder hielt die Luft an und starrte gebannt auf den nackten Betonpfeiler, der mit *tags* vollgeschmiert war.

Die Beleuchtung war so schlecht, dass es keinen Schatten gab, der dem Verfolger vorauseilte. Lüders Glück war es, dass der Mann sich seiner Sache sicher schien. Auf dem Fußweg neben dem Parkhaus oder weiter Richtung Gaardener Brücke könnte jeder Angreifer zuschlagen, ohne befürchten zu müssen, überrascht zu werden.

Der Verfolger war offensichtlich so auf sein Handeln fixiert, dass er nicht mit dem Hinterhalt rechnete. Als er aus dem Durchgang auftauchte und Lüder nicht mehr sah, vermutete er wohl, sein Opfer sei schon um die Wegbiegung herum, und beschleunigte seinen Gang. Er verfiel in einen leichten Trab. Nur dadurch bemerkte Lüder sein Kommen, presste sich ganz eng an die Hauswand und schnellte hervor, als der Mann als Schemen auftauchte.

Lüder streckte sein Bein vor und griff mit beiden Händen in die Kleidung des Verfolgers. Der war überrascht, stolperte und wurde von Lüder auf den Boden gedrückt. Im selben Moment war Lüder über ihm, bog einen Arm auf den Rücken so weit zurück, dass der Mann einen Schmerzenslaut von sich gab. Dann drückte Lüder seine Knie in das Kreuz des Mannes. Er hatte zuvor Einmalfesseln hervorgeholt. Es gelang ihm, sie anzulegen, ohne dass der Mann Widerstand leistete. Dann packte er ihn am Kragen und zog ihn in die Höhe.

Lüder sah sich um. An der Rückfront des Hauses standen zwei mit leeren Kartons beladene Rollcontainer. Eine kleine Rampe führte zum Hintereingang des Schuhgeschäfts. Sie war durch ein seitliches Metallgitter geschützt. Lüder zog den Mann dorthin und befestigte ihn mit einer zweiten Einmalfessel am Geländer.

Rasch durchsuchte er seinen Kontrahenten. Zigaretten. Ein Feuerzeug. Ein Satz Schlüssel. Ein Portemonnaie mit zwanzig Euro in Münzen. Keine Scheine.

»Hast du keine Papiere?«, fragte er den Mann.

Der sah ihn aus hasserfüllten Augen an. Für einen kurzen Moment sah es aus, als wollte er Lüder anspucken. Lüder hob die Hand und deutete an, dass er eine solche Aktion mit einer kräftigen Ohrfeige ahnden würde.

»Kalub. Abn eahira«, fluchte der Mann und versuchte, sich dagegen zu wehren, dass Lüder ihm das Handy abnahm.

Lüder wedelte fröhlich mit dem Mobiltelefon, steckte es ein und entfernte sich, nachdem er mit seinem eigenen Smartphone

mehrere Bilder von seinem Widersacher gemacht hatte. Der versuchte, sein Gesicht zu verbergen, aber Lüder bog es mit sanftem Druck so zurecht, dass die Aufnahmen gelangen.
»Bei uns sagt man tschüss«, rief er über die Schulter und entfernte sich Richtung Brücke.
Zwischendurch sah er immer wieder einmal zurück. Aber niemand folgte ihm. Es war ein gewagtes Unterfangen gewesen. Er war sich sicher, dass weder der Verfolger noch seine Leute Strafanzeige erstatten würden. Der Mann hatte keine Papiere bei sich. Möglicherweise hielt er sich illegal in der Bundesrepublik auf.

Auf der anderen Seite der Förde stieg Lüder in seinen BMW, vergewisserte sich noch einmal, dass ihm keiner folgte, und fuhr zum Landeskriminalamt. Dort versuchte er, das Handy des Verfolgers zu aktivieren. Überraschenderweise war es nicht durch ein Passwort geschützt. Doch es half Lüder nicht weiter. Die Texte waren arabisch. Das galt auch für die Mails, SMS und die Anrufliste.
Er widerstand der Versuchung, einige der gespeicherten Nummern anzuwählen.
Von seinem privaten Handy rief er seinen Freund Horst Schönberg an, der in der Wik eine Medienagentur betrieb. Früher hatte Horst es Werbeagentur genannt.
»Horst – was ist mit dir? Ist irgendetwas nicht in Ordnung?«, begrüßte er den Lebenskünstler.
»Wie kommst du darauf?«
»Sonst hat sich immer eine deiner temporären Gespielinnen am Telefon gemeldet.«
»Hör auf«, sagte Horst. »Business ist Business.«
»Das heißt, du hast derzeit eine Superblonde am Haken. Die kann alles, nur nicht telefonieren.«
»Ha, ha, ha.« Horst holte hörbar Luft. »Wenn du anrufst, dann hast du etwas Krummes am Laufen. Nein! Mit drei Ausrufezeichen. Ich mache es nicht. Was immer du auch möchtest.«
»Okay. Dann wird der Bundespräsident dir keinen Verdienstorden dafür verleihen, dass du Deutschland gerettet hast.«

»So wichtig? Schickt der Präsident den Verdienstorden auch in den Knast, der mir droht, wenn ich dir helfe?«

»Du bekommst keine Orden. Du willst ja nicht …«

»Nun lass schon hören.« Horst hatte angebissen.

»Du bist der Mensch mit den besten Kontakten. In ganz Kiel. Ach was. In ganz Norddeutschland.«

»Warte mal«, fiel ihm Horst ins Wort. »Ich hole mir schnell eine Scheibe Brot. Bei so viel Honig ist das eine glatte Mahlzeit.«

Lüder berichtete, dass er im Besitz eines Handys sei. »Ohne Passwort.«

»Und das soll ich jetzt für dich verticken, damit du dein schmales Taschengeld aufbessern kannst?«

»Nö. Ich möchte wissen, was dort drinsteht.«

»Frag deine Tochter. Die kann mit solchen Geräten umgehen.«

»Das ist nicht jugendfrei.«

»Donnerlüttchen. Soll ich dir das Geld für eine Brille vorstrecken?«

»Für einen Schnellkurs in Arabisch.«

Horst hatte verstanden. »Du möchtest wissen, was dort steht. Ihr habt doch Experten bei euch im LKA. Aber«, gab er selbst die Antwort, »denen müsstest du erklären, wie das Smartphone in deine Tasche gefallen ist.«

Lüder bestätigte seine Vermutung. »Es gibt nur ein Problem. Niemand darf etwas von der Aktion erfahren.«

»Ich frage Ahmed. Der ist absolut vertrauenswürdig.«

»Klingt arabisch.«

»Ja. Aber wenn Ahmed besoffen ist, dann erinnert er sich nicht an das, was er gemacht hat.«

Lüder ließ die Bemerkung unkommentiert. »Ich bringe dir das Gerät nachher vorbei. Und …«

»Ja? Was gibt es noch?«, fragte sein Freund.

»Danke.«

»Ach. Nicht der Rede wert.«

Lüder versuchte, im POLAS, dem POLizeiAuskunftsSystem, etwas über den Mann mit dem Handy zu erfahren. Vergeblich. Dafür erschien Oberrat Gärtner in der offenen Bürotür.

»Sie haben es sicher gehört? Das Ordnungsamt hat die für Sonnabend geplante Demo der Partei von Pastor Piepke untersagt.«

»Pastor.« Lüder ließ es herablassend klingen. »Das ist eine Beleidigung für jeden christlichen Geistlichen. Piepke ist eine rechte Galionsfigur. Wer nimmt die von ihm gepredigte Auslegung des Christentums schon ernst? Seine Gemeinde leugnet die Evolutionstheorie. Demnach hat Gott wirklich an einem Tag – bumms, per Fingerschnippen – die Menschen geschaffen, so wie es in der Kinderversion der Bibel steht.«

»Darüber mag man lächeln«, erwiderte Gärtner. »Viel schlimmer ist, dass Piepke sich in seinen Predigten offen gegen andere Religionen ausspricht und in ihnen eine Gefahr für die Welt sieht. Von christlicher Toleranz und Nächstenliebe ist nie die Rede. Ich erinnere an den Medienrummel, als er öffentlich Beifall für die Koranverbrennung durch den umstrittenen Pastor in der Kirche von Gainesville spendete. Man sprach damals von einem Prozess gegen die Heilige Schrift des Islam. Eine sogenannte Jury sprach den Koran schuldig und verurteilte ihn zur Hinrichtung durch Verbrennung. In der Folge starben bei Protesten weltweit mehrere Menschen. Im Unterschied zu damals kann Piepke jetzt von zwei Seiten für seine abstrusen Ideen agieren. Auf der einen Seite hat er seine Kirche mit den untragbaren Thesen, auf der anderen Seite ist der politische Arm mit der extrem ausländerfeindlichen Partei, in der er Funktionsträger ist.«

Lüder bewegte nachdenklich den Kopf. »Es ist eine explosive Gemengelage, die wir hier vorfinden. Jeder gegen jeden. Hoffentlich explodiert es nicht.«

Nachdem Oberrat Gärtner wieder gegangen war, schloss Lüder die Bürotür und rief Geert Mennchen an. Er wollte wissen, ob dem Verfassungsschützer irgendwelche Personen im Umfeld der Nur-al-Din-Moschee bekannt waren.

»Mir sind ein Türwächter und zwei weitere Figuren aufgefallen, die sich sehr aggressiv gegenüber Passanten verhalten.«

»Gab es Zwischenfälle?«, wollte der Regierungsamtmann wissen.

Lüder wich aus und wiederholte seine Frage. Aber Mennchen ging nicht darauf ein. Irgendetwas war merkwürdig am Verhalten des Verfassungsschützers.

»Wissen Sie etwas? Liegen Ihnen Informationen vor, die präventiv von Bedeutung sind? Sie haben doch einen Spitzel im Nest.«

Die Antwort bestand nur aus einem Knurrlaut.

»Sie wissen doch etwas«, versuchte Lüder zu insistieren. »Haben Sie Warnmeldungen anderer Dienste erhalten? Bundesnachrichtendienst? Oder gar ausländische Dienste?«

Mennchen blieb hartnäckig. Bisher hatten die Zusammenarbeit und der Informationsaustausch außerhalb des Dienstweges immer gut geklappt.

»Wir ziehen doch am gleichen Strang«, sagte Lüder.

»Aus dem Strang kann schnell ein Strick werden«, behauptete der Verfassungsschützer. »Seien Sie vorsichtig. Ich glaube, Sie haben keine Vorstellung von dem, was sich dort zusammenbraut.«

»Daran sollten wir arbeiten, dass die Bombe nicht hochgeht.«

»Die Bomb...« Mennchen brach ab. »Sorry, ich muss jetzt«, sagte er kurz angebunden und legte auf.

Lüder zuckte zusammen.

»Damit die Bombe nicht hochgeht«, hatte er gesagt und es als Metapher gemeint. Warum hatte Mennchen so reagiert? Die ›Bombe‹. Gab es wirklich eine ernste Bedrohung für Gaarden? Wer wusste davon? Der Polizeiliche Staatsschutz jedenfalls nicht. Sonst hätte Dr. Starke es angesprochen.

Handelte es sich bei ihm um eine Überreaktion? Und wie sollte er damit umgehen? Wenn er seinen Vorgesetzten informieren würde, bestünde Dr. Starke auf der Preisgabe der Quelle und würde das große Rad drehen. Lüder kannte den Apparat. Man konnte die Information nicht geheim halten. Die Medien würden es erfahren, und die Bevölkerung würde verunsichert sein. Aber durfte man schweigen? Wie hoch war die Gefahr für die Menschen in Gaarden?

Lüder entschloss sich, den stellvertretenden Leiter des LKA aufzusuchen. Der Leitende Kriminaldirektor Nathusius war der Einzige, mit dem er sprechen konnte.

Jochen Nathusius empfing ihn in seinem Büro. Er stellte fest, dass man sich lange nicht gesehen habe, und fragte nach Lüders Familie, bevor Lüder die Bedrohungslage aus seiner Sicht darstellen konnte.

Nathusius konnte man vertrauen. Vertrauliches war bei ihm, dem Analytiker mit dem messerscharfen Verstand, gut aufgehoben.

»Das ist sonderbar«, sagte der Kriminaldirektor, nachdem Lüders geendet hatte. »Ich habe von solchen Verdachtsmomenten auch noch nichts gehört. Aus dem, was Sie mir erzählt haben, lässt sich nicht zwangsläufig schließen, dass ein Terrorakt bevorsteht. Aber vielleicht ist es gerade diese Ungewissheit, die den Verfassungsschutz zögern lässt. Alle, die für die Sicherheit Verantwortung tragen, befinden sich in einem Dilemma. Sind wir bei unserer Risikoeinschätzung zu vorsichtig und schlagen zu schnell Alarm, wirft man uns Panikmache vor, verbunden mit der Behauptung, wir würden damit nur zusätzliche Mittel für unsere Arbeit einwerben wollen. Denken Sie an die Absage des Fußballländerspiels in Hannover nach den Terroranschlägen in Paris. Halten wir uns zurück, und es passiert wirklich etwas, stehen wir am Pranger, weil wir angeblich unfähig sind, unsere Aufgaben nicht erfüllen und unserem Auftrag nicht nachkommen. Einen goldenen Mittelweg gibt es nicht.«

Lüder versicherte, dass er vor dem gleichen Problem stehe.

»Ich werde mich der Sache annehmen«, versprach Nathusius und ließ offen, in welcher Weise.

Es gab Neuigkeiten von der Tatwaffe. Die Ermittler hatten den Polizeihistoriker aufgesucht und ihm ein Foto des Schwerts vorgelegt, das auf dem Video bei der Enthauptung des jungen Juden benutzt worden war.

Der Mann hatte sich entsetzt gezeigt. Seine Erschütterung ließ auch nicht nach, als man ihm versicherte, dass die Tat das Werk skrupelloser Fanatiker war und in keinem Zusammenhang mit seinem Lebenswerk und dem Zusammentragen geschichtsträchtiger Objekte aus der Polizeigeschichte stand.

»Der Mann ist eine … ach was, *die* Kapazität die Polizeigeschichte betreffend«, berichtete Oberkommissar Hellbing, der den pensionierten Geistlichen mit dem außergewöhnlichen Hobby aufgesucht hatte.»Wussten Sie, dass selbst im aufgeklärten Deutschland noch 1850 in Nürnberg und 1851 in Ansbach Todesurteile mit dem Richtschwert vollzogen wurden?«

»Das wundert uns nicht. Das ist in Bayern gewesen«, unterbrach ihn Lüder.»Aber bitte keine Nebensächlichkeiten.«

Hellbing wirkte eine Spur beleidigt.»Ein Richtschwert erkennt man daran, dass ihm die Spitze fehlt. Der Grund ist, dass das Enthauptungsgerät als unehrenhaft galt und nicht als ehrliches Schwert in einem Kampf geführt werden sollte.«

»Steckt dahinter eine verborgene Botschaft?«, fragte Lüder laut dazwischen. »Sollte das Unehrenhafte auch auf Shimon Rosenzweig übertragen werden? Nicht nur die Enthauptung, die ohnehin Symbolcharakter hat, sondern auch noch das entwürdigende Mordgerät als i-Tüpfelchen.«

»Das verwendete Richtschwert ist ein handwerkliches Einzelstück aus dem Bergischen Land rund um Solingen. Es war übrigens nicht in Bayern, sondern in der Grafschaft Rantzau, also hier bei uns, im Einsatz. Es war eindeutig identifizierbar, weil es keine Parierstange hat und auf dem Griff ein profilierter Messingknauf sitzt. Darüber befindet sich die Inschrift: LANDGERICHTSSCHWERD DER GRAFTSCHAFT RANTZAV MDCCXLI.«

»1741«, übersetzte Lüder.

»Der dortige Graf galt als besonders grausam, und erst der dänische König untersagte dieses Halsgericht.«

»Dieser Teil der Geschichte ist Vergangenheit«, sagte Lüder. »Wenn auch keine ruhmreiche. Das ist jetzt dreihundert beziehungsweise zweihundertfünfzig Jahre her. Ist es nicht traurig, dass es heute Menschen gibt, die mit ihren fanatischen Ansichten in dieser Zeit stehen geblieben sind?«

Hellbing zog mit einem nichtssagenden Achselzucken weiter.

Kurz darauf rief Edith Beyer den Führungsstab des Polizeilichen Staatsschutzes zu einer überraschenden Sondersitzung in den Besprechungsraum. Dr. Starke wirkte aufgekratzt.

»Wir haben einen ersten Fahndungserfolg erzielt«, berichtete er. »Roland Schadtwald, zweiundfünfzig.«

»Der *rechte* Roland?«, rief Lüder dazwischen. »Der zur verbotenen Rockerbande gehörte? Außerdem tritt er immer wieder bei Aufmärschen der Rechten auf. Ein ganz Strammer.«

»Genau der. Schadtwald ist vorbestraft wegen Körperverletzung, Landfriedensbruch, Leugnung des Holocaust und Verwendung verfassungsfeindlicher Symbole. Ich beschränke mich einfach mal darauf.«

»Wie sind Sie auf den gekommen?«

»Schadtwald war an der Schießerei in Gaarden beteiligt.«

»Hat er gestanden?«

»Natürlich nicht.« Dr. Starke klang von oben herab. »Wir haben aber eine Hausdurchsuchung bei ihm durchgeführt und mehrere Schusswaffen gefunden, von der Pistole bis zum G36.«

»Da will uns die Presse ja weismachen, dass das G36 nicht gefährlich ist«, schob Lüder ein.

»Mir wäre es lieb, wenn Sie mich nicht unsachlich unterbrechen würden«, sagte der Kriminaldirektor tadelnd. »Ein Bewohner Gaardens hat den entscheidenden Tipp gegeben. Der alte Mann, er ist vierundachtzig, kann nachts nicht schlafen. So ist er manchmal in Gaarden unterwegs. Er ist zufällig Zeuge der Schießerei beim Spielplatz am Ende der Kaiserstraße geworden.«

»Wie will er die Kontrahenten identifiziert haben?« Lüder war skeptisch.

»Er hat sich nur das Nummernschild eines der beteiligten Motorräder gemerkt. Damit ist er zur Polizei in der Werftstraße gegangen und wurde dort an einen Hauptkommissar ... Hauptkommissar ...«

»Sawitzki«, half Lüder aus.

»Kann sein. Der hat den Vorgang aufgenommen und sich hier gemeldet. Er wollte mit Ihnen sprechen. Kennen Sie den Hauptkommissar Saw...«

»Ja«, sagte Lüder, ohne es weiter zu erklären. »Warum erfahre ich erst jetzt davon?«

»Sie sind doch nicht allein bei der Polizei, kein Einzelgänger.«

Doch!, dachte Lüder, hütete sich aber, es auszusprechen. »Gehört Schadtwald zum Thor-Bund?«

»Ja«, mischte sich Oberrat Gärtner ein. »Definitiv. Darüber haben wir gesicherte Erkenntnisse.«

»Irgendwie muss es zu den Thor-Bund-Leuten durchgesickert sein, wer die Anzeige aufgegeben hat. Nur zwei Stunden später sind maskierte Unbekannte beim Ehepaar Meyer aufgetaucht. Sie hatten Hundekot dabei, haben den im Wohnungsflur ausgekippt und das Gesicht des alten Herrn darin gewälzt. ›Man soll seine Nase nicht in jede Scheiße stecken, Alter. Lass dir das eine Lehre sein‹, sollen sie dabei gesagt haben. Das hat die Ehefrau ausgesagt.«

»Gibt es Hinweise auf die Täter?«

»Nein.«

»Wird das Ehepaar bewacht oder besonders geschützt?«

Dr. Starke lachte auf. Es klang zynisch. »Wie denn? Wer soll das machen? Die Streife des 4. Reviers in Gaarden wird ein besonderes Auge auf die Wohnung der Meyers werfen.«

Welche Streife?, fragte sich Lüder. Überall hörte er, dass in Gaarden keine mehr unterwegs sei.

Der Kriminaldirektor ließ die Schultern leicht nach vorn fallen. Das war ein Anzeichen dafür, dass er keine weiteren positiven Meldungen vorliegen hatte.

»Schadtwald schweigt zu allen Anschuldigungen. Er will mit seinem Anwalt sprechen. Etwas anderes haben wir auch nicht erwartet«, sagte Dr. Starke, dann löste er die Runde auf.

Lüder rief Sawitzki an.

»Sie trauen sich wohl nicht nach Gaarden?«, lästerte der Hauptkommissar.

»Im Unterschied zu Ihnen war ich heute dort, habe mir erneut die Nur-al-Din-Moschee angesehen und mit den Wächtern gesprochen.«

»Gesprochen?«
Lüder ließ die Begegnung mit dem Verfolger unerwähnt. Dann fragte er den Hauptkommissar, ob er ihn begleiten wolle. Lüder hatte vor, das Ehepaar Meyer zu besuchen.
»Natürlich. Sonst denken Sie noch, wir kneifen«, antwortete Sawitzki.
Lüder fuhr nach Gaarden und parkte seinen BMW hinter dem Gebäude des Polizeireviers. In Begleitung zweier stämmiger Uniformierter fuhren sie zur Wohnung des Zeugen der Schießerei.
»Die Kollegen sind notwendig, um auf das Fahrzeug zu achten«, erklärte Sawitzki unterwegs.
Alle Parkplätze waren belegt. Sie stellten den Streifenwagen am Ende der Jägerstraße ab. Wenige Schritte entfernt war der freie Platz in der Elisabethstraße mit den zahlreichen Geschäften fremdländischer Prägung, darunter ein halbes Dutzend großer Supermärkte.
Der Altbau war, wie viele Häuser in Gaarden, frisch gestrichen. Im Treppenhaus roch es muffig und nach Essen. Eine alte Frau mit zerfurchtem Gesicht öffnete ihnen die zerschrammte Wohnungstür.
»Sie kommen wegen der Sache«, sagte sie beim Anblick des uniformierten Hauptkommissars. »Kommen Sie man rein. Mein Mann ist im Wohnzimmer.« Sie zeigte auf eine Tür mit einem Milchglaseinsatz.
Lüder klopfte pro forma gegen die angelehnte Tür.
»Geh'n Sie ruhig rein. Er hört 'nen büschen schlecht.«
Egon Meyer saß in einem zerschlissenen Ohrensessel und sah den Polizisten entgegen. Er blieb sitzen.
»Mein Knie«, erklärte er entschuldigend.
»Setzen Sie sich«, forderte Frau Meyer die beiden auf und legte ihre Hand auf die Schulter ihres Mannes. »Erzähl mal, Egon.«
Umständlich berichtete der alte Mann von dem Überfall. Seine Frau habe die Tür geöffnet. Dann seien zwei Männer erschienen, hätten die Tür aufgedrückt und Frau Meyer an die Seite gedrängt. Sie hätten den Senior im Wohnzimmer gefunden.
»Hier hab ich gesessen«, sagte Meyer und schlug leicht auf die

Sessellehne. »Von wegen dem Knie.« Sie hätten ihn hochgezerrt und zum Flur geschleift. Dort habe einer eine mitgebrachte Plastiktüte ausgeleert. »Voller Hundescheiße«, sagte der alte Mann. Sie hätten ihn gepackt und seinen Kopf darin gewälzt. »Ich soll die Schnauze halten, haben sie gedroht. Weil ich Scheiße erzählt habe bei … bei euch.« Er zeigte auf Hauptkommissar Sawitzki.

Ehe jemand reagieren konnte, streifte der Senior die Hosenträger ab und zog das Hemd aus der Hose. Sein brüchiger Daumennagel fuhr an einer alten Narbe entlang.

»Das hier, das ist von den Nazis. Als Junge habe ich am Straßenrand gestanden und geschrien, sie sollen sich verziehen. Die sind von ihrem Wagen runter, haben mich gepackt und mich fast mit einem Messer massakriert. Ich bin vor dem braunen Pack nicht zurückgeschreckt. Das hab ich von mein Vadder. Der war Kommunist. Den haben sie im KZ in Neuengamme eingebuchtet. Als der nachn Krieg wieder rauskam, war er fix und fertig.«

Seine Frau hüstelte. »Egon, was du da gezeigt hast, ist die Narbe von der Gallenoperation.«

Der alte Mann sah seine Frau irritiert an. »So? Macht nix. Die andere ist so ähnlich.« Dann wandte er sich wieder Lüder zu. »Eins sag ich Ihnen. Egon Meyer lässt sich nicht erschrecken. Schon gar nicht von solchen Figuren. Die soll'n dahin gehen, wo der Pfeffer wächst. Da komm' die ja auch her.« Er zeigte auf den Polizeihautkommissar. »Wie war noch gleich Ihr Name?«

»Sawitzki.«

»So wie der Fußballspieler?«

Die beiden Polizisten sahen sich ratlos an.

»Kenn' Sie nicht? Nationaltorwart, so um die Mitte bis Ende der Fünfziger. War vom VfB Stuttgart. War auch bei der Weltmeisterschaft in Schweden dabei.« Er streckte den mageren Zeigefinger aus. »Das sollten die mal machen. Fußball spiel'n, statt sich die Köpfe einzuschlagen. Aber die hau'n die ja sogar ab. Da müsst ihr drauf achten. Ja, früher, da liefen hier noch die Schutzmänner rum. Da gab es so was nicht. Aber heute? Wo versteckt ihr euch?«

»Wir werden die Täter dingfest machen«, versprach Lüder.

»Glaub ich nicht«, sagte Meyer skeptisch. »Mensch, Junge, du hast ja nicht mal 'ne Uniform an.«

»Ich bin von der Kriminalpolizei.«

»Von der sieht und hört man noch weniger.«

»Egon, ich glaube, du musst deine Medikamente nehmen«, mahnte seine Frau.

»Lenk nicht ab. Ich werd mit den' schon fertig.« Meyer stand auf und schlich gebeugt nach draußen.

»Traurig, dass es so weit gekommen ist«, sagte Frau Meyer mit müder Stimme und begleitete die beiden Beamten zur Tür.

Die beiden Polizisten im Streifenwagen saßen gelangweilt herum.

»War was?«, fragte Sawitzki.

»Nö. Nix. Das ist die Ruhe vor dem Sturm«, erwiderte der Fahrer.

»Dann lass uns zurück zu unserem Fort fahren«, meinte der Hauptkommissar. »Manchmal kommt man sich wie ein Soldat der Kavallerie vor. Die mussten ihren Standort auch mit aufwendigen Forts vor den Indianern schützen. Bei uns ist das nicht anders. Mein Opa – der hätte sich schiefgelacht, wenn er das miterlebt hätte. Damals hat niemand daran gedacht, eine Polizeiwache anzugreifen. Heute sind die Dienststellen Hochsicherheitsbereiche. Na ja. Einige.«

Sawitzki versprach, dass seine Leute ein Auge auf die Wohnung der Meyers werfen würden.

»Für mich gibt es keinen Zweifel, dass die Leute des Thor-Bundes dahinterstecken. Die Nazi-Rocker, auch wenn man diese Bezeichnung nicht laut sagen darf. Die machen uns das Leben schwer. Genauso wie die verkappten Terroristen von der Nur-al-Din-Moschee. Ach, das Leben könnte so schön sein«, stöhnte er. »Manchmal träume ich von einem ruhigen Dienstposten draußen im Land. Irgendwo auf einer Insel. Aber«, dabei schlug er mit der Faust auf die Fensterlaibung des Streifenwagens, »ich liebe dieses Ghetto. Verdammt und zugenäht.«

Sawitzki fluchte unentwegt, bis sie das Polizeirevier erreicht hatten.

»Glauben Sie nicht, das wären alle unsere Probleme«, sagte er zum Abschied. »Da drinnen – in Gaarden – finden Sie jede Menge Illegale, Junkies, Dealer, Einbrecher, was immer Sie wollen. Hier sind sie.«

»Aber auch Menschen, die nichts anderes möchten, als friedlich zu leben, unabhängig von Herkunft und Religion«, erwiderte Lüder.

»Ja, die gibt es auch. Und die tun mir leid.«

Für heute reichte es. Lüder fuhr in die Wik und fand glücklicherweise einen Parkplatz direkt vor Horst Schönbergs Wohnung. Der große Volvo des Freundes stand nur zwei Fahrzeuge weiter. Horst öffnete selbst.

»Komm rein«, forderte er Lüder auf. »Ich habe etwas Tolles aufgetan.«

»Eine Blonde? Rothaarige?«

»Quatsch. Du kennst sie vom letzten Mal. Nee, einen Waldhimbeergeist vom Schliersee. Wenn du daran nippst, vergisst du die Welt.«

Lüder schwenkte das Handy, das er dem Mann von der Moschee abgenommen hatte. »Hoffentlich vergisst du nicht, um was ich dich gebeten habe.«

Horst wollte zugreifen, zog aber die Hand zurück. »Wieso fasst du das an?«, wollte er wissen. »Wegen Spuren und so?«

»Du siehst zu viele Krimis«, erwiderte Lüder. »Außerdem brauche ich deine Fingerabdrücke auf dem Handy.«

»Wieso das?«

»Damit wir dich hinterher dafür haftbar machen können. Glaubst du, ich als Beamter riskiere so etwas?«

Horst kratzte sich den Haaransatz. »Wenn ich mich erinnere, habe ich dich früher einmal meinen Freund genannt.«

Um die Freundschaft nicht zu gefährden, nippte Lüder an Horsts neuer Errungenschaft. Er tauchte nur seine Zunge in den Edelbrand. Horst hatte recht. Es war eine Offenbarung.

»Fahr mit einer Taxe nach Hause. Das ist eine strafbare Handlung, den Himbeergeist zu vernachlässigen«, schlug Horst vor.

Zum Glück tauchte aus dem Hintergrund eine knapp bekleidete Blondine auf, zwinkerte Lüder zu und ließ ein »Hi« hören. Sie schwenkte ein Champagnerglas und säuselte: »Horstilein. Dauert es noch lange? Dann schenke ich noch einmal nach. Super, dein Sekt.«

Sie drehte sich um und verschwand wieder.

»Willst du nicht doch bleiben?«, fragte Horst und zeigte mit dem Daumen über die Schulter. »Sie ist wirklich blond.«

Lüder lachte. »Ich nehme an, dass du das natürlich schon erkundet hast.«

»So meine ich das nicht. Die sagt zu diesem traumhaften Champagner Sekt.«

»Wie gut, dass sie wenigstens dich als Qualitätsprodukt erkennt.«

Damit verabschiedete sich Lüder. Horst versprach ihm, sich umgehend um die Auswertung des Handys zu kümmern.

Nachdenklich fuhr Lüder nach Hause. Vielleicht mochte sich dieser oder jener lustig machen über seine kleine Welt, über das bürgerliche Viertel Hassee, die Straße mit den Vorgärten, in denen auch manchmal Gartenzwerge zu finden waren. Für Lüder war es der Mittelpunkt seiner Welt. Für ihn und seine Familie.

Fünf

Der Freitagmorgen schien zunächst keine Neuigkeiten zu bringen. Man hatte Roland Schadtwald erneut verhört. Inzwischen war sein Anwalt vorstellig geworden. Der bestritt alle gegen seinen Mandanten erhobenen Vorwürfe, während Schadtwald dabeisaß, die Arme vor der Brust verschränkt hatte und die anwesenden Polizisten der Reihe nach höhnisch grinsend musterte.

Kein Wort kam über seine Lippen. So hatte es Oberrat Gärtner in der Morgenbesprechung angekündigt.

»Heute soll über einen Eilantrag der Partei von Pastor Piepke vor dem Verwaltungsgericht in Schleswig entschieden werden«, berichtete Dr. Starke. »Piepke und seine Leute wollen das Demonstrationsverbot für morgen, Sonnabend, in Gaarden nicht akzeptieren. Die Schutzpolizei steht in den Startlöchern. Zur Verstärkung soll eine Hundertschaft aus Eutin herangezogen werden.«

»Mit wie vielen Teilnehmern rechnet man?«, wollte Lüder wissen.

»Die Partei hat in Schleswig-Holstein nur ein paar hundert Mitglieder«, sprang Gärtner ein. »Und nicht jeder davon ist gewalttätig. Zu den gewaltbereiten zählen wir etwa fünfzig Personen. Es kommen aber noch Mitläufer aus Piepkes zweitem Standbein hinzu: seiner evangelikalen Gemeinde. Dort könnte er auch noch ein paar hundert mobilisieren. Die große Unbekannte ist die Zahl der Leute, die von auswärts kommen. Natürlich hat sich die Situation hier bei uns in Kiel herumgesprochen. Das lockt rechte Aktivisten aus dem ganzen Bundesgebiet an. Allein aus Sachsen dürften sich im schlimmsten Fall zwei- bis dreitausend auf den Weg machen. Denen werden sich Linksautonome in den Weg stellen. Die haben keine politische Meinung. Sie wollen nur Krawall. Heute soll auch noch eine Demonstrationsanmeldung des bürgerlichen Lagers bei der Stadt eingehen. Ein Aktionsbündnis ›Bürger für den Frieden‹ will gegen Gewalt und Intoleranz protestieren.«

»Ich habe gehört«, ergänzte Lüder, ohne seine Quelle Geert Mennchen vom Verfassungsschutz zu nennen, mit dem er in aller Frühe telefoniert hatte, »dass auch die Islamisten aufgerüstet haben. Sie haben verlauten lassen, dass sie keine Nazis in *ihrer* Stadt dulden würden. Sie sind bereit, ihren Bezirk zu verteidigen.«

»Was müssen wir darunter verstehen?«, hakte Dr. Starke nach.

»Das ist offengeblieben«, musste Lüder eingestehen. »In gewohnter Manier gab es nur diese Ankündigung durch den Hassprediger Qassim al'Ab von der Nur-al-Din-Moschee. Man geht von bis zu dreißig Gefährdern auf deren Seite aus. Mit Sicherheit können die Moscheeleute aber mehr mobilisieren. Der Aufruf, sich gegen die rechte Szene zu wenden, verbunden mit der Behauptung, Deutschland wolle alle Menschen muslimischen Glaubens vertreiben, lockt auch viele andere an.«

»Da entwickelt sich ein regelrechter Religionskrieg«, befürchtete Gärtner.

Zustimmendes Gemurmel aus der Runde war zu hören.

»Gibt es noch Hoffnung, dass die Schlacht um Gaarden nicht stattfindet?«, fragte Lüder, an den Kriminaldirektor gewandt.

»Darüber hat einzig das Verwaltungsgericht zu befinden. Dafür sind wir aber an anderer Stelle ein Stück weitergekommen. Meine Idee, dass es sich beim Tatort um den Strand von Laboe beim Marineehrenmal handeln könnte, war richtig.«

Spinnkopf, dachte Lüder. Du wolltest das gar nicht wahrhaben, als ich die vorsichtige Vermutung äußerte.

»Es liegt ein Ergebnis der Spurensuche vor. Ja, man hat welche am Marineehrenmal gefunden. Vermutlich stammt auch der Sand am Kopf des Opfers von dort. Die genauen Untersuchungen der Bodenproben werden erst in einigen Tagen vorliegen«, fuhr der Abteilungsleiter fort.

»Gibt es Hinweise auf den Verbleib des Rumpfes?«

»Nein. Die Kriminaltechnik wertet noch Reifenspuren aus. Man glaubt, auch Schleifspuren gefunden zu haben. Einfach ist das nicht bei der ungünstigen Witterung der letzten Tage. Eine Handvoll Beamter ist unterwegs, um die Anwohner aus der näheren Umgebung zu befragen. Vielleicht ist jemand spazieren gegangen oder hat den Hund ausgeführt. Um diese Jahreszeit ist dort nicht viel los. Nur ein Bruchteil der Häuser ist bewohnt. Und nach Einbruch der Dunkelheit, wenn zudem ein steifer Ostwind herrscht, geht niemand mehr vor die Tür.«

Den Ausführungen Dr. Starkes war nichts hinzuzufügen.

Sie sahen auf, als Edith Beyer nach einem kurzen Anklopfen die Tür öffnete, sich suchend umsah und Dr. Starke anblickte.

»Ich wollte nicht stören, aber es ist dringend. Sie möchten bitte sofort zu Herrn Nathusius kommen und Dr. Lüders mitbringen.«

»Zur Leitung?«, fragte der Kriminaldirektor überflüssigerweise, stand auf und zupfte sich sein Sakko zurecht. »Aber doch allein, oder?«

»Nein«, betonte die Sekretärin. »Der Chef hat ausdrücklich Sie beide angefordert.«

Jochen Nathusius sah auf, als die beiden Beamten das Büro des stellvertretenden LKA-Leiters betraten. Er zeigte auf die Sitzgruppe für Besucher.

»Bitte.« Dann nahm er ihnen gegenüber Platz. Der Leitende Kriminaldirektor sah ernst aus. »Es gibt eine neue Eskalationsstufe am Ostufer.«

»Bei uns ist noch nichts angekommen«, sagte Dr. Starke. Es klang wie eine Beschwerde.

»Wir haben ein absolutes Kommunikationsverbot erlassen«, fuhr Nathusius fort. »Das hat die Presse aber nicht daran gehindert, bereits zum Tatort zu eilen. Die Einsatzkräfte sind vor Ort.«

»Ja, aber wir —«

Nathusius schnitt Dr. Starke mit einer Handbewegung das Wort ab. »Die Sache ist so spektakulär, dass sie aus dem Ruder zu laufen scheint. Wir alle werden uns wünschen, dass wir das nicht hätten erleben müssen. Ich spreche mit Ihnen, weil der Leiter bereits zum Tatort gefahren ist.«

»Was ist passiert?«, fragte Lüder.

»Es gibt eine Baustelle in Dietrichsdorf«, begann Nathusius.

»Ich weiß«, unterbrach ihn Lüder. »Dort errichtet die Wiker

Wohnbau Billigwohnungen, die zunächst für die Unterbringung von Flüchtlingen gedacht sind.«

»Um die handelt es sich«, bestätigte Nathusius. »Dort steht ein Kran.«

»Ich kenne den Fall.« Lüder lehnte sich entspannt zurück. »Ein makabrer Scherz. Dort haben irgendwelche Leute eine Puppe aufgehängt. Es könnte eine Anspielung auf die nicht nur im Iran verbreitete Praxis sein, zum Tode verurteilte Menschen aufzuhängen. Die Kieler Kripo ermittelt in diesem Fall.«

Nathusius nickte nachdenklich.

»Ich verstehe nicht, weshalb man um diese Sache so viel Aufhebens macht«, erklärte Dr. Starke.

»Es ist dieses Mal keine Puppe«, sagte Nathusius leise.

»Was?« Dr. Starke und Lüder hatten synchron gesprochen.

»Als die Arbeiter heute Morgen auf die Baustelle kamen, hing dort ein Mensch.«

»Unglaublich«, sagte der Kriminaldirektor.

»Weiß man schon, wer das Opfer ist?«

Der stellvertretende LKA-Leiter nickte unmerklich. »Ja. Dr. Friedemann Feigenbaum.«

»Mein Gott«, entfuhr es Lüder.

Sein Vorgesetzter sah ihn von der Seite an. »Sie wissen, wer das ist?«

»Ja, ein Rabbi, der zurzeit die Vertretung für die Gaardener Synagoge übernommen hat. Ich habe vor Kurzem noch mit ihm gesprochen.«

»Dann verstehen Sie auch, was dieser neue Mord bedeutet?«, fragte Nathusius.

»Natürlich. Die internationale Presse wird über uns herfallen. Es ist der zweite jüdische Mitbürger, der auf spektakuläre Weise ermordet wurde«, antwortete Lüder.

»Nicht nur die Medien sind unsere Sorge, auch die öffentliche Meinung und die Politik. Die Bundesrepublik hat sich in den Jahrzehnten nach dem Krieg bemüht, in die Gemeinschaft der Völker zurückzukehren. Trotzdem gibt es immer wieder überspitzte Reaktionen. Denken Sie an die englischen

Karikaturen, die unsere Nationalmannschaft als Hitler-Panzer dargestellt haben, wenn wir sportlich erfolgreich waren. Die Griechen haben die Bundeskanzlerin auf dem Höhepunkt der Finanzkrise als Hitler dargestellt. Es gibt darüber hinaus zahlreiche andere Beispiele. Die israelische Regierung ist immer sehr leicht mit Beschuldigungen zur Hand, wenn man sie politisch kritisiert.«

»Und das vor dem Hintergrund, dass gerade hier in Kiel modernste U-Boote für ihre Marine gebaut wurden«, sagte Lüder.

»Das zählt nicht«, gab Nathusius zu bedenken.

»Auch ohne über irgendwelche Informationen zu verfügen, dürfen wir nicht ausschließen, dass die Täter möglicherweise unter radikalen Islamisten zu finden sind. Man hat uns deutlich zu verstehen gegeben, dass man sich durch den Auftritt Shimon Rosenzweigs in Gaarden provoziert fühlte. Wir hatten auch den Fall, dass ein jüdischer Geschäftsmann, der eine Kippa trug, von einem syrischen und einem afghanischen Asylbewerber überfallen, zusammenschlagen und beraubt wurde«, sagte Lüder.

»Selbst wenn Ihre Vermutung richtig ist, hilft es uns nicht weiter«, erwiderte Nathusius. »Die Politik im Ausland könnte es so drehen, dass wir in Deutschland nicht willens und nicht in der Lage sind, das Leben jüdischer Mitbürger zu schützen.«

»Unsere Behörden sind überrannt worden«, entgegnete Lüder. »Silvester in Köln, Hamburg und anderen Orten richteten sich die Übergriffe auf Frauen. Die wurden nicht nach ihrer Religion gefragt. In Düsseldorf gibt es eine kriminelle Szene, die sich aus Menschen der Maghreb-Länder rekrutiert. Der Staat ist machtlos. Man verhaftet die Leute und lässt sie wieder frei, weil sie einen festen Wohnsitz haben. Angeblich. Sie verabschieden sich aus dem Polizeigewahrsam mit einem Grinsen, weil sie sofort wieder ihren kriminellen Geschäften nachgehen.«

»Das ist das Problem«, flocht Dr. Starke ein. »Aber es ist für uns keine Entschuldigung, nicht aktiv zu werden.«

»Dann fahren wir jetzt zum Tatort«, sagte Lüder entschlossen.

»Da sind schon zahlreiche Vertreter aus Politik und Polizeiführung«, erwiderte Nathusius. »Fahren Sie, Dr. Lüders.«

»Ich komme mit«, beschloss Dr. Starke.

Wenig später fuhren sie in Starkes Mercedes um die Förde herum zum Tatort in Dietrichsdorf. Es hatten sich lange Autoschlangen gebildet, da die Polizei den Heikendorfer Weg und damit die Zufahrt zum Ostuferhafen abgesperrt hatte. Dort waren zahlreiche Gewerbebetriebe angesiedelt.

Dr. Starke fluchte, weil er nur schrittweise im Stau vorankam. Lüder unterließ es, seinen Vorgesetzten damit aufzuziehen, dass er kein mobiles Blaulicht im Fahrzeug hatte. Der Kriminaldirektor war ein richtiger Schreibtischpolizist. Das wäre ich eigentlich auch, überlegte Lüder. Und Margit würde es bestimmt gutheißen.

Endlich hatten sie die Kreuzung erreicht und mussten einer Streifenwagenbesatzung, die die Abbiegespur blockierte, ihr Ansinnen erklären. Ein Stück weiter lag die Schmerzklinik, links schimmerte das schmutzig braune Wasser der Schwentine durch. Ein wenig flussabwärts manövrierte auf der anderen Flussseite am Anleger Wellingdorf das Fährschiff der Kieler Schlepp- und Fährgesellschaft.

Die Straße war vollgestellt mit Einsatzfahrzeugen. Polizei. Feuerwehr. Rettungstransportwagen. Notarzt. Und zivile Fahrzeuge. Dazu kamen die Übertragungswagen zahlreicher Fernsehsender.

Nach dem Vorzeigen ihrer Dienstausweise überwanden sie den ersten Absperrring, an dem sich zahlreiche Schaulustige eingefunden hatten.

In einer Gruppe erkannte Lüder den Oberbürgermeister im Gespräch mit dem Landespolizeidirektor. Staatsanwalt Brechmann stand da, und die stattliche Gestalt des Innenministers überragte alle. Er bemerkte Lüder und winkte ihm zu, musste sich dann aber wieder dem Oberbürgermeister zuwenden.

Sie zwängten sich bis zu einem Leiterwagen der Kieler Berufsfeuerwehr durch. Dort stießen sie auf Hauptkommissar Vollmers.

»Ich habe schon viel erlebt«, sagte der Leiter des K1, »aber so etwas hatten wir hier noch nicht.« Er zeigte nach oben. »Man hat am Haken des Baukrans einen Strick befestigt. Wie bei einem Galgen. Die Schlinge war um den Hals des Opfers geschlungen. Dem hatte man die Hände auf dem Rücken gefesselt. Dann wurde der Haken in die Höhe gezogen.«

Lüder zuckte zusammen. »Es war also keine Exekution wie auf dem Galgen, bei dem der Tod sofort durch Genickbruch eintritt.«

»Nein«, erwiderte Vollmers leise. »Das hat er gesagt.« Dabei wies sein Finger nach oben.

In einem Korb am Ende der Leiter sah Lüder einen Mann im weißen Anzug agieren.

»Wer ist das?«, wollte Dr. Starke wissen.

»Der Rechtsmediziner, Dr. Diether von der Christian-Albrechts-Universität«, erklärte Lüder.

»Was macht er da?«

»Seinen Job«, entgegnete Lüder einsilbig.

»Holt ihn endlich herunter«, schrie Dr. Starke und erregte die Aufmerksamkeit der Umstehenden. »Es wirkt hier alles wie ein kopfloses Durcheinander. Wir dürfen uns nicht so blamieren wie die Kölner Polizei. Die Medien müssen doch glauben, wir wären ohnmächtig.«

»Hier sind Profis am Werk«, versuchte Lüder ihn zu besänftigen. »Für die Ermittlungen sind die Spurensicherung und die Inaugenscheinnahme durch den Rechtsmediziner von immenser Bedeutung. Planloses Handeln ist nicht zielführend.«

»Was wollen Sie damit sagen?«, schnauzte ihn sein Vorgesetzter an.

»Wollen Sie die Einsatzleitung übernehmen?«, fragte Vollmers ungerührt. »Von mir aus – gern.«

»Wer führt hier das Kommando?«, wich Dr. Starke aus.

»Formell der Landespolizeidirektor. Praktisch koordiniere ich die Aktivitäten am Tatort.«

»Dann gehen Sie systematisch vor«, erwiderte Dr. Starke.

Lüder sah nach oben. »Es ist wichtig, die Lage direkt am Tatort zu sondieren. Kommen Sie, wir klettern nach oben.«

Dr. Starke wich entsetzt einen Schritt zurück. »Die Leiter hoch? Ganz bis nach oben?«

Lüder nickte. »Wenn der Rechtsmediziner die Leiche nicht ausklinkt, kommt sie nicht von allein nach unten.« Er wandte sich dem Maschinisten der Feuerwehr zu. »Darf ich hochklettern?«

Der Feuerwehrmann zuckte hilflos mit den Schultern, sah sich um und zeigte auf einen anderen Blaurock, der ihnen den Rücken zuwandte.

»Fragen Sie den Zugführer.«

Lüder steuerte den Mann an und trug sein Anliegen vor.

»Muss das sein?«, wollte der Brandamtmann wissen. »Die Kameraden hier«, dabei zeigte er auf drei Männer vor sich, »sind ausgebildete Höhenretter. Das sind zwar nur zwölf Meter. Aber die können ganz schön hoch sein.«

Lüder versicherte, dass er sich dessen bewusst war, für den ersten Angriff bei einer so schweren Straftat sei es aber unabdingbar, dass er hinaufklettere.

»Sind Sie von der Spurensicherung? Die wollen auch noch da hoch.«

»Vom LKA.«

»Mein Gott«, stöhnte der Feuerwehrmann. »Wenn wir so unstrukturiert und bürokratisch arbeiten würden wie die Polizei, würden wir kein Feuer gelöscht bekommen. Also. Von mir aus. Aber auf eigene Verantwortung. Ist das klar?«

Lüder nickte. Der Zugführer gab sich damit nicht zufrieden. Er ließ Lüder erst klettern, nachdem der laut mit »Ja« geantwortet hatte.

Die ersten Stufen waren unproblematisch. Dann spürte Lüder, wie die Kälte der Metallholme in seine Finger zog. Natürlich trug er keine Handschuhe. Nach drei Metern merkte er, wie anstrengend das Klettern war. Er warf einen Blick nach oben. Das war erst ein gutes Viertel. Auf halber Höhe kroch die Kälte in den Puls, zumindest in den Teil der Hand, wo der saß. Die Beine wurden schwerer, obwohl er durchtrainiert war. Ein Blick abwärts zeigte ihm, dass er durch die Neigung der Leiter jetzt den

Unterbau des Fahrzeugs verlassen hatte und über dem Erdboden schwebte. Rein subjektiv machte es viel aus.

Lüder hatte gehört, dass zum Einstellungstest für den feuerwehrtechnischen Dienst auch das Besteigen einer Drehleiter gehörte, die vom Ufer aus über eine Wasserfläche hinausragte. Daran würden manche Aspiranten scheitern.

Die Leiter vibrierte leicht. Er versuchte, weiter zügig nach oben zu klimmen, wissend, dass viele Augenpaare auf ihn gerichtet waren. Nur wenige von den Leuten da unten wären auch hochgeklettert, aber viele würden ihm ein Zögern als Schwäche auslegen und großmäulig behaupten, ihnen wäre es nicht passiert.

Schließlich hatte er es geschafft.

Dr. Diether hielt in seinem Tun inne und sah auf den Kopf, der über die Plattform des Korbes ragte.

»Welcher Trottel kommt ...«, setzte er an und ließ seinen Satz unvollendet, als er Lüder erblickte. »Habe ich mir fast gedacht.« Er wandte sich zum Feuerwehrmann hin, der mit ihm dort oben stand. »Das ist in Deutschland so. Bei einem Unfall oder einem anderen Ereignis taucht zunächst der Jurist auf, um zu sehen, wer die Schuld an diesem Vorfall trägt. Dann dürfen sich die Rettungskräfte ans Bergen machen.«

»Denen wird aber kräftig in die Hacken getreten von den Finanzbeamten, die zeitgleich prüfen wollen, ob ein steuerlich relevanter Vorgang vorliegt. Moin, die Herren. Verdammt kalt hier oben. Gibt es etwas Heißes zum Trinken?«

»Ja«, erwiderte Dr. Diether. »Kennen Sie das Opfer?«

Lüder bestätigte es. »Rabbiner Dr. Feigenbaum.«

»Der war wohl kein Heißblütiger?«

»Kaum.«

»Pech für Sie. Sonst hätten Sie auf der Suche nach etwas Heißem Dracula spielen müssen. Er hier ist schon relativ kalt. Der *rigor mortis*, also die Leichenstarre«, erklärte er mit Blick auf den Feuerwehrmann, »ist schon eingetreten. Das ist mit Sicherheit in Anbetracht der kühlen Kieler Temperaturen früher der Fall gewesen, als wenn der alte Herr friedlich in einem Ohrensessel in der warmen Stube eingeschlafen wäre. Es gibt dem ersten Anschein nach keine Abwehrverletzungen.«

Der Rechtsmediziner drehte sich ein wenig zur Seite. »Haben Sie das schon einmal gesehen?«

Erst jetzt bemerkte Lüder, dass man den Rabbi an den Füßen aufgehängt hatte.

»Die Judenstrafe«, entfuhr es ihm.

»Oh – der Herr ist gebildet«, höhnte der Arzt. »Wissen Sie, was das ist?«, fragte er den Feuerwehrmann. Statt eine Antwort abzuwarten, erklärte er: »Das Kopfüberhängen geht vermutlich auf spanische Araber zurück. Später wurde es von den netten Christen übernommen. Jüdische Verbrecher wurden auf diese Weise hingerichtet. Ließen sie sich vor der Vollstreckung taufen, wurde ihnen die Gnade zuteil, auf normale Weise gehängt zu werden.«

»Ein jüdischer Verbrecher ...« Lüder holte tief Luft. »Sein Verbrechen bestand darin, dass er Geistlicher war. Das hat wieder einmal Symbolcharakter«, fügte er hinzu. »Und die Verfahrensweise aus dem Mittelalter ... Das ist für mich symptomatisch. Die Täter haben in ihrem Denken diese Epoche bis heute nicht überwunden.«

»So ist es«, bestätigte Dr. Diether. »Ich bin hier in Kürze fertig. Der Rest wird im Institut erledigt. Sie bekommen dann den Bericht. Haben Sie eigentlich enge Termine? Oder wollen wir gleich gemeinsam in einem netten Café frühstücken?«

»Ich wünsche Ihnen guten Appetit«, sagte Lüder und machte sich an den Abstieg.

»Und?«, fragte Dr. Starke gereizt. »Musste das sein? Haben Sie neue Erkenntnisse mitgebracht?«

»Ja«, sagte Lüder und berichtete von der Judenstrafe.

Der Kriminaldirektor sah ihn entgeistert an. »Ist das sicher? Man sieht das von hier unten nicht.«

»Man hat einen Sichtschutz installiert, um genau das zu verhindern, dass diese besonders perfide Art des Erhängens vorschnell publik wird. Zu Ihrer zweiten Frage: Ja! Ich bin mir sicher. Ich kenne Dr. Diether schon lange und lege meine Hand dafür ins Feuer, dass er das Opfer nicht umgedreht hat und mit dem Kopf nach unten baumeln lässt.«

»So nicht, Herr Lüders. *So nicht!*«, empörte sich der Kriminaldirektor, aber Lüder hatte sich schon umgedreht und suchte Vollmers auf.

Der Hauptkommissar zeigte sich entsetzt über Lüders Bericht. »Ich frage mich in der letzten Zeit, ob ein Job im Einbruchsdezernat nicht besser ist.«

Lüder klopfte Vollmers kameradschaftlich auf die Schulter. »Bestimmt nicht. Auch dort ist der Dienst kein Zuckerschlecken. Ich möchte mich nicht mit den organisierten Banden vom Balkan und aus Osteuropa herumschlagen. Außerdem ... Was wäre die Mordkommission ohne Sie?«

»Schmeichler«, wehrte Vollmers ab, auch wenn ihm anzumerken war, dass er sich über das Lob freute.

Es gelang, die Auffindesituation des Opfers geheim zu halten. Vorerst. Die Nachricht wäre genauso fatal für die Öffentlichkeit gewesen wie die Bestätigung, dass man immer noch fieberhaft nach den sterblichen Überresten Shimon Rosenzweigs suchte, von dem bisher nur der Kopf gefunden worden war.

Lüder fuhr mit seinem Vorgesetzten zum LKA zurück. Sie hatten unterwegs kein Wort gewechselt. Er stieg in seinen BMW um und machte sich auf den Weg nach Schinkel, einer kleinen Gemeinde am Ufer des Nord-Ostsee-Kanals. Der Ort war landwirtschaftlich geprägt und zersiedelt. Er erstreckte sich über eine größere Fläche.

Alf Föhrenbeck bewohnte einen ehemaligen Bauernhof. Das Grundstück war mit Kopfstein grob gepflastert. Außer dem repräsentativen Haupthaus, das seinen ursprünglichen Charakter als Wohnstatt eines respektablen Landwirts gewahrt hatte, standen noch die Nebengebäude auf dem Areal.

Lüder parkte neben einem Range Rover, dessen hintere Tür offen stand. Er wollte aussteigen, als er wütendes Kläffen hörte. Zwei Hunde kamen um die Hausecke und sprangen an seinem Auto in die Höhe – ein bulliger American Staffordshire Terrier sowie ein Dobermann. Er zog es vor, die Tür geschlossen zu halten. Immer wieder sprangen die Hunde gegen die Tür und ließen durch die Scheibe ihre kraftvollen Gebisse sehen.

Nach einer ganzen Weile tauchte in der Hintertür ein Mann auf. Lüder erkannte Alf Föhrenbeck vom Bild her. Er trug eine modisch zerfetzte Jeans, eine Lederweste und ein trotz der kühlen Witterung aufgeknöpftes Hemd, das eine behaarte Brust erkennen ließ. Spitz- und Kinnbart waren gepflegt, die langen Haare im Nacken zu einem Pferdeschwanz zusammengebunden. Lässig stolzierte er auf den BMW zu und blieb zwei Meter davor stehen.

Lüder zeigte auf die Hunde. Föhrenbeck verschränkte die Arme vor der Brust und grinste breit.

»Nehmen Sie die Hunde zurück«, sagte Lüder, aber der Mann tat, als würde er nichts verstehen. Er legte die rechte Hand demonstrativ hinters Ohr.

Lüder ließ die Scheibe zwei Zentimeter herab und war darauf bedacht, dass die Öffnung nicht zu groß wurde.

»Nehmen Sie die Hunde zurück«, rief Lüder.

»Die wohnen hier«, erwiderte Föhrenbeck. »Und Sie nicht.«

»Polizei. Landeskriminalamt.«

»Na und? Es gibt Telefon, Mail, WhatsApp und so weiter.«

»Und eine Vorladung.«

»Von mir aus. Die Adresse meines Anwalts haben Sie vermutlich vorliegen.«

»Seien Sie vernünftig.«

Föhrenbeck lachte schrill auf. »Bin ich immer.«

In diesem Moment trat eine zierliche Frau aus dem Hintereingang und rief: »Alf, kannst du mal helfen?«

Föhrenbeck drehte sich um und verschwand ins Haus, während die Hunde ihr wütendes Gebell fortsetzten. Lüder mochte sich nicht vorstellen, wie sie mit zufälligen Besuchern umgehen würden. Nach zwei Minuten erschienen die Frau und Föhrenbeck, der ein größeres Kind auf seinen Armen trug. Es schien nur aus Haut und Knochen zu bestehen. Der Kopf zuckte unkontrolliert hin und her.

Plötzlich ließen die Hunde von Lüder ab und liefen zu den drei

Hofbewohnern hin. Wie Schmusekatzen umstrichen sie Föhrenbecks Beine. Die Frau beugte sich zum American Staffordshire Terrier hinab und tätschelte den Kopf des Tieres. Föhrenbeck trug das Kind zum Range Rover und setzte es auf die Rückbank. Lüder sah ihn die Sicherheitsgurte in einem übergroßen Kindersitz anlegen. Dann beugte sich der Mann ins Auto hinein, streichelte das Kind und küsste es. Anschließend schlug er die Tür zu, nahm die Frau in den Arm und gab ihr ebenfalls einen zärtlichen Kuss.

Das Ganze sah wie ein Familienidyll aus. Föhrenbeck sah zu, wie sie ins Auto stieg und davonfuhr. Zaghaft winkte er ihr nach, bevor er sich Lüder zuwandte. Sofort reagierten die Hunde und sprangen den BMW erneut an.

»Wollen Sie nicht endlich die Hunde wegsperren?«

»Sie haben es doch gesehen. Das sind liebe Familienhunde.«

»War das Ihr Sohn?«, wechselte Lüder das Thema.

»Mein Sohn?« Föhrenbeck wechselte urplötzlich die Stimmlage. Es klang, als wäre er nachdenklich geworden. »Ja«, sagte er mit belegter Stimme und rief die Hunde zu sich.

Erst beim zweiten Kommando gehorchten sie. Föhrenbeck führte sie zu einem der Anbauten, ließ sie hineinschlüpfen und schloss die Holztür.

Lüder stieg aus.

»Was wollen Sie hier? Sind Sie allein?«

Lüder sah demonstrativ über die Schulter. »Die Hundertschaft lauert hinter der Hecke.« Er machte zwei Schritte auf Föhrenbeck zu und baute sich außer Reichweite vor ihm auf. »Sie wissen, weshalb ich hier bin?«

»Ich habe oft mit Ihresgleichen zu tun gehabt. Kaum furzt irgendwo jemand zu laut, tauchen Typen wie Sie hier auf.«

»Mord ist etwas anderes als das Ablassen von Darmwinden. In Gaarden passiert einfach zu viel. Und keiner Ihrer Freunde war an der Schießerei beteiligt?«

»Welche Schießerei?«, versuchte sich Föhrenbeck dumm zu stellen.

»Lassen wir das«, sagte Lüder in herablassendem Tonfall. »Solche Spielereien sind nicht unser Niveau.«

»Wie heißen Sie überhaupt? Ich habe Sie noch nie gesehen.«
»Dr. Lüder Lüders. Kriminalrat vom Staatsschutz.«
»Donnerwetter.« Es sollte sarkastisch klingen, das misslang aber.
»Welche Rolle spielen Sie und Ihr Thor-Bund in Gaarden? Behaupten Sie jetzt nicht, dass Sie mit dem Thor-Bund nichts zu tun hätten.« Lüder zählte die Ereignisse der jüngsten Zeit auf: die Graffiti-Schmierereien mit dem Anbringen der Tyr-Rune an den Läden muslimischer Geschäftsleute und die Schießerei nahe der Nur-al-Din-Moschee.
»Und das soll alles ich gemacht haben?« Föhrenbeck zeigte sich amüsiert. »Ich bin ja ein richtiger Tausendsassa.«
»Sie sind wegen Körperverletzung vorbestraft.«
Der Mann lachte höhnisch auf. »Man wollte mir sogar einen Mord anhängen. Das hat aber nicht geklappt.«
»Mit Ihrem Sohn gehen Sie anders um. Ein liebevoller Vater.«
»Das hat nichts … Halten Sie sich da raus. Und meine Kinder auch.«
»Es macht dem Nachwuchs bestimmt Spaß, hier auf dem Land groß zu werden und herumzutollen. Ich bewundere Eltern, die so fürsorglich mit behinderten Kindern umgehen und viel von der eigenen Persönlichkeit investieren. Außenstehende können das gar nicht beurteilen.«
»Das ist wahr«, zeigte sich Föhrenbeck plötzlich von einer anderen Seite. »Kommen Sie«, forderte er Lüder auf und ging wortlos zum Hintereingang.
Lüder folgte ihm in eine modern eingerichtete Küche. Es mangelte an nichts, was der Hausfrau die Arbeit erleichterte. Lüder hatte den Eindruck, selbst die Musterküche eines Küchenstudios wies nicht so viel an Technik auf, wie hier versammelt war.
Föhrenbeck umrundete die Kochinsel, griff zwei Becher, die an einer Hakenleiste über dem Esstresen hingen, und befüllte sie an einem Kaffeevollautomaten. Dann hockte er sich auf einen der Stühle am Tresen und schlug mit der flachen Hand auf den danebenstehenden. Lüder erklomm den Hocker.

»Wie kommt jemand, der zur kriminellen Szene gehört, dazu, eine Parallelexistenz als liebevoller Familienvater zu pflegen?«
Föhrenbeck setzte den Becher hart ab. »Das mit der kriminellen Szene will ich nicht gehört haben.«
»Sie wollen nicht –«
Aber Föhrenbeck schnitt Lüder das Wort ab. »Glauben Sie, ich möchte, dass meine Kinder als Minderheit in einer Schulklasse sitzen? Dass sie wie in manchen Berliner Bezirken von Migrantenkindern gemobbt werden, nur weil sie Einheimische sind?«
»Und deshalb gehen Sie und Ihre Leute gegen Ausländer vor. Mit Gewalt. Auch mit Mord?«
»Das hängen Sie mir nicht an. Wir leben in einer Demokratie. Es wird Zeit, dass sich politischer Widerstand etabliert. Wir können uns doch nicht überrennen lassen. Berlin. Duisburg. Die falsche Bahnhofsseite in Düsseldorf. Darüber spricht jeder. Aber Gaarden … Darüber wird der Mantel des Schweigens ausgebreitet. Stellen Sie sich vor, in der Wik, Suchsdorf, Holtenau – da würden Leute patrouillieren und den Bewohnern vorschreiben, wie sie sich zu kleiden haben. Das ist Nötigung. Aber in Gaarden ist das ganz natürlich. Da laufen die Irren von der Scharia-Polizei herum und drangsalieren Menschen, die anders sind.«
»Spielen Sie sich jetzt als Beschützer der Minderheiten auf?«
»Die Polizei ist doch überfordert. Meine Frau war neulich ein wenig zu schnell mit dem Auto unterwegs. Unser Sohn musste zur Therapie. Da ist sie geblitzt worden. Prompt tauchte hier eine Streifenwagenbesatzung auf und wollte wissen, wer die Frau auf dem Foto ist. Solche Dinge verfolgt der Staat mit Macht. Wie oft haben Sie schon die Islamisten von der Scharia-Polizei festgesetzt? Allein der Begriff – Scharia-Polizei. Dass ich nicht lache.«
»Sie sind doch kein lupenreiner Demokrat, weder mit dem rechtsgerichteten Thor-Bund noch mit der Partei, die Sie unterstützen.«
»Sie weichen aus«, behauptete Föhrenbeck. »Wenn der Hassprediger, dem niemand Einhalt gebietet und der ungestraft von der Vertreibung aller sogenannten Nichtgläubigen sprechen

darf, seine Terrortruppe loshetzt, wagt niemand, etwas zu sagen. Wenn besorgte Bürger vor solchen Leuten warnen, nennt man sie gleich Rechtsextremisten. Der Verweis auf das Tun der Leute wird als Rassismus und Ausländerhetze beschimpft. Nein, Herr ... äh ...« Föhrenbeck sah Lüder an.

Der wiederholte seinen Namen.

»Wenn niemand etwas in Gaarden unternimmt und die Polizei überfordert ist – lassen Sie uns zusammenarbeiten. Es gibt Bürger, die keine Angst haben, dem Treiben der Scharia-Leute ein Ende zu bereiten.«

»Sie glauben doch nicht, dass wir in Deutschland Selbstjustiz zulassen? Das Rechts- und Gewaltmonopol liegt beim Staat.«

Föhrenbeck schlug kräftig mit der flachen Hand auf den Tresen, dass die Kaffeebecher bebten. »Sie widersprechen sich doch selbst. Merken Sie das nicht? Deutsche wollen Sie davon abhalten, die Dinge wieder ins rechte Lot zu rücken. Aber die Hergelaufenen dürfen agieren, wie sie wollen. Niemand hindert sie daran. Was wollen Sie dagegen unternehmen, wenn meine Leute nachts in Gaarden nun, äh ... sagen wir mal: spazieren gehen? Und wenn sie angegriffen werden, dürfen sie sich doch wehren. Oder?«

»Sie wissen, dass es eine Provokation ist«, erwiderte Lüder.

»Und wer provoziert, wird geköpft. Nee, Herr Lüders. Das ist Deutschland. Hier gilt deutsches Recht. Wir lassen uns doch nicht aus unserem eigenen Land vergraulen. Stellen Sie sich vor, wir würden von jedem, der hierherkommt, verlangen, dass er sich taufen lässt.«

»Das sind Absurditäten, die Sie von sich geben. In unserem Grundgesetz steht, dass wir Religionsfreiheit haben.«

»Eben. Sie sagen es. Lesen Sie diesen Passus einmal dem Hassprediger vor. Oder den Typen, die nichts von Frauenrechten halten.«

»Ihre Argumente sind durchsichtig«, sagte Lüder. »Wir lassen keine rechtsfreien Räume zu. Weder auf der einen noch auf der anderen Seite.« Er schwenkte den Zeigefinger. »Hüten Sie sich davor, weitere Straftaten zu begehen.«

»He, he«, antwortete Föhrenbeck mit drohendem Unterton in der Stimme. »Das will ich nicht gehört haben. Unterstellen Sie mir nicht etwas. Ich bin ein unbescholtener Bürger.«
»Sie sind ein vorbestrafter Krimineller«, sagte Lüder.
»Raus. Aber fix.« Föhrenbeck war vom Hocker gesprungen und hatte den Arm in Richtung Ausgang ausgestreckt. »Und beeilen Sie sich. In zwei Minuten brauchen die Hunde Ihren Auslauf.«
Lüder hob kurz den Bund seines Strickblousons an und tippte auf den Griff seiner Dienstwaffe.
»Es würde mir leidtun«, sagte er.
»Das wagen Sie nicht.«
Lüder grinste. »Man nennt mich den Unbarmherzigen.«
Dann verließ er das Haus. Föhrenbeck blieb im Türrahmen des Hofausgangs stehen. Er unternahm nicht den Versuch, zum Nebengebäude zu gehen, wo die Hunde ein wütendes Gebell hören ließen. Es donnerte regelrecht, wenn sie gegen die Innenseite der Tür sprangen. Hoffentlich hielt die ihrem Tun stand.
Lüder schlug einen kleinen Bogen an der Hauswand entlang. Plötzlich bückte er sich, zog einen Beweissicherungsbeutel aus der Hosentasche, stülpte das Innere nach außen und nahm etwas auf.
»Was soll das?«, schrie Föhrenbeck. »Lassen Sie das liegen.«
»Das ist Scheiße«, erwiderte Lüder lächelnd.
Und das war die Wahrheit. Nichts anderes als Hundekot hatte er aufgesammelt. Er würde ihn ins Labor des LKA bringen.

Lüder hatte eine Weile am Schreibtisch gesessen und Papiere durchgearbeitet, als sich sein Telefon meldete. Der Anrufer hatte eine Rufnummernunterdrückung aktiviert, wusste offenbar aber nicht, dass die bei Polizei und Rettungsdienst nicht zog.
»Moin, Dittert«, begrüßte er den Journalisten des Boulevardblattes.
»Hallo, Lüders, altes Haus. Lange nichts voneinander gehört.«
»Für Sie heißt es Herr Dr. Lüders, Dittert.«
»Mensch, warum so zimperlich? Wir haben schon manchen Krieg durchgestanden.«

»Ich habe im Unterschied zu Ihnen nie mit schmutzigen Bomben geworfen.«
»Sie haben gut lachen als Beamter. Ich muss mein Geld jeden Monat neu verdienen.«
»Blutgeld?«
»Hören Sie mit Ihren dummen Sprüchen auf. Was ist nun mit Gaarden? Das ist eine richtig heiße Nummer.«
»Berichten Sie noch darüber? Ihre Kollegen sind alle abgezogen. Gaarden ist sich wieder selbst überlassen.«
»So schnell funktioniert das Nachrichtengeschäft.«
»Fühlen Sie sich eigentlich mitschuldig am Tod des Rabbis? Ihr Interview, zumindest das, was Sie geschrieben haben, dürfte ein Reizpunkt gewesen sein.«
»Nix da. Das möchten diese Nachthemdtypen wohl, oder? Die Presse soll schweigen. Mensch, Lüders, wir sitzen zwischen allen Stühlen. Die Islamisten fühlen sich bedroht. Haben Sie die Bilder gesehen, wie die auf die Fernsehteams losgegangen sind? Ich meine, auf die Öffentlich-Rechtlichen. Und die anderen? Die brüllen ›Lügenpresse‹. Mal unter uns Pastorentöchtern: Gibt es irgendetwas Neues?«
»Wir haben einen phantastischen Pressesprecher.«
»Hör doch auf. Von denen hört man doch nichts. Nee, mal ehrlich. Beißen Sie den Thor-Bund-Jungs schon ins Bein?«
»Sie meinen, die hätten den Rabbi erhängt?«
»Dünnschiss. Das waren die Scharia-Gesellen. Föhrenbeck und seine Kumpels schließen keine Sauffreundschaft mit den Juden, aber umbringen ... Nee. Das tun sie nicht.«
Davon war Lüder auch überzeugt. Alle Vermutungen zielten in Richtung der extremistischen Islamisten.
»Komisch, ne, dass jeder weiß, was Qassim al'Ab in der Nur-al-Din-Moschee predigt. Aber offenbar kümmert es niemanden, dass er zu Hass und Mord aufruft. Der steht ungestraft auf seiner Kanzel. Kanzel? Sagt man das so?«
»Falls – ich betone: *falls*! – Ermittlungen gegen ihn laufen, werde ich es Ihnen nicht sagen.«
»Nicht nötig. Ich habe meine Quellen. Warum brauchen Sie

eigentlich immer so lange? Ich würde mich mit ein paar strammen Jungs nachts auf die Lauer legen, und wenn Saif ad-Dīn mit seinem Turbangeschwader aufkreuzt … rums. Die werfen ihre grünen Armbinden in den Altkleidercontainer.«

»Sie parlieren Müll. Meinen Sie, die Polizei schickt Schlägerbanden los? Wir sind nicht in Mexiko, wo es Todesschwadronen geben soll.«

»So meine ich das auch nicht. Aber ein bisschen mehr Obacht in Gaarden wäre sicher nicht verkehrt. Dann wäre der Spuk vorbei.«

»Das würde Ihnen nicht passen, Dittert. Dann hätten Sie nichts mehr zu schreiben. Ich stelle mir gerade die Schlagzeile vor: Juden und Thor-Bund pflanzen Rosen auf dem Vinetaplatz. Qassim al'Ab hat seine Gitarre herausgeholt und singt gemeinsam mit Pastor Piepke ›Großer Gott wir loben dich‹, während Saif ad-Dīn mit seiner Bande mit den Beamten des 4. Reviers ein Saufgelage abhält.«

»Superidee. Ich glaube, die werden hinterher miteinander tanzen. Zum Beispiel heute Nacht.«

»Was soll das heißen?«

»Habe ich was gesagt?«

»Dittert. Auch für Sie gilt das Strafgesetzbuch.«

»Nix. Wissen Sie, was ich von Beruf bin?«

»Ich antworte Ihnen nicht. Auch ich darf nicht alles sagen, was ich denke.«

»Haben Sie morgen frei? Ein entspanntes Wochenende? Einkaufen mit der Familie? Dann aber nicht in Gaarden.«

»Da gibt es einen sehr schönen und bunten Markt.«

»Und einen lebhaften, besonders wenn Piepke mit seinen rechten Evangelen zur Demo anrückt.«

Lüder wollte nicht nachfragen. Es klang so, als würde Dittert über bessere Informationen verfügen. Ob die Entscheidung des Verwaltungsgerichts schon vorlag? Möglicherweise hatte das Boulevardblatt einen Mann im Gerichtssaal sitzen, der die Information sofort weitergeben konnte.

»In diesem Punkt ist das letzte Wort noch nicht gesprochen«, erwiderte Lüder neutral. Er hatte es geschafft, Dittert zu irritieren.

»Los, was läuft da noch?«, wollte der Journalist wissen.

»Gute Zeitungsleute finden das selbst heraus«, sagte Lüder. »So. Nun muss ich wieder etwas Vernünftiges machen. Im Unterschied zu Ihnen.«

»Wir werden nie Freunde, Lüders«, sagte Dittert. Es klang ein wenig enttäuscht.

»Das ist das erste wahre Wort von Ihnen.« Dann legte Lüder auf.

Gärtner wusste auch noch nichts von der Gerichtsentscheidung. Bei Dr. Starke wurden sie fündig. Der Kriminaldirektor telefonierte gerade, als sie sein Büro betraten. Mit erhobener Hand gebot er ihnen, zu schweigen.

Als er fertig war, sagte Lüder: »Haben Sie schon gehört? Das Gericht hat die Demo morgen erlaubt.«

»Woher wissen Sie das? Die Nachricht ist ganz frisch.«

»Wir haben immer ein Ohr am aktuellen Geschehen«, erwiderte Lüder und stieß mit dem Ellenbogen Gärtner an, der neben ihm stand.

Dr. Starke stand auf. »Ich muss zur Stabsbesprechung«, sagte er. »Das Gericht in Schleswig hat der Partei recht gegeben und das Demonstrationsverbot des Ordnungsamtes aufgehoben. Die Versammlungsfreiheit ist das höhere Rechtsgut.«

»Da wird sonst was passieren«, sagte Lüder besorgt. »Niemand kann die Sicherheit gewährleisten.«

»Das zählt alles nicht. Es liegen Informationen vor, dass sich bereits Gruppen aus dem ganzen Bundesgebiet auf den Weg nach Kiel gemacht haben. Ich muss mich beeilen, meine Herren. Der große Krisenstab tritt zusammen. Man erwartet mich.«

Arschloch, formulierte Lüder lautlos hinter Starkes Rücken.

»Auf in die Schlacht«, stellte Gärtner sarkastisch fest, als sie in ihre jeweiligen Büros zurückkehrten.

Lüders nächste Rückfrage galt Hauptkommissar Sawitzki vom Gaardener Revier.

»Sind Sie eigentlich immer im Dienst?«, fragte er, als Sawitzki sich meldete.

»Wollen Sie wissen, wie viele Krankmeldungen wir haben? Glauben Sie, wir bekommen Verstärkung von anderen Dienststellen? Fehlanzeige.«

»Morgen werden Sie viele Kollegen um sich haben.« Lüder berichtete von der Genehmigung der Demonstration.

»Oh Scheiße« war alles, was Sawitzki dazu sagte. »Wo sind Sie eigentlich geblieben? Sie wollten doch nach Gaarden kommen. Außer heißer Luft –«

»Sparen Sie sich Ihre Worte. Ich war da.«

»Aber zum falschen Zeitpunkt. Wir hatten heute den nächsten Vorfall. Passanten haben ein mutmaßliches Mitglied der Moschee gefunden und uns alarmiert. Der soll übel zugerichtet gewesen sein. Als die Kollegen eintrafen, war der Mann allerdings schon verschwunden. Es liegt keine Anzeige vor.«

»Was haben die Zeugen ausgesagt?«

»Zeugen? Haben Sie das immer noch nicht begriffen? Niemand wagt, etwas zu sagen. Die Geschichte mit dem Übergriff auf den alten Egon Meyer hat sich schnell rumgesprochen. Die Leute haben Angst.«

»Was unternehmen Sie in diesem Fall?«

»Wir bewaffnen die Freiwillige Feuerwehr mit Baseballschlägern und durchkämmen den Stadtteil. Mann, was sollen wir tun? Keine Anzeige. Kein Zeuge. Nichts.«

Lüder gab Sawitzki seine Handynummer. »Ich bin jederzeit für Sie erreichbar.«

»Toll.«

Lüder war sich nicht sicher, ob der Hauptkommissar die Rufnummern notiert hatte.

Sollte die Demonstration wirklich stattfinden, stand ein heißer Tag bevor. Ein Hurrikan würde über Gaarden losbrechen. Und wo war es bei einem Wirbelsturm – angeblich – am ruhigsten? Lüder hatte noch keinen erlebt, aber man sagte, dies sei im Auge der Fall. Er beschloss, Pastor Piepke aufzusuchen.

Die Gemeinde des Evangelikalen hatte ihr Zentrum am Rande Gaardens errichtet. Auf einem Teil des Kleingartengeländes zwischen Bahntrasse und Langsee fand Lüder den neuen Gebäudekomplex. An einen Rotklinkerbau, der einer Kombination aus Wohn- und Geschäftshaus entsprach, war ein Hausteil angebaut, das Ähnlichkeit mit den schlichten Kirchen in amerikanischen Südstaaten hatte. Lüder fragte sich, ob es Zufall war oder damit die Verbundenheit zu der Ideologie des Ku-Klux-Klans von der Überlegenheit der weißen Rasse gezeigt werden sollte, die ihren Ursprung zwischen Mississippi und Missouri hatte.

Mit einem Blick sah er, dass die Fenster aus Sicherheitsglas bestanden. Er klingelte an der Tür und wurde durch eine Kamera in Augenschein genommen, bis eine weibliche Stimme »Ja?« fragte.

»Lüders. Landeskriminalamt. Ich möchte gern mit Herrn Piepke sprechen.«

Die Frau fragte nicht nach, sondern bat nur: »Einen Moment bitte.«

Es dauerte ein paar Minuten, bis ein Summer ertönte. Man war in diesem Haus offenbar auf unliebsamen Besuch eingestellt. Lüder fand sich in einer Sicherheitsschleuse wieder. Auch hier gab es eine Überwachungskamera. Er wurde um seinen Dienstausweis gebeten und hielt das Dokument in Richtung des Objektivs.

Dann wurde die zweite Tür geöffnet, und eine grauhaarige Frau öffnete ihm. Bei ihr waren nicht nur die Haare grau. Die Bluse, die Strickjacke, der lange wollene Rock, der bis zu den Waden reichte, und selbst die Gesichtsfarbe. Sie forderte Lüder auf, ihr zu folgen, und führte ihn in einen Arbeitsraum.

Hier schien die Zeit stillzustehen. Es wirkte düster. Der altmodische Schreibtisch, die Bücherregale, die vier lederbezogenen Stühle, die um einen Tisch gruppiert waren. Dunkles Holz. Nicht einmal Oma und Opa haben so gelebt, dachte Lüder. Einen Computer suchte er vergebens.

Hinterm Schreibtisch saß ein älterer Mann, der einen dunklen Anzug trug. Er war eine Inkarnation jener mysteriös erschei-

nenden Geistlichen in alten Edgar-Wallace-Filmen. In Schwarz-Weiß. Der Mann legte einen Füller zur Seite, stand auf und kam Lüder entgegen. Er streckte ihm die Hand entgegen.
»Piepke.«
Lüder stellte sich auch vor.
»Nehmen Sie Platz«, bat Piepke mit einer etwas zu hohen Stimme. Dann setzte er sich Lüder gegenüber und legte die gefalteten Hände auf die weiße Spitzentischdecke. »Sie kommen wegen Gaarden?«
Lüder mochte es fast nicht glauben. Ihm gegenüber saß der Mann, dessen Beharrungsvermögen morgen möglicherweise ein Feuer am Kieler Ostufer entfachen würde. Das Gesicht war faltig, ein grauer Haarkranz umsäumte den kahlen Kopf, die dunkle Hornbrille wirkte zeitlos, und die Handoberflächen wiesen erste Altersflecken auf. Piepke sah aus wie ein biederer Landgeistlicher im Ruhestand.
»Sparen wir uns viele Worte. Wir wissen, um was es am Sonnabend in Gaarden geht. Ihre Aktion wird gewaltigen Widerstand hervorrufen. Die Stadt hat Ihren Antrag nicht umsonst ablehnend beschieden. Man fürchtet um die öffentliche Sicherheit und Ordnung.«
Piepke lächelte. »Sehen Sie. Genau das ist der Grund, weshalb wir an die Öffentlichkeit gehen wollen.«
»Sie wollen provozieren. Dabei wissen Sie genau, wie die Mehrheit der muslimischen Bewohner Gaardens darauf reagieren wird. Entspricht das Ihrem christlichen Verständnis, dass es zu einer Schlacht kommt?«
»Sie denken wie wir«, entgegnete Piepke. »Nennen Sie mir ein Beispiel, wo Deutsche gegen Deutsche zur Straßenschlacht antreten?«
»Die gibt es zur Genüge«, sagte Lüder. »Wir kennen die Fälle, wo Linksautonome und Rechtsradikale aufeinandergeprallt sind. Es gibt hinreichend Beispiele dafür, wo die Gewalt ausgeufert ist. Das ist keine Modeerscheinung der jüngsten Zeit. Die Bilder der gewaltsamen Auseinandersetzung in Brokdorf und an zahleichen anderen Orten sind uns noch gegenwärtig.«

»Das ist doch etwas anderes«, behauptete Piepke. »Wir stehen hier vor einer neuen Herausforderung. Europa wird nicht umsonst das christliche Abendland genannt. Erinnern Sie sich an den Geschichtsunterricht? Das Abendland stand schon öfter vor der Aufgabe, sich zu verteidigen. Die Mauren, also islamische Araber, haben Spanien überfallen und mehrere hundert Jahre dort ihr Unwesen getrieben. Sie konnten Spanien erobern, weil das dortige Volk sehr zerstritten war und keine geschlossene Front gegen die Mauren bildete. Sie hatten sich durch innere Konflikte selbst geschwächt.« Piepke stach mit dem Zeigefinger in die Luft. »Sehen Sie. Und genau diesen Fehler begehen wir jetzt auch. Leider ist es mit der Bildung heute nicht mehr so weit her. Wer kennt noch Prinz Eugen, der die Türken vor Wien geschlagen hat? Was wäre aus Europa geworden, wenn die Osmanen hier eingefallen wären? Und jetzt? Sollen wir zusehen, wie wir überrannt werden?«

»Sie malen ein rechtspopulistisches Bild und schüren die Fremdenfeindlichkeit. Wie passt das zu Ihrem christlichen Weltbild?«

»Sind es Christen, die Andersgläubige enthaupten? Wir können uns theologisch damit auseinandersetzen, dass die Juden eine historische Schuld —«

»Stopp«, fuhr Lüder barsch dazwischen. »Jetzt überschreiten Sie eine Grenze. Die historische Schuld liegt wohl eher auf der Seite der Nationalsozialisten.«

»Ich will keinen historischen Diskurs führen«, lenkte Piepke ein. »Aber es ist doch legitim, wenn wir die Heimat gegen die Horden verteidigen, die weder unsere Kultur noch unsere Gesetze anerkennen wollen. Nehmen Sie die Saudis. Die halten ihr Land sauber. Warum können wir nicht genauso handeln?«

»Ich kenne viele Vorschläge«, erwiderte Lüder. »So wird zum Beispiel diskutiert, Ankommenden in den Erstaufnahmeeinrichtungen gleichberechtigt und gut sichtbar das christliche Kreuz, eine Medaille mit dem Namen des Propheten sowie das Bild einer indisch-hinduistischen Gottheit zu präsentieren. Das wäre ein Denkanstoß und ein deutliches Signal, dass bei uns religiöse Toleranz und Vielfalt herrschen.«

»Unsere Toleranz hat dort eine Grenze, wo der richtige Glaube zerstört werden soll.«

»Wie kommen Sie dazu, Ihre Religion als die einzig wahre zu bezeichnen? Genauso argumentieren die Muslime.«

»Lesen Sie die Bibel. Da steht es geschrieben.«

»Das ist eine bildhafte Darstellung. Die Wissenschaft —«

»Hören Sie auf mit der Evolutionstheorie. Der Mensch ist kein Affe. Gott selbst hat uns erklärt, wie die Welt zustande gekommen ist.«

»Sie sind genauso fundamentalistisch wie die radikalen Islamisten.«

»Das stimmt nicht. Haben Sie Zeit?«

»Nur, wenn Sie die Demo morgen absagen.«

Piepke lächelte. »Sind Sie die Speerspitze? Ein neuer Versuch der Politik, statt massiven Eindreschens auf eine demokratische Partei —«

»Wie bitte?«, unterbrach Lüder sein Gegenüber.

»Wir halten uns an alle Spielregeln. Die Demonstration ist durch ein Gericht genehmigt. Wer sind die Demagogen? Doch die, die sich nicht mit uns auseinandersetzen wollen. Sehen Sie, wie die Bürger sich uns zuwenden. Die Menschen wollen nicht vom Islam überrannt werden. Das ist eine andere Kultur. Lesen Sie keine Zeitung? Da gibt es Massenschlägereien zwischen den Ethnien, Albaner gegen Afghanen, die Nordafrikaner fallen über unsere Frauen her. Wen wundert es. Bei so vielen jungen Männern gibt es ein Testosteronproblem. Haben Sie das schon einmal von Christen gehört?«

»Wie viele Verbrechen sind von Christen ausgeführt worden? Wie blutig zieht sich die Spur der Christen durch das Mittelalter?«

»Wir leben im Hier und Jetzt.« Piepke ging nicht auf Lüders Feststellung ein. Dann sah er demonstrativ auf seine Armbanduhr. »Dieses Land verträgt keine Einwanderer.«

»Gerade in Schleswig-Holstein haben wir eine Million nach dem Krieg verkraftet. Um in Ihrer Denkweise zu bleiben – die sind hier eingefallen.«

»Das waren aber Menschen aus unserem Kulturkreis.« Erneut lächelte Piepke. »Merkwürdigerweise waren das alles ›Gutsbesitzer‹, die ihre Wiedergutmachung eingefordert haben. Nein. Der Weg meiner Partei ist der richtige. Wir werden den Kampf der Idealisten aufnehmen.«

»Sie sagen es. Den ›Kampf‹. Genau das ist morgen zu befürchten. Ist das nicht ein Widerspruch? Kann man sehenden Auges in eine solche Auseinandersetzung hineingehen, wenn man als Christ gegen Gewalt ist?«, fragte Lüder.

»Für mich ist es die einzig denkbare Konstellation: die Verteidigung des christlichen Abendlandes und das Aufrütteln der Menschen. Von der Kanzel und der politischen Bühne: Wir werden Gaarden von der muslimischen Gefahr befreien. Und nicht nur Gaarden.«

»Sie sind ein vernunftbegabter Mensch, Herr Piepke. Halten Sie ein mit dem Wahnsinn!«

»Es ist nicht unsere Sache. Überzeugen Sie die Islamisten, das Demonstrationsrecht zu achten. Von uns wird niemand gewalttätig.«

»Auch nicht Ihre Mitstreiter vom Thor-Bund? Die sind ein rotes Tuch für die Bewohner Gaardens, die mit Sicherheit in der Mehrzahl weder radikal noch gewalttätig sind, sondern einfach nur in Frieden leben wollen.«

»Sollen sie. Dagegen hat niemand etwas. Nur nicht hier. Wir leben ja auch nicht in ihren Dörfern und Städten. Und was den Thor-Bund anbetrifft … Ich habe davon gehört. Das ist alles.«

»Sie wollen mir nicht weismachen, dass Sie Alf Föhrenbeck und seine Schlägertruppe nicht kennen?«

»Hüten Sie sich vor solchen Behauptungen. Herr Föhrenbeck ist ordentliches Mitglied unserer Partei.«

»Der durch das Skandieren ausländerfeindlicher Parolen für Ärger sorgt.«

»Sie sollten jetzt gehen. Akzeptieren Sie einfach eine abweichende politische Meinung, eine richtige und zukunftsweisende Meinung. Die Überfremdung – das ist nicht unsere Zukunft.«

Lüder schwieg lieber. Er war nicht als Privatmann, sondern

als Polizist hier. Da wurde von ihm Neutralität erwartet. Die zu wahren fiel ihm schwer, als Piepke ein mildes Lächeln zeigte. Konnten Menschen so sein?

Ja!, sagte er sich. Leider.

Zornig fuhr er zur Dienststelle zurück. Er war mit wenig Hoffnung, den Pastor umstimmen zu können, losgefahren. Leute wie Piepke waren viel gefährlicher als Typen wie Schadtwald oder andere Mitläufer, die ihren Hass offen herausschrien. Piepke wandte subtile Methoden an. Seine vordergründig sanfte Art, das scheinbar stille Auftreten unterschied ihn von Demagogen. In der Maske des Biedermanns erkannten viele Menschen nicht die wahren Beweggründe der Piepkes dieser Welt.

Im Büro fand er eine Nachricht von Geert Mennchen vor. Der Verfassungsschützer bat um Rückruf.

»Das wird ein heißes Wochenende«, begann Mennchen, nachdem er sich vergewissert hatte, dass Lüder ungestört war.

»Sie meinen die Demonstration«, riet Lüder.

»Die auch. Ich fürchte, dagegen sind wir ein Stück machtlos. Das wird eine heikle Mission für die Polizei. Ich möchte jetzt nicht in der Haut der jungen Beamten stecken, die das ausbaden müssen.«

»Sie meinen, die das ausprügeln müssen«, sagte Lüder und fragte nach Neuigkeiten.

»Ja«, bestätigte Mennchen und berichtete von vertraulichen Informationen, die ihm vorlägen, dass in der kommenden Nacht etwas in Gaarden passieren solle.

»Da ist ständig etwas los«, ergänzte Lüder. »Woher haben Sie Ihre Information?«

Das könne er nicht sagen, erklärte der Verfassungsschützer. Es gebe eine zuverlässige Quelle.

»Ihr V-Mann aus dem Umfeld der Nur-al-Din-Moschee?«

Mennchen wollte es nicht bestätigen, aber auch nicht bestreiten. Auch Details wollte er nicht weitergeben. Lüder insistierte mehrfach, aber vergeblich. Der Mann vom Verfassungsschutz wollte auf keinen Fall seinen Informanten gefährden, dachte

Lüder. Wenn dessen Identität bekannt würde, war der dem Tode geweiht.

Lüder erinnerte sich, dass Leif Stefan Dittert vom Boulevardblatt auch entsprechende Andeutungen gemacht hatte. Was zeichnete sich dort ab?

»Wir haben von befreundeten Diensten die Nachricht erhalten, dass eine Gruppe gewaltbereiter Salafisten aus Molenbeek unterwegs ist, um sich morgen gegen Piepkes Demonstranten zu stellen. Wir schätzen, dass Piepke mit Unterstützung aus anderen Bundesländern auf drei- bis viertausend Teilnehmer kommt. Unsicher ist noch, wie viele Linksautonome die Demonstration stürmen wollen.«

»So wird es morgen eine Drei-Seiten-Front«, sagte Lüder. »Piepke mit der Partei, unterstützt vom Thor-Bund als Schlägerbrigade, die Islamisten und die in Gaarden beheimateten Muslime sowie die Linksautonomen.«

So sei es, versicherte Mennchen und musste kleinlaut gestehen, dass sie nur zwei Leute vor Ort in Gaarden hatten. »Den V-Mann und einen Mitarbeiter von mir.«

Lüder war ein wenig überrascht, nachdem Mennchen bis eben noch hartnäckig zum Thema V-Mann geschwiegen hatte. »Ihre Andeutung, es wird etwas geschehen … Steht das im Zusammenhang mit der Befürchtung, es könne ein Sprengstoffattentat verübt werden?«

»Dazu haben wir keine gesicherten Erkenntnisse«, schloss Mennchen das Gespräch ab.

Sechs

Lüder nahm Kontakt zu Jochen Nathusius auf. Der zeigte sich kurz angebunden. Das war nicht verwunderlich in Anbetracht der bevorstehenden Ereignisse. Immerhin konnte Nathusius versichern, dass auch ihm keine Informationen über ein bevorstehendes Attentat vorlägen. Für Lüder war das nur ein schwacher Trost.

Wenig später meldete sich Frau Dr. Braun auf Lüders Handy.

»So geht das nicht«, begann die Wissenschaftlerin. »Ich weiß, was derzeit in Kiel los ist. Endlich spüren Sie einmal den Druck, dem wir permanent ausgesetzt sind. Deshalb müssen Sie uns aber nicht mit Dingen wie Hundekot behelligen. Ist das wirklich von Bedeutung?«

»Liebe Frau Dr. Braun –«, begann Lüder.

»Kommen Sie mir nicht so. Das zieht bei mir nicht. Wir Naturwissenschaftler lassen uns nicht durch Worte, sondern nur durch Fakten beeindrucken.«

»Deshalb haben wir ja Sie. Sie sind unser Maßstab für Objektivität, das Maß aller Dinge.«

»Wenn ich Ihre Worte jetzt analysieren würde, käme ich auf ein Gemisch von Triglyceriden mit gesättigten und etwa sechzig Prozent ungesättigten Fettsäuren«, erwiderte sie.

»Ich würde sagen, Sie sprechen von Schmalz.«

Für einen kurzen Moment war es still in der Leitung. »Woher wissen Sie das?«

»Ich habe Abitur gemacht. Damals. In Schleswig-Holstein. Da hat man so etwas gelernt.«

»Das ist aber auch schon eine Weile her. Was wollte ich noch sagen?«

»Sie wollten mir bestätigen, dass die DNA des Hundekots mit der übereinstimmt, die beim Überfall auf den alten Herrn in Gaarden sichergestellt wurde.«

»Warum binden Sie unsere Ressourcen, wenn Sie es schon wissen?«

»Da müssen Sie Herrn Brechmann fragen. Der ist so misstrauisch.«

»Hören Sie mir mit dem Staatsanwalt auf«, beschwerte sich die Wissenschaftlerin.

»Herzlichen Dank, Frau Dr. Braun. Bis zum nächsten Mal.«

»Bloß nicht«, erwiderte die Leiterin der Kriminaltechnik und legte auf.

Das Ergebnis überraschte Lüder nicht. Er stand auf und ging zu Gärtner. Der Kriminaloberrat unterbrach seine Arbeit am Rechner und hörte sich Lüders Bericht an. Danach zeigte sich ein Lächeln auf Gärtners Gesicht.

»Prima. Auch anscheinend gerissene Verbrecher machen Fehler. Damit haben wir den Beweis, dass Föhrenbeck hinter dem Anschlag auf den alten Mann steckt. Auch wenn es von seinen Anwälten mit Sicherheit angefochten wird, wissen wir nun, dass Föhrenbeck der Auftraggeber ist. Das bedeutet, dass der alte Meyer richtig gesehen hat und Schadtwald an der Schießerei beteiligt war. Das ist ein weiterer Punkt.« Gärtner kramte auf seinem Schreibtisch und zog ein Blatt Papier hervor. »Hier.« Er wedelte damit. »Mit dem G36, das wir bei der Razzia in Schadtwalds Wohnung sichergestellt haben, wurde auf dem Spielplatz in der Kaiserstraße geschossen. Wissen Sie, was das heißt? Wir haben ihn im Sack.«

Lüder verließ einen sichtlich zufriedenen Kollegen.

Zwischendurch fragte er bei Vollmers nach, ob es Neuigkeiten bei den Ermittlungen in Sachen Rabbiner Feigenbaum gebe.

Der Hauptkommissar erklärte, dass man zahlreiche Bewohner der umliegenden Wohngebiete befragt habe. »Es war nicht sehr aufschlussreich. Wir haben ein paar Zeugen gefunden, die einen SUV gesehen haben. Wagentyp, Farbe oder Kennzeichen konnte keiner nennen. Außerdem huschten angeblich dunkle Gestalten auf der Baustelle umher.«

»Warum hat niemand die Polizei gerufen?«

»Die ausweichende Antwort war, dass man sich nichts dabei gedacht habe. Nur ein junges Pärchen war ehrlich. ›Wir wollen keinen Ärger‹, haben sie gestanden. Das ist leider alles. Weiter sind wir noch nicht.«

Lüder rief den Bauunternehmer Silberstein an.

»Wir sitzen hier gerade zusammen und machen uns Gedanken über die aktuelle Situation«, sagte er.

»Wer ist ›wir‹?«

Silberstein lud Lüder ein, dazuzustoßen.

Wenig später war Lüder im Bürogebäude des Bauunternehmens. Es war eine merkwürdige Runde, die sich dort eingefunden hatte. Lüder hatte Vertreter der Stadt oder aus der Politik erwartet, möglicherweise auch Repräsentanten der jüdischen Gemeinde. Stattdessen saß Werner Ziebarth, der Fleisch- und Wurstwarenhändler vom Vinetaplatz, dort, neben ihm sein Kollege Ömer Gürbüz, der dort mit Gemüse handelte und dem Lüder noch einmal auf geheimnisvolle Weise in Gaarden begegnet war, sowie ein Mann in einem hellblauen Hemd und einem Cord-Sakko, das er über einer Jeans trug.

»Herr Dr. Koltnitz«, stellte Silberstein den Mann vor, »ist Pastor der evangelisch-lutherischen Kirchengemeinde Gaarden. Wir wissen, wie brenzlig die Lage im Augenblick ist. Deshalb suchen wir über die Religionen hinweg den Dialog.«

»Ja, aber –«, begann Lüder.

»Ich weiß«, unterbrach ihn Silberstein. »Ihnen ist bekannt, dass ich Vorstandsmitglied der jüdischen Gemeinde in der Wikingerstraße bin. Herr Ziebarth kennt Gaarden durch seine über fünfunddreißigjährige Tätigkeit als Marktbeschicker. Außerdem ist er Mitglied im Kirchenvorstand, zwar nicht in Gaarden, aber immerhin. Herr Gürbüz ist ebenfalls seit Langem mit einem Stand auf dem Vinetaplatz vertreten. Wir haben leider keinen Vertreter der muslimischen Mehrheit für unsere inoffizielle Runde gewinnen können. Dafür muss Herr Gürbüz stehen.«

»Ich würde gern noch einmal auf den Mord an Ihrem Rabbiner zu sprechen kommen.«

»Das hat die jüdische Gemeinde tief erschüttert«, sagte Silberstein und senkte den Kopf. »Sie können sich vorstellen, dass diese Tat eine heftige Reaktion ausgelöst hat. Noch ist alles in Schockstarre, aber das wird nicht so bleiben.«

»Es gibt genug Fraktionen, die sich in Gaarden unversöhnlich gegenüberstehen«, sagte Lüder.

Silberstein hob leicht die Hand. »Meine Glaubensbrüder werden nicht zur Gewalt schreiten. Das ist nicht unsere Art. Sie dürfen aber davon ausgehen, dass es eine heftige politische Reaktion geben wird, und zwar über den nationalen Rahmen hinaus.«

Das hatte Lüder befürchtet, aber vermutlich nicht nur er, sondern vor allem die politischen Repräsentanten. Es ging in Gaarden nicht nur um eine lokal begrenzte Auseinandersetzung, sondern auch um Deutschlands Ruf in der Welt. Eine mörderische Jagd auf jüdische Mitbürger wollte niemand.

Als wenn Silberstein Lüders Gedanken erraten hätte, fuhr er fort: »Das wird sich nicht vermeiden lassen.«

Lüder wollte nicht darauf eingehen. »Ich hätte Ihnen gern ein paar persönliche Fragen gestellt.«

»Sie werden mit dem aktuellen Vorgehen im Zusammenhang stehen«, riet Silberstein. »Also können wir das in dieser Runde erörtern.«

»Kannten Sie das Opfer?«

»Dr. Feigenbaum, den Rabbiner? Nicht persönlich. Wir sind uns nie begegnet.«

»Auch nicht in Ihrer Funktion als —«

»Nein«, unterbrach Silberstein ihn ohne nähere Erläuterung.

»Gab es Drohungen oder Ankündigungen einer solchen Tat?«

»Drohungen gibt es immer wieder. Reden wir nicht um den heißen Brei herum. Wir alle wissen, wer hinter den beiden Morden steckt.«

»Es gibt auch eine rechtsradikale Szene in Gaarden«, widersprach Lüder. Silberstein hatte die Islamisten zwar nicht erwähnt, aber er hielt sie unausgesprochen für die Täter.

Dr. Koltnitz räusperte sich. »Es sollte die Unschuldsvermutung gelten. Wir sollten der Polizei vertrauen. Natürlich gehören die Täter verfolgt und vor Gericht gestellt.«

Gürbüz schüttelte heftig den Kopf. »Weshalb glaubt alle Welt, wenn in Deutschland irgendetwas passiert, dass es die Muslime waren?«

»Nicht die Muslime, sondern die Islamisten«, korrigierte ihn Lüder.

»Das ist für die Nazis doch das Gleiche«, ereiferte sich der Gemüsehändler.

»Hör doch auf mit dem Gerede, alle Deutschen seien Nazis«, mischte sich Ziebarth ein.

»Das habe ich nicht gesagt. Ich bin schließlich mit einer Deutschen verheiratet. Du kennst Erika.«

»Meine Herren«, schaltete sich der Pastor ein. »Lassen Sie uns besonnen miteinander sprechen. Gegenseitige Vorwürfe führen uns nicht weiter. In unserem bunten und lebendigen Gaarden leben über sechzig Nationen. Wir haben auch keinen Religionskrieg. Es gibt sieben Moscheen, das jüdische Gebetshaus, eine katholische und unsere drei evangelischen Kirchen.«

»Sie haben die Evangelikalen vergessen«, ergänzte Lüder.

Dr. Koltnitz bedachte ihn mit einem bösen Blick. »Die kann man kaum als christlich bezeichnen.«

»Sehen Sie«, sagte Gürbüz. »Das ist es. Es zählt nur, was genehm ist. Und der Islam gehört nicht dazu.«

»Wer greift denn die Polizei an? Ermordet meine Glaubensbrüder?« Plötzlich hatte auch der so bedächtig wirkende Silberstein seine Zurückhaltung aufgegeben. »Die vielen muslimischen Zuwanderer sind doch unser Problem. Heute werden Juden ermordet. In anderen Teilen der Welt macht man Jagd auf Christen und Jesiden. Auf jeden Andersgläubigen. Sollen wir warten, bis es bei uns so weit ist?«

»Das sind aber nicht die Menschen, die in Gaarden leben, zumindest nicht die Mehrheit«, versuchte Ziebarth zu vermitteln. »Es sind doch die Radikalen. Man kann nicht verstehen, was in den Köpfen dieser Leute – von Menschen mag ich nicht reden – vorgeht. Es müssen doch krankhafte Störungen sein. Ein normales Hirn ist zu solchem Denken gar nicht in der Lage. Sicher gibt es viele unterschiedliche Auffassungen zur Art und

Weise, wie man das eigene Leben gestaltet. Nicht jeder muss dem Beispiel des Nachbarn folgen. Ich persönlich würde keinen Gefallen an der ständigen Party finden, würde es aber auch als trist empfinden, mich immer kasteien zu müssen. Karneval und überbordender Lärm à la Oktoberfest heitern mich nicht auf, Hardrock-Festivals wie Wacken werden mich wohl nie als Gast erleben. Deshalb dürfen aber andere Menschen diesen Vergnügungen nachgehen. Wer sich jeden Abend in seiner Wohnung besaufen will ... bitte schön. Und wenn jemand sein Lebensziel darin sieht, dass er jeden Tag die Hose herablassen muss, ist es auch sein Vergnügen. Ich verabscheue jede Art von Fanatismus, sei es weltanschaulich oder spirituell. Schlimm ist die vorübergehende Ohnmacht der freien Welt, dass die Angst von manchen Menschen Besitz ergreift und unsere Lebensart sich dem Diktat der Terroristen beugt. Ich finde es gut, wenn die Menschen weiterhin ihren Vergnügungen nachgehen, heute Fußballländerspiele stattfinden, Rockkonzerte und Restaurantbesuche die Menschen erfreuen und das Bestreben der menschlichen Gemeinschaft, in Frieden und Freiheit zu leben, hoffentlich eine längere Halbwertzeit hat als sonst üblich.«

»Bravo«, bestätigte Pastor Koltnitz. »Es gibt doch eine Mehrheit – die Vernünftigen und Friedlichen.«

»Ömer.« Ziebarth drehte sich zu Gürbüz um. »Uns verbindet doch so etwas wie eine Freundschaft. Du hast es nicht begriffen. Niemand will dir deinen Glauben abspenstig machen. Du gehst in die Moschee und trinkst Alkohol, gehst ins Kino. Du lachst, machst Spaß mit, hast Freude am Leben. Ich selbst war schon zu einer tollen Party bei dir eingeladen. Warum wollen dich die Leute von der Nur-al-Din-Moschee davon abbringen?«

»Werner, hör doch auf. Das ist nicht meine Denkweise. Das weißt du.« Er zeigte mit ausgestrecktem Arm auf Dr. Koltnitz. »Frag ihn doch, warum seine Mitchristen von Piepkes Gemeinde so verbohrt Muslime jagen und sie vertreiben wollen?«

»Mit denen haben wir nichts zu tun«, antwortete der Pastor ärgerlich. »Ich verbitte mir diesen Vergleich.«

»Ist das Toleranz?«, mischte sich Silberstein ein.

»Meine Herren!« Lüder musste seine Stimme erheben, um durchzudringen. »Als neutraler Beobachter habe ich Ihren Argumenten zugehört. Jeder hat ein bisschen recht, aber auch Vorurteile. Das macht die Situation so schwierig. Es gibt sicher keine Patentlösung. Allein dass Sie sich in dieser Runde gefunden haben, ist doch ein hoffnungsvoller Anfang. Warum versuchen Sie nicht, gemeinsam, Seite an Seite, allen Fundamentalisten dieser Welt entgegenzutreten? Ob es die Rechtsradikalen sind, die christlichen Querköpfe von Piepkes Verein, die politischen Wirrköpfe seiner Partei oder die vom Hassprediger aufgewiegelten Leute von der Nur-al-Din-Moschee. Wenn jeder ein wenig Rücksicht auf die Gefühle und Ansichten des anderen nimmt, müsste das doch zu schaffen sein.«

Plötzlich waren sich alle einig und fielen über Lüder her. Der gemeinsame Tenor war, dass man Angst vor den Gewaltbereiten hatte, gleich aus welchem Lager sie kamen.

»Das ist doch Ihre Aufgabe als Polizei«, behauptete Ömer Gürbüz.

»Genau«, pflichtete ihm Ziebarth bei.

»Wir sind eine friedliche Religion«, stellte Silberstein fest.

»Dass ich nicht lache«, widersprach ihm Gürbüz. »Was machen Sie denn in Israel und im Westjordanland, im Gaza-Streifen?«

»Wir bekämpfen Terroristen«, erwiderte Silberstein angriffslustig.

»So kommen wir nicht weiter«, erhob der Pastor seine Stimme. »Nicht Gewalt ist unser Weg. Gott hat uns vom Frieden gepredigt.«

»*Ihr* Gott«, widersprach Gürbüz.

»Allah doch auch. Es ist gleich, welchen Namen Gott hat. Beten Sie doch gemeinsam, jeder nach den Geboten seiner Religion. Wenn Sie alle zusammen kraftvoll Ihre Stimme erheben, vor Gott und den Mitmenschen, sollte es doch möglich sein, das Gemeinsame zu finden«, ergriff Lüder das Wort.

Alle nickten stumm, bis Ziebarth zu einem »Ja – aber« ansetzte.

Lüder schüttelte verzweifelt den Kopf. Keiner der hier Versammelten war gewaltbereit. Aber auch im Gespräch fanden sie nicht zueinander. Wie sollte es da möglich sein, das Aufeinanderprallen der Militanten aller Richtungen am Sonnabend zu unterbinden? Lüder stand auf und verabschiedete sich. Mutlosigkeit drohte ihn zu ergreifen.

Hoffnungslosigkeit begleitete ihn auf dem Weg zum Hasselkamp in Kronshagen. In einem Mehrfamilienhaus fand er die Wohnung von Devorah Rosenzweig, der verleugneten Tochter der Familie Rosenzweig.
    Die junge Frau mit dem schwarzen Bubikopf sah attraktiv aus. Sie trug Leggings und ein eng anliegendes Shirt. Deutlich war zu erkennen, dass sie auf einen Büstenhalter verzichtet hatte. Die nackten Fußnägel waren pink lackiert. Sie bat Lüder in die Wohnung, nachdem er sich ausgewiesen hatte.
    Das Wohnzimmer bestand aus einem niedrigen Glastisch, einer kuscheligen Couch und mehreren Sitzsäcken. Statt eines Schranks war eine Wand mit Plexiglasregalen bestückt, die in unterschiedlichen Höhen befestigt waren. Auf einem stand ein Bild, das die junge Frau und einen langhaarigen blonden Mann zeigte. Im Hintergrund war ein Yachthafen zu sehen. Er hatte den Arm um ihre Schulter gelegt, und sie genoss erkennbar seine Nähe. Devorah Rosenzweig sah, dass Lüder die Fotografie betrachtete.
    »Das ist Maarten«, erklärte sie ungefragt. »Er ist Holländer. Wir haben uns auf einem Festival kennengelernt. Seit vier Monaten wohnen wir hier zusammen.«
    »Was macht er beruflich?«
    »Maarten ist Musiker. Saxofon und Klarinette. Free Jazz ist sein Gebiet. Er ist einfach umwerfend.«
    Lüder bemerkte den Glanz in ihren Augen.
    »Und Sie?«
    »Ja – das ist nicht so einfach. Ich spiele mit ein paar anderen in einer Theatergruppe. Improvisationstheater, aber auch eigene Stücke. Mal für Kinder, mal für Erwachsene.«
    »Davon leben Sie?«
    »Mehr schlecht als recht. Ich möchte gern Musical studieren.

Leider hat die Hamburger Schule jetzt zugemacht. Ich versuche, woanders unterzukommen.«

»Gesang. Tanz. Das gefällt Ihren Eltern nicht«, sagte Lüder.

Sie zog die Augenbrauen in Höhe. »Möchten Sie etwas trinken?«, fragte sie. »Ich habe mir gerade Ingwertee gemacht.«

Lüder lehnte dankend ab.

Devorah Rosenzweig hob die Beine auf die Couch und stellte die Fersen auf die Kante. Dann legte sie ihre Arme um die Knie und verschränkte die Hände davor.

»Mein Vater hat eine – nun, wie soll ich es sagen – sehr konservative Ansicht vom Leben eines Juden. Er legt die Regeln sehr streng aus. Für mich ist das lebensfremd. Ich verleugne meine Herkunft nicht, bin sogar stolz darauf. Aber deshalb darf man doch nicht am Leben vorbeigehen.«

»Und Ihre Mutter?«

»Die steht zwischen allem. Sie hat nur eine scheinbare Freiheit. Wenn sie mit ihrer Arbeit nicht die Familie ernähren würde, hätte mein Vater ihr schon lange eine andere Lebensweise aufgezwängt.«

»Kann man dem nicht entfliehen – so wie Sie?«

»Meine Mutter – nein. Das ist eine treue Seele. Die würde nie gegen meinen Vater aufbegehren.«

»Sie haben keinen Kontakt mehr zu Ihrer Familie?«

»Doch.« Sie fixierte einen undefinierten Punkt an der Wand. »Ich treffe mich gelegentlich mit Mama. Heimlich. Niemand darf das mitbekommen.«

»Und Ihr Bruder?«

»Shimon?« Sie schluckte heftig bei der Nennung des Namens. »Wir sind sieben Jahre auseinander. Für mich war er immer der Kleine. Unser Verhältnis wurde erst schwierig, als er zunehmend unter Vaters Einfluss geriet. Ich mache mir Vorwürfe, dass ich ausgezogen bin und ihn dort alleingelassen habe. Von klein auf wurden wir zum absoluten Gehorsam erzogen. Ich bin ausgebrochen. Shimon hat das nicht geschafft. Er wurde immer mehr in den unheimlichen Bann der orthodoxen Denkweise gezogen. Sie sehen, wohin das geführt hat.«

Verstohlen wischte sie sich eine Träne aus dem Augenwinkel.

»Manche Leute in Gaarden behaupten, Ihr Bruder habe provoziert.«

Ein gequältes Lächeln zeigte sich auf ihrem Gesicht. »Das sehen die so. Mag sein. Ist es nicht das Recht der Jugend, anders zu sein? Denken Sie an die jungen Menschen mit hochgekämmtem Irokesenkamm, der auch noch pink, blau oder gelb gefärbt ist. Was haben Ihre Großeltern zu Ihren Eltern gesagt, als die mit Beatles-Haarschnitt auftauchten? Das hat es immer schon gegeben.«

»Das ist aber etwas anderes. Shimons Auftreten war auch eine politische Provokation.«

»Das ist es immer gewesen, wenn die Jugend rebellierte«, behauptete sie. »Ich mache nichts anderes, nur auf eine Weise, die sich nicht so in der Öffentlichkeit zeigt.«

»Wissen Sie, ob Shimon nicht nur von Ihrem Vater, sondern von einer ganzen orthodoxen Gruppe beeinflusst wurde?«

»Wie meinen Sie das?« Bevor Lüder antworten konnte, blitzte es in ihren Augen auf. »Ach so. Sie glauben, bei den Juden gebe es so etwas Ähnliches wie die Selbstmordattentäter bei den Salafisten. Die rekrutieren junge Menschen, die eigentlich noch das Leben vor sich haben, und jagen sie in den Tod, während sich die Anführer und geistigen Brandstifter im Untergrund halten. Das ist immer schon so gewesen. Hitler hat ohne Wimpernzucken seine Soldaten auch in sinnlose Schlachten geschickt, während er sich selbst in gut gesicherten Bunkern versteckte. Die Feldherren sind selten ganz vorn dabei.«

»Es war also Shimons freie Entscheidung, in diesem Aufzug durch Gaarden zu laufen?«

»Rechtfertigt das seinen gewaltsamen Tod?«, wich sie Lüders Antwort aus. Dann fiel ihr etwas anderes ein. »Wann können wir Shimon beerdigen?«

»Die Entscheidung darüber liegt bei der Staatsanwaltschaft«, erwiderte Lüder und hatte kein schlechtes Gewissen bei dieser Unwahrheit. Die Familie Rosenzweig hatte ein Paket zu schultern, das groß genug war. Er wollte nicht derjenige sein, der die

Last erhöhte, indem er berichtete, dass man immer noch nach dem Rumpf suchte. Verzweifelt.

»Ich wünsche Ihnen alles Gute«, sagte Lüder zum Abschied. »In jeder Hinsicht.«

»Danke.« Es kam kaum hörbar über ihre Lippen. Mochte Devorah Rosenzweig auch die extremen Auslegungen des Talmuds durch ihren Vater ablehnen, war sie doch in der Trauer um ihren Bruder immer noch ihrer Familie verbunden.

Lüder kehrte zum Auto zurück und rief seinen Freund Horst an.

»Bist du ungeduldig. Wir haben es hier mit Orientalen zu tun. Die sind nicht so schnell.«

»Dein Kontaktmann hat noch nichts herausgefunden?«

»Doch. Natürlich. Merkwürdiges Kauderwelsch. Es geht darum, ob es zu gefährlich ist, den Mann anzugreifen. Das hat der Handybesitzer gesagt. Sein Gesprächspartner war der Meinung, alles sei gefährlich. Aber Allah befehle es. So ganz überzeugt war der Handymann nicht, aber der andere hat es schließlich befohlen.«

»Näheres wurde nicht erwähnt? Auf wen man es abgesehen hat?«

Horst lachte. »Sorry, aber es wurden weder Namen noch Adressen genannt. Es soll aber heute Nacht passieren.«

Es gab verschiedene Hinweise auf irgendeine Aktion in dieser Nacht. Mennchens Informant hatte davon gesprochen und Dittert auch. Doch es nützte Lüder nichts, es von einer dritten Seite zu hören, wenn es keine weiteren Anhaltspunkte gab.

»Mehr war nicht auf dem Handy?«

»Doch. Wenn du möchtest, kann ich dir sagen, wo es die angeblich beste Lahmacun in Gaarden gibt. Übrigens haben die beiden Teilnehmer anscheinend öfter miteinander telefoniert. Der Handybesitzer hat auch so etwas Komisches gesagt. Irgendetwas mit Seife. Verflixt, hat der Typ eine Sauklaue. Ich kann das kaum lesen. So ist es, wenn die Araber versuchen, richtig zu schreiben, und nicht ihre Kringel malen.«

»Komm, Horst, gib dir Mühe. Das ist wichtig.«

»Kann ich nichts für. Komm doch her und lies selbst. Aber erst in einer Stunde. Vorher geht das nicht.«
»Hast du …?«
»Privatsache. Also – da steht wirklich was mit deiner Seife. Nicht mal richtig Deutsch können die. Seife dein.«
»Heißt das eventuell Saif ad-Dīn?«
»Könnte sein. So heißt wohl der, der die Befehle gegeben hat.«
»Horst. Du bist ein Schatz.« Lüder schmatzte laut einen Kuss in die Leitung.
»Wenn das der Lohn ist … Bloß nicht. Da tue ich dir nie wieder einen Gefallen.«
»Wenn ich könnte, Horst, würde ich dir zweiundsiebzig Jungfrauen zukommen lassen.«
»Ohne dass ich mich vorher in die Luft sprengen muss?« Horst lachte.
»Natürlich. So hättest du doch nichts von den Jungfrauen.«
»Okay. Aber …« Horst zögerte.
»Was ist denn noch?«
»Na ja. Zweiundsiebzig Jungfrauen sind ja nicht schlecht. Aber was mache ich nächste Woche?«

Ein Adrenalinstoß durchfuhr Lüder. Der Moscheewächter hatte mit Saif ad-Dīn, dem »Schwert der Religion«, gesprochen. Mujahid Yassine, wie der Marokkaner laut Pass hieß, hatte den nächtlichen Einsatz befohlen. Lüder befand sich in einer misslichen Lage. Es gab keine Information, was geschehen sollte. Auch der Ort war nicht näher spezifiziert. Dafür hatte er einen Hinweis darauf, wer der mögliche Urheber der Aktion war. Lüder musste nicht mehr nach dem Anstifter suchen. Das war allerdings nicht vor Gericht verwendbar. Er musste weiter nach Beweisen suchen.
Unruhe hatte Lüder erfasst. Was – zum Teufel – war geplant? Wie konnte man eine Straftat verhindern, bei der mit Sicherheit Menschen in Mitleidenschaft gezogen wurden?
Lüder versuchte, Nathusius zu erreichen. Vergeblich. Der stellvertretende Leiter des LKA befand sich im Krisenstab, der die Demonstration am nächsten Tag vorbereitete. Deshalb entschloss

sich Lüder, zur Dienststelle zurückzukehren und mit Dr. Starke zu sprechen.

»Ich erzähle Ihnen jetzt etwas, ohne auf Einzelheiten einzugehen. Das Ganze hat auch keinen offiziellen Anstrich«, begann er, nachdem er in das Büro des Abteilungsleiters gestürzt war, und berichtete von der bevorstehenden Aktion. »Ich habe mein Wissen aus verschiedenen Quellen, die voneinander unabhängig sind. Leider fehlen uns konkrete Hinweise. Wir wissen einzig, dass vermutlich Mujahid Yassine, genannt Saif ad-Dīn, der Kopf der Aktion ist und möglicherweise einer der Moscheewächter, dessen Identität uns unbekannt ist, zu den Ausführenden gehört.«

Dr. Starke befand die Information für sehr dürftig. Leider hatte er recht. Zu Lüders Überraschung insistierte er nicht und bohrte nicht nach.

»Was schlagen Sie vor?«, wollte er von Lüder wissen.

»Eine Rund-um-die-Uhr-Überwachung des Moscheewächters.«

»Wie soll das funktionieren, wenn wir keinen Namen haben?«

»Der Mann operiert mit Sicherheit von der Nur-al-Din-Moschee in der Kaiserstraße aus. Wenn wir das MEK einsetzen und den Kollegen, die observieren, das Foto zeigen, das wir haben«, dabei holte er sein Smartphone hervor und zeigte Dr. Starke das Bild, das er bei der Überrumpelung des Mannes gemacht hatte, »dann wäre es denkbar, rechtzeitig einzugreifen. Dazu müsste auch das SEK im Hintergrund bereitstehen.«

»Ich will es versuchen«, sagte Dr. Starke. »Es dürfte schwierig werden, weil alle verfügbaren Kräfte für den morgigen Großeinsatz herangezogen werden.«

»Wir können nicht sehenden Auges —«, erklärte Lüder.

Der Kriminaldirektor hob die Hand. »Sie müssen mir nichts erklären. Ich werde alle Hebel in Bewegung setzen. Schicken Sie mir das Bild auf meinen Account. Wir werden auch versuchen herauszufinden, ob die Kriminaltechnik damit etwas anfangen und uns möglicherweise eine Identität liefern kann.«

Merkwürdig, dachte Lüder. Früher hätte er das Büro in der festen Überzeugung verlassen, Dr. Starke würde entgegen seiner

Zusicherung nichts unternehmen. Heute war er sich sicher, dass der Kriminaldirektor die Aufgaben umgehend einleiten würde. In seinem Rücken hörte er, wie das Telefon des Abteilungsleiters klingelte.

Lüder hatte sein Büro noch nicht erreicht, als er lautstark die Stimme seines Chefs hinter sich hörte. Dr. Starke hatte noch nie über den Flur gerufen. Lüder drehte sich um und sah den Kriminaldirektor heftig mit dem Arm winken. Mit raschen Schritten kehrte er zurück.

»Es gibt eine neue Lage«, sagte Dr. Starke atemlos. »Das Oberverwaltungsgericht Schleswig hat die Entscheidung des Verwaltungsgerichts eben widerrufen.«

»Das heißt –«

»Genau«, fuhr ihm Dr. Starke ins Wort. »Die Demonstration morgen in Gaarden ist abgesagt.«

Endlich einmal eine gute Nachricht. Das bedeutete eine Atempause, auch wenn damit nicht gewährleistet war, dass es ein friedlicher Tag werden würde. Mit Sicherheit waren Gewaltbereite aus den unterschiedlichen Lagern bereits auf dem Weg nach Kiel. Denen kam es nicht darauf an, einer regulären Demonstration beizuwohnen. Sie wollten Chaos. Gewalt. Randale. Auch wenn der Stab, der die Maßnahmen für den Folgetag diskutierte, jetzt von einer anderen Situation ausgehen musste, war das Problem nicht vom Tisch.

Lüder meldete sich zu Hause und entschuldigte sich. »Es wird ein langer Abend werden«, erklärte er Margit. »Wir sitzen hier mit Vertretern der Stadt zusammen. Du kannst dir vorstellen, wie allen die Köpfe rauchen.«

»Ich bin froh, dass du am Schreibtisch sitzt«, antwortete Margit. »Mir tun die Polizisten leid, die sich auf der Straße dem Mob entgegenstellen müssen.«

Recht hatte sie.

Es war dunkel. Nieselregen ließ es zusätzlich ungemütlich erscheinen. Lüder zog sich seinen Parka an und kramte die Wollmütze aus der Schrankecke. Margit hatte sie selbst gestrickt. Es hatte ihn erheblichen Widerstand gekostet, dass sie nicht auch einen Bommel hinzugefügt hatte.

Er holte seine Waffe aus dem Schrank, kontrollierte sie, war mit sechs Schuss im Magazin nur halbwegs zufrieden und machte sich dann auf den Weg zur Bushaltestelle. Mit der Linie 101 fuhr er in einer knappen halben Stunde zum Karlstal. Von dort waren es wenige Schritte bis zum Vinetaplatz.

Die Mehrzahl der Geschäfte hatte geschlossen. Hinter einigen Schaufenstern brannte noch Licht, wurde aufgeräumt oder geputzt. Lag es am unwirtlichen Wetter, oder trauten sich die Menschen nicht mehr auf die Straße? Lüder fand keine Antwort auf die Frage. Vermutlich gab es mehrere Ursachen.

Er ging mit gemessenem Schritt und versuchte, sich dicht an den Hauswänden zu halten. Es schien, als würde sich die Straßenbeleuchtung der Umgebung anpassen und alles in ein gnädiges Halbdunkel tauchen.

Auf dem Vinetaplatz glänzte das feuchte Pflaster aus roten Betonstriemchen. In den Häusern, die das Rund einfassten, brannte Licht. Lüder verließ das Zentrum des Viertels und durchwanderte die Straßen. An zahlreichen Stellen stieß er auf Gerümpel, das achtlos an den Straßenrand gestellt war. Das gab es auch an anderen Stellen der Stadt, wenn am Folgetag Sperrmüllabfuhr war. Doch morgen war Sonnabend. Er mochte nicht ausschließen, dass manche Leute ihren Sperrmüll dann entsorgten, wenn er anfiel.

Dort, wo die Elisabethstraße sich zu einer Art kleinem Platz erweiterte, lungerte trotz des miesen Wetters vor einem Supermarkt eine Handvoll Männer herum. Es gab an dieser Stelle weitere Supermärkte mit einem auf muslimische Bewohner ausgerichteten Angebot. Nur dieser hier schien auch Alkohol zu führen. Die Männer unterhielten sich lautstark und schwenkten Bierflaschen einer Billigsorte. Einer aus der Runde entdeckte Lüder auf der anderen Straßenseite, löste sich von seiner Gruppe und kam ihm entgegen. Lüder wollte nicht auffallen, schon gar nicht suchte er die Konfrontation. Deshalb versuchte er, einen größeren Bogen zu schlagen. Aber der Mann hatte es auf ihn abgesehen und stellte sich Lüder in den Weg.

»Eh, hast du eine Kippe?«

»Nichtraucher«, antwortete Lüder mit fester Stimme.

»Scheiß-Gesundheitsapostel. Haste denn mal 'nen Euro für Lullen?«

»Nee.«

»Warum nicht?«

»Desderhalb nicht.«

»Hä?« Der Mann stand ein wenig unsicher auf seinen Beinen. Die Dose Bier einer Billigmarke war vermutlich nicht die erste an diesem Tag.

Lüder machte einen Seitenschritt und wollte an dem Mann vorbei, aber der versperrte ihm erneut den Weg.

»Los. Rück was raus«, sagte er.

Mit vorsichtigen Worten war er nicht abzuschütteln. Lüder machte einen raschen Schritt auf ihn zu, packte ihn mit beiden Händen am Revers der fleckigen Jacke und zog ihn ein wenig in die Höhe.

»Hör zu, Typ. Sperr deine Löffel auf. Ich hab gesagt, du sollst dich verziehen. Sonst gibt es Stress. Klaro?«

»Willst du was auf die Fresse?«, fragte der Biertrinker.

»Halt's Maul. Oder ich fetz dir deine letzten drei gammeligen Zähne auch noch raus.« Dabei stellte sich Lüder auf die Schuhspitze des Mannes und verlagerte kurz sein Gewicht auf das Bein.

»Bist du besoffen?«, fragte der Mann.

Lüder stieß ihn leicht gegen die Brust. Der Biertrinker verlor kurz das Gleichgewicht und taumelte ein wenig. Der Stoß war so leicht bemessen gewesen, dass dem Mann kein Schaden durch einen Sturz drohte. Die Aktion hatte ausgereicht, um den Biertrinker in seine Schranken zu verweisen. Er schwenkte den Arm und pöbelte hinter Lüder her, unternahm aber keinen Versuch mehr, ihn aufzuhalten.

Auf einem Spielplatz in der Kieler Straße traf er auf die nächste Gruppe. Es waren ausländische Jugendliche, die allerdings keinen Alkohol tranken. Einer rief ihm etwas zu. Alle lachten. Dann mischten sich drei andere Rufer ein. Lüder ignorierte sie und ging bis zur nächsten Straßenecke. Es war kurz vor zwanzig Uhr.

Seit über einer Stunde lief er durch Gaardens Straßen. Er spielte kurz mit dem Gedanken, die Kaiserstraße bis zur Nur-al-Din-Moschee entlangzugehen, verwarf ihn aber sofort wieder. Die Moschee würde nicht unbewacht sein. Vermutlich rekrutierten sich die Wächter aus einem überschaubaren Personenkreis. Die Möglichkeit, dass man ihn wiedererkannte, war zu groß. Nach dem inoffiziellen Zugriff auf einen der Bewacher würden die Moscheeleute es nicht bei einer erneuten Warnung bewenden lassen. Das war nicht nur gefährlich, sondern würde unter Umständen auch den Einsatz des MEK behindern, sofern Dr. Starke es überhaupt geschafft hatte, das Observationsteam zu mobilisieren.

Er bog in die Medusastraße ein. Es waren nur ein paar Schritte bis zu dem Haus, in dem Mujahid Yassine wohnte. Lüder beobachtete das Haus etwa zwanzig Minuten lang. Er wanderte dabei an dem lang gestreckten Block entlang, kehrte um, als dort zwei junge Männer mit Kapuzenpullovern und einem frei laufenden Kampfhund auftauchten, umrundete die Mülltonnen und wunderte sich, dass manche nicht die Energie aufbrachten, den Deckel der Container anzuheben, sondern ihren Abfall daneben entsorgten.

Sein Weg führte ihn die Straße hinunter. Er warf einen Blick in den Medusahof, einen früher sicher idyllischen Hinterhof. Kopfschüttelnd betrachtete er die überdimensionierte Reklamewand mit dem Plakat eines Reiseveranstalters. Dort stand: »Ich bin weg.« Ob das die Menschen aus dieser Straße auch wünschten?

Im Stillen bewunderte er die Kollegen, die mit Observierungen betraut waren. Sie mussten oft tagelang auf ihrem Beobachtungsposten verharren, gegen die Langeweile ankämpfen, fade Stunden in der Nacht überbrücken und die Zeit totschlagen, ohne dabei den Auftrag aus den Augen zu verlieren, und im entscheidenden Moment hellwach sein.

Er hatte seinen Standort mehrfach gewechselt. Während seiner

Wartezeit waren zwei Leute vorbeigekommen. Ein Mann mit südländischem Aussehen hatte seinen leicht verbeulten japanischen Kleinwagen auf dem Parkplatz abgestellt und war in den Hauseingang verschwunden. Zehn Minuten später tauchte eine Frau unbestimmten Alters auf, die sich mit mehreren Tragetaschen abmühte.

Während es Lüder bei dem Autofahrer gelungen war, hinter einem parkenden Fahrzeug in Deckung zu gehen, hatte ihn die Frau gesehen. Sie hielt mitten in der Bewegung inne und schaute ihn erschrocken an. Ihr Kopftuch war tief in die Stirn gezogen und gab nur das runde Gesicht frei. Dann ging sie langsam zum Hauseingang, stellte die Taschen ab, sah sich noch einmal um und verschwand ebenfalls hinter der Haustür.

Wenig später tauchten zwei Männer auf und suchten die Gegend ab. Lüder glaubte, dass die Frau in der Familie von einem ihr unheimlich erscheinenden Beobachter berichtet und die beiden losgehetzt hatte. Im letzten Moment gelang es Lüder, sich hinterm Haus zu verbergen. Dort lief ein Fußweg entlang, der bei dieser diffusen Beleuchtung auch kein Hort des Wohlbefindens war.

Die Männer unterhielten sich laut. Es klang wie Türkisch. Als sie wieder verschwunden waren, wartete Lüder noch eine Weile, bis er wieder vor das Haus zurückkehrte. Die Fenster, die vermutlich zu Yassines Wohnung gehörten, waren die ganze Zeit über dunkel geblieben. Für einen Moment spielte er mit dem Gedanken, sich dort einmal umzusehen. Natürlich war das illegal. Er widerstand der Verlockung, nicht weil er Skrupel gehabt hätte, sondern weil er fürchtete, dass die Wohnung gesichert war, und er nicht in eine Spreng- oder andere Falle tappen wollte.

Er nahm seine nächtliche Wanderung wieder auf und kreuzte durch das Viertel. Nur selten tauchten irgendwo andere Passanten auf. Lüder versuchte, sich rechtzeitig vor ihnen in irgendwelchen Nischen zu verbergen. Er hatte den Eindruck, die Leute huschten wie er durch die regennassen Straßen. Wie Ratten, fiel ihm ein, die auch immer an der Hauswand entlangliefen. Heute war er auch eine Ratte.

Lüder achtete auch auf die Fahrzeuge, die durch das Viertel fuhren. Dreimal kam ein getunter 3er-BMW vorbei, durch dessen geschlossene Scheiben hämmernde Bässe ertönten. Die biertrinkenden Männer vor dem Supermarkt waren mittlerweile verschwunden. Nach den ausländischen Jugendlichen auf dem Spielplatz wollte er nicht sehen. Ihm kamen Zweifel, ob es richtig und sinnvoll war, durch das dunkle Gaarden zu laufen und nach – ja, nach was eigentlich? – Ausschau zu halten. Er fand aber auch nicht die innere Ruhe, um sich entspannt zu Hause hinter den Ofen zu setzen und auf was auch immer zu warten.

Lüder hatte aufgegeben, zu zählen, wie oft er schon die Straßen abgelaufen war. Als er erneut in die Elisabethstraße mit ihren Geschäften einbog, stutzte er. An Wänden und Schaufenstern offenkundig arabischer oder türkischer Geschäfte waren Texte aufgesprüht. Sie waren ungelenk in schwarzer Farbe abgefasst. Eigentlich war es immer der gleiche Text: ein schwarzes Kreuz, bei dem der Querstrich weiter oben saß. So sah das christliche Kreuz aus. Daneben stand: »Christus modo sit Deus«. Er versuchte es für sich zu übersetzen: Nur Christus ist Gott.

Auch wenn kaum einer der Bewohner mit Migrationshintergrund Lateinisch verstehen dürfte, war es eine Frage der Zeit, bis man den Inhalt der Graffitis kennen würde. Diese Schmierereien waren für die Mehrheit der Bewohner eine noch größere Provokation als der Auftritt Shimon Rosenzweigs. War das eine Aktion von Pastor Piepke und seiner merkwürdigen evangelikalen Gemeinde? Ein Feldzug, weil die Demonstration für den Folgetag nun doch verboten worden war?

Die Täter konnten noch nicht weit sein. Lüder musste ihnen Einhalt gebieten, nicht im Hinblick auf die Erregung, die das auslösen würde, es ging auch um Leib und Leben der Sprayer. Alle Medien berichteten überregional, wenn Synagogen mit Nazisymbolen geschändet wurden. Diese Aktion würde erneut die Medien bewegen.

In Gaarden waren aber nicht nur Lüder und ein paar Passanten unterwegs. Lüder war sich sicher, dass auch Mitglieder der sogenannten Scharia-Polizei patrouillierten, auch wenn er sie noch nicht entdeckt hatte. Auch diese Leute huschten wie Ratten durch das Viertel. Welch wohliges Gruseln hatte Lüder erfasst, wenn er als Kind die düsteren Edgar-Wallace-Filme gesehen hatte und irgendwelche finsteren Gestalten durch das nächtliche Soho schlichen. Soho war nichts gegen die Gefahr, die hier und heute in Gaarden bestand.

Lüder beschleunigte seine Schritte und fiel in einen leichten Dauerlauf. Zwischendurch warf er immer wieder Blicke über die Schulter, um zu prüfen, ob er verfolgt wurde.

Nichts.

Auch wenn der Kern Gaardens nicht mehr als etwa einen Quadratkilometer maß, erschienen ihm die Entfernungen plötzlich unendlich weit. Er zögerte kurz, ob er seine Absicht, die Nur-al-Din-Moschee zu meiden, aufrechterhalten sollte. Nein, beschloss er. Er musste auch dort nachsehen. Ob das Observierungsteam des MEK eingreifen würde, wenn es zur Sachbeschädigung kommen würde?

Er spürte weder Regen noch Kälte, obwohl sich der Parka inzwischen vollgesogen hatte. Der angeblich komplette Nässeschutz wirkte schon lange nicht mehr. Er rannte die Elisabethstraße in südlicher Richtung entlang und fluchte über sich selbst, weil er auf der Querstraße Karlstal fast in ein Auto gelaufen wäre. Der Fahrer verlieh seinem berechtigten Unmut durch ein langes Hupen Ausdruck.

Lüder bog in den Kirchenweg ab. Den Straßennamen hatten irgendwelche Leute immer wieder einmal zugesprüht. Lüder hatte Gerüchte gehört, dass es schon eine Initiative gebe, die sich für eine Änderung des Straßennamens ausgesprochen hatte, um keinen Unfrieden entstehen zu lassen. Horst hatte einmal gespottet: »Was ist das für eine Adresse: Ali bin Laden, Kiel, Kirchenstraße.«

Es waren vom Vinetaplatz bis hierher etwa fünfhundert Meter. Die hatten gereicht, um Lüder den Atem zu rauben. Das Herz schlug ihm bis zum Halse. Er bog in die Kaiserstraße ein, als er das Aufheulen eines Motors hörte. Dann schoss ein dunkler BMW an ihm vorbei Richtung Norden und bog mit schlingernder

Bewegung in die Straße Karlstal ab, um sich nach Westen zu entfernen. Dort ging es auf die »andere Seite« Kiels.

Lüder hatte sich das Kennzeichen des Wagens gemerkt. Er musste es nicht notieren. In solchen Dingen besaß er Übung. Ein kleines Stück weiter sah er auf dem Gehweg ein Bündel liegen. Ein Mann. Zusammengekauert. Er stöhnte und röchelte. Lüder beugte sich zu ihm herab und sah auf einen blutverschmierten Klumpen an der Stelle, wo das Gesicht sein sollte.

»Hören Sie mich?«, fragte er.

Statt einer Antwort stöhnte der Mann erneut auf. Lüder zog seine Waffe und lud sie durch. Hastig suchte er die allernächste Umgebung ab. Wenn sich die Täter hier verborgen hielten, wollte er ihnen nicht unvorbereitet in die Hände fallen.

Mit der linken Hand wählte er die Einhundertzwölf und forderte einen Rettungswagen und den Notarzt an. Mit wenigen Worten setzte er den Disponenten ins Bild, damit die Notfallsanitäter und der Arzt wussten, was sie hier erwartete. Dann wählte er den Polizeinotruf an und gab den Einsatz durch. Anschließend versuchte er, dem Opfer behilflich zu sein.

Obwohl Lüder wie alle anderen Polizisten auch regelmäßig Erste-Hilfe-Schulungen erfuhr, fühlte er sich unsicher. Er warf nicht nur kritische Blicke auf die Umgebung, sondern versuchte auch, das erlösende Martinshorn des Rettungswagens zu erfassen. Es dauerte eine gefühlte Ewigkeit, bis die Retter eintrafen und sich routiniert um die Versorgung des Opfers kümmerten. Zwei Streifenwagen waren an den Tatort geeilt. Lüder hatte seinen Dienstausweis gezeigt, dann hatten die Beamten die Nahsicherung übernommen.

Lüder war überrascht, dass sich offenbar niemand von den Bewohnern für das Geschehen zu interessieren schien. Üblicherweise tauchten bei außergewöhnlichen Ereignissen Neugierige zuhauf auf. Hier geschah nichts. Kein einziger Schaulustiger. Dafür war in erstaunlich vielen Wohnungen das Licht ausgegangen. Vermutlich standen die Leute in Dunkeln hinter ihren Gardinen. Niemand zeigte sich freiwillig.

Ein Beamter des ersten Streifenwagens – sein Namensschild

verriet, dass er Herberts hieß – fragte, ob er den Kriminaldauerdienst verständigen solle. Lüder nickte und erfuhr wenig später, dass es ein Problem gebe. Die Einsatzkräfte seien in der Gaardener Johannesstraße beschäftigt. Lüder wollte wissen, was dort vorgefallen war, aber Hauptmeister Herberts zuckte nur mit den Schultern.

»Versuchen Sie, Sawitzki zu erreichen«, bat Lüder. Aber auch das war vergeblich.

»Ich habe versucht, ihn über Handy zu sprechen«, erklärte Herberts. »Aber der Hauptkommissar hat mich gleich weggedrückt.«

»Können wir Einsätze jetzt nur noch sequenziell abarbeiten?«, fragte Lüder zornig. »Ist niemand mehr erreichbar?«

»Die Lage ist schwierig«, wich Herberts aus. »Die Kollegen aus dem zweiten Wagen sind nicht von uns. Die sind von drüben, vom 3. Revier.«

»Können wir noch Verstärkung anfordern?«

»Weiß nicht. Ich will es versuchen.« Es knatterte im Funkgerät, dann meldete Herberts, dass die Leitstelle nach dem Grund fragte. »Wenn es nicht eilig ist, müssen wir warten. Sonst auch. Der Kollege meint, er könne sich nichts aus den Rippen schneiden. Ich soll Verstärkung beim Ministerpräsidenten anfordern. Das könne ich mir aber sparen. Der tut sonst auch nichts.«

Das Opfer war versorgt. Der Rettungswagen fuhr ab. Der Notarzt wollte auch nach mehrmaliger Nachfrage keine Einschätzung abgeben.

»Besteht Lebensgefahr?«

»Das Leben ist immer gefährlich«, antwortete der Mediziner.

Lüder sah sich um. »Sie und Ihre Kollegen legen jetzt die Schutzwesten an«, sagte er.

»Bitte?« Herberts musterte ihn irritiert.

Lüder wies in Richtung Moschee. »Wir gehen da hinein.«

»In die …?«

»Ja«, sagte Lüder entschlossen. »Es ist Gefahr im Verzug. Ich gehe davon aus, dass die Angreifer von dort kamen.«

Herberts sah ihn mit gleichgültigem Blick an. »Wenn Sie meinen.«

Die vier Beamten zogen ihre Schutzwesten an, zückten ihre Waffen und luden sie auf Lüders Anweisung durch.

»Sie sind sich bewusst, was Sie da anordnen?«, fragte ein Obermeister.

Lüder antwortete nicht auf die rhetorische Frage. Er zog ebenfalls seine Dienstwaffe und ging voran.

»Ohne Schutz?«, staunte Herberts, der dichtauf folgte.

»Das gehört zum Beruf.«

»Ganz schön mutig. Und das als Höherer Dienst.« Es war eine gemurmelte Anerkennung.

Lüder hämmerte mit dem Lauf seiner Waffe gegen die Tür der Moschee. »Aufmachen. Polizei.«

Alles blieb still. Er versuchte es ein zweites Mal. Vergeblich.

»Wenn Sie nicht öffnen, stürmen wir«, rief er laut und unterstrich seine Worte mit erneutem Hämmern gegen die Tür.

»Oioioioi«, flüsterte Herberts hinter ihm. »Wir sind ja einiges gewohnt in Gaarden, aber so was haben wir auch nicht jeden Tag.«

Lüder wollte es ein weiteres Mal versuchen, als sich die Tür bewegte. Das zerfurchte Gesicht eines älteren Mannes erschien. Er trug eine Dschallabija. Der lange Bart war zerzaust. Der Mann sagte etwas auf Arabisch mit seiner dünnen Stimme.

»Polizei«, wiederholte Lüder. »Wir möchten dort hinein.« Er zeigte auf das Innere.

»La – la – la«, wiederholte der Mann mehrfach und hob die Hand in einer Abwehrbewegung.

»Ist jemand da, der Deutsch spricht?«, fragte Lüder.

»Nix. Kein da«, radebrechte der alte Mann.

»Der Imam?«

»Nix. Kein da.«

Lüder schob ihn vorsichtig zur Seite. Sie fanden sich in einem Vorraum wieder. Alles war schlicht. Viel nackter Beton. Mehrere Türen gingen von hier ab.

Lüder zeigte auf die erste Tür. Ein Streifenbeamter öffnete sie, während ihm der Kollege Deckung gab. Der Raum war dunkel. Der Beamte tastete nach dem Lichtschalter. Mit einem

Knacken flammte eine Neonröhre auf. Ein einfacher Holztisch, fünf Stühle, ein Holzregal mit Teetassen, ein voller Aschenbecher und eine Pritsche mit einer zerknüllten Wolldecke. Es könnte der Aufenthaltsraum für die Wächter sein, vermutete Lüder.

Durch Kopfnicken verständigten sie sich, welche Tür sie als Nächstes öffnen wollten. Dahinter verbarg sich eine Küche.

Die dritte Tür war größer. Erneut unternahm der alte Mann den Versuch, die Polizisten zu behindern. Er stellte sich mit dem Rücken gegen die Tür und breitete die Arme aus. Dieses Mal stemmte er sich gegen den Beamten, der ihn mit sanfter Gewalt fortzog. Unentwegt schimpfte der Mann dabei auf Arabisch.

Lüder drückte den Türgriff herab und öffnete. Auch hier war alles dunkel. Nur ein schmaler Lichtschein fiel herein. Nach Betätigung des Lichtschalters flammten die Deckenleuchten auf. Der Raum war weiß gestrichen. An den Wänden standen schlichte Holzregale. Der Boden war mit zerschlissenen Teppichen ausgelegt.

»Ist das ein Vorratslager?«, fragte der junge Polizist neben Lüder.

»Hier verwahren die Gläubigen ihre Schuhe«, erwiderte Lüder.

Hinter diesem Raum befand sich das zentrale Element der Moschee, der Gebetsraum. Die Wände waren mit Teppichen verkleidet. Säulen zierten den Raum. Besonders hervorgehoben waren die Qibla-Wand und der Mihrāb, die Gebetsnische, die den Betenden die Richtung der Kaaba weist, des Zentralheiligtums in Mekka. Hierhin richten Muslime ihre Gebete aus. Das ist auch der Platz des Imams, der von dem Minbar aus die Worte an die Gläubigen richtet. Dieser Minbar hat drei Stufen, die als Minimum vorgeschrieben sind. Der Prophet Mohammed hatte stets von der dritten Stufe aus gepredigt. Sie ist ihm bis heute vorbehalten. Der Imam verkündet seine Worte folglich von der vorletzten Stufe.

Lüder erkannte den Gebetsraum wieder. Er hatte ihn auf dem heimlich gedrehten Video gesehen, das ihm Geert Mennchen gezeigt hatte.

Dort oben stand also Qassim al'Ab und schleuderte seine Worte über die Köpfe der Männer, predigte Hass und Unfrieden. Der junge Polizist wollte mit gezückter Waffe in den Raum eindringen, aber Lüder hielt ihn zurück.

»Wir respektieren die spirituelle Kultstätte der Gläubigen. Sie stürmen doch auch keine Kirche mit vorgehaltener Maschinenpistole.«

»Das ist doch etwas anderes«, begehrte der Beamte auf.

»Nein«, widersprach Lüder. »Wenigstens wir können uns tolerant gegenüber anderen Religionen zeigen. Wir suchen Schläger und wollen nicht unsererseits provozieren.«

Der Beamte schien mit der Erklärung nicht zufrieden zu sein, akzeptierte sie aber.

Sie fanden noch zwei Büroräume, die mit moderner Bürotechnik ausgestattet waren, drei Vorratsräume, die aber keinen Hinweis auf Verbotenes brachten, und standen schließlich vor einem kleinen Flur, von dem zwei Türen abgingen sowie eine weitere zu einem Sanitärbereich.

Lüder rief noch einmal »Polizei«, dann öffneten sie mit einem Ruck die erste Tür. Zwei Etagenbetten und ein windschiefer Kleiderschrank bildeten neben einem klapprigen Holztisch die Einrichtung, wenn man von einem Flachbildfernseher absah. Die Betten waren bezogen, aber nicht gemacht. Im Schrank befand sich Kleidung. Wer hier lebte, musste mit wenig auskommen. Persönliche Gegenstände oder Papiere waren nicht vorhanden.

Hinter der letzten Tür war ein scharrendes Geräusch zu vernehmen. Noch einmal wiederholte Lüder seinen Ruf »Polizei« und fügte an: »Öffnen Sie die Tür. Kommen Sie mit erhobenen Händen heraus.«

Nichts geschah.

Die beiden Beamten vom Gaardener Revier drängten sich vor. Sie hielten ihre Waffen in Augenhöhe vor sich. Herberts nickte seinem Kollegen zu und murmelte ein »Los.« Dann trat er gegen die Tür. Das Schloss brach aus der Spanplatte heraus, und das Türblatt flog krachend gegen die Wand.

Der Raum war ähnlich wie der vorherige eingerichtet und

diente offenbar als Schlafstelle. An einem Tisch saßen zwei bärtige Männer. Lüder erkannte sie wieder. Es waren die beiden Moscheewächter, die ihn bedroht hatten. Es fehlte der dritte, der Lüder gefolgt war und dem er das Handy abgenommen hatte.

»Hände hoch«, schrie Herberts und stürmte auf einen der Männer zu, während sein Kollege sich auf den anderen konzentrierte. Die beiden Beamten vom 3. Revier sicherten die Lage von der Tür aus.

Mit einem Blick sah Lüder, weshalb die Männer nicht geflohen waren. Sie hatten sich selbst in eine Falle manövriert. Das Fenster war mit einem stabilen Eisengitter gesichert.

Herberts grinste Lüder an. »Böse Falle«, murmelte er.

Die beiden Männer leisteten keinen Widerstand, auch nicht verbal. Sie akzeptierten die Handfesseln, die ihnen angelegt wurden.

Die Durchsuchung des Raums war erfolgreich. Lüder schauderte, als er die Pistole unter einem der Kopfkissen fand. Messer, Pfefferspray, Schlagringe, zwei Baseballschläger ... Es war eine stattliche Waffensammlung, die dort zusammenkam.

»Das hat mal ein Kollege erzählt«, staunte der jüngere Beamte. »So ähnlich muss es ausgesehen haben, als die eine Razzia bei den Rockern durchgeführt haben. Die hier scheinen gelernt zu haben. Das unterscheidet sich in nichts von den anderen. Das sind doch die Gegner, oder?« Er sah Lüder fragend an.

»In Gaarden kämpft jeder gegen jeden. Da sind alle Gegner.«

»Scheiße«, kommentierte der junge Beamte.

Weitere Personen, abgesehen von dem alten Mann, waren nicht anwesend. Die Beamten nahmen sich etwas mehr Zeit und durchsuchten die Räume. Das Erstaunen war groß, als sie zwei Gewehre fanden.

Lüder ließ alles sicherstellen und fragte noch einmal selbst beim Kriminaldauerdienst an. Man versicherte ihm, dass man sich in einer halben Stunde des neuen Falls annehmen könne. Es dauerte schließlich eine Dreiviertelstunde, bis die Beamten eintrafen und den Ort übernahmen. Die beiden Streifenwagenbesatzungen brachten anschließend die zwei Männer sowie den Alten zur Blume, dem Sitz der Kieler Kripo in der Blumenstraße.

Lüder hatte das Angebot, ihn zur Johannesstraße zu fahren, abgelehnt. Trotz des mittlerweile strömenden Regens ging er zu Fuß. Die Stadt war wie ausgestorben. Keine Menschenseele war zu sehen. Selbst den »Ratten«, überlegte er bissig, war es zu ungemütlich. Vielleicht war es noch nie so sicher wie in diesem Moment, durch das nächtliche Gaarden zu laufen.

Als er in die Johannesstraße einbog, sah er schon von Weitem die Einsatzfahrzeuge. Auf dem Dach eines Streifenwagens rotierte das Blaulicht und warf zuckende Schatten an die Hausfassaden. Wie gierige Finger leckten die Strahlen an den Häusern entlang, hinter deren Fenstern sich an einem Tag wie heute die Angst noch intensiver ausgebreitet haben dürfte.

Es ist ein Widersinn, überlegte Lüder. Ganz viele Menschen leben in Furcht voreinander. Wenn sie sich offenbaren, aufeinander zugehen und miteinander sprechen würden, könnten diese Probleme vielleicht bereinigt werden. Aber jeder lebt in seiner eigenen Welt, indoktriniert von Vorurteilen oder dem Glauben, nur allein im Recht zu sein. Die Saat der Rechtsradikalen, der Evangelikalen, der Fanatiker aller Seiten oder der Hasspredigten Qassim al'Abs ist aufgegangen.

Ein halbes Dutzend Fahrzeuge stand mitten auf der Fahrbahn. Am Ende der Straße befand sich die Jugendherberge. Sie wirkte, als würde sie zu einer anderen Welt gehören. Lüder suchte Vollmers, aber der Hauptkommissar wimmelte ihn unwirsch ab.

»Jetzt nicht«, sagte er barsch.

Oberkommissar Horstmann schien nicht anwesend zu sein. Unter den Einsatzkräften entdeckte Lüder Hauptkommissar Sawitzki.

»Was ist hier passiert?«

Sawitzki lachte dröhnend. »Das, was in Gaarden oft passiert: Gewalt.«

»Geht's ein wenig präziser?«

»So wie Sie mit Ihrem Einsatz bei der Moschee?«

»Hat sich das schon herumgesprochen?«

»Und wie.« Sawitzki grinste. Völlig überraschend klopfte er Lüder auf die Schulter. »Geil, dass sich das mal jemand von drüben getraut hat. Gibt bestimmt Ärger.«

Der Hauptkommissar dürfte recht haben, dachte Lüder im Stillen.

»Das kann ich ab«, sagte er und bemühte sich, es gleichgültig klingen zu lassen.

»Den Häuptling der Islamistenbrigade, Saif ad-Dīn, haben Sie aber nicht erwischt?«

»Nein, nur die Wächter. Yassine war nicht anwesend.«

»Kann sein, dass der hier mitgemischt hat.« Sawitzki zeigte auf das Haus, ein roter Ziegelbau neueren Datums. »Hier wohnt übrigens Felix Sommerkamp. Siebenunddreißig. Er ist Erzieher in einer Kita.«

»Davon gibt es leider immer noch zu wenig«, schob Lüder ein. »Für die Kinder ist es von Vorteil, wenn sie nicht nur von engagierten Frauen betreut werden. Man sagt, es kommt der Lebenswirklichkeit näher, wenn auch männliche Erzieher vorhanden sind. Schließlich gibt es in der Mehrheit der Familien Mutter und Vater.«

»Na ja. Es gibt auch zahlreiche Alleinerziehende. Unser Fall hier trifft auch nicht die Mehrheit. Sommerkamp ist bekennender Homosexueller.«

»Einer, der seine Neigung vor sich herträgt?«, fragte Lüder.

»Sie meinen, solche Spezies, die es zelebrieren? Nein. Er ist nach außen ein Mensch wie Sie und ich, hat aber nie versucht, seine sexuelle Orientierung zu verheimlichen. Das ist auch gut so. Bei den Eltern in der Kita sind keine Missverständnisse entstanden. Jedenfalls nicht bei der Mehrheit. Er gilt als integer. Die Kinder lieben ihn. Natürlich gibt es sporadisch Anzeigen gegen Sommerkamp, fast immer anonym. Denen müssen wir nachgehen. Zu keiner Zeit gab es Anhaltspunkte für ein Fehlverhalten.« Sawitzki tippte sich gegen die Stirn. »Die Leute, die solche Gerüchte streuen, sind nicht ganz dicht. Ein bekennender Homosexueller vergreift sich doch nicht an kleinen Mädchen. Hirngespinste. Es gibt hier nicht wenige aus anderen Kulturkreisen, die Sommerkamp als krank und widernatürlich beschimpfen. Das sind die gleichen Leute, die ihre Töchter vom Sport- und Schwimmunterricht in der Schule fernhalten.«

Der Hauptkommissar hatte sich in Rage geredet. Wütend ballte er die Faust. »Wir haben hier in Gaarden eine hervorragende Ärztin für Allgemeinmedizin. Dr. Christiane Studt praktiziert hier schon lange. Sie ist sehr engagiert und behandelt auch Menschen, die – aus welchem Grund auch immer – keine Versicherungskarte vorweisen können. Sie hat mir neulich vom Stress und Frust der Mediziner berichtet. Männer wollen sich nicht von einer Frau untersuchen lassen. Unter keinen Umständen. Frauen weigern sich, sich medizinisch notwendig zu entkleiden oder das Kopftuch abzulegen. Wie soll ein Arzt eine Frau in einer Ganzkörper-Burka behandeln? Außerdem will der Mann stets im Behandlungszimmer dabei sein. Überhaupt sind die Sprachprobleme eminent. Manchmal muss der achtjährige Sohn als Dolmetscher dienen. In einem solchen Umkreis ist es nicht verwunderlich, dass Menschen wie Felix Sommerkamp bedroht werden. In der Heimat der Wirrköpfe ist Homosexualität strafbar. Und genau diese Regeln wollen sie hier anwenden. Wir haben gehört, dass die Scharia-Polizei Sommerkamp massiv angegangen hat. Er hat sich aber über jede Drohung hinweggesetzt. Heute haben die Täter zugeschlagen, Sommerkamp in seiner Wohnung überfallen und entmannt.«

»Entmannt im medizinischen Sinne? Also die Entfernung der Keimdrüsen?«

Sawitzki lachte bitter auf. »Scherzkeks. Die Täter haben das Opfer entkleidet und dann mit einer rostigen Schere zugeschlagen. Und wenn Sie es genau wissen wollen: Sie haben nicht nur den Penis, sondern all das, was einen Mann ausmacht, verstümmelt.«

»Danke, das ist detailliert genug«, sagte Lüder. »Wie viele Täter waren es?«

»Drei. Das hat der Nachbar ausgesagt. Der hat hinter der Tür gestanden und gelauscht. Er hat sich erst herausgetraut, als die Täter davongezogen sind.«

»Ist der Nachbar auch ...?«, wollte Lüder wissen.

»Nein. Kevin Mannebach ist nicht schwul, sondern Konvertit. Er ist uns kein Unbekannter, aber im positiven Sinne. Mannebach bemüht sich um den Ausgleich zwischen den Konfessionen. Er ist ein Beispiel für das friedliche Miteinander der Religionen. Ein Freund von ihm ist Buddhist. ›Na und? Ein toller Kerl‹, hat Mannebach mir einmal gesagt.«

»Und der Nachbar hat die Polizei gerufen?«

»Nicht die Polizei. Die ruft hier keiner. Den Rettungsdienst.«

Lüder bedankte sich beim Hauptkommissar für die Informationen.

»Und was war nun bei der Moschee?«, wollte Sawitzki wissen.

Lüder berichtete in Kurzform von den Ereignissen und musste Detailfragen beantworten.

»Schade«, stellte der Hauptkommissar fest. »Da wäre ich gern dabei gewesen. Übrigens ... niemand erwähnt so etwas, aber der Kollege Herberts, der an Ihrem Einsatz beteiligt war ... hat der besonders hart zugegriffen?«

»Nein. Er hat ein besonnenes und professionelles Verhalten an den Tag gelegt.«

»Sehen Sie. Darüber spricht keiner. Aber Herberts ist letzte Woche bei einem Einsatz wegen einer Bagatelle von zwei Kindern – eines ist zwölf gewesen, das andere neun – tätlich angegriffen worden. Sie haben ihn und seinen Streifenpartner auch beschimpft und bespuckt. Da die beiden minderjährig waren, mussten die Eltern sie abholen. Nun dürfen Sie raten – richtig. Da kam die nächste Welle an Beschimpfungen auf die beiden Beamten zu.«

Lüder reichte es für heute. Er sah auf die Uhr. Es war kurz vor Mitternacht. War der Überfall auf Felix Sommerkamp die Aktion, von der geheimnisvoll gesprochen worden war?

Lüder wollte ein Taxi rufen, aber Sawitzki widersprach. »Kommen Sie, ich fahre Sie nach Hause. Ich werde rappelig, wenn ich hier nicht einmal für ein paar Minuten rauskomme.«

Unterwegs erzählte Sawitzki von einem aktuellen Fall. Ein Supermarkt hatte Anzeige erstattet, weil ein Sozialhilfeempfänger sich mit einem Einkaufswagen davongemacht hatte. Der Mann hatte ordnungsgemäß einen Euro in den Schlitz gesteckt und war gegangen. Als Begründung hatte er angegeben, dass ihm die Nebenkosten für die Wohnung davonliefen und er seine Stromrechnung nicht mehr bezahlen konnte. Er wollte sich ein wenig Geld dazuverdienen, indem er Leergut sammeln wollte. Dazu, so erklärte der Mann, benötige er den Wagen.

»Eine schlichte Seele«, schloss Sawitzki. »Wir müssen den Fall bearbeiten. Anzeige. Vielleicht Einstellung wegen Geringfügigkeit gegen Zahlung einer Geldbuße. Ausgerechnet Geld. Davon hat der arme Kerl am wenigsten. Außerdem hat er zusätzliches Pech. Er ist Deutscher.«

Die Fahrt durch das nächtliche Kiel dauerte nur wenige Minuten. Eine kurze Zeitspanne, die in eine andere Welt führte.

Sieben

Die letzten Stunden des Freitagabends, auch wenn es bei seiner Ankunft weit nach Mitternacht gewesen war, hatten im Hause Lüders einen Hauch Normalität einkehren lassen. Lüder hatte sich nicht vollends vom Fall lösen können, und seine Gedanken waren immer wieder dahin abgeschweift. Das Glas Wein – eines? – war nur eine unzureichende Ablenkung gewesen.

Heute war Sonnabend. Er erinnerte sich, wie lebhaft es früher am Frühstückstisch zugegangen war. Das war Vergangenheit. Die beiden Großen, Thorolf und Viveka, hatten die Nacht außerhalb zugebracht. Jonas hatte darauf bestanden, endlich einmal ausschlafen und in den Normalrhythmus fallen zu dürfen. So nannte er es, wenn er frühestens um zwei Uhr ins Bett ging und nicht vor dem frühen Nachmittag wieder aus seinem Zimmer auftauchte.

Sinje war als Einzige übrig geblieben. Lange war die Zeit Vergangenheit, als es ihr größtes Vergnügen war, auf dem Arm ihres Vaters Brötchen vom Bäcker zu holen. Sie quengelte und beharrte auf »Knäcke mit Nutella«, das Margit schmieren sollte. Die nächste Diskussion bahnte sich an, als Margit ihr nicht gestattete, sich mit Knäckebrot und Kakao an den Computer zurückzuziehen, da sie »ganz dringend das nächste Level« erreichen musste. Entsprechend maulfaul saß sie am Frühstückstisch.

»Was ist mit deinem Auto?«, fragte Lüder Margit. Es hatte lange gedauert, bis sie sich mit dem alten und klapprigen Toyota Land Cruiser J4 aus dem Jahre 1984 anfreunden konnte. Inzwischen liebte sie das Kultauto.

»Wir brauchen keine Werkstatt«, erklärte Margit. »Wenn etwas ist ... Jonas ist inzwischen so fit, der duzt sich mit jeder Schraube der Kiste. Einfach super.«

»Prima«, erwiderte Lüder.

Der Stolz auf seinen Sohn wurde dadurch gemindert, dass Jonas sich in den Wagen gesetzt hatte und damit durch die Siedlung gefahren war.

»In jeder Werkstatt wird nach der Reparatur eine Probefahrt unternommen«, hatte Jonas erklärt.

»Du bist siebzehn und hast noch keinen Führerschein. Hast du einmal darüber nachgedacht, was passiert, wenn man dich erwischt? Dann bist du fällig. Ich komme in Teufels Küche. Ich bin Polizist.«

»Na und?« Jonas hatte die Augenbrauen hochgezogen. »Habe ich mir den Beruf meines Alten ausgesucht? Hätte man mich gefragt, hättest du einen anständigen Beruf erlernt.«

Es klingelte.

Margit und Lüder sahen sich an.

»Nanu? Am Sonnabend? Um diese Zeit?«

Lüder stand auf und ging zur Tür.

»Frau Mönckhagen«, begrüßte er die rundliche ältere Nachbarin. »Am Sonnabend?«

»Entschuldigen Sie«, sagte die Frau in ihrem bunten Kittel, ihr Markenzeichen, und versuchte, an ihm vorbei einen Blick ins Hausinnere zu werfen.

»Möchten Sie einen Kaffee mit uns trinken?«

»Ich möchte nicht stören oder Ihnen Umstände bereiten«, erwiderte Frau Mönckhagen und machte gleichzeitig einen Schritt vorwärts.

Lüder trat lächelnd zur Seite, um die Nachbarin vorbeizulassen. Sie stand schon im Flur, als ihr etwas einfiel.

»Sagen Sie mal, Herr Dr. Lüders, ist das schon lange da draußen?«

»Was meinen Sie?«

»Na – das da an Ihrem Haus.«

Lüder sah sie erstaunt an und ging vor die Tür. Er traute seinen Augen nicht. Die Vorderfront des Hauses war mit roten Farbklecksen übersät.

Er zählte drei Farbbeutelangriffe.

»Das kann nicht wahr sein«, entfuhr es ihm. Instinktiv sah er den Hedenholz hinauf und hinab. Natürlich würde er keinen der Täter entdecken.

»Was ist denn los?«, hörte er Margit aus dem Haus.

Frau Mönckhagen antwortete: »Da draußen. Das müssen Sie sehen.«

Margit trat ins Freie und hielt sich erschrocken die Hand vor den Mund.

»Mein Gott«, sagte sie. »Lüder. Was hat das zu bedeuten?«

»Was weiß ich«, erwiderte er gereizt. »Irgendwelche Idioten, die sich einen dummen Scherz erlaubt haben.«

»Aber warum bei uns?«

»Zufall«, behauptete Lüder.

»Das glaube ich nicht.« Margit trat auf den Gehweg und lief ein Stück die Straße entlang. In beide Richtungen. »Wir sind das einzige Haus, das betroffen ist. Hat das mit einem deiner Fälle zu tun?«

»Bestimmt nicht«, erwiderte Lüder. »Niemand weiß, wo ich wohne.«

»Das herauszufinden ist für Kriminelle nicht schwer.«

Er versuchte, sie in den Arm zu nehmen. Aber Margit wich ihm aus.

»Allmählich reicht es mir. Immer wieder müssen wir unter deinem Beruf leiden.«

Lüder bemerkte, dass ihre Nerven blank lagen.

»Wer macht das wieder weg?«, wollte Margit wissen.

»Dafür gibt es Fachfirmen.«

»Und wer bezahlt das? Wie teuer ist das überhaupt?«

Darauf konnte er ihr keine Antwort geben. Dafür entdeckte er einen mit einer Sprühdose aufgetragenen Schriftzug neben der Haustür: »Alla ist groß«, stand dort.

»Die sind gestört worden«, sagte Margit, die es auch gesehen hatte. »Dann muss es doch jemanden geben, der die gesehen hat.«

»Nein«, widersprach Lüder. »Das war keine Störung. Sonst hätten die nicht noch den Text zu Ende gesprüht. Wer ›Alla‹ ohne ›h‹ schreibt, ist einfach blöde.«

Das waren keine Islamisten, war ihm klar. Jemand versuchte, den Verdacht auf die zu lenken. Um ihm zu schaden? Ihn zu reizen? Ihn mit einem plumpen Versuch auf die Gaardener Islamistenszene zu hetzen? Sicher. Gereizt war er. Aber die Verursacher des Vandalismus würde er auf dieser Seite der Förde finden.

»Wer solche Texte schreibt, schreibt mit rechts«, sagte er vieldeutig. »Komm erst einmal hinein«, wandte sich Lüder an Margit. »Sonst erkältest du dich noch.«

Lüder rief beim nächsten Polizeirevier an und bat um einen Streifenwagen, der den Vorfall aufnehmen sollte. Er würde Strafanzeige stellen, wissend, dass die Erfolgsaussichten nicht sehr groß waren. Die Polizei hatte derzeit viele andere Probleme zu lösen.

In allen Nachrichten tauchte Kiel auf. Es wurde über die Ereignisse der vergangenen Nacht berichtet, den Überfall auf Felix Sommerkamp und die »Razzia« in der Moschee nach dem Zusammenstoß der Islamisten mit dem Thor-Bund. Die Schmierereien waren allenfalls Randnotizen.

Leif Stefan Dittert vom Boulevardblatt verkürzte die Ereignisse auf »Polizei greift hart durch. Rachefeldzug gegen die Moschee nach blutigem Übergriff der Scharia-Polizei«. Das entsprach nicht den Tatsachen.

Diesmal war in Gaarden alles ruhig geblieben. Das befürchtete Chaos hatte nicht stattgefunden. Die Strategie der Polizei, auswärtige Randalierer weiträumig am Stadtrand abzufangen, war aufgegangen. Auf dem Vinetaplatz fand – zumindest äußerlich – ein ganz normaler Markttag statt.

Im LKA erfuhr er, dass man das zusammengeschlagene Opfer inzwischen identifiziert hatte. Klaus Unruh war polizeibekannt. Er galt als Aktivist in der rechten Szene und war mehrfach vorbestraft wegen Körperverletzung, Menschenhandel, Landfriedensbruch und Eigentumsdelikten. Auch gegen das Betäubungsmittelgesetz hatte er schon verstoßen. Er lag im Städtischen Krankenhaus und war nicht vernehmungsfähig.

Man hatte ihn noch in der Nacht operiert und die Milz entfernt. Die Ärzte hatten zudem eine Reihe weiterer Verletzungen festgestellt: Schädel-Hirn-Trauma, Rippenbruch, Bruch des linken Unterarms, dazu zahlreiche Prellungen und Quetschungen.

Außerdem hatte man schwarze Stellen an seiner rechten Hand gefunden. Einen Abstrich davon hatte man der Kriminaltechnik zukommen lassen. Es bestand die Vermutung, dass es sich um Farbe aus einer Spraydose handelte. Die Spurensicherung hatte die Dose unter einem geparkten Fahrzeug gefunden.

Lüder staunte über die Aktivitäten, die noch in der Nacht angelaufen waren. Die Fingerabdrücke auf der Spraydose stammten von Klaus Unruh. Vergleichsabdrücke waren im polizeilichen Informationssystem gespeichert. Für Lüder ergab sich damit, dass Unruh und sein Begleiter gestern Abend in Gaarden unterwegs gewesen waren und die Graffitischmierereien angebracht hatten, die Lüder auch entdeckt hatte. Das Duo hatte sich auch die Nur-al-Din-Moschee als Objekt auserkoren, war dort aber auf den Widerstand der militanten Moscheewächter gestoßen. Im Zuge der Auseinandersetzung war Unruhs Begleiter mit dem BMW geflüchtet.

Das Kennzeichen, das Lüder sich gemerkt hatte, war ebenfalls identifiziert. Es gehörte zu einem Ford C-MAX, der auf Gerhard Schröder zugelassen war.

»Heißt der wirklich wie der Ex-Kanzler?«, fragte Lüder Oberkommissar Habersaat aus seiner Abteilung.

Der Rotschopf grinste. »Den Namen gibt es genauso häufig wie Helmut Kohl. Noch heute Nacht war eine Streife bei Gerhard Schröder in Götheby und hat ihn aus dem Bett geholt. Schröder ist Berufssoldat. Der Hauptfeldwebel ist in einem großen Bundeswehrlabor in Kronshagen tätig. Er hatte das Fehlen der Nummernschilder noch nicht bemerkt. Die Streife hat sich eine Aufstellung geben lassen, wo Schröder in den letzten Tagen sein Auto abgestellt hatte. Wir sind dran, uns da einmal umzusehen.«

Lüder teilte die Auffassung Habersaats, dass der Soldat ein zufälliges Opfer war und nicht zum Kreis der Verdächtigen gehörte.

Ergebnislos waren die Verhöre der beiden Männer geblieben, die bei Lüders Aktion in der Moschee festgenommen worden waren. Man hatte bei ihnen keine Papiere gefunden. Auch die Fingerabdrücke waren nicht im System gespeichert. Sie hatten eisern geschwiegen und kein Wort von sich gegeben, nachdem sie erkennungsdienstlich behandelt worden waren. Zum Glück hatte sich ein Richter gefunden, der Untersuchungshaft angeordnet hatte.

Dr. Starke war auch auf die Dienststelle gekommen. Ihm war die Erleichterung anzusehen, dass die Demonstration in Gaarden verboten worden war und es an diesem Brennpunkt ruhig geblieben war. Zumindest heute.

»Wir haben Glück gehabt, dass wir einen Haftbefehl für die beiden bekommen haben, auch wenn der Richter erhebliche Zweifel an der Rechtmäßigkeit der Aktion gehabt hat. Wie war das? Ich habe noch keinen Bericht gelesen«, begann er, nachdem Lüder ihn in dessen Büro aufgesucht hatte.

»Den zu erstellen war in der Kürze der Zeit nicht möglich. Ich war gestern Abend in Gaarden –«

»Das müssen Sie mir erklären«, unterbrach ihn Dr. Starke.

»Wir wussten, dass etwas passieren sollte. *By the way* – wo war das Observationsteam, das Sie organisieren wollten? Hätte das MEK vor der Moschee gewartet, wäre es nicht zu diesem Zwischenfall gekommen, und mit Klaus Unruh hätten wir kein weiteres Opfer zu verzeichnen gehabt.«

»Ich habe mich bemüht«, gestand der Kriminaldirektor kleinlaut.

Prima, dachte Lüder. Das schlechte Gewissen seines Vorgesetzten wollte er sich zunutze machen. Er berichtete von seinem Patrouillieren durch Gaarden und der Entdeckung der Graffitis.

»Für mich war es klar, dass hier die Rechtsradikalen am Werk waren.«

»Es hätten auch die Evangelikalen sein können«, gab Dr. Starke zu bedenken.

»Die sind offensichtlich eine stillschweigende Koalition mit dem Thor-Bund eingegangen.« Lüder erklärte, dass er einen Übergriff auf die Moschee befürchtet hatte und deshalb dorthin gelaufen sei. Lediglich in einem Punkt nahm er es mit der Wahrheit nicht so genau. »Ich sah, wie sich die Angreifer, die Klaus Unruh überfallen hatten, in die Moschee zurückzogen. Es war Gefahr im Verzug. Ich habe umgehend Verstärkung angefordert, aber keine erhalten. So bin ich mit den vorhandenen Polizeikräften dort eingedrungen und habe die mutmaßlichen Täter verhaftet sowie Beweismaterial sichergestellt.«

»Das war eine richtige Entscheidung, wenn es auch leichtsinnig war. Die Aktion hätte auch auf Widerstand stoßen können.«

»Das ist unser Berufsrisiko«, erwiderte Lüder. »Die Frauen und Männer der Schutzpolizei sind diesem Risiko täglich ausgesetzt, insbesondere in Gaarden.«

»Frau Dr. Braun und ihr Team haben hervorragende Arbeit geleistet«, fuhr Dr. Starke fort. »Und sich zeitlich selbst übertroffen. Am sichergestellten Baseballschläger haben wir nicht nur Fingerabdrücke des einen Täters feststellen können, sondern auch die DNA des Opfers. Das gilt auch für die Schuhe des zweiten Täters. Der hat Klaus Unruh mit Fußtritten traktiert. Das sind nahezu unwiderlegbare Beweise für die Täterschaft der beiden Männer. Ich frage mich aber, weshalb die sich in die Moschee zurückgezogen haben und nicht geflüchtet sind.«

»Dafür mag es verschiedene Gründe geben.« Lüder hatte sich zurückgelehnt und schlug die Beine übereinander. »Sie hatten den Auftrag, die Moschee zu bewachen. Das haben sie ernst genommen. Solche Leute, die vermutlich eine militärische oder sogar eine Terrorausbildung erhalten haben, sind keine Strategen. Man hat ihnen suggeriert, dass die Moschee ein sicherer Zufluchtsort sei. In Deutschland betritt die Polizei keine Gotteshäuser.«

»In der Regel ist das zutreffend«, bestätigte Dr. Starke.

»Deshalb haben die beiden auch die Tatwaffen mit in die Moschee genommen. Für sie gab es keinen sichereren Ort als im Hausinneren.«

»Ich kann kein Fehlverhalten bei Ihnen erkennen«, sagte der Kriminaldirektor.

Für Lüder klang es eine Spur zu salbungsvoll. Er konnte aber nicht verhehlen, dass ihm eine Last abgenommen worden war. Bis eben hatte er sich nicht sicher sein können, wie die Polizeiführung auf seine eigenmächtige Aktion reagieren würde.

Nathusius gab ihm Rückendeckung. Aber Dr. Starke hängte sein Mäntelchen nach dem Wind. Lüder würde nie erfahren, ob man bei den Verantwortlichen diskutiert und dann entschieden hatte, sich nicht noch eine weitere Baustelle aufzuladen, indem man sich in der Öffentlichkeit der Diskussion über die Frage aussetzte, ob die Polizei ein Gotteshaus »stürmen« durfte. Auch wenn niemand in den Medien darüber berichtet hätte, dass Lüder bei der Aktion alles unternommen hatte, dem Gebetsraum respektvoll zu begegnen.

Lüder kehrte in sein Büro zurück. Er wollte nur noch einen kurzen Blick in den Rechner werfen. Die detaillierten Berichte der Kriminaltechnik könnte er am Montag lesen. Wichtig war, dass er grundlegend informiert war. Wie ging es dem Opfer des zweiten Überfalls?, fragte er sich und rief Vollmers an.

Der Hauptkommissar klang müde. Er bestätigte auf Lüders Nachfrage, dass er kaum geschlafen habe. Felix Sommerkamp war noch in der Nacht im Universitätsklinikum operiert worden. Lebensgefahr bestand keine mehr, aber die Folgen der Tat würden den Mann für immer zeichnen. Die Ärzte hatten einer Befragung durch die Ermittler nicht zugestimmt. Sommerkamp lag derzeit noch auf der Intensivstation.

»Voraussichtlich noch bis Montag«, erklärte Vollmers. »Der Arzt, mit dem ich gesprochen habe, meinte aber, es wird eine Weile dauern, bis wir mit dem Patienten reden können. Man möchte nicht, dass er über die Tat spricht, bevor er von einem Psychologen behandelt wurde. Es sind nicht nur körperliche Schäden, die man ihm zugefügt hat. Viel schlimmer sind die Konsequenzen für die Psyche. Der Überfall – die Gewalt – und die Tatsache, dass er kein normales Leben mehr führen kann. Das sei vielleicht noch viel schwerwiegender als die bestimmt schwierige körperliche Schädigung, meinen die Ärzte.«

Das verstand Lüder. Ein weiteres Leben war zerstört worden. Konnten Menschen so grausam sein, dass sie zu solchen Verbrechen schritten, nur weil ein Mensch in einer freien Welt einen anderen Lebensentwurf hatte als diese verbohrten Geister?

Ja, sagte sich Lüder. Das war bittere Realität.
Er war erstaunt, dass sich sein Telefon meldete. Ein externes Gespräch. Die angezeigte Nummer sagte ihm nichts. Die Vorwahl 04346 deutete auf einen Ort in der Nähe Kiels hin.
Er meldete sich.
»Föhrenbeck.«
Lüder war überrascht, die Stimme des Anführers des Thor-Bundes zu hören.
»Sie haben mich neulich auf meinem Hof besucht«, begann Föhrenbeck. »Ich fürchte, bei dieser Gelegenheit sind ein paar Missverständnisse entstanden. Die würde ich gern ausräumen. Wollen Sie noch einmal zu mir kommen?«
»Wann?«
»Jetzt.«
Lüder zögerte einen Moment. Mit Sicherheit würde Föhrenbeck keinen Gewaltakt gegen ihn ausüben. Er sagte zu.

Zwanzig Minuten später rollte der BMW auf das Gelände des Resthofes. Dort stand ein VW-Passat mit Kieler Kennzeichen. Lüder sah sich um. Von den Hunden war nichts zu sehen. Vorsichtig öffnete er die Tür und verharrte einen Moment. Es blieb ruhig. Er ging auf den Hintereingang zu. Bevor er die Tür erreicht hatte, wurde sie geöffnet, und die Frau erschien.
»Herr Lüders?«, fragte sie mit leiser Stimme. »Kommen Sie bitte mit durch«, fuhr sie fort, ohne die Antwort abzuwarten.
Das Haus musste im Inneren komplett umgebaut worden sein. Der alte Grundriss war noch zu erahnen, aber bei der Renovierung waren die edelsten Materialien verbaut worden. Der Fußboden war mit Marmor ausgelegt, die Wände mit weißen Riemchen verkleidet. Die Ausgestaltung mit Accessoires hatte jemand mit viel Geschick vorgenommen.
Lüder tippte auf einen Innenarchitekten. Sein Erstaunen setzte sich fort, als sie ein topmodernes Büro betraten. Es hätte auch das Chefzimmer eines mittelständischen Betriebs sein können oder noch besser: einer Werbeagentur. Damit war die Überraschung aber noch nicht abgeschlossen. Lüder hatte nicht damit gerech-

net, neben Föhrenbeck auch Johannes Piepke, den evangelikalen Pastor, anzutreffen. Natürlich war die Zusammenarbeit von Piepke, seiner Kirchengemeinde, der Partei und dem Thor-Bund bekannt, aber dass die beiden das gemeinsame Gespräch mit Lüder suchten, war neu.

Lüder setzte sich an den gläsernen Besprechungstisch, nachdem er es bei einem »Guten Tag« hatte bewenden lassen und auf einen Händedruck verzichtet hatte.

Föhrenbeck griff eine bereitgestellte Tasse und füllte aus einer Pumpkanne Kaffee ein. Er zeigte stumm auf Zucker und Sahne.

»Sie werden überrascht sein, uns gemeinsam hier anzutreffen«, begann er.

»Mich erstaunt gar nichts mehr, wenn es darum geht, krude Ideen zu verbreiten, zu Gewalt aufzurufen und sie auch umzusetzen.«

Piepke räusperte sich. »So nicht, Herr Dr. Lüders. Ich vertrete eine demokratische Partei, auch wenn Ihnen unsere politischen Aussagen nicht gefallen. Außerdem repräsentiere ich eine Kirche, die auf den Grundsätzen der christlichen und europäischen Ethik fußt.«

»Niemand spricht Ihnen ab, Ihre Religion auszuüben, wenn sie auch für meinen Geschmack eine sonderbare Ausrichtung hat. Ihre Thesen und das Bestreiten der Evolutionstheorie –«

»Das nennen Sie religiöse Toleranz?«, unterbrach ihn Piepke. »Sie führen das Wort, nur weil Sie die Bibel nicht richtig gelesen haben?«

»Meine Zeit ist mir zu schade, um mit Ihnen theologische Grundsatzdiskussionen zu führen«, sagte Lüder.

Er hatte nicht die Absicht, mit Piepke darüber zu streiten, ob Gott wirklich mit einem Fingerschnippen den Menschen erschaffen hatte. Die beiden musterten ihn überrascht, als Lüder leicht lächelte. Seine Gedanken waren kurz abgeschweift. Piepkes Gemeinde glaubte daran, dass Adam und Eva plötzlich da waren. Mangels drittklassiger Fernsehsender und Daily Soaps mussten die beiden sich die Zeit anders vertreiben. Kain und Abel waren das Ergebnis. Da es keine anderen Menschen gab, musste der Nachwuchs aus den eigenen Reihen gezeugt werden. Das nannte man Inzucht. Kein Wunder, dass daraus Leute wie die beiden Gestalten ihm gegenüber erwachsen waren. Der Gedanke stimmte ihn heiter.

»Finden Sie das alles so komisch?« Piepke war deutlich irritiert.

»Nicht *das*, aber *Sie*.« Lüder grinste Piepke fröhlich an.

Föhrenbeck hob kurz die Hand und erteilte sich selbst das Wort.

»Wir sind doch nur scheinbar unterschiedlicher Meinung, Herr Dr. Lüders. Uns beiden ist daran gelegen, dass wir in einem freien und sicheren Land leben. ›Blühende Landschaften‹ hat uns Helmut Kohl einst versprochen. Sehen Sie.« Er ließ dabei seinen Arm kreisen. »Dieses Grundstück auf dem Land – das habe ich auch für meine Kinder geplant. Rund ums Haus ist ein Garten. Dass dort etwas wächst – dafür sorgt die Natur. Wenn meine Frau aber nicht ordnend eingreifen würde, hätten wir einen wilden Garten, weil das Unkraut alles überwuchern würde.«

Lüder ließ seine flache Hand auf die Tischplatte krachen. »Das ist widerwärtig, was Sie mir hier durch die Blume erklären wollen. Wie können Sie Menschen mit Unkraut vergleichen?«

Föhrenbeck war über Lüders Reaktion erschrocken und hatte den Faden verloren. Wie bei einem eingespielten Team sprang Piepke ein.

»Sprechen wir über unleugbare Fakten. Da werden Kasernen hergerichtet – so gut, wie sie die Jungs von der Bundeswehr nie hatten. Und zwei Wochen später ist alles ein Trümmerhaufen. Die Einrichtung wird zerlegt und fliegt aus dem Fenster, die Türen sind eingetreten, vom Zustand von Küche und Sanitäreinrichtungen ganz zu schweigen. Das Essen schmeckt denen nicht, das mangelnde Freizeitangebot wird zu einer Gefahr für die Bevölkerung im Umkreis, das hohe Anspruchsdenken führt zu einer Steigerung der Kriminalität, lauter junge Männer, mit Testosteron bis an die Haarspitzen abgefüllt, sehen Frauen herumlaufen –«

»Hören Sie auf mit Ihren Vorurteilen«, erwiderte Lüder. »Natürlich gibt es auch unter den Asylbewerbern und Zuwanderern Kriminelle. Es war ein Fehler der Politik, das zu leugnen.«

»Nicht nur das. Der Staat hat sich doch zum Teil zurückgezogen«, erklärte Piepke. »Nehmen Sie das Beispiel der Hamburger Sternschanze. Da traute sich kein Polizist mehr in den Bereich der von Schwarzen dominierten Drogenszene. Und die Autonomen beherrschen die andere Seite der Bahnlinie. Die Rote Flora ist bundesweit bekannt geworden. In Berlin-Neukölln hat fast jeder zweite Bewohner einen Migrationshintergrund, in der deutschen Hauptstadt leben inzwischen mehr als eine Million Nichtdeutsche. Aber nirgendwo ist es so dramatisch wie in Gaarden.«

»Das ist doch maßlos übertrieben«, sagte Lüder schroff. »Meine Aufgabe als Polizist ist es, Straftäter zu verfolgen und das Recht durchzusetzen, indem Gesetzesbrecher vor ein ordentliches Gericht gestellt werden.«

»Nichts anderes wollen wir auch. Keine Kuschelpolitik. Durchsetzen des Rechts.«

»Hören Sie doch auf mit Ihren Lügengeschichten. Sie propagieren doch, dass Sie alle Ausländer des Landes verweisen wollen.«

Piepke öffnete den Mund zu einer Erwiderung, aber Föhrenbeck hob die Hand und signalisierte, dass der Pastor schweigen sollte.

»Herr Dr. Lüders. Sie sehen selbst, was in Gaarden passiert. Nicht Ihre uniformierten Kollegen, von denen sich viele krank- und dienstunfähig melden, bestimmen, was Recht und Gesetz ist, sondern die Meute mit den grünen Armbändern. Die Scharia-Polizei. Da werden unschuldige Menschen ermordet wie der jüdische Junge, der Rabbiner, andere brutal misshandelt wie der Erzieher aus der Kita, nur weil er schwul ist. Und? Hat die Polizei das verhindert? Wo sind die nächtlichen Streifen? Ich würde erwarten, dass an jeder Straßenecke ein Polizist steht.«

»Das ist doch illusorisch«, sagte Lüder. »Nehmen Sie das alte London. Da hatten Sie diesen Zustand. Und trotzdem gab es eine Kriminalität, von der wir weit entfernt sind.«

Föhrenbeck streckte den Arm aus und zeigte auf Lüder. »Ihr Wort: illusorisch. Da müssen sich die Bürger selbst schützen.«

»Das würde zu einem blutigen Gemetzel führen. Außerdem liegt das Gewaltmonopol beim Staat.«

»Der ist aber nicht vor Ort. Wenn der Staat uns nicht hilft, müssen wir es selbst machen. Mit einer Bürgerwehr. Was die Islamisten mit ihrer Scharia-Polizei können, bringen wir auch zustande.«

»Habe Sie mich deshalb herbestellt?«

»Wir suchen das Gespräch mit Ihnen, mit der Polizei ...«, ergänzte Föhrenbeck.

»Es gibt keinen Dialog mit Ihnen. Hüten Sie sich davor, auf die Straße zu gehen.«

»Drohen Sie uns?«, mischte sich Piepke ein.

»Ja«, sagte Lüder. »Und zwar mit dem Strafgesetzbuch. Eine spannende Lektüre. Und Sie«, dabei wechselte er seine Blickrichtung und sah Föhrenbeck an, »wissen, wie es ist, wenn man Straftaten begeht. Sie sind vorbestraft. Wir haben Sie im Visier, Föhrenbeck. Der kleinste Fehler, und den begehen Sie wie alle Täter, und das schöne Anwesen hier muss Ihre Frau allein bewirtschaften. Das ist viel zu durchsichtig, was Sie vorhaben. Während Piepke ein irregeleiteter Phantast ist, schwingen Sie sich nur in den Sattel, weil Sie um Ihre Geschäfte fürchten. Das alles hier – wie finanziert sich das? Weiß der Pastor neben Ihnen, dass das die Rendite aus Menschenhandel, Rauschgift und Prostitution ist? Haben Sie Piepke erzählt, in welchen schmutzigen Geschäften Sie sonst noch mitmischen? Niemand nimmt Ihnen ab, dass Sie Juden und Homosexuelle beschützen wollen. Nein, Föhrenbeck. Ihnen geht es einzig darum, mit der sogenannten Scharia-Polizei etwas aus dem Weg zu räumen, das Ihre Geschäfte stört. Die Islamisten vertreiben die Alkis, aber auch die Junkies. Und das ist nicht in Ihrem Sinne. Das sind Ihre Kunden.«

Föhrenbeck blies die Wangen auf. »Was für unverschämte Unterstellungen. Sie wissen selbst, dass das haltlose Behauptungen sind.«

»Auf Ihrem Konto summieren sich zahlreiche Straftaten. Neben den genannten kommen noch Gewalttaten hinzu wie der Überfall auf den alten Egon Meyer, zahlreiche Sachbeschädigungen wie hirnrissige Graffitischmierereien, übrigens auch an meinem Haus, die Schießerei in der Kaiserstraße, unerlaubter Waffenbesitz und vieles mehr.«

»Das möchten Sie mir gern anheften. Aber nichts davon ist zutreffend. Wenn Sie es beweisen könnten, wären Sie hier schon lange mit einer Hundertschaft angerückt.« Föhrenbeck zeigte ein verunglücktes Grinsen. »Ich habe mit alldem nichts zu tun. Ich verstehe ja, dass es Sie bei Ihrem Beamtengehalt schmerzt, wenn Sie eine Fachfirma beauftragen müssen, die die Schäden beseitigt. Wenn Sie es mir nicht als Bestechung auslegen, würde ich freiwillig die Kosten übernehmen. Nur um meinen guten Willen zu beweisen.«

»Sparen Sie sich solche Bemerkungen. Sie und Ihre Leute werden dafür zur Rechenschaft gezogen. Auf legalem Wege. Ach, noch etwas. Wissen Sie, was Scheiße ist?«

Die beiden Männer wechselten einen schnellen Blick. Sie hatten eine solche Vokabel nicht von Lüder erwartet.

»Das dürfen Sie wörtlich nehmen. Es ist schließlich die Scheiße Ihrer Hunde. Die DNA-Probe hat ergeben, dass der Hundekot, der beim Überfall auf Egon Meyer verwendet wurde, hier aufgesammelt wurde. Dumm gelaufen, Föhrenbeck.« Lüder stand auf. »Wir sehen uns wieder, meine Herren. Bei uns auf der Dienststelle. Im Verhörzimmer. Dann sind Sie fällig.«

Lüder stand auf. Föhrenbeck erhob sich ebenfalls.

»Danke, ich kenne den Weg.«

Föhrenbeck folgte ihm trotzdem. Auf der Schwelle des Hintereingangs lag die Frau des Hausherrn. Lüder stieß mit Föhrenbeck zusammen, als sich beide hinabbeugten.

»Mienchen«, stammelte Föhrenbeck und hob den Kopf seiner Frau vorsichtig an. »Mienchen, Liebling. Was ist mit dir?«

Die Frau atmete flach. Lüder legte ihr die Hand auf die Stirn. Sie war kaltschweißig. Das passte zur blassen Hautfarbe.

»Ist Ihre Frau krank?«, fragte er Föhrenbeck.

»Nein. Bestimmt nicht.«

Lüder zog sein Smartphone hervor und rief den Rettungsdienst, während Föhrenbeck immer wieder den Kopf anhob und sorgenvoll »Mienchen« rief.

Schließlich öffnete die Frau kurz die Augen. Sie flatterten unkontrolliert. Dann schien sie ihren Mann erkannt zu haben. »Der Müll«, hauchte sie kaum wahrnehmbar.

»Was ist damit?«, fragte Föhrenbeck atemlos.

Aber seine Frau war erneut nicht ansprechbar.

»Wo ist Ihr Müll?«, fragte Lüder.

»Hinter der Hausecke und den Palisaden«, sagte Föhrenbeck einsilbig und bemühte sich weiter um seine Frau.

Lüder suchte die Stelle. Hinter einem Palisadenzaun versteckt standen die Abfalltonnen. Davor lag eine zerborstene Tüte mit Restmüll. Sie musste Frau Föhrenbeck aus der Hand gefallen und zerplatzt sein. Das konnte nicht der Auslöser des Schocks gewesen sein. Lüder öffnete die Deckel der Tonnen. Gleich bei der zweiten sah er den Grund. Obenauf lagen die Überreste eines menschlichen Körpers.

Er hatte schon zahlreiche Tote gesehen, auch wenn man sich nicht an deren Anblick gewöhnen würde. Doch dieser Fund ließ ihm das Blut in den Adern gefrieren. Nur an den Stofffetzen war zu erkennen, dass es sich um einen Menschen handeln musste. Er schluckte mehrfach, dann rief er Vollmers an.

»Bevor Sie sich beklagen, dass ich Sie in Ihrer Ermittlungsarbeit störe … Kommen Sie nach Schinkel zum Haus von Alf Föhrenbeck. Und bringen Sie das große Besteck mit. Das ganz große.«

Der Hauptkommissar hatte aus Lüders Stimme entnehmen können, dass es sich um eine kritische Situation handeln musste. Mit einem schlichten »Okay« bestätigte er den Einsatz.

Lüder hörte das Signal des Rettungswagens. Wenig später fuhr der rot-weiße Mercedes der Rettungsdienst-Kooperation auf den Hof. Ein Notfallsanitäter kam auf Lüder zu und sah ihn fragend an.

»Jacobs von der Rettungswache Gettorf«, stellte er sich vor.

»Lüders, Polizei. Der Patient liegt da vorn.« Lüder zeigte auf den Hintereingang.

»Danke«, erwiderte der Mann in Weiß und gab die Information an seine Kollegin weiter, die mit dem Notfallrucksack gefolgt war. Für das Opfer in der Mülltonne kam jede Hilfe zu spät.

Eine halbe Stunde später tauchte das Team des Kieler K1 auf, gefolgt von der Spurensicherung. Vollmers sah sich suchend um.

»Moin«, grüßte Lüder. »Da drüben in der Mülltonne. Ich habe den Deckel geöffnet. Sie werden meine Spuren daran finden.«

Der Hauptkommissar knurrte etwas Unverständliches und ging zu den Abfallbehältern. Unterwegs hatte er sich Einmalhandschuhe übergestreift.

Lüder beobachtete aus der Distanz, wie Vollmers den Deckel anhob und in der Bewegung erstarrte. Das war nicht länger als ein Herzschlag. Dann zuckte der Hauptkommissar zurück, als wäre er gegen eine unsichtbare Wand geprallt.

»Mein Gott«, rief er erschrocken aus und kehrte zu Lüder zurück.

Lüder hatte Vollmers noch nie so irritiert gesehen. Der erfahrene Beamte war kalkweiß im Gesicht.

»Wie kommen Sie hierher?«, fragte er Lüder und hörte sich dessen Kurzbericht an. »Föhrenbeck wird uns etwas erklären müssen. Ist er drinnen?«, fragte Vollmers anschließend.

Lüder bestätigte es und berichtete von dem Schock, den Föhrenbecks Frau erlitten hatte.

»Die ist vom Rettungsdienst abgeholt worden. Ich habe erlebt, wie das Ehepaar miteinander umgeht. Mein Eindruck ist, dass irgendjemand Föhrenbeck einen hundsmiserablen Streich spielen wollte. Es war ein Zufall, dass ich anwesend war. Damit haben die Verursacher nicht gerechnet.«

»Ich teile Ihre Meinung«, schloss sich Vollmers an. »Föhrenbeck oder seine Spießgesellen werden es sich nicht selbst angetan haben. Ich würde es aber nicht als Streich bezeichnen. Das ist ein überdeutliches Zeichen, das dort gesetzt wurde. Was glauben die Täter damit erreicht zu haben? Und wie hätte Föhrenbeck reagiert, wenn Sie es nicht zufällig gefunden hätten?«

»Darauf werden wir keine ehrliche Antwort erhalten. Ich gehe davon aus, dass Föhrenbeck den Fund nach dem ersten Schreck beiseitegeschafft hätte. Mit Sicherheit hätte er nicht die Polizei informiert. Das hätte ihm einen Berg von Fragen eingebrockt.«

»Denen er sich jetzt stellen muss.«

Vollmers schob angriffslustig den Unterkiefer vor und stapfte zum Hintereingang. Lüder folgte ihm und zeigte auf das Arbeitszimmer. Dort fanden sie Föhrenbeck und Piepke.

»Vollmers, Kripo Kiel«, sagte der Hauptkommissar, bevor Lüder ihn vorstellen konnte. »In Ihrem Abfall haben wir Leichenteile gefunden. Haben Sie eine Erklärung dafür?«

Vollmers war so forsch vorgeprescht, dass nicht nur beide Männer erschraken, sondern auch Lüder überrascht war.

»Ich ... das ... meine Frau ...«, stammelte Föhrenbeck zusammenhanglos.

»Die sterblichen Überreste sind nicht allein dorthin gewandert. Haben Sie dort etwas entsorgt?« Vollmers hatte sich in Rage geredet.

»Nein. So etwas ...«, setzte Föhrenbeck an.

»Und Sie, Piepke?« Der Hauptkommissar hatte sich zum Pastor umgedreht.

Piepke schien ein wenig gefasster. »Das ist ein Aberwitz, wie Sie hier auftreten. Was glauben Sie eigentlich —«

»Für das Glauben sind Sie zuständig«, mischte sich Lüder ein. »Wir gehen nur von Fakten aus. Sie und Ihre Gesinnungsgenossen haben das Feuer geschürt, das jetzt lichterloh in Gaarden brennt und dessen Funkenflug jetzt auch Schinkel erreicht hat. Es ist illusorisch, Föhrenbeck, zu glauben, dass Sie sich hier aufs Land absetzen können. Die Gewalt verfolgt Sie. Sie sind nirgendwo mehr sicher. Wer auch immer diese abscheuliche Tat vollbracht hat, weiß, wo Sie wohnen.« Lüder stieß mit dem Zeigefinger in Richtung Föhrenbeck vor. »Wie wollen Sie Ihrer Frau erklären, was dort passiert ist? Denken Sie an Ihre Kinder. Diese Bilder werden nie wieder aus dem Kopf Ihrer Frau verschwinden. Also! Reden Sie mit uns.«

Vollmers war auf Föhrenbeck zugegangen und hatte ihn am Arm gepackt. Er zog daran.

»Kommen Sie«, sagte er. »Ich will es Ihnen zeigen. Sehen Sie sich das Grauen an, damit Sie wissen, wie es Ihrer Frau ergangen ist. Damit Sie mit ihr darüber sprechen können.«

Föhrenbeck riss sich los und wich zurück. »Nein!« Es klang wie ein Entsetzensschrei.

»Weil Sie den Toten schon gesehen haben?«, fragte Lüder, der davon überzeugt war, dass das nicht der Fall war.

»Um Himmels willen. Nein! Nein!« Föhrenbecks Entsetzen war nicht gespielt.

»Das – das müssen diese verfluchen Islamisten gewesen sein«, sagte Piepke, der sich ein wenig gefasst hatte.

»Wissen Sie Näheres?«, wollte Vollmers wissen.

»Nein – natürlich nicht. Aber wer außer diesen Tieren macht so etwas?«

»Tiere?« Lüder hatte seine Stimme in die Höhe gezogen. »Ich denke, Ihre Bibelinterpretation trennt seit dem Urknall Mensch und Tier?«

»Das habe ich doch nur so gesagt. Bildlich.«

»So bildlich, wie die Bibel Adam und Eva als erste Menschen dargestellt hat?«, fragte Lüder.

»Sie können doch nicht –«

»Doch«, fuhr Vollmers dazwischen. »Wir können. Und noch viel mehr.« Er wandte sich Föhrenbeck zu. »Jetzt, wo auch Ihre Familie in Mitleidenschaft gezogen ist – wollen Sie nicht ein Geständnis ablegen?«

»Was soll ich gestehen? Ich ... wir ... Niemand tut so etwas«, hechelte Föhrenbeck.

»Sie haben so viel Dreck am Stecken, alle beide. Sie sind die Brandstifter von Gaarden«, schnauzte Vollmers.

»Nicht wir sind dafür verantwortlich.« Föhrenbecks Stimme bebte.

»Da sehen Sie, wohin es führt, wenn diese barbarischen Horden bei uns einfallen.«

Das Trommelfeuer der beiden Polizisten hatte Wirkung gezeigt.

Hoffentlich bleibt etwas haften, dachte Lüder. Sie mussten das

Gespräch an dieser Stelle abbrechen. Es würde sonst wieder in eine sinnlose Diskussion mit den beiden Ultras münden.

»Diese Verbrechen, aber auch andere Sünden beschwören den Zorn Gottes herauf. Dieser wird aber, einmal entfacht, nebst dem Übeltäter auch Unschuldige oder eventuell sogar die gesamte Gemeinschaft treffen. Im 2. Buch Mose, Kapitel 20, Vers 5 steht: ›Ich bin ein eifriger Gott, der da heimsucht der Väter Missetat an den Kindern bis ins dritte und vierte Glied.‹ Die Sünden der hergelaufenen Barbaren treffen alle redlichen Bewohner Gaardens«, schob Piepke nach.

»Ich fürchte, hier ist niemand, der Ihren eigentümlichen Predigten lauschen möchte«, erwiderte Lüder.

»Dürfen wir uns bei Ihnen im Haus umsehen?«, fragte Vollmers, der zum gleichen Schluss wie Lüder gekommen zu sein schien.

Föhrenbeck war verunsichert, aber Piepke half ihm.

»Natürlich nicht«, sagte der Pastor. »Dafür gibt es keine Veranlassung.«

»Darüber haben Sie nicht zu befinden«, erwiderte Lüder.

»Nein. Das dürfen Sie nicht«, sagte Föhrenbeck. Auch er hatte etwas Sicherheit zurückgewonnen.

»Das war erst die Ouvertüre«, drohte Vollmers und legte Zeige- und Mittelfinger auf die unteren Augenlider. »Wir werden Sie nicht mehr aus den Augen lassen. Beide.«

»Richten Sie Ihr Augenmerk lieber auf die Verbrecher aus dem Nahen Osten, statt deutsche Bürger zu verfolgen.« Piepke straffte sich.

»Kommen Sie«, sagte Lüder und zog Vollmers aus dem Zimmer.

»Moment noch. Haben Sie Fremde bemerkt, die hier herumgeschlichen sind?«, wollte der Hauptkommissar wissen.

»Nein«, erwiderte Föhrenbeck einsilbig.

»Ihre Hunde müssen doch angeschlagen haben«, sagte Lüder.

Föhrenbeck sah ihn erstaunt an. »Die Hunde«, sagte er abwesend. »Ja. Die Hunde.« Er stand auf und beachtete die Polizisten nicht weiter. Mit eiligen Schritten lief er aus dem Raum. »Die

Hunde«, wiederholte er mehrfach. Kurz darauf kehrte er wutschnaubend zurück. Sein Kopf war knallrot.

»Die Scheißkerle.«

»Was ist mit den Hunden?«

»Diese Schweine«, schrie Föhrenbeck aufgebracht. »Die haben die Hunde getötet. Ihnen die Kehle durchgeschnitten.«

»Haben Sie Anzeige erstattet?«

Föhrenbeck schüttelte die Faust. »Das erledige ich allein.«

»Ich warne Sie vor Selbstjustiz«, drohte Vollmers und ließ sich nur widerwillig von Lüder nach draußen ziehen.

Auf dem Hof wimmelte es von Einsatzkräften. Inzwischen waren auch zwei Streifenwagen eingetroffen. Außerdem hatten sich Schaulustige eingefunden. Die Spurensicherung verrichtete ihre traurige Arbeit. Lüder sprach einen der Beamten an.

»Das ist ganz schön heavy«, sagte der junge Polizist. »Das ist ein menschlicher Rumpf. Die Extremitäten waren in der gelben Tonne daneben.«

»Der Kopf?«, wollte Lüder wissen.

»Der ist nicht dabei.«

Vollmers und Lüder wechselten einen schnellen Blick. Haben Sie die gleiche Vermutung?, sollte das heißen.

»Shimon Rosenzweig«, sagte der Hauptkommissar mit belegter Stimme.

Lüder befürchtete, dass Vollmers recht hatte. Weder der Thor-Bund, die Evangelikalen noch Piepkes Partei kämen dann als Täter in Frage. Der Verdacht und auch die Ermittlungen zielten auf die radikalen Islamisten ab. Diese Wahnsinnstat war ein weiterer kleiner Mosaikstein im Kampf gegen diese Leute. Was bezweckten sie damit?

Ihnen musste klar sein, dass die Behörden nicht glauben würden, dass Föhrenbeck die sterblichen Überreste des jungen Juden in seinem eigenen Abfall entsorgt hatte. Es war eine weitere Erniedrigung, den Leichnam des toten Jungen in den Müll zu werfen. Teuflischer konnten Menschen nicht denken und handeln.

Lüder überließ Vollmers und seinen Leuten das Areal.

»Sagen Sie nichts«, schimpfte der Hauptkommissar. »Ich weiß allein, dass wir ausschwärmen und jeden Stein im Dorf umdrehen müssen. Irgendjemand muss die Leute gesehen haben, die das getan haben.«

»Das wollte ich nicht sagen«, antwortete Lüder. »Ich war überrascht, Sie so zornig zu erleben. Außerdem fand ich, dass wir ein gutes Team abgegeben haben.«

»Auf die Blumen verzichte ich bei solch schrecklichen Ereignissen.«

Lüder fuhr ins LKA zurück. Er nahm Kontakt zu Geert Mennchen auf und erreichte den Verfassungsschützer über das Mobiltelefon. Der Regierungsamtmann zeigte sich erschüttert über Lüders Bericht.

»Solche schlimmen Dinge sind nicht mein Geschäft. Da ist die Polizei näher dran.« Mennchen teilte Lüders Vermutung, dass für die Ermordung Shimon Rosenzweigs die Islamisten verantwortlich waren. »Ich bin auch überzeugt, dass sie den Rabbiner Feigenbaum auf dem Gewissen haben. Gibt es schon Erkenntnisse bei der Suche nach den Tätern?«

»Es ist die Krux des Rechtsstaats, dass wir Beweise haben müssen. Auch wenn wir beide ziemlich sicher sind, die Verantwortlichen zu kennen, müssen wir es ihnen beweisen. Diejenigen, die die Tat ausgeführt haben, werden schweigen, selbst wenn es uns gelingt, Indizien gegen sie zu finden. Wir dürfen nicht einmal laut eingestehen, dass wir immer noch nicht wissen, wo sich Qassim al'Ab und Saif ad-Dīn derzeit aufhalten. Wissen Ihre Kontaktleute, wo sich die beiden versteckt haben?«

»Wir gehen davon aus, dass sie in Gaarden sind und von dort die Fäden ziehen«, antwortete Mennchen ausweichend. »Was nützen Ihnen konkrete Angaben? Nehmen Sie die beiden fest? Kaum. Sie haben es eben selbst gesagt, dass es Ihnen an Beweisen mangelt.«

»Wir könnten sie beobachten.«

»Haben Sie eine richterliche Genehmigung für die Telefonüberwachung?«

Lüder verzichtete auf eine Antwort. Er fragte sich zum wiederholten Mal, warum Mennchen in diesem Fall mauerte. »Lassen Sie uns gemeinsam die Lunte austreten, die dort glimmt«, sagte er stattdessen.

»Brennende Lunte? Mensch, Herr Dr. Lüders. Das ist mittlerweile ein Großbrand.«

»Wir bleiben in Kontakt«, sagte Lüder vage zum Abschied. Er versuchte, Protokolle und Notizen zu sortieren. Er durchforstete die Einsatzberichte der Sonderkommission und suchte in den verschiedenen Datenbanken nach Hinweisen. Vergeblich. Nirgends fand sich ein Hinweis auf weitere konspirative Wohnungen in Gaarden.

Sein Versuch, Dr. Starke zu erreichen und nachzufragen, ob man inzwischen Yassines Wohnung in der Medusastraße oder die Nur-al-Din-Moschee überwachte, lief ins Leere. Der Kriminaldirektor hatte sein Mobiltelefon abgestellt. Es sprang gleich die Mailbox an.

Dafür meldete sich Sawitzki vom Gaardener Revier.

»Ich dachte, es interessiert Sie, dass sich ein besorgter Anwohner bei uns gemeldet hat. Er will zwei dunkel gekleidete Männer gesehen haben, die seiner Meinung nach nicht nach Gaarden passen. Natürlich haben wir nachgehakt. Autotyp? Kennzeichen? Beschreibung? Andere Auffälligkeiten? Nichts.«

»Wissen Sie, wie der Anwohner heißt?«

»Ein älterer Mann. Um Ihrer nächsten Frage zuvorzukommen: ein Deutscher.«

»Mit der Meldung kann man nicht viel anfangen«, stellte Lüder fest.

»So sehe ich es auch. Wir haben weiß Gott zu viel zu tun, um solchen Dingen nachzulaufen. Uns droht als Nächstes der Ausbruch einer Hysterie. Da werden hinter jeder Ecke Bösewichte vermutet.«

»Das ist doch keine Hysterie, sondern traurige Realität in Gaarden.«

»Scherzkeks«, erwiderte Sawitzki und legte auf.

Es war spät, als Lüder nach Hause kam. Margit empfing ihn an der Haustür. Es schien, als hätte sie schon länger auf seine Rückkehr gewartet.

»Ich halte das nicht länger aus. Unser Haus ist ein richtiges Pilgerziel geworden. Ich habe den Eindruck, halb Kiel macht den Sonntagsspaziergang hierher, um sich das anzusehen. Heute Nachmittag war sogar jemand von den Kieler Nachrichten da und hat nachgefragt. Der wusste auch, dass du ein hoher Beamter beim LKA bist.«

»Das ist eine temporäre Erscheinung. Du wirst sehen, in unserer Zeit der schnellen Nachrichten ist das morgen aus den Medien verschwunden.«

Margit schüttelte energisch den Kopf. »Nein!«, widersprach sie entschieden. »Darüber wird noch nach Monaten getratscht. Man kommt sich fast wie eine Aussätzige vor. Auf der Straße. Beim Bäcker. Jeder guckt einem hinterher. Ich mache mir auch Sorgen um die Kinder. Die werden doch auch nicht ungeschoren davonkommen.«

»Wir haben doch nichts gemacht. Wir sind die Opfer.«

»Ha. Das interessiert die Leute nicht. Für die sind wir im Fokus der Öffentlichkeit. Nein, Lüder. Ich halte das nicht länger aus.«

Margit war eine starke Persönlichkeit und weit davon entfernt, wehleidig zu sein. Doch jetzt brachen die Dämme. Ein Weinkrampf überfiel sie.

Lüder nahm sie in den Arm und zog sie an sich. Was war das für eine Welt? Angst und Schrecken schienen auch in das Siedlungshäuschen am Hedenholz Einzug gehalten zu haben.

Acht

In der Früh hatte es geregnet, und den Vormittag über lag noch die Feuchtigkeit über der Stadt. Das rote kleinformatige Pflaster schimmerte im matten Licht eines grauen Tages. Doch die Wintersonne hatte sich immer mehr durchgesetzt, die Wolkendecke verdrängt und Platz für einen blauen Himmel geschaffen. Das hatte nicht nur die Einheimischen ins Freie gelockt, sondern auch die Besucher, die die Innenstadt und die Plätze rund um die Hörn, die Spitze der Kieler Förde, bevölkerten.

Margit hatte sich enttäuscht gezeigt, als Lüder ihr am Morgen gestand, dass er sie nicht begleiten konnte. Er hatte die ihm zugänglichen Medien durchforstet, zwischen den Radiosendern hin und her geschaltet, im Internet gesucht und parallel dazu den Fernseher laufen lassen. Das hatte ihm auch den Zorn Sinjes eingebrockt, die der Ansicht war, der Familienapparat stehe ihr zu. Sie empfand es ohnehin als ungerecht, dass sie keinen eigenen Fernseher in ihrem Zimmer hatte. Das »noch nicht« der Eltern mochte sie nicht akzeptieren.

Auf der Dienststelle war die Mehrzahl der Büros verwaist. Der Abteilungsleiter war anwesend; auf dem Flur traf Lüder Gärtner, der eine Teetasse balancierte.

»Kaffee gibt es heute nicht«, erklärte der Oberrat und weihte Lüder in die Neuigkeiten ein. Auch das jüdische Gebetshaus war von der nächtlichen Sprayaktion betroffen. Die Täter hatten dort zum bekannten Text ›Alla ist groß‹ statt des Kreuzes ein Hakenkreuz gesprüht. »Es gibt eine Videoüberwachung. Wir haben sie uns angesehen. Leider ist nichts zu erkennen, weil der Täter vermummt war.«

»Er hat sich also nicht an das Vermummungsverbot gehalten«, stellte Lüder lächelnd fest.

»Wie ...« Dann hatte Gärtner die ironische Bemerkung verstanden. »Auch nicht an das Verdummungsverbot. Es war ein Einzeltäter.«

»Ich gehe davon aus, dass es Klaus Unruh war, den man später vor der Nur-al-Din-Moschee fürchterlich zugerichtet hat. Er war nicht allein unterwegs, sondern mit einem Kumpan, der in dem Auto saß, das ich habe flüchten sehen.«

»Das Verhör der beiden Männer, die Sie in der Moschee festgenommen haben, hat auch nichts ergeben«, fuhr Gärtner fort. »Der alte Mann wusste ohnehin nichts. Wir halten ihn für harmlos. Die anderen beiden schweigen eisern. Papiere haben wir keine gefunden. Vermutlich halten sie sich illegal in Deutschland auf. Wir haben sie erkennungsdienstlich behandelt. Dabei konnten wir einen von ihnen möglicherweise identifizieren. Wir gehen davon aus, dass es sich um Hasim el-Badr handelt. Er stammt aus Algerien. Sein Heimatland sucht ihn mit einem internationalen Haftbefehl. Er soll dort an mehreren terroristischen Gewaltakten beteiligt gewesen sein.«

»Das ist das Beste, was solche Verbrecher für sich tun können«, sagte Lüder grimmig. »Wenn sie sich als Terrorist betätigt haben, sind sie vor einer Auslieferung sicher, weil ihnen in ihrem Heimatland eine härtere Strafe droht als bei uns.«

»Die Humanität des Rechtsstaats fordert ihren Preis«, sagte Gärtner. »Wenn wir den Ersten den Baseballschläger nennen und den Zweiten den Treter, dann könnte es sich bei dem um Marouan Boussoufa handeln, einen Marokkaner.«

»Ein Landsmann von Saif ad-Dīn.«

»Ja – Mujahid Yassine mit bürgerlichem Namen, obwohl an dem Typen nichts Bürgerliches ist. Gegen Boussoufa, wenn er es ist, liegt nichts vor. Er ist im vergangenen Herbst in die Bundesrepublik gekommen, angeblich über die Türkei.«

»Man muss sich es geografisch vorstellen. Solche Leute umrunden einmal komplett das Mittelmeer, um ins gelobte Land zu kommen. Und dann werden sie hier straffällig. Und nun? Marokko? Die nehmen ihre Ganoven nicht zurück. Vielleicht sollten wir dorthin auswandern, Herr Gärtner. Wenn alle krummen Gestalten aus dem Maghreb nach Gaarden kommen, müsste es dort doch ruhig und friedlich sein.«

Gärtner nickte geistesabwesend. Dann sah er auf seine Teetasse.

»Da muss ich mir einen neuen holen. Dieser ist kalt geworden und hat zu lange gezogen. Haben Sie einen Holzzaun am Haus?«
Lüder nickte.
Gärtner hob die Teetasse an. »Das Zeug ist jetzt so kräftig. Damit können Sie Ihren Zaun imprägnieren.«
Lüder erwiderte: »Ich wohne jetzt in einem Kunstwerk.« Er berichtete von dem Farbanschlag auf sein Haus.
»Verdammt«, sagte Gärtner. »Es nimmt allmählich beängstigende Formen an. Bürgermeister und Politiker erhalten Morddrohungen, Polizisten werden im Dienst angegriffen und verletzt oder erhalten Hassmails. Wo soll das noch hinführen?«
Lüder wusste es auch nicht. Oberrat Gärtner war ein erfahrener Ermittler, ruhig und besonnen. Lüder hatte noch nie erlebt, dass er die Contenance verlor. Hoffentlich steckt uns der Bazillus nicht alle an, dachte er, als sie auseinandergingen.

Am frühen Nachmittag war Lüder wieder zu Hause. Als er in die Garageneinfahrt einbog, bemerkte er ein Ehepaar mit Hund auf der gegenüberliegenden Straßenseite beim Sonntagsspaziergang. Die Leute waren stehen geblieben und begafften Lüders Fassade.
»Das geht schon den ganzen Tag so«, empfing ihn Margit, als er ins Haus trat. »Wir sind das Nahziel für Hassees Einwohner. Ich habe aber auch etwas Nettes zu berichten. Frau Mönckhagen war vorhin da, bewaffnet mit Schrubber, Bürste und einem Eimer mit Seifenlauge. Sie wollte sich über die Hauswand hermachen. Ich musste sie mit Kaffee und einer Handvoll Keksen bestechen, damit sie von dem Vorhaben Abstand nahm.«
»Ich habe sie gar nicht gesehen, als ich kam.«
»Vermutlich schläft sie tief und fest. Ihr Mittagsschlaf wird ein wenig länger dauern.«
Lüder grinste. »Du hast …?«
Jetzt lächelte auch Margit. »Ja. Zwei Gläschen Orangenlikör haben Wunder bewirkt.«

Neun

Lüder war früh ins Landeskriminalamt gefahren. Gewohnheitsgemäß studierte er beim ersten Becher Kaffee die Tagespresse. Natürlich wurden die Ereignisse der Sonnabendnacht ausführlich behandelt. In den Kommentaren zu den Artikeln tauchten zunehmend kritische Stimmen auf, auch wenn sich die Medien zurückhielten. Lediglich LSD hatte sich als Scharfmacher betätigt. Von Dittert und seinem Boulevardblatt hatte Lüder auch nichts anderes erwartet. Er war hingegen erfreut, dass sich nirgendwo eine Meldung über den Fund in Föhrenbecks Mülltonne fand.

Kriminaloberrat Gärtner meldete sich. »Ich habe Ihnen gestern erzählt, dass wir vermuten, bei dem zweiten Mann aus der Moschee handele es sich um Marouan Boussoufa. Wir haben jetzt die Bestätigung. Er ist es. Boussoufa wohnt in der Erstaufnahmeeinrichtung Seeth in Nordfriesland.«

»Und was treibt ihn nach Kiel?«

»Das ist legal. Wir haben schließlich seinen Aktionsradius nicht irgendwie beschränkt.«

Von seinem Büro aus rief Lüder in Husum an und verlangte Oberkommissar Große Jäger.

»Was ist bei Ihnen los?«, wollte Große Jäger wissen. »Man hört, dass es da rundgeht. Schade, ich würde gern mitmischen.«

»Da bist du der Einzige, dem es danach gelüstet.«

»So schlimm kann es nicht sein«, erwiderte der Husumer. »Wer bei uns in Husum die Neustadt am Wochenende überlebt, ist immun gegen alles andere.« Dann musste Lüder von der Familie berichten, bis er schließlich nach Boussoufa fragen konnte.

»Moment.«

Lüder hörte Große Jäger durch das Telefon fluchen. Offenbar war der Kampf mit dem Rechner noch schwieriger als das, was die Kieler Polizei derzeit in Gaarden ausfechten musste.

»Maroni ...«, setzte Große Jäger an.

»Marouan Boussoufa«, korrigierte ihn Lüder.
»Sag ich doch. Im weltläufigen Nordfriesland spricht man das wie ›Maroni‹ aus. Der Typ kommt aus Marokko und ist zwischen einundzwanzig und achtundzwanzig Jahre alt.«
»Wie soll ich das verstehen?«
»Er ist ohne Papiere eingereist und hat an verschiedenen Stellen unterschiedliche Angaben zur Person gemacht.«
»Wir wissen gar nicht, ob er Marokkaner ist?«
»Behauptet er. Er spricht kein Platt, also stammt er nicht von hier. Der Sprache nach könnte er auch aus Bayern stammen.«
»Woher habt ihr die Information über ihn?«
»Kennen Sie ihn?« Nachdem Lüder es bestätigt hatte, setzte Große Jäger nach: »Haben Sie ihn genau angesehen? Boussoufa hat verdammt lange Finger. Aber da er einen Job hat, läuft er frei herum und wartet auf sein Verfahren vor dem Husumer Amtsgericht.«
»Der arbeitet? Als Asylbewerber?«
»Ja«, bestätigte Große Jäger. »Bei der Firma Klemm & Lange.«
Lüder lachte.
»Was ist nun?«, fragte Große Jäger zum Abschluss. »Brauchen Sie Unterstützung? Ich könnte auch noch Verstärkung mitbringen. Mats Skov Cornilsen hat mit seinen fast zwei Metern den Überblick.«
Lüder wurde abgelenkt. Gärtner stand im Türrahmen.
»Da ist ein Anwalt aufgetaucht und behauptet, Boussoufa sei sein Klient. Plötzlich gibt es auch einen marokkanischen Pass. Wir werden jetzt in die nächste Verhörrunde einsteigen. Zuvor spricht Boussoufa aber mit seinem Anwalt.«
Jetzt platzte auch noch Edith Beyer dazwischen und rief sie zur Abteilungsbesprechung.

Dr. Starke fasste kurz die Ereignisse des Wochenendes zusammen.
»Wir haben die traurige Gewissheit, dass es sich bei dem Fund von Rumpf und Extremitäten in der Abfalltonne Alf Föhrenbecks in Schinkel um die sterblichen Überreste von Shimon Rosenzweig handelt. Das hat die DNA-Analyse ergeben. Die

Rechtsmedizin arbeitet mit Hochdruck an dem Fall, damit die Leiche freigegeben werden kann. Wir sind es den Angehörigen und der jüdischen Gemeinde schuldig. Es besteht Übereinstimmung darin, dass die Umstände des Auffindens und der Zustand der Leiche nicht publik gemacht werden sollen. Auch nicht gegenüber den Angehörigen.« Der Kriminaldirektor hatte seine Hand erhoben. »Ich bin mir bewusst, dass die Polizei in jüngster Zeit kritisiert wurde, weil sie Informationen zurückgehalten hat. In diesem Fall ist es aber etwas anderes. Ich glaube, wir können es vertreten, den Angehörigen und der Öffentlichkeit die grausame Wahrheit zu verschweigen. Das ist ein Akt der Humanität.«

Die Mitglieder der Runde sahen betreten zu Boden.

Gärtner ergriff das Wort. »Boussoufa hat ausgesagt, dass er nur mitgeholfen habe, den Anschlag auf die Moschee zu vereiteln. Seine Spuren am Opfer würden daher rühren, dass er über den am Boden liegenden Klaus Unruh gestolpert ist.«

»Da erleidet das Opfer schwere innere Verletzungen und dann so etwas«, erwiderte Lüder.

»Das ist noch nicht alles. Die Staatsanwaltschaft wird ein Ermittlungsverfahren gegen Boussoufa einleiten. Da er aber einen festen Wohnsitz hat und wir seinen Einlassungen nichts Konkretes entgegenzusetzen haben, wurde er unter der Erteilung von Auflagen wieder auf freien Fuß gesetzt. Er darf seinen Aufenthaltsort, die Stapelholm-Kaserne in Seeth, nur bis zu einem Umkreis von zehn Kilometern verlassen.«

Ein Raunen ging durch die Runde. Dr. Starke klopfte mit der Spitze seines Kugelschreibers auf die Tischplatte.

»Wir haben das nicht zu kommentieren«, sagte er entschieden.

»Ich habe noch etwas«, übernahm Gärtner das Wort. »Was dem einen recht ist, ist dem anderen billig.«

Lüder hielt sich demonstrativ die Ohren zu. »Ich kann das nicht mehr mit anhören«, sagte er. »Da wird in Kiel ein Kinderschänder wieder freigelassen und vergeht sich kurz darauf am nächsten Kind in der Kita. In Flensburg fasst die Polizei eine albanische Diebesbande, und die Justiz lässt sie wieder laufen. Boussoufa klaut und schlägt und kann weiter in Freiheit agieren.

Will Kollege Gärtner die nächste Überraschung aus der Wundertüte zaubern?«

Der Oberrat wirkte fast ein wenig hilflos. »Sorry, aber ich verkünde es nur«, sagte er entschuldigend. »Roland Schadtwald, Mitglied des Thor-Bundes, dem wir den Überfall auf den alten Egon Meyer zur Last legen, ist ebenfalls wieder frei.«

»Ist der alte Herr gestolpert und von selbst in den Hundekot gefallen?«, fuhr Lüder dazwischen und handelte sich einen Ordnungsruf des Kriminaldirektors ein. »Ich weiß. Die Freiheit ist ein hohes Gut«, sagte Lüder. »Die Hürden hängen hoch, bis man jemanden wegsperren kann. Das ist auch gut so. Es fällt uns nur zunehmend schwerer, das dem Bürger im Land zu vermitteln. Das gesunde Volksempfinden deckt sich nicht mit den Ansprüchen unserer Rechtsordnung. In anderen Ländern ist es nicht unbedingt besser. Ich möchte zum Beispiel als Dunkelhäutiger nicht in die Hände einer amerikanischen Südstaatenjury fallen, die über meine Unschuld zu befinden hat.«

»Wir kennen die Namen und wissen, was ihnen zur Last gelegt wird«, übernahm Dr. Starke das Wort. »Daran knüpfen wir an.«

Leider hatte der Kriminaldirektor recht mit seinem Verweis auf den Rechtsstaat und dessen beschränkten Handlungsspielraum, dachte Lüder. Laut sagte er: »Es ist vertrackt, dass wir derzeit nicht einmal wissen, wo sich Saif ad-Dīn und der Hassprediger Qassim al'Ab aufhalten.«

»Es gibt zu viele Unterstützer in Gaarden«, sagte Gärtner. »Wir sind uns aber sicher, dass die beiden den Stadtteil nicht verlassen haben.«

»Die sind so geschickt, dass wir ihnen nicht einmal eine Beteiligung an den Verbrechen zur Last legen können.«

»Seien Sie nicht so voreilig.« Dr. Starke sah Lüder an. »Inzwischen gibt es eine Überwachung der Moschee und von Yassines Wohnung in der Medusastraße. Auch die Telefonüberwachung wurde genehmigt.«

»Rund um die Uhr?«, fragte Lüder.

Der Kriminaldirektor bedauerte, dass dafür nicht genügend Ressourcen zur Verfügung stünden.

»Gut«, schloss er dann die Besprechung. »Jeder weiß, was zu tun ist.«

»Ach, Herr Dr. Lüders.« Oberkommissar Habersaat hatte zum Gruß kurz genickt und war an Lüder fast vorbei, als sie sich auf dem Flur begegneten. »Sie erinnern sich? Gerhard Schröder, dessen Kfz-Kennzeichen die Täter bei der Auseinandersetzung vor der Moschee benutzt haben, war am Freitag in der Rendsburger Straße in Eckernförde bei famila einkaufen. Die Überwachungskamera auf dem Parkplatz hat zwei Männer aufgezeichnet, die sich an Schröders SUV zu schaffen gemacht haben. Leider sind die Bilder so unscharf, dass wir die Identität der Leute nicht feststellen konnten.«

Manchmal trafen Teilergebnisse zuhauf ein. Sie setzten sich zu einem großen Ganzen zusammen. Lüder staunte, wie die Mitarbeiter der wissenschaftlichen Kriminaltechnik das ihnen auferlegte Pensum bewältigten. Der beim Farbanschlag auf Lüders Haus verwendete Sprühlack war identisch mit dem, der in Gaarden benutzt worden war.

Darüber hinaus hatten die Beamten der Spurensicherung einen Fußabdruck sicherstellen können, der den Schuhen zugeordnet werden konnte, die Klaus Unruh trug, als er vor der Moschee in Gaarden zusammengeschlagen wurde. Die Urheber waren folglich Alf Föhrenbeck und sein Thor-Bund. Lüders Vermutung war richtig gewesen. Lüder würde einen Rechtsanwalt beauftragen, der die Schadenersatzansprüche zivilrechtlich gegen Unruh durchsetzen sollte.

In einem kurzen Telefonat mit Margit hatte er erfahren, dass sie sich um ein Unternehmen bemüht hatte, das am Folgetag mit der Beseitigung beginnen wollte. Die erheblichen Kosten der Aktion würde zunächst Lüder übernehmen müssen. Das war die schlechte Nachricht.

Dann meldete sich Frau Timmermanns von der Kriminalpolizeidienststelle, die den Diebstahl des Richtschwerts aus der polizeihistorischen Sammlung bearbeitete. Sie konnte berichten, dass man eine Spur gefunden habe. Eine Reinigungskraft, die schwarz beschäftigt wurde, war als Asylbewerber gemeldet. Man hatte den Mann in der Flüchtlingsunterkunft aufgesucht und seine Fingerabdrücke genommen. Anhand dieser Indizien werde man ihm nachweisen können, dass er das Richtschwert gestohlen habe, zeigte sich Frau Timmermanns zuversichtlich. »Die Kollegen haben sich auch in der Sammelunterkunft umgehört. Dem Mann wird nachgesagt, dass er Kontakte zu radikalislamistischen Kreisen unterhalten soll. Wir bleiben am Ball.«

Lüder lobte die Beamtin.

»Interessiert es Sie auch, wo der Mann schwarz beschäftigt war?«

»Ich nehme an, dass Sie auch diesen Vorgang bearbeiten«, erwiderte Lüder und ließ sich den Namen des Reinigungsunternehmens geben.

Im Internet suchte er nach Informationen über die »Holsten Facility Management GmbH« und war erstaunt, dass es ein weiteres Standbein des Bauunternehmers Silberstein war. Lüder beschloss, den Mann in seiner Wiker Firmenzentrale aufzusuchen.

Er erkundigte sich, ob Silberstein im Büro war, und fuhr zum Flintkampsredder in die Wik.

Das Bürogebäude der Wiker Wohnbau wurde von zwei stämmigen Mitarbeitern eines Sicherheitsdienstes abgeschirmt. Man ließ Lüder passieren, nachdem er seinen Dienstausweis gezeigt hatte.

Der Bauunternehmer sah blass aus. Er erhob sich und streckte Lüder die Hand entgegen.

»In was für Zeiten leben wir?«, sagte er statt einer Begrüßung. »Ich hätte mir nicht träumen lassen, dass jüdisches Leben noch einmal so bedroht werden könnte wie derzeit.«

Lüder versicherte ihm, dass es keine spezifische Hetzjagd auf Juden gebe. »Es droht etwas aus den Fugen zu geraten. Dagegen muss sich die Macht der Vernunft stemmen.«

»Indem aufgerüstete Verbrecherbanden marodierend durch das Viertel ziehen und Anarchie herrscht?«

»Sie wissen, dass der Staat alle ihm zur Verfügung stehenden Möglichkeiten ausschöpft.«

Silberstein lachte bitter auf. »Warum schläft die Politik immer so lange, bis der Kessel überläuft? Muss sich der Bürger wirklich selbst schützen?«

»Was wollen Sie damit sagen? Dass eine Bürgerwehr nötig ist? Davor kann ich Sie nur warnen.«

»Die Islamisten haben ihre Scharia-Polizei. Die Schlägerbanden der Neonazis durchkreuzen Gaarden auf ihren Motorrädern. Von der Polizei ist nichts zu sehen. Können Sie es dem ehrlichen Bürger verdenken, wenn er sich selbst und seine Heimat schützt?«

»Ich bin aus einem konkreten Grund hier«, wechselte Lüder das Thema. »Die Holsten Facility Management ist Ihr Unternehmen?«

»Ich habe meine wirtschaftlichen Interessen vielfältig gestreut«, antwortete der Unternehmer ausweichend. »Ich verstehe nicht, was das mit den Geschehnissen in Gaarden zu tun hat.«

»Shimon Rosenzweig wurde enthauptet. Diese traurige Tatsache ist allgemein bekannt. Die Polizei hat jetzt die Tatwaffe eindeutig identifiziert. Es handelt sich um ein Richtschwert, das aus dem Fundus der polizeihistorischen Sammlung entwendet wurde.«

Silberstein sah ihn entsetzt an. »Die Täter kommen aus Polizeikreisen?«

Lüder widersprach und erklärte, dass die einzigartige Sammlung von einem Privatmann zusammengetragen worden war. »Der ist genauso erschüttert wie die Menschen da draußen«, fügte er an. »Die Holsten Facility Management führt im Fundus die Reinigungsarbeiten durch. Bei dieser Gelegenheit hat einer Ihrer Mitarbeiter, der Kontakt zu den Islamisten hat, das Richtschwert entwendet.«

Der Unternehmer schüttelte heftig seinen Kopf. »Sie wollen nicht behaupten, dass durch Handlangerdienste eines meiner Mitarbeiter diese Tat ausgeführt werden konnte?«

»Leider doch.«

Silberstein schlug die Hände vors Gesicht. »Mein Gott«, stöhnte er.

»Nicht nur das. Die ersten Erkenntnisse besagen auch, dass der Mann schwarz beschäftigt wurde.«

»Da kann nicht sein.«

Lüder ließ Silberstein Zeit, bevor er ihn aufforderte, reinen Tisch zu machen.

»Nie und nimmer trifft das zu«, behauptete Silberstein. »In meinen Unternehmen wird seriös gearbeitet. Da kann nur ein Versehen vorliegen.« Er griff zum Telefon und forderte seine Sekretärin auf, ihn mit dem Reinigungsunternehmen zu verbinden.

Bis zum Anruf schwiegen sie. Dann trug Silberstein am Telefon die Frage vor und sah Lüder über den Brillenrand an. Der Unternehmer wurde noch blasser und warf den Hörer wutschnaubend zurück auf die Gabel. Er musste mehrfach ansetzen, bis er sprechen konnte.

»Das ist ungeheuerlich«, keuchte Silberstein. »Ich höre gerade, dass im Büro der Holsten Facility eine Horde Zollbeamter eingefallen ist. Die nehmen alles auseinander und prüfen, ob dort Leute im großen Stil schwarz beschäftigt werden. Sagen Sie mir, dass das nicht wahr ist. In welcher Bananenrepublik leben wir? Weil einem Buchhalter ein winziger Irrtum unterlaufen ist, rollt die ganze Staatsmacht an. Und nach Gaarden traut sich niemand hinein.«

»So ist es nicht, Herr Silberstein. Jeder hat sich vor dem Gesetz zu verantworten —«

»Raus!«, brüllte Silberstein und zeigte auf die Bürotür. »Ich will mit alldem nichts mehr zu tun haben. Offenbar muss man hier alles selbst in die Hand nehmen, weil die Behörden nicht mehr dazu in der Lage sind.« Er war aufgesprungen. Sein Kopf war puterrot. Noch einmal schrie er mit sich überschlagender Stimme: »Raus!«

Der Mann war nicht mehr erreichbar. Achselzuckend verließ Lüder das Büro. Es war ein Spießrutenlaufen, bis er das Gebäude verlassen hatte. Es schien ihm, als würden ihn alle Mitarbeiter des Unternehmens hasserfüllt mit ihren Blicken verfolgen.

Nachdenklich kehrte er ins LKA zurück. Dort erfuhr er, dass die Staatsanwaltschaft die sterblichen Überreste Shimon Rosenzweigs freigegeben hatte. Den Angehörigen sollte weiteres Leid erspart bleiben. Man hatte ihnen verschwiegen, in welchem Zustand sich der Leichnam befand.

Dr. Starke informierte ihn, dass es gelungen war, die Eltern davon abzuhalten, ihren Sohn noch einmal zu sehen. Lüder war froh, dass diese schwierige Mission jemand anders übernommen hatte. Die Beteiligten wurden zudem verpflichtet, keine Informationen an Dritte, insbesondere an die Medien, weiterzugeben. Hoffentlich wurden die nicht von den Mördern gestreut, dachte Lüder.

Die Sonderkommission arbeitete mit unvermindertem Druck. Man verhörte Zeugen, ging Hinweisen nach, wertete Spuren aus. Niemand zweifelte daran, dass die Morde an dem jüdischen Jungen und an Rabbiner Feigenbaum von den Extremisten aus dem Umfeld der Nur-al-Din-Moschee begangen worden waren.

Am frühen Nachmittag kam es zu einem ersten Fahndungserfolg. Frau Dr. Braun meldete sich bei Lüder.

»Wissen Sie eigentlich zu würdigen, was meine Mitarbeiter derzeit leisten?«

Lüder bestätigte es. Ohne Unterstützung der Kriminaltechnik wären manche Spuren unentdeckt geblieben, und es würde ihnen an gerichtsfesten Beweisen mangeln.

»Sie haben im Alleingang die beiden Täter in der Moschee dingfest gemacht? Da haben Sie viel riskiert. Das hätte auch ein Fehlschlag sein können«, begann die Wissenschaftlerin. Es klang anerkennend. »Einer soll Hasim el-Badr heißen.«

»Der wird von seinem Heimatland Algerien mit internationalem Haftbefehl wegen terroristischer Aktionen gesucht.«

»Ich bin kein Jurist, aber die Auslieferung dürfte sich erledigt haben. Wer weiß, welche Verhältnisse in Algerien herrschen, wenn er wieder freikommt. Erinnern Sie sich, welche Schuhe er trug, als Sie ihn festgenommen haben?«

Lüder verneinte es. Auf Schuhe zu achten – das war typisch für eine Frau.

»Wie gut, dass er offenbar nicht so viele Paare im Schrank hat wie andere. Schuhgröße und Profil passen zu Abdrücken, die die Spurensicherung auf der Baustelle in Dietrichsdorf gefunden hat. El-Badr hat sich dort aufgehalten, als der Rabbiner gehängt wurde. Nicht nur das. Wir haben auch DNA-Spuren von el-Badr gefunden, und zwar an dem Strick, mit dem Dr. Feigenbaum gefesselt war.«

Lüder war sprachlos. »Stimmt das wirklich?«, fragte er nach und ärgerte sich augenblicklich über seine rhetorische Frage. Prompt kam die Erwiderung.

»Meinen Sie, ich scherze bei solchen Themen?«

Das hieß, es war gelungen, einen der Mörder zu identifizieren. Das war ein Durchbruch in mehrfacher Hinsicht. Damit war die Täterschaft der Islamisten bewiesen. Gegen diese Beweise waren auch Leugnen und Schweigen vergeblich.

»Frau Dr. Braun, ich könnte Sie ...« Lüder vollendete den Satz nicht.

»Danke, ich lehne ab«, erwiderte eine sichtlich erleichterte Leiterin der Kriminaltechnik.

Edith Beyer war überrascht, als Lüder an ihr vorbei ins Zimmer des Kriminaldirektors lief. Er verzichtete auf das Anklopfen. Dr. Starke sah ihn erschrocken an. Dann überzog Röte sein Gesicht. Er hatte es nicht geschafft, den Finger rechtzeitig aus dem Nasenloch herauszubekommen. Bevor er sich über Lüders ungestümes Entern seines Büros echauffieren konnte, berichtete ihm dieser von den Neuigkeiten. Der Abteilungsleiter vergaß seinen Ärger.

»Ich werde mich sofort mit dem Staatsanwalt in Verbindung setzen«, sagte er, »und Haftbefehle für Saif ad-Dīn, also Mujahid Yassine, und Qassim al'Ab, den Imam, beantragen. Jetzt können wir endlich formell eine Fahndung auslösen. Das gilt auch für eine Razzia in der Moschee.«

Dr. Starke zeigte sich plötzlich kurz angebunden und drängte Lüder förmlich aus dem Büro hinaus. Lüder ahnte, weshalb. Der Kriminaldirektor würde jetzt die Leitung des LKA und weitere Stellen informieren, dass dem Polizeilichen Staatsschutz unter seiner Leitung ein entscheidender Schlag gegen die islamistische Szene in Gaarden gelungen war.

»Arschloch«, murmelte Lüder halblaut vor sich hin und musste Friedjof, der ihm auf dem Flur begegnete, versichern, dass er nicht gemeint war.

Im Nu breitete sich im LKA Euphorie aus.

»Eine Teilschlacht ist gewonnen«, jubelte ein jüngerer Mitarbeiter. »Jetzt packen wir es.« Es war, als hätte man am Nachmittag dem Kaffee in der Abteilung eine geballte Ladung Adrenalin zugesetzt.

Lüder war überrascht, als sich ein Anrufer meldete, der zunächst keinen Namen nennen wollte. Die Stimme hatte Lüder schon einmal gehört. Sie sprach ohne Akzent, hatte aber einen leicht harten Anklang.

»Ich habe einen Tipp für Sie«, sagte der Mann.

»Wollen Sie mir nicht Ihren Namen nennen?«

Es war eine Mobilfunknummer. Lüder ließ den Anrufer im Unklaren darüber, dass der Anschlussinhaber natürlich zu identifizieren war.

»Den kennen Sie doch.«

Lüder war sich nicht sicher. »Vom Vinetaplatz«, sagte er neutral.

»Na – sehen Sie.«

»Herr Gürbüz, der Gemüsehändler.«

»Ich kann es Ihnen nur persönlich sagen.«

Lüder ging darauf ein und fragte, wo sie sich treffen sollten.

»Kommen Sie nach Gaarden. Ich finde Sie. Heute Abend um acht Uhr.«

Gürbüz war schon bei Lüders erster Begegnung mit den Moscheewächtern plötzlich aufgetaucht. Warum strich der Gemüsehändler durch das nächtliche Gaarden? Gürbüz hatte sich als Muslim bekannt, war aber mit einer Deutschen verheiratet. Der Mann hatte also persönliche Beziehungen zu zwei Kulturen. Geert Mennchen hatte nicht geleugnet, dass der Verfassungsschutz einen Informanten im Viertel hatte. War Gürbüz der V-Mann? Warum nahm er dann Kontakt zur Polizei auf?

Außerdem konnte man nicht sicher sein, dass ein Treffen im nächtlichen Gaarden unbemerkt bleiben würde.

Lüder fiel der Vergleich mit den Ratten ein. Die huschten überall herum.

Er ließ es auf einen Versuch ankommen und rief beim Verfassungsschutz an.

»Ihr V-Mann hat sich bei mir gemeldet«, begann Lüder offensiv.

»Unser ... Das kann nicht sein.« Mennchen war sprachlos.

»Mit solchen Aussagen scherze ich nicht.«

Der Regierungsamtmann stellte Lüders Behauptung in Frage. Lüder erklärte, dass der Anrufer ihm einen Tipp geben wolle, aber nur bei einem persönlichen Treffen.

Mennchen ging nicht darauf ein. »Das ist ein Fake«, sagte er bestimmt. »Unser Mann ist potenziell gefährdet. Solche Nachlässigkeiten kann er sich nicht erlauben. Das wäre tödlich.«

»Es klang nicht wie ein Scherz. Der Anrufer meint es ernst.«

»Woher wollen Sie wissen, dass es unser Mann ist? Hat er sich geoutet?« Eine leichte Unsicherheit konnte Mennchen nicht verbergen.

Lüder durfte nicht behaupten, dass Gürbüz sich zu erkennen gegeben habe. So leichtsinnig würde ein V-Mann nicht sein. Das wusste auch Mennchen.

»Unterschätzen Sie uns nicht«, wich Lüder aus.

»Ich weiß um Ihre Fähigkeiten. Dennoch würde es mich überraschen.«

Lüder schlug Mennchen vor, an dem konspirativen Treffen teilzunehmen. »Kommen Sie auch nach Gaarden.«

»Bei Nacht? In irgendeiner dunklen Ecke? Das ist nicht meine Aufgabe.« Unverkennbar war das leichte Gruseln herauszuhören. Der Regierungsamtmann war ein reiner Schreibtischtäter. »Wo soll das Treffen stattfinden?«

Jetzt war Lüder überrascht. Was ging hier vor? Mennchen war lange genug im Geschäft, um das Pokern zu beherrschen. Mit dieser Frage hatte er verraten, dass die Dinge an ihm vorbeiliefen.

»Wir beide treffen uns um Mitternacht auf dem Vinetaplatz«,

sagte Lüder und lächelte dabei. »Sie erkennen mich am dreimaligen Aufglühen der Zigarettenglut.«

»Bleiben wir ernsthaft. Und seien Sie vorsichtig. Nicht jeder ist das, was er vorgibt zu sein.«

Natürlich hatte Mennchen recht. Lüder war den unterschiedlichen Interessengruppen in Gaarden ein Dorn im Auge. Das hatte man ihm deutlich kundgetan. Der Anschlag auf sein Haus, die handfesten Drohungen der Islamisten, und auch Silberstein hatte sich distanziert. Margit würde behaupten, Lüder sitze zwischen allen Stühlen.

Er spielte kurzfristig mit dem Gedanken, Große Jäger aus Husum um Unterstützung zu bitten. Wenn er bei Dr. Starke vorstellig werden würde, müsste Lüder viel erklären. Andererseits war er sich nicht sicher, unter welcher Beobachtung er stehen würde, wenn er Gaarden betrat.

Da war es wieder: das Bild von den Ratten. Sie würden in irgendwelchen Löchern hocken und die Zugänge nach Gaarden kontrollieren. Konnte er Gürbüz vertrauen? War es eine Falle? Oder eine Chance, an wichtige Informationen zu gelangen?

Lüder entschied, das Treffen wahrzunehmen. Er schrieb einen Text auf seinem Rechner und fasste kurz den Inhalt des Anrufs von Ömer Gürbüz zusammen. Er ergänzte, dass er um zwanzig Uhr mit dem Gemüsehändler in Gaarden verabredet sei. Den Text druckte er aus, ohne ihn auf dem Rechner gespeichert zu haben, legte ihn in einen Umschlag, den er verschloss und auf dem er vermerkte, dass der Inhalt eine Terminsache sei, die frühestens am Folgetag geöffnet werden dürfe. Das Kuvert legte er in seine Schreibtischschublade.

Er prüfte noch einmal seine SIG Sauer und machte sich auf den Weg zur Bushaltestelle. Er entschloss sich, um Gaarden herumzufahren und den Stadtteil von Norden aus zu betreten. Wenn man ihn erwarten würde, dann nicht von dieser Seite.

Seine Anspannung wuchs, je weiter sich der Bus Gaarden näherte. Am Hauptbahnhof wurde es voll. Junge Leute, Ehepaare, Frauen mit Taschen stiegen ein. Der Mehrheit war anzusehen, dass sie einen Migrationshintergrund besaß. Lüder hütete sich davor, etwas zu typisieren, aber das Publikum auf dieser Linie war ein anderes als in Bussen mit anderen Zielen.

An der Haltestelle Howaldtswerke-Deutsche Werft verließ er den Bus und schlug einen Bogen um die verlassen daliegende Technische Fakultät der Universität. Auf der anderen Straßenseite erstreckte sich das Dunkel des Werftparks, tagsüber ein beliebtes Naherholungsgebiet. Um diese Zeit würde es keinen vernunftbegabten Menschen in den Park ziehen.

Wenig später begann die Wohnbebauung. Triste Mietskasernen säumten die Straße. Die Kaiserstraße, an deren anderem Ende die Moschee lag, war mit Autos zugeparkt. Nur selten bahnte sich ein Fahrzeug den Weg durch die Häuserschluchten. Fußgänger waren keine zu sehen. Die Fenster waren erleuchtet. Man sah das bläuliche Flimmern der Fernsehgeräte. So verschiedenartig die Menschen waren, die hinter den Fenstern lebten, so unterschiedlich waren auch die Gardinen. Lüder sah Fenster, in denen sorgfältig arrangierte Stoffe den Bewohnern einen Hauch Behaglichkeit schenkten. In anderen hingen notdürftig befestigte Stofffetzen. Es gab auch Fenster, die den Einblick in kahle Räume gestatteten, an deren Decken nur eine Lampenfassung kaltes Licht abgab.

Lüder teilte seine Aufmerksamkeit zwischen dem Studieren der Fassaden und dem Sondieren der Straße. Er ging langsam und versuchte, sich möglichst im Schatten der Hauswände zu bewegen.

Nichts war zu sehen. Zum Glück regnete es nicht, obwohl eine dichte Wolkendecke das Licht schluckte. Nur die spärliche Straßenbeleuchtung erhellte die Häuserschluchten. Lüder schrak auf, als eine Katze aus dem Dunkel auftauchte, kurz stehen blieb und ihn aus grünen Smaragdaugen anstarrte, um dann mit durchgebogenem Rücken unter einem parkenden Auto abzutauchen.

Lüder warf im Vorbeigehen auch einen Blick in die Fahrzeuge. War es Vorsicht oder der Anflug einer Paranoia?, fragte er sich.

Seine Gedanken schweiften kurz zum Sacco-Syndrom ab, einer Psychose, die von bedrohlichen religiösen Gedankeninhalten gespeist wird. Karl Jaspers hatte festgestellt, dass die Angst vor

Bestrafungen im Jenseits heute wieder die häufigste Ursache für diese Erkrankung ist. Der Theologe Eugen Drewermann, hatte Lüder gelesen, meinte, dass sie Krankheit und Wahnsinn bewirke. Gleich ob es die Islamisten oder die Evangelikalen waren – sie alle injizierten Gift in die Köpfe und Seelen der Menschen.

Plötzlich verharrte Lüder, als er hinter einem Sperrmüllhaufen auf der anderen Straßenseite eine Bewegung wahrnahm. Er duckte sich in einen Hauseingang. An der Hausfront wuchs der Schatten eines Menschen empor. Ganz langsam. Er wurde größer.

Schließlich tauchte die Gestalt hinter dem Haufen Unrat auf, blieb stehen und zog den Kopf zwischen den Schultern ein, bis er fast vollständig im hochgeschlagenen Kragen verschwand. Die Hände des Mannes senkten sich in die Hosentasche und kamen wieder zum Vorschein. Dann hantierte er mit irgendetwas, das Lüder nicht erkennen konnte. Plötzlich fuhren die Hände zum Gesicht empor. Ein Feuerzeug flammte auf, anschließend glomm die Glut einer Zigarette. Dann setzte der Mann seinen Weg fort, ohne Lüder bemerkt zu haben.

Lüder ging weiter, bog in die Wikingerstraße ab und näherte sich dem Vinetaplatz. Als er den Zugang zu Gaardens Zentrum erreicht hatte, blieb er stehen und suchte die Deckung des Eingangs zum »Schnitzel & Steak-House Schlemmerland« auf. Wie zum Hohn prangte über der Tür ein Schild »Willkommen«. Statt Gastlichkeit verbarg sich hinter der Tür ein weiterer Leerstand.

Lüder suchte den Platz ab, konnte aber nichts entdecken. Ein älteres Paar tauchte auf und schleppte sich mehr, als dass es ging, quer über den Platz. Es dauerte weitere zehn Minuten, bis Lüder ein undeutliches Gemurmel hörte, das zu einem unartikulierten Gebrabbel anschwoll.

Dann sah er einen Mann in abgerissener Kleidung, der aus Richtung Elisabethstraße kam und torkelte. Er hatte Lüder nicht entdeckt und schwankte weiter zur Ostseite des Platzes, wo ein hell erleuchtetes Schild den Weg zu einer Kneipe namens »Marktklause« wies.

Lüder sah dem Angetrunkenen hinterher, als plötzlich wie aus dem Nichts Gürbüz neben ihm auftauchte.

»Hi«, grüßte der Türke.

»Moin. Sind Sie immer als Geist unterwegs?«

»Wenn ich auf meinem Marktstand bin, möchte ich, dass mich alle Leute sehen und hören. Das ist mein Geschäft. In einer Situation wie dieser ist man besser unsichtbar. Nahezu«, schränkte er ein.

»Sind Sie allein?« Lüder streckte den Kopf hinter dem Hauseingang hervor und sah an der Häuserfront entlang. Nichts.

»Natürlich.«

»Was wollen Sie mir mitteilen? Ist es so geheimnisvoll, dass Sie es mir nicht am Telefon anvertrauen konnten?«

»Ich will Ihnen etwas zeigen.«

Gürbüz wartete die Antwort nicht ab, sondern huschte auf leisen Gummisohlen eng an der Hauswand entlang voraus. Lüder fiel auf, dass sie den Platz nicht überquerten, sondern sich an der Seite entlangbewegten. Aus der Kneipe drangen laute Stimmen. Kein Gegröle, aber eine lautstark geführte Unterhaltung.

Lag es an der momentanen Situation in Gaarden, dass sich auffällig wenig Menschen im Freien bewegten?, dachte Lüder. Sie befanden sich im Herzen einer Großstadt. Sicher, das Wetter lockte die Menschen nicht aus den Häusern. Trotzdem war die Stille fast unheimlich.

Sie hatten die nächste Ecke des Platzes erreicht, und Gürbüz bog in die Medusastraße ein, an deren Ende Saif ad-Dīn wohnte. Lüder schloss zu Gürbüz auf, der mit leicht federndem Gang über das Pflaster lief. Ob der rätselhafte Gemüsehändler ihn zum Anführer der Scharia-Polizei bringen wollte? In Lüder schrillten plötzlich alle Alarmglocken.

»Wohin gehen wir?«, fragte er.

Gürbüz sah ihn nicht an. »Ich möchte Ihnen was zeigen.«

»Das sagten Sie schon. Ich will es wissen«, drängte Lüder.

»Saif ad-Dīn«, antwortete Gürbüz leise.

Lüder blieb wie angewurzelt stehen. »Ist das Ihr Ernst?«

»Sie suchen ihn doch.«

Der Türke wartete die Antwort nicht ab und verließ zu Lüders Überraschung die Medusastraße, um in die Iltisstraße abzubiegen. Medusa – Medusa, rief Lüder sich die griechische Mythologie in Erinnerung. Das war die strahlende Schönheit, die von Athene beim Liebesspiel mit Poseidon erwischt worden war und in ein Ungeheuer mit Schlangenhaaren, langen Eckzähnen, Schuppenpanzer, glühenden Augen und heraushängender Zunge verwandelt wurde. Ihr Anblick ließ jeden Mann zu Stein erstarren, so wie derzeit viele Bewohner Gaardens. Hier liefen im Augenblick viele Medusen herum.

Der Weg, den sie beschritten, führte sie von Yassines Wohnung fort. Natürlich hielt sich der Islamist nicht in seiner Behausung auf. Lüder hatte auch schon vergeblich die Wohnung observiert. Es musste weitere Unterschlupfe geben, die den Behörden nicht bekannt waren. Woher wusste Gürbüz von ihnen?

»Woher wissen Sie von seinem Quartier?«, fragte Lüder.

Der Gemüsehändler sah ihn nicht an, als er sagte: »Ich bin einer von hier. Ich kenne mich in Gaarden aus.«

Daran zweifelte Lüder nicht. Sie kreuzten die stärker frequentierte Helmholtzstraße. Kurz darauf blieb Gürbüz abrupt stehen und zeigte mit einem Finger auf ein Haus mit zerschrammter Haustür.

»Da verbirgt sich Saif ad-Dīn.«

»Sind Sie sich sicher?«

»Wissen Sie es besser?«

»Wer sind Sie?«, fragte Lüder.

»Das wissen Sie doch.« Gürbüz sah ihn für einen Moment erstaunt an.

»Sie wissen, wo sich Yassine versteckt hält. Warum verraten Sie es mir? Und dann auf so geheimnisvolle Weise?«

»Wenn ich Sie nicht hierhergeführt hätte, wäre ich nicht sicher gewesen, ob die Polizei nicht in einem Kommandounternehmen die Wohnung gestürmt hätte.«

»Weshalb zeigen Sie mir trotzdem den Unterschlupf?«

»Ich lebe hier. Und zwar gern. Ich arbeite hier. Meine Existenz, aber auch mein Herz hängen an Gaarden. Ich möchte, dass es hier wieder friedlich zugeht. Der Terror soll aufhören. Hier leben anständige Menschen, die nichts anderes wollen, als ihre Ruhe zu haben. Die sind nicht reich, es gibt hier vieles, was nicht schön ist, aber es müssen nicht auch noch Gewalt und Angst hinzukommen. Gleich, durch wen. Von welcher Seite auch immer. Deshalb brauche ich, brauchen wir, die Anständigen, Ihre Hilfe. Wir wollen nicht abwarten, bis sich die verschiedenen Terrorbanden und Extremisten gegenseitig ausgerottet haben. Wir wollen hier keinen Krieg. Deshalb!«

Das »Deshalb« klang trotzig und bestimmt zugleich. Plötzlich fuhr Gürbüz zusammen und ging hinter einem geparkten Fahrzeug in Deckung. Lüder hatte sich mit ihm geduckt. Fast gleichzeitig hatte er die drei Männer gesehen, die aus dem Torweg herauskamen. Während Gürbüz sich niederkauerte, versuchte Lüder, etwas zu erspähen.

Im fahlen Licht der Straßenbeleuchtung glaubte er den obersten Türwächter der Moschee erkannt zu haben. Dulamah hatten ihn die anderen genannt. Der zweite Mann in seiner Begleitung war der Aufpasser, der Lüder gefolgt war und dem er das Handy abgenommen hatte. Beide waren dunkel gekleidet und trugen Lederjacken. Es wirkte fast wie eine Uniform. Im Unterschied zu ihnen war der dritte in ein langes weißes Gewand gehüllt, dazu trug er auf dem Kopf eine Art Fes, allerdings ohne Quaste.

Lüder glaubte, den Mann erkannt zu haben. Der Hassprediger, Imam Qassim al'Ab, war nicht dabei.

»Das ist Saif ad-Dīn«, bestätigte Gürbüz in diesem Augenblick.

Die drei Männer sahen sich misstrauisch um. Die beiden Moscheewächter schienen als Leibwächter zu fungieren. Sie suchten mit ihren Blicken die stille Straße ab. Dann machte sich das Trio auf den Weg Richtung Kirchenweg.

Lüders Herz pochte. Er hatte die Witterung aufgenommen und versuchte, von einem geparkten Fahrzeug zum nächsten zu schleichen. Immer wieder blickten sich Yassines Begleiter um, sahen über die Schulter und zu Lüders Straßenseite herüber.

Sie hatten erst zehn Meter oder zwei Fahrzeuglängen zurückgelegt, als Gürbüz, der Lüder nicht gefolgt war, in ein lautes

Husten verfiel. In der stillen Straße klang es schauerlich. Sofort blieben die Männer stehen. Lüder sah, wie die Hände der beiden Wächter instinktiv in die Lederjacken tauchten und mit Pistolen wieder hervorkamen. Sie hatten Saif ad-Dīn in die Mitte genommen und schirmten ihn ab.

Suchend sahen sie sich um. Es wirkte, als würden sie die Straße scannen. Dann hatten sie Lüder entdeckt, der ebenfalls seine SIG Sauer gezogen und durchgeladen hatte. Sie wandten sich ihm zu, die Waffen am fest durchgestreckten Arm auf ihn gerichtet. An der Art, wie sie mit den Pistolen umgingen, war zu erkennen, dass sie eine gute Ausbildung genossen hatten. Die beiden waren keine Anfänger.

Lüder blieb in Deckung.

»Bleiben Sie, wo Sie sind«, rief er den Moscheewächtern zu und sah aus den Augenwinkeln, dass sich Gürbüz mit einem Sprint in die entgegengesetzte Richtung entfernte.

Die beiden Männer zögerten einen Moment und sahen sich kurz an. Dann trennten sie sich. Dulamah blieb stehen, während der andere langsam in Richtung Helmholtzstraße schlich und nach fünfzehn Metern die Straße überquerte. Er blieb in Deckung zwischen zwei geparkten Autos.

Lüder wechselte ständig den Blick zwischen den beiden Männern, er befand sich jetzt in einer kritischen Position. Was hatten die Islamisten vor? Würden sie es wagen, ihn mit Pistolen anzugreifen? Oder würden sie versuchen, ihn anders zu überwältigen? Sie hatten bewiesen, dass sie nicht vor der Anwendung von Gewalt zurückscheuten. Lüder wog ab, welche Möglichkeiten ihm blieben. Ein Feuergefecht wäre sinnlos. Darauf wollte er es nicht ankommen lassen.

Bis zur nächsten Querstraße waren es vielleicht einhundert Meter. Wenn er aufspringen und dorthin sprinten und dabei das Überraschungsmoment nutzen würde, wäre sein Vorsprung vielleicht so groß, dass er entkommen könnte. Im Kirchenweg war zu dieser Tageszeit auch nicht viel Verkehr. Auf Hilfe konnte er nicht hoffen. Außerdem wusste er nicht, ob er schnell genug war, den Männern zu entkommen.

Dulamah, der ihm gegenüber auf der anderen Straßenseite stand, hatte die Waffe immer noch auf ihn gerichtet. Natürlich wusste Lüder, dass es schwer war, aus einer Distanz von mehr als zehn Metern ein bewegliches Ziel, also ihn, mit der Pistole zu treffen. Das schloss aber nicht aus, dass ihn ein Zufallstreffer niederstrecken könnte.

Es war eine fatale Lage. Dulamah setzte sich in Bewegung und überquerte bedächtig die Straße. Schritt für Schritt.

»Bleiben Sie stehen«, forderte Lüder ihn auf. Er wollte den Mann nicht reizen und verzichtete auf den Zusatz: »Oder ich schieße.« Das hätte die beiden möglicherweise veranlasst, ihrerseits das Feuer zu eröffnen.

Lüder sah, wie sich der »Handymann« eine Fahrzeuglänge dichter an Lüder herangepirscht hatte. Die Lage wurde immer bedrohlicher.

Lüder entschloss sich, in die Offensive zu gehen. Er rief: »Legen Sie Ihre Waffen weg. Ich bin von der Polizei. Die Verstärkung ist unterwegs. Sie haben keine Chance.«

»Polizei?«, hörte er den Handymann aus der Deckung höhnisch fragen. »Die überfällt keine Bürger und bestiehlt sie.«

Lüder kontrollierte kurz, ob der Mann noch dichter herangekommen war.

»Dulamah«, rief Lüder und bemerkte, wie der Mann in der Straßenmitte erstarrte. »Hat dir dein Gehilfe erzählt, dass er sein Handy mit den wichtigen Informationen an die Behörden übergeben hat?«

Offenbar war das nicht der Fall gewesen. Dulamah wirkte einen kurzen Augenblick ratlos. Jetzt schaltete sich Saif ad-Dīn ein, der auf der anderen Straßenseite hinter einem Fahrzeug Schutz gesucht hatte. Er rief mit einer dünnen Stimme irgendetwas auf Arabisch. Für einen kurzen Moment war es still. Dann antwortete der Handymann. Die Stimme hatte keinen festen Klang, auch wenn Lüder den Inhalt nicht verstand.

Yassine antwortete, und es entspann sich ein Dialog, in den sich jetzt auch Dulamah einmischte.

»Euer Freund ist unvorsichtig«, schürte Lüder den Zwist, der offenbar entbrannt war. »War es Dummheit oder Absicht, dass er uns die Informationen zugespielt hat?«

Saif ad-Dīn sprang zuverlässig wie ein deutscher Dieselmotor auf das »zugespielt« an. Er klang zornig, als er etwas über die Straße rief. Im Unterschied dazu war von dem Handymann alle Forschheit gewichen. Der Dialog wurde immer heftiger. Er schien in einen Streit zu münden.

Für einen Moment sah es aus, als hätten die drei Islamisten Lüder vergessen. Saif ad-Dīn und Dulamah konzentrierten sich auf ihren Gefährten, der ziemlich kläglich zu argumentieren schien. Saif ad-Dīn rief wieder etwas über die Straße. Der Handymann stand auf und verließ seine Deckung. Er ging am vorletzten Fahrzeug entlang und wollte sich zwischen den Autos durchzwängen, um den Fußweg auf Lüders Straßenseite zu betreten. Dabei hielt er seine Pistole in Kopfhöhe schussbereit vor sich.

Lüder hatte nicht verstanden, was die Männer gesprochen hatten. Aus dem Tonfall konnte man ableiten, dass Saif ad-Dīn dem Handymann einen Befehl erteilt hatte. Lüder konnte sich vorstellen, dass der Moscheewächter unter Druck gesetzt worden war. Er sollte seine Ehre wiederherstellen, indem er Lüder erschoss.

Zielstrebig steuerte der Handymann auf Lüder zu. Ihn würde nichts aufhalten, war sich Lüder im Klaren. So funktionierten Selbstmordattentäter. Wie sollte er selbst reagieren? Warten, bis der andere schoss? Das könnte tödlich für Lüder ausgehen. Oder selbst als Erster abdrücken? Eigenschutz. Das würde großes Aufsehen erregen. Wenn die Polizei zur Waffe griff, rauschte es durch die Medien. Was hatte ein Polizist zu dieser Stunde in Gaarden zu suchen? Allein?

Auch Dulamah hatte seine Waffe auf Lüder gerichtet. An eine Flucht war nicht mehr zu denken. Lüder blieben nur Sekunden, eine Entscheidung zu treffen.

Plötzlich bellte eine Waffe auf. Es war nicht auszumachen, woher der Schuss kam. Dulamah drehte sich überrascht um. Als der zweite Schuss fiel, sprang der Chef der Moscheewächter mit einem Satz zwischen die Autoreihen auf der anderen Straßenseite, dort, wo Lüder Saif ad-Dīn vermutete. Der Handymann war nicht der Schütze gewesen. Lüder sah, wie der Islamist überrascht um sich blickte, um dann in Zeitlupe zusammenzusacken.

Hatte Saif ad-Dīn unbeobachtet auf ihn, den Versager, geschossen? Warum hatte sich Yassine zuvor nur verbal eingemischt? Die Lage war verworren. Aus den Augenwinkeln nahm Lüder etwa zehn Meter straßenabwärts eine Bewegung wahr. Wie ein Schatten tauchte eine dunkel gekleidete Gestalt auf. Dann eine zweite, die auf der anderen Straßenseite gelauert hatte. Die beiden Männer sprangen auf und rannten die Straße entlang Richtung Helmholtzstraße.

Diesen Augenblick der Verwirrung hatten Saif ad-Dīn und Dulamah genutzt, um auf der anderen Straßenseite in die entgegengesetzte Richtung zu flüchten. Gespenstische Stille breitete sich aus. Nichts rührte sich. Lüder warf einen Blick in die Höhe. Kein Bewohner sah aus dem Fenster. Niemand war zu sehen.

Er stand auf, umrundete das Auto, das ihm Deckung geboten hatte, und kniete sich zum Handymann nieder. Der Mann röchelte. Er lebte.

Lüder zog sein Mobiltelefon hervor und rief den Rettungsdienst an. Beim Stichwort »Schießerei in der Iltisstraße« würde die Leitstelle automatisch die Polizei mit benachrichtigen.

Nachdem er sich noch einmal vergewissert hatte, dass alle Angreifer geflüchtet waren, versuchte er, Erste Hilfe zu leisten. Der Handymann war von einem Geschoss am Hals getroffen worden, der zweite Einschuss befand sich – soweit Lüder es lokalisieren konnte – auf Höhe des Bauchnabels. Es blutete nur wenig.

Lüder beugte sich hinab und versuchte, dem Mann zuzusprechen. Es war vergeblich. Das Opfer reagierte nicht. Lüder konnte nichts für ihn tun. Mit Sicherheit gab es schwere innere Verletzungen. Deshalb verzichtete er auf eine Lageveränderung. Auch den Kopf wollte er nicht bewegen. Lüder zog seine Jacke aus und legte sie über den Mann. Dann wartete er auf den Notarzt.

Gefühlt verging eine Ewigkeit, bis der Rettungstransportwagen und das Notarzteinsatzfahrzeug eintrafen. Er atmete erleichtert auf, als sich die Rettungskräfte des Verletzten annahmen. Der Arzt kniete neben dem Opfer nieder. Dann wurde Lüder abgelenkt, als der erste Streifenwagen eintraf. Polizeiobermeister Herberts stutzte, als er Lüder erkannte.

»Sie schon wieder? Wo Sie sind, scheint es Action zu geben. Natürlich ist Gaarden ein heißes Pflaster, aber so wild ...«

»Ist Herr Sawitzki auch da?«, fragte Lüder, ohne auf Herberts' Spötterei einzugehen.

»Der ist fast immer im Dienst, aber heute hat er mal einen freien Tag. Wenn der gewusst hätte, dass Wyatt Earp vom LKA wieder zuschlägt, hätte er den Dienst sicher getauscht.«

»Wir müssen eine Fahndung einleiten«, sagte Lüder und gab die Daten von Saif ad-Dīn und die Beschreibung von Dulamah an die Leitstelle durch. »Außerdem werden als Tatbeteiligte zwei dunkel gekleidete Männer gesucht.« Dann beschrieb er die Fluchtrichtung.

»Das ist aber präzise«, erwiderte der Beamte in der Leitstelle mit vor Hohn triefender Stimme. »Sollen wir jeden männlichen Passanten anhalten lassen?«

»Quatschen Sie nicht so viel, leiten Sie es in die Wege«, sagte Lüder kurz angebunden.

Natürlich war die Beschreibung unpräzise, aber mehr Anhaltspunkte hatte er nicht. Dann schickte Lüder den zweiten inzwischen eingetroffenen Streifenwagen auf die Suche nach Saif ad-Dīn und Dulamah.

»Versuchen Sie es Richtung Nur-al-Din-Moschee«, sagte er. »Zumindest einer der Flüchtigen ist auffallend gekleidet.«

»So einer im Nachthemd?« Der jüngere Beamte grinste und setzte sich in den Streifenwagen.

Die Beamten wendeten ihr Fahrzeug.

»Sollen wir uns nach Zeugen umhören?«, schlug Herberts vor.

»Aussichtslos.« Lüder zeigte auf die Häuserfront. »Sie werden niemanden finden, der etwas gesehen hat. Die haben alle Angst.«

Herberts fragte nach, was hier geschehen sei.

»Eine Schießerei zwischen zwei Tätergruppen«, sagte Lüder ausweichend.

Er wehrte auch Herberts' weitere Fragen ab. Die würden ihm die Beamten vom Kriminaldauerdienst noch mal stellen, die dazustießen. Die Rettungskräfte hatten das Opfer inzwischen in den Rettungswagen umgebettet. Die Tür stand offen. Lüder warf einen Blick in das Wageninnere und sah, wie der Notarzt und der Notfallsanitäter routiniert, aber ohne Hektik um das Überleben des Mannes kämpften.

Herberts tauchte neben Lüder auf.

»Wie sieht's aus?«, rief er.

»Nicht gut«, erwiderte der Arzt.

Niemand hakte nach.

Endlich traf der Kriminaldauerdienst ein. Lüder kannte den Einsatzleiter vom Ansehen und schilderte knapp das Geschehen.

»Haben Sie auch geschossen?«, wollte der Hauptkommissar wissen.

Lüder verneinte.

Der Beamte entschuldigte sich und erklärte umständlich, dass er Lüders Waffe sicherstellen müsse. Das entsprach den Regeln.

Während sie auf die Spurensicherung warteten, fand Lüder Zeit, sich die Ereignisse noch einmal ins Gedächtnis zu rufen. Viele Fragen tauchten auf. Er hatte noch keine Antwort darauf gefunden, woher Gürbüz den Aufenthaltsort der Islamisten kannte. War der Gemüsehändler wirklich der geheimnisvolle V-Mann des Verfassungsschutzes? Hatte Gürbüz ihn in eine Falle gelockt und den drei Angreifern durch seinen – angeblichen – Hustenanfall einen Hinweis gegeben? Dem stand entgegen, dass Saif ad-Dīn und seine Leibwächter offenbar nicht im Vorhinein von Lüders Gegenwart gewusst hatten.

Und wer waren die schwarz gekleideten Männer gewesen, die Lüder unterstützt hatten? Sawitzki hatte von ihnen gesprochen. Und Silberstein hatte auch vage Andeutungen gemacht. Lüder glaubte nicht, dass die schwarzen Männer vom Thor-Bund kamen. Und geheimnisumwitterte ausländische Mächte waren auch nicht am Werk.

Rätselhaft war auch, dass es kein Feuergefecht zwischen den Islamisten und den schwarzen Männern gegeben hatte. Die

Männer hatten es gezielt auf den Handymann abgesehen und waren Lüder damit zu Hilfe gekommen. Es war kein Schuss auf Dulamah oder Saif ad-Dīn abgegeben worden, obwohl Dulamah mitten auf der Fahrbahn gestanden und ein unübersehbares Ziel geboten hatte. Es schien, als wenn die schwarzen Männer nur bestrebt gewesen wären, Lüder zu retten und Gefahr von ihm abzuwenden.

Merkwürdig. Wer waren diese Leute? Wer mischte hier noch mit? Verfassungsschützer? Nein, dachte Lüder. Die laufen nicht bewaffnet herum.

Noch einmal kehrten seine Gedanken zu Gürbüz zurück. Hatte der Gemüsehändler Hilfe herbeigerufen? Das war kaum möglich in der Kürze der Zeit. Folglich mussten die schwarzen Männer Lüder und Gürbüz gefolgt sein. Oder sie kannten das Versteck Saif ad-Dīns und seiner Männer, hatten es observiert und eingegriffen, als die Situation zu eskalieren drohte.

Eine unfassbare Idee tauchte in Lüder auf. In Mexiko und Südamerika gab es Polizeieinheiten, die als schwarze Todeskommandos Jagd auf Drogenhändler und andere Verbrecher machten, denen mit legalen Mitteln nicht beizukommen war. Man ermordete die tatsächlichen oder vermeintlichen Täter.

Sawitzki hatte Lüder oft sein Leid geklagt, dass es Polizisten im 4. Revier gab, die nur noch frustriert waren, weil sie vor einer unlösbaren Aufgabe in Gaarden standen und keine Unterstützung von der Politik erfuhren. Aufmunternde Worte waren wenig hilfreich. Sawitzki, so schien es Lüder, war immer im Dienst.

Ausgerechnet heute hatte er frei. Wussten die schwarzen Männer, wer Lüder war? Sie mussten Profis sein, da sie die gefährliche Entwicklung der Situation erkannt hatten und im richtigen Moment eingeschritten waren. Konnte es sein, dass …? Lüder wagte nicht, den Gedanken zu Ende zu spinnen.

Inzwischen war die Spurensicherung eingetroffen. Lüder bestand darauf, dass man bei ihm Kontrollabzüge an den Fingern und den Ärmeln vornahm und ihn auf Schmauchspuren prüfte. So konnte er auch dem eventuellen Vorwurf, mit einer anderen als der Dienstwaffe geschossen zu haben, begegnen.

Er wies die Männer ein, von wo aus geschossen worden war und wo sie suchen müssten.

Den Leiter des Kriminaldauerdienstes informierte er über die Existenz einer konspirativen Wohnung. Der Hauptkommissar wollte die genaue Lage wissen. Lüder bedauerte, dass er das nicht wisse. Die Suche danach sollten andere übernehmen.

Dann rief er ein Taxi und ließ sich nach Hause bringen.

Zehn

Bevor Lüder das LKA erreichte, hatte er aus den Nachrichten erfahren, dass das Opfer der mysteriösen Schießerei in der vergangenen Nacht seinen Verletzungen erlegen war.

Er schloss sich in seinem Büro ein und versuchte, den Bericht über die Vorgänge in Gaarden zu schreiben. Es war eine Herausforderung. Er wollte nicht alles offenlegen, durfte aber auch keine grundlegenden Fakten unerwähnt lassen oder gar Falsches schreiben. Man war in solchen Dingen unnachsichtig, wenn das herauskäme. Zu Recht.

Niemand hatte ihn bisher darauf angesprochen. Das war merkwürdig. Die Blicke der Kollegen, die ihm auf dem Flur begegneten, sprachen Bände. Lüder feilte an den Formulierungen, verwarf sie und holte sie dann doch zurück. Er wusste, dass man im Zweifelsfall jede Silbe hinterfragen würde. Vor allem würde man Antworten fordern auf Fragen, die er sich gestern selbst gestellt hatte.

Dr. Starke kam in Lüders Büro gestürmt und wedelte mit einem Blatt Papier. »Waren Sie das?«

»Wenn Sie mir sagen, um was es geht, könnte ich Ihnen antworten.«

Silbersteins Anwalt hatte das Papier verfasst und der Leitung des Landeskriminalamts zukommen lassen. Dort wiederholte Silberstein noch einmal, was er Lüder am Vortag vorgeworfen hatte. Allerdings war er nicht auf den Vorwurf eingegangen, er habe Mitarbeiter schwarz beschäftigt. Stattdessen wurde, wenn auch in Anführungszeichen, von »stasiähnlichen Methoden« gesprochen.

»Das hat ein Jurist verfasst«, stellte Lüder fest. »Daraus kann man nichts ableiten, was man Silberstein anhängen könnte. Ich finde, man sollte es ohnehin nicht zu hoch bewerten. Nach all dem, was in den letzten Tagen passiert ist, kochen die Emotionen hoch.«

»So einfach können wir das nicht zur Seite legen, Herr Lüders. Haben Sie den Zoll losgehetzt? Musste das sein?«

Lüder berichtete, dass die Initiative von der Dienststelle vor Ort ausgegangen war.

»Und die Kollegen dort haben korrekt gehandelt«, ergänzte er und rief Frau Timmermanns an.

Die zeigte sich verunsichert und wollte wissen, ob sie sich falsch verhalten habe. »Der Zoll hat Anhaltspunkte gefunden, dass in dem Reinigungsunternehmen Mitarbeiter offenbar im großen Stil schwarz beschäftigt wurden. Das war kein Einzelfall, sondern hatte Methode. Die Schwarzarbeiter rekrutierten sich fast ausnahmslos aus Asylbewerberkreisen. Ich kann Ihnen aber nicht sagen, wer die Meldung an die Presse lanciert hat. Hier war es keiner. Sie finden einen Bericht im Online-Auftritt der Boulevardzeitung.«

Dr. Starke war dem Telefonat über die Mithöreinrichtung gefolgt. »Irgendjemand muss es doch an diesen sogenannten Journalisten ...«

»Sie meinen Leif Stefan Dittert«, fügte Lüder ein.

»... durchgestochen haben. Oder waren Sie das?« Er sah Lüder aus zusammengekniffenen Augen an.

»Auf so etwas antworte ich nicht.«

Der Abteilungsleiter ruderte zurück und sagte, so sei es auch nicht gemeint gewesen, bevor er wieder verschwand.

Lüder rief den Beitrag auf und las, dass offenbar auch in der Krise gewissenlose Unternehmer nicht davor zurückscheuten, ihrem Profit über alle moralischen Grenzen hinweg nachzujagen. Dittert spannte geschickt den Bogen, ohne den Namen Silbersteins zu erwähnen, indem er darauf verwies, dass Israel Zäune baute, um sich von seinen arabischen Nachbarn abzugrenzen, und zur Sicherheit seiner Bürger auch vor harten Verteidigungs- und Vergeltungsmaßnahmen nicht zurückschreckte, sich aber nicht scheute, seinen Bedarf an billigen Arbeitskräften aus den Reihen der Palästinenser zu decken. Dittert hatte nichts Falsches geschrieben, aber die Leute würden es ihren eigenen Ansichten entsprechend auslegen: Die Islamisten würden eine Unterdrückung durch die Israelis hineininterpretieren und die Rechtsradikalen jüdischen Unternehmern Ausbeutung vorwerfen. Dittert hatte mal wieder Öl ins Feuer gegossen.

Für Lüder war es eine willkommene Unterbrechung, als er Vollmers erreichte. Der Hauptkommissar war über die Schießerei in Gaarden informiert.

»Wissen Sie auch, ob die Razzia erfolgreich war?«

»Die hat noch nicht stattgefunden. Man hat die Wohnung noch nicht lokalisieren können. Bei dem Pulverfass, das Gaarden im Augenblick ist, kann das SEK nicht auf Verdacht in eine Wohnung stürmen und feststellen, dass es die falsche war. Seit heute Nacht ist aber der Bereich rund um den Tatort abgeriegelt. Niemand kommt hinein oder heraus. Außerdem wollte sich Ihre Abteilung um einen richterlichen Beschluss bemühen, damit das SEK dort hineinkann.«

Lüder ließ kurz den Finger auf die »Gabel« fallen, wählte anschießend das 4. Revier an und ließ sich mit Sawitzki verbinden.

»Sie hatten gestern frei?«, fragte er.

»Nein«, erwiderte der Hauptkommissar kurz angebunden. »Wer in Gaarden eingesetzt ist, hat nie frei.«

»Was wollen Sie damit sagen? Waren Sie inkognito unterwegs?«

»Glauben Sie Schreibtischpolizist, dass man seine Gedanken ebenso wie die Pistole im Waffenschrank ablegen und alles vergessen kann?«

»Wo waren Sie gestern Abend?«, fragte Lüder.

Für einen Moment war es still in der Leitung. »Was haben Sie gefragt?« Sawitzki klang atemlos.

Lüder wiederholte seine Frage.

»Was soll das heißen? Wo ich gestern war? Geht es Sie etwas an? Ich verstehe nicht ...« Der Hauptkommissar stutzte. »Sie meinen ...? Wollen Sie mir etwa in die Schuhe schieben, dass ich an der Schweinerei gestern beteiligt gewesen war? Ja – sind Sie noch ganz dicht? Wie abgehoben muss man sein, um solch eine bescheuerte Frage zu stellen? Mensch! Wir reißen uns hier den Arsch auf. Jeder von uns riskiert seine Gesundheit. Und dann kommt so ein Laffe wie Sie daher und fragt: ›Wo waren Sie gestern Abend?‹«

Sawitzki hatte versucht, beim Wiederholen der Frage Lüder nachzuäffen.

Lüder ließ sich durch Sawitzkis Aufgebrachtheit nicht irritieren. »Sie gehören zur *company* und kennen die Spielregeln.«

»Natürlich. Aber *solche* Fragen werden der anderen Seite gestellt. Ich bin Polizist. Mit Leib und Seele, sonst hält man das nicht aus. Sonst ...«

Lüder wartete einen Augenblick.

»Was, sonst?«, fragte er lauernd.

»Mir reicht es.« Sawitzki schrie ins Telefon. »Ich weigere mich, weiter mit Ihnen zusammenzuarbeiten. Was ist das für eine Scheiße! Da hilft man, und dann ... Glauben Sie nicht, dass meine Leute und ich noch einen Finger für Sie und Ihresgleichen krumm machen werden. Das lass ich mir nicht gefallen. Ende der Fahnenstange. Aus. Vorbei. Finito.« Dann ertönte das Freizeichen im Hörer.

Meine Leute und ich werden keinen Finger mehr für Sie krumm machen. Diese Bemerkung ließ Lüder nicht los. Nachdenklich starrte er auf den Telefonhörer. Hatte Sawitzki Dank erwartet? Die schwarzen Männer hatten Lüder gerettet. Er war nicht sicher, ob die Aktion andernfalls für ihn gut geendet hätte. Das war eine Tatsache. Trotzdem war es inakzeptabel, wenn Polizisten sich als schwarze Gang betätigten und das Gesetz in die eigenen Hände nahmen. Es war eine vertrackte Situation – auch für ihn persönlich. Er hatte selbst an manchen Stellen den schmalen Grat der Legalität überschritten. Trotzdem heiligte der Zweck nicht alle Mittel.

Er erhob sich schwerfällig und suchte andere Beamte der Abteilung auf, die in der Sonderkommission mitarbeiteten. Die Suche nach dem »Mann mit dem Nachthemd«, wie ein jüngerer Kollege Saif ad-Dīn umschrieb, und dessen Begleiter war am gestrigen Abend erfolglos geblieben.

Der junge Kommissar stand auf und ging zu einem Kieler Stadtplan, der an der Wand hing. Mit seinem Kugelschreiber als Zeiger zog er einen imaginären Kreis um den Standort der Moschee.

»In diesem Umfeld müssten die beiden untergekrochen sein.«

Lüder hatte Zweifel. »Sie könnten auch in einer der Seitenstraßen ein Auto geparkt haben. Woher wollen wir das wissen? Wir müssen Zeugen finden. Es muss doch möglich sein, in Gaarden unter den fast achtzehntausend Bewohnern ein paar Leute auszumachen, die etwas gesehen haben.«

»Da sind Hunderte von Polizisten unterwegs gewesen«, übertrieb der Kommissar. »An den meisten Türen wurde ihnen gar nicht geöffnet. Die Bewohner wussten im Vorhinein, wer da klingelte. Und Passanten, die angesprochen wurden, behaupteten fast immer, kein Deutsch zu verstehen.«

»Wissen Sie, ob man schon die Identität des Toten ermitteln konnte?«

Der Beamte schüttelte den Kopf. »Negativ. Aber daran wird gearbeitet. Jedenfalls findet er sich nicht in unseren Dateien. Das ist es, was manche Leute in Berlin oder München gesagt haben: Wir wissen nicht, wer alles zu uns gekommen ist. Mit Sicherheit sind unter den Millionen, die ins Land geströmt sind, auch ein paar faule Eier dabei.«

Lüder winkte ab, drehte sich um, verließ den Raum und kehrte in sein Büro zurück. Er wollte keine politischen Diskussionen führen.

Frau Dr. Braun reagierte gereizt, als Lüder sie anrief. Er versicherte ihr, wie wichtig die Arbeit der Kriminaltechnik sei und dass ohne deren Unterstützung viele Straftaten den Tätern nicht nachzuweisen seien.

»Sparen Sie sich Ihre Lobpreisungen«, sagte die Wissenschaftlerin. »Wir arbeiten nicht an der Belastungsgrenze, sondern sind schon lange darüber hinaus. Wissen Sie, was ein Sechzehn-Stunden-Tag ist? Für meine Mitarbeiter und mich wäre es fast eine Erholung. Wir sind alle mehr als erschöpft. Da grenzt es fast an ein Wunder, dass wir fündig geworden sind. Der Tote von der Schießerei gestern Nacht in Gaarden ... Seine DNA findet sich am Seil, mit dem der Rabbiner in Dietrichsdorf am Kran aufgehängt wurde. Danken Sie für diesen Hinweis Dr. Diether, der ebenfalls eine Nachtschicht eingelegt hat. Ihm waren Hautabschürfungen an den Handinnenflächen des Toten aufgefallen. Dr. Diether vermutete, dass sie von einem Seil stammen könnten, das durch die Hände rutscht und Spuren hinterlässt. Daraufhin haben wir die Untersuchung auf diesen Punkt ausgerichtet. Treffer.«

»Das ist wunderbar«, sagte Lüder. »Damit hätten wir einen zweiten Täter überführt, der am Mord an Rabbiner Feigenbaum beteiligt war.«

»Das ist noch nicht alles. Haben Sie sich das Video angesehen, das die Enthauptung des jüdischen Jungen zeigt?«

Lüder bestätigte es.

»Offenbar nur oberflächlich. Da gibt es eine Szene, in der das Opfer von seinen Mördern an den Schultern gepackt und aufgerichtet wird. An einer Hand ist auf dem zweiten Gelenk des Zeigefingers eine *verruca vulgaris* ...«

»Also eine gewöhnliche oder auch Stachelwarze«, warf Lüder ein.

»... in einer Größe zwischen einem Stecknadelkopf und einer Erbse zu erkennen. Die hat Dr. Diether auf der rechten Hand des Opfers von heute Nacht wiedergefunden.«

»Das bedeutet, der Mann war auch an der Enthauptung Shimon Rosenzweigs beteiligt.«

»Wenn Sie Juristen nicht immer alles in Zweifel ziehen würden ... ich würde behaupten: Ja!«

Lüder bedankte sich bei Dr. Braun, und sein Lob war ehrlich gemeint. Dann bat Dr. Starke zu einer Stabsbesprechung.

»Wir haben gute Fortschritte gemacht«, begann der Kriminaldirektor. »Ich bin zufrieden, wie Sie meine Ideen von Teamwork umgesetzt haben. Zumindest die Mehrheit von Ihnen.« Wie zufällig streifte dabei sein Blick Lüder. »Um Sie auf einen Level zu bringen, möchte ich die Ereignisse und Ergebnisse kurz zusammenfassen.« Der Abteilungsleiter trug die jüngsten

Resultate vor. »Ich habe das konsolidiert und mit dem Staatsanwalt gesprochen. Er teilte meine Auffassung, dass ein dringender Tatverdacht vorliegt. Vor wenigen Minuten haben wir die richterlichen Beschlüsse erhalten, dass wir eine Durchsuchung vornehmen können.«

»Beschlüsse? Plural?«, fragte Lüder nach.

Dr. Starke nickte. »Ja. Das MEK steht bereit. Außerdem ist eine Einsatzhundertschaft aus Eutin unterwegs. Wir werden in einer groß angelegten Operation die uns bekannte Wohnung Saif ad-Dīns in der Medusastraße durchsuchen, die Nur-al-Din-Moschee und die konspirative Wohnung in der Iltisstraße, vor der in der letzten Nacht der unbekannte Mann, vermutlich nordafrikanischer Herkunft, erschossen wurde.« Dabei sah er erneut Lüder an.

»Wissen wir, welche es ist?«, unterbrach Lüder den Abteilungsleiter.

Dr. Starke nickte. »Ja. Die Abteilung 5 hat eine technische Überwachung der in Frage kommenden Wohneinheiten durchgeführt. Mit Hilfe einer Wärmebildkamera und durch Beobachtung wurde eine Wohnung lokalisiert, in der keine Bewegung stattfand. Es war die einzige Wohnung. Dort ist Abdulrahman al-Shaiba gemeldet. Er stammt aus dem Jemen, ist neunundfünfzig Jahre alt und lebt seit sechs Jahren in Deutschland. Al-Shaiba ist bisher nicht als Islamist in Erscheinung getreten.«

»Ein Schläfer –«, begann Gärtner, aber Dr. Starke unterbrach ihn.

»Vermutlich nicht. Der Mann hält sich seit über einem halben Jahr im Krankenhaus Großhansdorf auf.«

»Die ist auf Lungenerkrankungen spezialisiert«, stellte Lüder fest.

Dr. Starke bestätigte es. »Wir haben dort nachgefragt. Al-Shaiba ist so schwer erkrankt, dass er nach Auskunft der Ärzte nicht mehr in seine Wohnung zurückkehren wird.«

»Das ist auch den Islamisten bekannt geworden. Dann haben sie sich in der Wohnung eingenistet«, sagte Lüder. »Gibt es noch mehr Ziele, die im Zuge dieser Aktion durchsucht werden?«

Der Kriminaldirektor nickte. »Ja. Wir werden zeitgleich eine Aktion in Schinkel starten.«

»Bei Alf Föhrenbeck?«

»Die Sache mit dem Hundekot und der Leichenfund sind Anlass genug, dort tätig zu werden.«

»Wann? Ich würde gern daran teilnehmen. Ich kenne Föhrenbeck und die Örtlichkeiten.«

»Ich nenne Ihnen den Termin später«, wich Dr. Starke aus und ließ seinen Blick über die Runde schweifen.

Herrscht jetzt schon so viel Misstrauen bei der Polizei, dass selbst die Einsatztermine geheim sind?, überlegte Lüder. Bisher gab es keine Anhaltspunkte dafür. Alle Kollegen waren integer. Auch Hauptkommissar Sawitzki arbeitete nicht für die Gegenseite. Lüder hatte seinen Verdacht, dass der Gaardener Polizist hinter der Aktion der schwarzen Männer stecken könnte, bisher mit niemandem geteilt. Zu groß war die Gefahr, dass Sawitzki in Misskredit geriet, falls Lüder sich irren sollte.

Dr. Starke löste die Besprechung auf, bat Lüder aber, noch sitzen zu bleiben. Nachdem die anderen Mitarbeiter gegangen waren, berichtete der Kriminaldirektor: »Dem BKA ist es gelungen, eine Textanalyse aus den Endlostelefonaten zu erstellen, die von der Moschee aus geführt wurden. Die Software hat tatsächlich versteckte Botschaften entschlüsselt, die in den spirituellen Passagen enthalten waren. Es gibt Hinweise auf ein geplantes Attentat.«

»Wie macht man so etwas?«

»Das ist eine hochkomplexe Angelegenheit. Konkrete Angaben zu Zeit und Ort wurden nicht genannt, aber man ist in Wiesbaden überzeugt, dass eine Gefahr gegeben ist.«

»Der Ballon, der dort aufgeblasen wird, nimmt immer größere Formen an«, sagte Lüder. »Wir haben bisher nur mit der Entwicklung in Gaarden zu tun gehabt. Es klang so, als würden die Moschee-Leute, die Islamisten *dieser* Moschee«, betonte er überdeutlich, »versuchen wollen, sich den Stadtteil einzuverleiben und dort ihre Ideen und ihre Gesetze durchzusetzen. Bisher hat noch niemand überlegt, ob es nur die Leute vor Ort sind oder etwas viel Größeres dahintersteckt. Was ist, wenn Gaarden mit der zugegebenermaßen idealen Ausgangslage für so etwas nur der Anfang ist? Wenn man dort Erfahrungen sammelt? Und Selbstbewusstsein, dass ein solches Vorhaben gelingt? Dann entstehen an anderen Stellen auch ›Gaardens‹. In Berlin, im Ruhrgebiet. Nach und nach wachsen Zellen heran, die sich wie Krebsgeschwüre festsetzen.«

Dr. Starke sah ihn mit weit geöffneten Augen an. »Wissen Sie, was Sie da sagen?«

Lüder fiel auf, dass sein Vorgesetzter ihm nicht widersprach. »Das ist alles hypothetisch. Zugegeben. Aber wir können es nicht ausschließen.«

»Wir sind in Kiel«, warf der Kriminaldirektor ein.

»Na und? Hier begann der Matrosenaufstand, der 1918 zum Sturz der Monarchie und zur Gründung der Weimarer Republik führte. In Kiel startete der längste Streik in der Bundesrepublik, der zur Lohnfortzahlung bei Krankheit auch für Arbeiter führte. Und der Terrorismus ist in Kiel schon mehrfach in Erscheinung getreten. Die Spur des libanesischen Kofferbombers führte hierher. Ein verurteilter al-Qaida-Unterstützer betrieb in Gaarden einen Telefonladen. Mohammed Atta, einer der Attentäter des 11. September, hat hier studiert. Immer wieder gerät Gaarden ins Visier der Terrorfahnder.«

»Haben wir wirklich den Beginn einer großen Verschwörung aufgedeckt?« Dr. Starke schien über seine eigenen Gedanken erschrocken.

»Gewissheit für unsere These haben wir nicht. Aber ausschließen können wir es auch nicht. Wir müssen Saif ad-Dīn *und* Qassim al'Ab fassen.« Und Dulamah. Und andere, deren Namen wir noch gar nicht kennen, setzte er im Stillen fort.

Lüder sah Dr. Starke mit einem langen Blick an. Solche Überlegungen hatte er bisher nur mit dem scharfsinnigen Analytiker Jochen Nathusius austauschen können. Es überraschte ihn, dass er mit dem Kriminaldirektor so vertraulich sprechen konnte.

Dr. Starke stand auf und reichte Lüder die Hand.

»Eine große Verantwortung lastet auf unseren Schultern«,

sagte er. Ausnahmsweise klang es nicht salbungsvoll. »Lassen Sie uns versuchen, es zu meistern.«
Dem war nichts hinzuzufügen.

Lüder suchte Ömer Gürbüz auf. Der Gemüsehändler wohnte in Ellerbek, einem ruhigen Stadtteil mit Einfamilien- und Reihenhausbebauung. Die Franziusallee war nur einen symbolischen Steinwurf von Gaarden entfernt. Aber dieser Steinwurf müsste Welten überwinden, die die beiden Stadtteile trennten.

Eine füllige Frau öffnete Lüder, zog noch einmal an der Zigarette und sah ihn an, ohne ein Wort zu sagen. Er stellte sich vor.

»Und?«, fragte sie und zog eine der gezupften Augenbrauen in die Höhe.

»Ich möchte mit Ihrem Mann sprechen.« Er unterstellte, dass Erika Gürbüz vor ihm stand.

»Ömer?«

Lüder lag es auf der Zunge, zu fragen, wie viele Männer sie hatte. Er beließ es bei einem Nicken.

Sie benutzte die Zigarette als Zeigestock. »Hier am Haus entlang. Ömer ist im Schuppen. Na ja, eigentlich ist es ein Kühlhaus. Darf man aber nicht sagen. Wegen Baugenehmigung, Gewerbebetrieb und so.« Plötzlich blickte sie Lüder misstrauisch an. »Sie wollen uns doch nix ans Zeug flicken, oder?«

»Es geht –«

»Hab ich mir gedacht.« Sie unterbrach Lüder und lächelte ihn an. »Is ganz schön Schietkram, was da läuft. Das gab's früher nich. Hoffentlich is das bald vorbei. Die Leute woll'n doch nur ihre Ruhe haben. Die hab'n mit dem ganzen Mist nix am Hut, was da abgeht. Wir sind sauer auf die Blödmatzen, die da herumkrakeeln. Is nich gut fürs Geschäft. Vor all'n mein' manche, das liegt an den Ausländern. Nee. Is nich. Mein Mann ist ja auch kein Ausländer. Is hier gebor'n. 'nen echten Kieler. Ömer?«, fiel ihr plötzlich wieder ein. »Also – hier längs. Dann seh'n Sie ihn.« Sie nahm Lüder vom Scheitel bis zur Sohle in Augenschein. »Bring' Sie ihn man mit. Ich mach 'nen Kaffee. 'nen ordentlichen. Und 'nen paar Kekse hab ich auch da.«

Auch das war »Volkes Stimme«, dachte er, als er auf dem Plattenweg am Haus vorbei in den Garten ging. Sicher war es eine Mehrheit unter den Bewohnern Gaardens, die nicht mit denen sympathisierten, die für den derzeitigen Krisenherd verantwortlich waren.

Ein zweiachsiger Anhänger war vor den Schuppeneingang geschoben worden und verdeckte den Zugang. Lüder zwängte sich durch den schmalen Spalt ins Halbdunkel hindurch.

»Moin, Herr Gürbüz.«

Der Gemüsehändler hielt erschrocken inne. In seinen Händen balancierte er eine Steige mit Äpfeln.

»Braeburn«, sagte er und hielt Lüder die Früchte hin. Eine widersinnige Aktion, die zeigte, dass er überrascht war.

»Was ist da gestern gelaufen?« Lüder verzichtete auf eine lange Vorrede.

»Ich ... ich habe Ihnen gezeigt, wo sich diese Leute versteckt haben.«

»Woher kannten Sie das Versteck?«

»Woher kannte ich das Versteck?«, wiederholte Gürbüz die Frage, um Zeit zu gewinnen. »Ich sagte schon, dass ich in Gaarden zu Hause bin. Das ist *meine* Welt.«

»Sie ziehen es vor, in Ellerbek zu wohnen.«

»Das ... Herrje. Ich ... Also ... In Gaarden kann ich mein Lager nicht unterbringen«, fiel ihm ein. »Deshalb Ellerbek.«

»Damit kennt man aber noch keine konspirativen Wohnungen.«

»Haben Sie eine Ahnung, wie es auf einem Wochenmarkt zugeht? Man wirft nicht einfach die Ware in den Einkaufswagen. Man spricht mit den Leuten. Das ist wichtig. Der persönliche Kontakt. Von Auge zu Auge. Die meisten sind keine Kunden – sind, wie soll ich sagen, fast so eine Art Freunde. Nein, nicht persönlich. Aber trotzdem. So in etwa. Und so eine Krankheit, wie Abdulrahman al-Shaiba sie gekriegt hat ... Also, die taucht nicht über Nacht auf wie ein Herzinfarkt. Das kommt ganz langsam. Ich habe ihm gesagt: ›Hör auf mit dem Rauchen, Abdul. Dein ewiger Husten – das macht dich kaputt. Die Bronchien.

Die Lunge. Kuck dir die Bilder an von Leuten, die so was haben. Das ist nicht schön, wenn man daran krepiert.‹ Aber? Der hat nicht auf mich gehört. Dann musste er ins Krankenhaus, kam wieder und … hat weitergequalmt. So ging das – immer weiter. Die Leute in Gaarden – die haben Zeit. Manche zu viel. Da reden sie. Über alles. Auch über andere. So auch über Abdul, das arme Schwein. Ein paarmal haben sie Abdul mit Blaulicht ins Krankenhaus gebracht, wenn er keine Luft mehr gekriegt hat. Und dann – ist er nicht wiedergekommen. Ich habe ihn vorher mal besucht, ihm Obst gebracht, das liegen geblieben war. Daher wusste ich, dass er keine Verwandten hat. Niemanden. Eine Frau aus der Iltisstraße erzählte mir, dass sich da manchmal jemand in der Wohnung aufhält. Eh, habe ich gedacht. Abdul hat die Kurve gekriegt. Er ist wieder zu Hause. Ich bin hin. Aber – niemand hat aufgemacht. Ich habe mich auf die Lauer gelegt. Und dabei habe ich Saif ad-Dīn und seine Leute entdeckt. Das ist alles. Ehrlich.«

»Warum sind Sie gestern geflüchtet?«

»Geflüchtet? Ist doch klar, oder? Da tauchten die Leute auf, diese schwarz gekleideten. Mann, ich habe plötzlich Schiss bekommen. Sie haben die ja nicht gesehen. Ich wollte Ihnen etwas zurufen. Da war der Kloß im Hals, und ich musste husten. Scheiße, dass auch Saif ad-Dīn und seine Leute das bemerkt haben. Tut mir echt leid, Mann.«

»Ist Ihre Frau eingeweiht?«

»Erika?« Er wirkte erschrocken. »Um Himmels willen. Die würde mir sonst was erzählen. Die müssen Sie mal kennenlernen. So was gibt's kein zweites Mal. Das ist der Glücksfall meines Lebens. Und unsere Kinder.« Gürbüz warf sich in die Brust. »Beide Söhne auf dem Gymnasium. Manfred und Wolfgang.«

»Wie heißen Ihre Kinder?«, fragte Lüder erstaunt.

Gürbüz grinste. »Wolfgang und Manfred. Da hat Erika drauf bestanden. Da ging kein Weg dran vorbei. Überhaupt – ohne Erika läuft gar nichts.« Der Gemüsehändler hielt immer noch die Obststeige vor dem Bauch. Es wirkte fast wie ein Schutzschild.

»Haben Sie Kontakte zu anderen, die auch an einer Befriedung in Gaarden interessiert sind?«

Es dauerte eine Weile, bis Gürbüz die Worte verstanden hatte.
»Ob ich mit anderen …? Nein. Da ist nix. Es gibt welche, die auch keinen Bock auf den Mist haben, den die Scharia-Polizei oder die Neonazis verzapfen. Sie wissen ja – Silberstein von den Juden gehört dazu. Werner – also Ziebarth, mein Kumpel vom Markt – und Pastor Koltnitz. Ist ja nicht meine Fraktion, ich mein, die evangelische Kirche. Aber der Kerl ist in Ordnung. Hat mich auch noch nie wegen Gott und so angequatscht. Anders als der Piepke, der meint, alles außer seinem Gott wäre nix. Der Koltnitz – der will wirklich was für Gaarden tun. Dass da endlich wieder Ruhe reinkommt. Der fragt auch nicht nach der Religion, wenn Kinder und Jugendliche zum Spielen kommen. Deshalb haben ihn die Leute von der Nur-al-Din-Moschee ja auf dem Kieker. Die woll'n das nicht.« Gürbüz hob seine Obstkiste in die Höhe. »So. Nun muss ich wieder ran. Sonst wird das nichts mehr. Und wenn ich nich in 'ne Puschen komm – dann gibt's Stress mit Erika. Und dagegen ist das, was die Islamisten machen, gar nichts.«

Lüder verzichtete auf das Angebot der Ehefrau, noch einen Kaffee zu trinken. Auf dem Weg zum Auto warf er einen Blick aufs Mobiltelefon. Leif Stefan Dittert hatte ihn angerufen.

»Haben Sie das gesehen?«, hatte der Journalist gefragt. »Immer wenn was los ist, sind Sie abwesend. Geiles Ding.«

Lüder rief zurück. Dittert war sofort am Telefon.

»Da geht was ab«, sagte er atemlos. »Mann. Das ist ein Ding.«

»Dittert. Wovon sprechen Sie?«

»Kommen Sie einfach her. Vinetaplatz.« Dann war die Verbindung unterbrochen.

Es waren zwei Kilometer bis zum Gaardener Zentrum. Lüder fuhr mit seinem BMW direkt dorthin und hielt neben einem Streifenwagen. Der Beamte, der danebenstand, sah ihn an, hob die Hand und machte eine Wischbewegung.

»Fahren Sie weiter«, sagte er.

»LKA«, erwiderte Lüder, fingerte seinen Ausweis hervor und hielt ihn dem Uniformierten vor die Augen. »Was ist hier los?«

»Der Verrückte ist los. Und seine Leute. Mann, so was.« Der Beamte schüttelte den Kopf.

In der Mitte hatte sich ein Pulk gebildet. Aus der Gruppe ragte ein Kreuz hervor, das an einer Stange befestigt war. Aus der Ferne sah es wie eine Prozession aus.

Lüder ging mit eiligen Schritten dorthin. Er sah drei Polizeibeamte, darunter Sawitzki, die vorsichtig versuchten, den Kreis zurückzudrängen. Bewohner, denen die arabische Herkunft anzusehen war, versuchten unter lautem Protest, das Dutzend Evangelikaler, das sich um Pastor Piepke geschart hatte, zu schubsen.

Piepke hielt ein Megafon in der Hand und zelebrierte eine eigentümliche Mischung aus Predigt und politischer Ansprache.

»Ich bete für die Vernunft der Menschheit«, hörte Lüder. »Es gibt nur den einen wahren Gott. Unseren Gott, der uns in seiner Gnade seinen Sohn geschickt hat, uns zu erlösen. Gott, der Allmächtige, hat diese Welt erschaffen und den Menschen. Wir dürfen Gottes Werk nicht leugnen, nicht zerstören. Der Herr wird richten über den Frevel, den uns fremde Menschen aufzwingen wollen. Im Namen des Herrn: Wehrt euch. Lasst es nicht so weit kommen, dass Sünde und unkeusche Begierden zu uns getragen werden. Lasst es nicht zu, dass wie in Köln und anderswo die Männer, die Gottes Liebe leugnen, über unsere Frauen und Kinder herfallen. Lasst es nicht zu, dass die unchristliche Kultur um sich greift.«

Die nächsten Worte gingen im lauten »Buh« unter.

»Wo die Polizei versagt, brauchen wir eine Seuchenpolizei, die mit dem Asylantentum aufräumt«, waren die nächsten Worte, die Lüder wieder verstand. »Wir wollen keine Ghettos der kriminellen Ungläubigen wie in den Pariser Vorstädten oder in Molenbeek. Wir wollen keine sozialen Brennpunkte.«

Lüder versuchte, sich durch den Ring, der sich immer weiter zusammenzog, hindurchzuzwängen. Er hatte nicht darauf geachtet, dass er in eine Gruppe Jugendlicher geraten war.

»Hier«, rief einer von ihnen im unverkennbaren Kieler Ostuferslang. »Da kommt noch einer.«

»Ich will dem Wahnsinn ein Ende bereiten«, erwiderte Lüder. Aber die jungen Leute hörten nicht. Er bekam einen Stoß ins Kreuz und stolperte gegen einen anderen Jungen.

»Der will was. Habt ihr das gesehen?«, fragte der und schubste Lüder zurück.

Jetzt griffen Hände von mehreren Seiten nach ihm. Lüder versuchte, sich zu befreien. Man zerrte an seiner Kleidung. Wenn man seine Jacke zerriss und die Pistole entdeckte – die durfte nicht in falsche Hände geraten. Es wurde an ihm gezogen. Er bekam einen schmerzhaften Tritt gegen das Schienbein. Seine Arme wurden umklammert.

»Loslassen«, rief er und versuchte, sich zu befreien.

Es waren zu viele. Plötzlich schrie einer der Jugendlichen auf, zuckte zusammen und ließ Lüder los. Für den Bruchteil einer Sekunde hielten die anderen inne. Mit einem Ruck gelang es Lüder, sich zu befreien. Dann sauste der Gehstock ein zweites Mal in die Gruppe der Angreifer. Lüder hörte eine dünne Altmännerstimme.

»Wollt ihr verdammtes Pack das sein lassen?«, keifte die Stimme.

Drei alte Männer, so schien es, hatten sich auf die sich in der Mehrzahl befindlichen jungen Leute gestürzt. Eine ältere Frau rammte ihren Gehwagen einem anderen jungen Mann schwungvoll in die Hacken.

»Mach sie kalt, Ahmed«, rief eine Stimme von der anderen Seite. »Die Alten ticken nicht sauber.«

Zu Lüders Verwunderung ließen die Jugendlichen von ihm ab. Sie griffen aber auch nicht die alten Leute an, die zu Lüders Befreiung beigetragen hatten. Stattdessen zogen sie sich zurück.

»So weit kommt das noch«, schimpfte ein Mann mit Prinz-Heinrich-Mütze.

Lüder zupfte seine Jacke zurecht.

»Danke«, sagte er.

»Da nich für«, erwiderte der Alte. »Wär doch gelacht, wenn die hier sagen, wo's langgeht. Wir wohn' hier seit fünfundsiebzig Jahren. Aber das hat's noch nie gegeben. Nich wahr, Schorsch?«

Der Angesprochene zeigte sein ebenmäßiges Gebiss. Lüder unterdrückte ein Schmunzeln, als die Prothese sich vom Oberkiefer löste und »Schorsch« mit lispelnder Stimme erwiderte: »Wär doch gelacht. Das hier ist Arbeitergebiet. Bleibt es auch. Das alles hier ist HDW. Wer hier wohnt, arbeitet auf unserer Werft.«

Optimistisch klang es nicht. Und es entsprach schon lang nicht mehr der Realität. Lüder bedankte sich bei den Ur-Gaardenern.

»Da nich für«, wiederholte der Alte.

Die Auseinandersetzung hatte bewirkt, dass Piepke seine Tiraden unterbrochen hatte. Lüder drängelte sich durch den Kreis zum Pastor.

»Schluss jetzt«, befahl er, als er Piepke gegenüberstand.

»So weit kommt es noch. Wir sollen kuschen vor denen? In unserem Land? Es gibt die Meinungsfreiheit.«

»Und das Verbot, die öffentliche Ordnung zu stören. Das machen Sie gerade. Ist diese Demonstration angemeldet?«

»Das ist keine Demonstration. Gott hat es nicht nötig, dass man zu seinen Gunsten demonstriert.«

»Als was würden Sie Ihre Kasperveranstaltung sonst bezeichnen?«

Piepke rang nach Luft. »Jetzt hört sich aber alles auf. Das ist Blasphemie.«

»Irrtum. Das ist ein öffentlicher Aufruhr, den Sie hier veranstalten. Und das untersage ich hiermit. Und wenn Sie wissen möchten, was Blasphemie ist, lesen Sie es im Paragrafen 166 des Strafgesetzbuches nach.«

Lüder packte Piepke am Ärmel und zog ihn durch eine sich öffnende Gasse, an deren Ende sie die drei Polizisten erwarteten.

»Der Herr und seine Freunde möchten gehen«, sagte Lüder, drehte sich um und ließ Piepkes Protestrede ins Leere laufen.

Hauptkommissar Sawitzki stand vor ihm und grinste. Er stemmte die Hände in die Hüften und sagte: »Ich habe Sie wohl doch unterschätzt. Der Herr Kriminalrat räumt im Alleingang in Gaarden auf.«

»Das ist zu viel der Ehre«, erwiderte Lüder. »Ich versuche, mit

Worten und Überzeugung zu agieren, aber nicht mit schwarzer Kleidung und Schusswaffen.« Ihm fiel ein, was der ermordete Husumer Hauptkommissar Christoph Johannes stets zu sagen gepflegt hatte: »Die stärkste Waffe eines Polizisten sind seine Worte.«

Sawitzki wich seinem Bick nicht aus. Es war wie ein Kräftemessen zwischen den beiden Männern.

»Man hört, dass Ihnen jemand zu Hilfe geeilt ist. Sonst würden Sie nicht hier stehen.«

Lüder brach das Gespräch ab. Es würde an diesem Ort nicht weiterführen. Irgendwie hatte er das Gefühl, immer tiefer in die Auseinandersetzung zu geraten. Er drängte sich nicht danach. Und behaglich war es auch nicht. Unter den Blicken der Umstehenden kehrte er zu seinem BMW zurück.

Auf dem Weg dorthin stellte sich ihm eine dunkelhäutige junge Frau in den Weg, die einen Kinderwagen schob.

»Warum machen die das?«, fragte sie ihn. Ihr Gesicht war tränenüberströmt. »Ich habe Angst. Ich. Mein Kind. Alle.« Sie zitterte.

Instinktiv nahm Lüder sie kurz in den Arm.

»Sie müssen keine Sorge haben«, sagte er. »Der Spuk ist bald vorbei. Ganz bestimmt. Alles Gute für Sie und Ihr Baby.« Dann stieg er in seinen Wagen und fuhr ins LKA zurück.

Dort ließ er die Ereignisse auf dem Vinetaplatz noch einmal Revue passieren. Die junge Schwarze und ihre Angst ließen ihn nicht mehr los. Ich habe Angst, hatte sie gesagt. Ich auch, flüsterte Lüder leise.

Er hatte sich fast zwei Stunden ungestört in die Berichte und Protokolle der Sonderkommission hineingekniet, als es am Türrahmen klopfte und Kommissar Habersaat seinen Kopf hereinsteckte.

»Ich möchte nicht stören«, sagte der junge Beamte zögernd. »Ich weiß nicht so recht.«

»Was ist?«, fragte Lüder.

Habersaat zeigte auf den Bildschirm. »Darf ich? Ich habe es

durch Zufall entdeckt. Es tut mir leid. Aber ...« Mit einer hilflos wirkenden Geste brach er ab und gab etwas auf der Tastatur ein, die Lüder ihm überlassen hatte.

»Das hier«, sagte Habersaat und beeilte sich, zwei Schritte zurückzutreten.

Lüder sah gebannt auf den Bildschirm. Dort fand er ein Bild, das ihn bei der Umarmung der afrikanischen Mutter zeigte. Schockierend war der Text: »Polizeioffzier Ludwig Lüder vögelt mit wilder Negernutte. Das ist sein Lohn«, stand dort in falschem Deutsch. Auch seinen Zunamen hatte man fehlerhaft geschrieben.

»Ich wollte nicht ...«, stammelte Habersaat.

»Ist gut«, erwiderte Lüder. »Danke.« Das zweite »Danke« galt der Beteuerung Habersaats, dass man sich bemühen wollte, den Urheber dieser Schweinerei ausfindig zu machen.

Für heute reichte es wirklich. Das Maß war voll. Deprimiert fuhr Lüder nach Hause.

Elf

Es war eine kurze Nacht gewesen, die auch noch durch einen unruhigen Schlaf und zwischenzeitliches Hochschrecken geprägt war. Lüder war es schwergefallen, um vier Uhr aufzustehen, als ihn der Wecker unsanft aus der endlich gefundenen Tiefschlafphase riss. Margit hatte irgendetwas geknurrt, ohne richtig wach zu werden.

Es dauerte eine Weile, bis warmes Wasser aus der Dusche kam. Das war der Fluch der Energieeinsparung. Die Heizung und das Warmwasser waren nachts heruntergeregelt. Und vier Uhr war keine »übliche« Zeit für das Duschen. Der Kaffee und der Toast halfen aber ein wenig über die Müdigkeit hinweg.

Der Weg zum LKA war unproblematisch. Zu dieser frühen Stunde war kein Mensch unterwegs. Im LKA traf Lüder auf eine Ansammlung von Polizeibeamten. Die erfahrenen SEK-Polizisten, ältere und nervös auf den Fußspitzen wippende jüngere Kollegen aus Eutin. Gärtner und Habersaat waren anwesend, auch drei Staatsanwälte. Vergebens suchte Lüder nach Dr. Starke.

Kriminaloberrat Gärtner hatte das Einweisen übernommen. Um fünf Uhr zweiunddreißig sollten die jeweiligen Einsatzkommandos zuschlagen. Vorgesehen waren Einsätze in Saif ad-Dīns Wohnung in der Medusastraße, in der Nur-al-Din-Moschee sowie in der Wohnung des erkrankten Abdulrahman al-Shaiba, die die Islamisten als konspirativen Treffpunkt genutzt hatten.

Lüder schloss sich Hauptkommissar Johannsen und dessen SEK an.

Johannsen grinste, als er Lüder begrüßte. »Wo Sie auftauchen, ist was los. Unser letztes Aufeinandertreffen im Landtag war ja auch heftig, als es zur Schießerei im Plenarsaal gekommen war. Ich habe gehört, Sie haben in der letzten Zeit einige bewegte Tage durchlebt. Brauchen Sie uns überhaupt dabei?«

»Betrachten Sie mich als Novizen.«

Johannsen lachte vernehmlich und ließ sich von Lüder die Örtlichkeiten in Schinkel erklären.

»Ist eng bei uns im Wagen. Nehmen Sie einen Kollegen auf den Schoß?«, wollte Johannsen wissen.

Lüder lehnte ab. Er wollte mit seinem BMW fahren. Der Trupp setzte sich in Bewegung, und Lüder schloss sich den dunklen Limousinen des SEK an. Auch auf dieser Strecke war nichts los. Nur wenige Fahrzeuge kamen ihnen entgegen. Johannsen wählte den Weg über die Levensauer Hochbrücke. Die Landesstraße danach führte in einiger Entfernung nördlich des Nord-Ostsee-Kanals durch kleine verschlafene Dörfer bis zum Ortsrand von Schinkel. Der Resthof Föhrenbecks lag im Dunkeln. Nicht einmal eine einsame Außenbeleuchtung brannte.

Lüder hatte Johannsen informiert, dass sich wahrscheinlich Föhrenbecks Frau und Kinder im Haus aufhielten. Die Beamten waren entsprechend instruiert. Obwohl Lüder kein Mitleid mit Föhrenbeck hatte, bedauerte er die Folgen für die Frau und den Nachwuchs. Er hätte ihnen die Aktion gern erspart, aber der Schlag gegen den Thor-Bund war unvermeidbar.

Sie hatten ein wenig abseits geparkt. Johannsen zog die Stirn kraus, als sie notgedrungen die Fahrzeuge auf der finsteren Straße beleuchten mussten. Schnell schluckte die Nacht die Beamten, die die Vorderseite sichern sollten.

»Achtet auch auf die Fenster. Die könnten auch für die Flucht benutzt werden«, rief der Hauptkommissar ihnen nach.

Die SEK-Leute hatten ihre schwere Ausrüstung angelegt. Mit den Nachtsichtgeräten vor den Augen sahen sie wie Eindringlinge aus einer fernen Welt aus. Lüder hatte sich Johannsen und vier seiner Mitarbeiter angeschlossen.

Der Plan war, die Hintertür mit einem Rammbock aufzubrechen und dann ins Haus einzudringen. Ein Beamter sollte durchs Haus laufen und die Vordertür öffnen, um den dort wartenden Polizisten den Zutritt zu ermöglichen. Zwei SEK-Leute sicherten die ins Obergeschoss führende Treppe, die anderen wollten das Erdgeschoss durchkämmen.

»Sie bleiben hinter uns. Betreten Sie unter keinen Umständen das Haus«, ermahnte der Hauptkommissar Lüder. »Das wäre nicht mutig, sondern saudumm. Sie würden uns behindern und die Kollegen damit gefährden. Ist das klar?«

Lüder nickte.

Nach einem stummen Anschleichen hatten sie die Hintertür erreicht. Lüder probierte, ob sie eventuell unverschlossen war.

»Das ist so auf dem Lande«, erklärte er. Sie hatten Pech.

Johannsen wisperte ein kurzes Kommando in sein Sprechfunkgerät. Dann ging alles rasend schnell. Zwei Beamte stellten sich vor die Tür, schwangen den mobilen Rammbock hin und her, und bei drei krachte das Gerät gegen das Holz. Splitter flogen durch die Luft, als das Holz barst. Die Tür krachte auf, schlug durch den Schwung gegen die Wand und pendelte zurück. Da waren die Beamten aber schon im Flur.

»Polizei! Polizei!«, schrie es aus den Kehlen der Männer. Die Lautstärke war so intensiv, als wäre ein ganzes Bataillon im Einsatz. Lüder stand dicht an die Hauswand gepresst. Er hörte, wie die Rufe im Haus fortgeführt wurden.

Dann drangen die ersten Kommandos »Frei« heraus. Gefühlt dauerte es nur ein paar Herzschläge, bis sich ein behelmter Kopf zur Tür herausstreckte und ihnen zurief: »Das Erdgeschoss ist gesichert.«

Lüder atmete tief durch. So einfach hatte er sich das nicht vorgestellt. In diesem Moment bellte eine Waffe auf. Eine Pistole, hörte Lüder am Klang.

»Feuer von oben«, rief einer der Beamten. Es polterte, als sich die Beamten in ihrer schweren Einsatzausrüstung in Deckung brachten.

»Polizei. Hören Sie auf«, brüllte Johannsen.

Aber von oben wurde erneut geschossen. Es war dunkel im Haus. Der Schütze konnte nichts sehen. Seine Schüsse waren sinnlos und nicht gezielt. Warum tat Föhrenbeck das? Weshalb gefährdete er seine Frau und die Kinder? Er musste doch einsehen, dass Gegenwehr sinnlos war. Er hatte keine Chance gegen das SEK.

Der Einsatzleiter war erfahren. Lüder wusste, dass Johannsen keine unnötigen Aktionen einleiten würde. Mit Rücksicht auf die Kinder verzichtete er auf den Einsatz von Tränengas oder Blendgranaten.

Lüder näherte sich der Tür, ohne die Deckung zu verlassen.

»Föhrenbeck! Hier ist Lüders. Was soll das? Ihre Kinder. Lassen Sie den Scheiß«, schrie er.

Als Antwort wurden aus dem Obergeschoss erneut zwei Schüsse abgegeben. Lüder zog sich eilig zurück, weil die Geschosse durch die geöffnete Tür nach außen gingen.

Johannsen brüllte mit seiner durchdringenden Stimme, dass Föhrenbeck sofort das Feuer einstellen solle. Zwei Schüsse waren die Antwort.

»Seien Sie vernünftig«, mischte sich Lüder ein und verwies erneut auf die Kinder.

Für einen kurzen Moment herrschte gespenstische Stille. Dann war Lüder irritiert, als er Föhrenbeck hörte.

»Idiot. Hör auf damit. Die Kinder«, schrie dieser aus Leibeskräften.

»Kommen Sie herunter. Mit erhobenen Händen. Und stellen Sie das Feuer ein«, erwiderte Johannsen.

»Ich schieße nicht. Das ist Schadtwald, das Arschloch«, antwortete Föhrenbeck. »Ich bring dich um, wenn hier was passiert«, setzte er hinzu.

Das galt nicht den Polizeibeamten. Es folgte Gepolter. Dann klatschte es. Jemand schrie auf. Erneutes Gepolter. Die ersten Polizisten hasteten die Treppe hoch. Es folgten Kommandos und Befehle. Es krachte, als wenn Mehlsäcke auf Dielenbretter fielen. Zwei Sekunden Stille folgten, in die sich das laute Weinen eines Kindes mischte.

»Wir haben sie«, meldete ein Polizist.

Wenig später war eine andere Männerstimme zu hören.

»Hier oben ist alles sicher.«

Dann wurden Schadtwald und Föhrenbeck die Treppe heruntergeführt. Eigentlich war es mehr ein Stoßen. Jemand betätigte die Lichtschalter. Föhrenbeck blinzelte, dann erkannte er Lüder.

»Was soll das? Das wird ein Nachspiel haben. Ihre Tage sind gezählt«, drohte er, um gleich nachzusetzen: »Bei der Polizei.«

Lüder antwortete mit einer lässigen Handbewegung. Er atmete tief durch, weil der Einsatz so glimpflich ausgegangen war. Föhrenbecks Familie hatte ihm Sorgen bereitet, auch wenn er davon überzeugt war, dass der Mann auf seine Angehörigen Rücksicht nehmen würde. Diese Vermutung hatte sich als richtig erwiesen. Niemand konnte damit rechnen, dass Roland Schadtwald im Haus anwesend war. Warum hatte der zur Waffe gegriffen? Sicher, ihn erwartete ein Prozess wegen mehrerer Straftaten. Eine Bewährungsstrafe war ausgeschlossen.

Im gleichen Atemzug zweifelte Lüder an der Justiz, obwohl er selbst Jurist war und die andere Denkweise des Berufsstandes kannte. Die Auslegung der Gesetze ergab oft eine andere Sicht als das sogenannte gesunde Volksempfinden. Dennoch war es nicht immer nachvollziehbar, weshalb man gefasste Straftäter, denen umfangreiche Delikte zur Last gelegt wurden, wieder freiließ.

Frau Föhrenbeck hatte sich einen Morgenmantel übergeworfen. Sie wirkte verstört.

»Wer ist dafür verantwortlich?«, fragte sie und hielt einen SEK-Beamten am Schutzanzug fest.

Der verwies sie an Lüder.

»Das ist Terror. Schikane. Die da drüben in Gaarden – die dürfen alles machen. Und mit uns treiben Sie so was. Was hat mein Mann getan?«

Lüder wollte antworten und öffnete den Mund, aber sie winkte ab.

»Er ist gutmütig. Jawohl. Warum nehmen Sie ihn mit, wenn der blöde Schadtwald ausgeflippt ist? Der hat 'nen Sockenschuss. Ich mochte ihn nie. Aber mein Mann ist großherzig. Er hat gesagt: ›Komm, Roland, wir haben Platz. Beruhige dich erst einmal. Das war eine Dummheit, die du gemacht hast. Das regelt dein Anwalt.‹ Und dann greift der Vollpfosten zur Waffe. So was Idiotisches. Sie müssen es doch mitbekommen haben, dass Alf ihn gestoppt hat, ihn zum Aufgeben überredet hat. Ohne meinen Mann ... wer weiß, was hier noch passiert wäre. Und zum Dank legen Sie Alf Handschellen an. Was ist das für eine Welt.«

»Ihrem Mann werden verschiedene Straftaten zur Last gelegt«, erwiderte Lüder.

Die Frau klatschte sich mit der flachen Hand an die Stirn. »Schwachsinn. Er ist Unternehmer. Was soll ich ohne Alf machen? Wir haben ein behindertes Kind, das rundum betreut werden muss. Ohne meinen Mann ... wie soll das gehen?« Ihr Tonfall wurde flehentlich. Sie legte die Hände wie zu einem Gebet zusammen. »Ich flehe Sie an. Lassen Sie Alf frei. Bitte!«

»Darüber hat der Untersuchungsrichter zu entscheiden«, versuchte Lüder ihr zu erklären.

»Das ist typisch für euch Beamtenärsche«, wechselte sie die Stimmlage. In ihren Augen funkelte es. »Jeder versteckt sich hinter einem anderen.« Sie wurde abgelenkt, als zwei Beamte die Treppe erklimmen wollten, um die Durchsuchung im Obergeschoss fortzusetzen. »He. Da kommen Sie nicht rauf. Das ist privat.«

»Bereiten Sie uns keine Probleme«, bat einer der Polizisten.

»Da sind die Kinder.«

»Tut mir leid.«

Frau Föhrenbeck stemmte sich gegen den Beamten und zerrte an ihm. Mit Hilfe des zweiten Polizisten wurde sie vorsichtig abgedrängt.

»Wenn Sie keine Ruhe geben, müssen wir Sie fixieren«, sagte der erste SEK-Beamte.

»Das ist widerwärtig. Staatsterror«, schimpfte sie lautstark, gab aber den Widerstand auf.

Im Erdgeschoss hatten die Beamten Aktenordner, einen Desktop, mehrere Notebooks und Tablets sichergestellt. Die Geräte würden von den Fachleuten im Landeskriminalamt ausgewertet werden. Die Durchsuchung des Obergeschosses verlief zunächst ergebnislos, bis man ausgerechnet im Zimmer des behinderten Kindes fündig wurde.

Im Obergeschoss gab es Dachschrägen. Bis zu einer Höhe von etwas über einem Meter waren sie mit einer Leichtbauwand abgemauert. Zur Abseite gab es, wie es früher oft üblich war, eine Holzklappe, die durch das Bett des Kindes verdeckt war.

Dahinter fanden die Beamten mehrere Pistolen, drei Gewehre, zwei Uzis, ein halbes Dutzend Handgranaten und fünfhundert Schuss Munition, ferner eineinhalb Kilo Kokain und eine stattliche Menge Amphetamine.

»Das nenne ich einen satten Fang«, staunte Hauptkommissar Johannsen. »Wenn wir diese Ausbeute auf den Richtertisch legen, wird Föhrenbeck lange auf die Grillabende auf seinem lauschigen Grundstück hier verzichten müssen.«

Lüder nickte versonnen. »Wenn Föhrenbeck einen guten Anwalt hat, rät ihm dieser, dass er sich ein Sitzkissen in den Gerichtssaal mitbringen soll, weil allein die Verlesung aller Straftaten eine Ewigkeit in Anspruch nehmen wird.«

Zwischendurch klingelte Lüders Handy. Gärtner meldete sich. Der Oberrat klang euphorisch.

»Das nenne ich einen erfolgreichen Tag«, begann er. »Dabei wird mir ganz gruselig, wenn ich mir das hier ansehe. Die Waffenkammer eines Bundeswehrbataillons ist armselig gegen das, was wir hier gefunden haben. Und alles vom Feinsten. Das ist aber noch nicht alles. Das ist eine wahre Hexenküche. Die haben alles, um Bomben zu basteln. Herr Lüders, das glauben Sie nicht. Mir wird angst und bange, wenn ich mir vorstelle, dass die Leute das irgendwo eingesetzt hätten. Dieses hier, die Wohnung von dem lungenkranken Mann, ist wirklich eine Kammer des Schreckens.«

»Haben Sie auch Personen festnehmen können?«

Gärtner bedauerte es. »Leider nicht. Wir haben niemand angetroffen. Und Sie?«

Lüder berichtete.

»Endlich können wir Erfolge vorweisen«, sagte Gärtner zufrieden.

Johannsen hatte die Spurensicherung angefordert. Die Experten würden im Haus nach möglichen weiteren Verstecken suchen.

Lüders Handy meldete sich. Er warf einen Blick auf das Display. Margit. Dafür hatte er jetzt keine Zeit. Er drückte das Gespräch weg.

Margit war hartnäckig. Sie rief sofort wieder an. Lüder nahm das Gespräch an.

»Jetzt nicht. Es geht im Moment nicht«, sagte er ärgerlich.

»Hör zu«, sagte eine fremdländisch klingende Stimme. »Wenn du deine Nutte ganz behalten möchtest, kommst du schnellstens hierher. Oder du findest ihren Kopf auf dem Brunnen am Vinetaplatz.«

Lüder durchfuhr es eiskalt. Sekundenlang starrte er auf das Handy.

»Lüder?«, hörte er Margits Stimme aus dem Hintergrund. »Lüder – bitte.«

Es klang markerschütternd flehentlich. Dann meldete sich wieder der Mann.

»Schnell. Und allein. Wenn hier ein anderer Bulle auftaucht, schwingen wir das Schwert. Klar?« Dann war die Verbindung unterbrochen.

Hauptkommissar Johannsen hatte ihn beobachtet.

»Dr. Lüders? Ist irgendetwas? Sie sind plötzlich ganz blass geworden.«

»Nein«, wehrte Lüder ab. »Die Belastungen der letzten Zeit und zu wenig Schlaf. Das fordert seinen Tribut.«

»Schon«, antwortete Johannsen. »Geht's? Oder soll ein Arzt nach Ihnen sehen? Wir haben vorsorglich einen Rettungswagen für den Einsatz angefordert. Der steht hier gleich um die Ecke.«

Lüder versicherte, dass alles in Ordnung sei. »Sie brauchen mich hier nicht mehr«, sagte er zum Einsatzleiter. »Wir haben noch weitere Brennpunkte.«

Er wartete die Antwort nicht ab, sondern beeilte sich, zu seinem BMW zu kommen. Hastig startete er den Motor und montierte das mobile Blaulicht, als er außer Sichtweite war.

Es war noch fast dunkel um diese Zeit. Und Januar. Die Straßen waren feucht und rutschig. Lüder ging das Risiko ein und vergaß alle Vernunft. Er überholte an unübersichtlichen Stellen und ärgerte sich über sich selbst, weil er sich und andere in Gefahr brachte. Er nahm die Kanalfähre Landwehr und handelte sich den Ärger der wartenden Autofahrer ein.

»Wir müssen auch zur Arbeit«, schimpfte einer.

Die Kanalüberqerung dauerte nur wenige Minuten. Ihm erschien es wie eine Ewigkeit. Stampe und Ottendorf hießen die kleinen verschlafenen Dörfer, durch die er fuhr, bis er nach endlos erscheinenden Kilometern den um diese Zeit viel befahrenen Skandinaviendamm erreichte. Er fluchte, weil die anderen Autofahrer sein Blaulicht ignorierten. Noch vor dem Gewerbegebiet Wittland, das überregional als Standort des Privatsenders R.SH bekannt war, verließ er wieder die Hauptstraße. Von hier war es nicht mehr weit bis nach Hassee. Endlich bog er in den Hedenholz ein.

Die Straße lag ruhig und friedlich da. Auch das Lüdersche Haus unterschied sich in nichts von seinen Nachbarn. Ob denen die beiden Fahrzeuge auffielen, die dort parkten? Hinter einem Dacia Lodgy stand ein älterer VW Passat. Lüder fuhr auf die Auffahrt und verzichtete auf das Zusperren der Fahrzeugtüren.

Man schien ihn erwartet zu haben. Die Haustür öffnete sich, bevor er sie erreicht hatte. Lüder hatte die Schwelle noch nicht überschritten, als ihn jemand am Arm packte und hereinriss. Er stolperte in den Flur. Im selben Moment spürte er den kalten Stahl einer Waffe an der Schläfe.

»Ein Mucks, und du bist tot«, sagte eine scharfe Stimme.

Lüder hatte ihn erkannt: Marouan Boussoufa, der beim Übergriff der Thor-Bund-Leute den Rechtsradikalen Klaus Unruh mit Fußtritten verletzt hatte. Auch ihn hatte man, wie Roland Schadtwald, wieder auf freien Fuß gesetzt, allerdings mit der Auflage, dass er die Flüchtlingsunterkunft im nordfriesischen Seeth nur bis zu einem Umkreis von zehn Kilometern verlassen dürfe.

Doch Leute wie er lachten über Vorgaben dieser Art. Für sie war der deutsche Rechtsstaat nur dann existent, wenn es um das Einfordern ihrer Ansprüche ging.

Mit der Pistole, die jetzt im Nacken drückte, wurde Lüder in die Küche dirigiert.

Margit war auf einem Küchenstuhl gefesselt. Panzertape war über ihren Mund geklebt. Die Islamisten hatten einen Strick um ihren Hals gebunden, der am Fenstergriff befestigt war. Wenn sie versuchen würde, sich zu bewegen, würde sie sich selbst strangulieren. Der Blick aus ihren angstgeweiteten Augen traf Lüder bis ins Mark. Er würde ihn nie vergessen können.

Neben ihr stand Saif ad-Dīn, in das lange weiße Gewand gekleidet. Er stützte sich lässig auf das Richtschwert. Dann hob er es an und setzte es Margit an den Hals. Er grinste dabei.

»Deine Frau ist die Nächste, die nach dem Judenschwein enthauptet wird«, sagte er.

Margits Augen flatterten. Sie sah Lüder an. Tu etwas, sagte der Blick. Erlöse mich. Sage mir, dass das alles ein böser Traum ist.

Nie zuvor hatte er sich so hilflos gefühlt.

»Die Kinder?«, fragte er und verstand die Antwort nicht. »Sind sie in der Schule?«

Margit nickte schwach. Es war nur ein kleiner Trost, dass die Islamisten sie nicht auch als Geiseln genommen hatten.

»Halt's Maul«, sagte Saif ad-Dīn. »Jedes weitere Wort kostet deine Frau ein Stück ihres Körpers.«

Lüder wusste, dass der Terrorist nicht zögern würde, die Drohung umzusetzen. Lüder hörte hinter sich ein Geräusch. Dulamah, der oberste Moscheewächter, war in die Küche gekommen. Die drei Männer sprachen arabisch miteinander. Aus dem Tonfall war zu erkennen, dass Dulamah nicht Saif ad-Dīns Meinung zu teilen schien.

Lüder starrte wie gebannt auf das Richtschwert. Saif ad-Dīn – »das Schwert der Religion«, durchfuhr es ihn siedend heiß. Der Mann war nicht nur ein Fanatiker, sondern auch ein eiskalter Mörder. Er würde ohne Hemmungen einen Menschen enthaupten. Shimon Rosenzweig war mit Sicherheit nicht sein erstes Opfer gewesen.

Lüder öffnete den Mund. Saif ad-Dīn hatte es mitbekommen und hielt das Schwert etwa zwanzig Zentimeter über Margits gefesseltes rechtes Handgelenk. Kaum merklich schüttelte er den Kopf. Unmissverständlicher konnte eine Drohung nicht sein.

»Hände hoch. Nicht umdrehen«, befahl Dulamah, der hinter Lüder stand, während Boussoufa einen Schritt zur Seite trat. Der

Marokkaner wirkte angespannt. Er wurde nur durch die beiden anderen unter Kontrolle gehalten.

Lüder hob die Arme in die Höhe.

»Hinterm Nacken«, befahl Dulamah, tastete ihn ab und nahm die Pistole und das Handy an sich.

Lüder sah in Margits Augen das blanke Entsetzen. Sie schrie auf, obwohl es durch das Panzertape nur dumpf hervordrang, und trampelte mit den Füßen auf den Boden. Saif ad-Dīn reagierte sofort. Er schlug mit der flachen Seite des Schwerts auf Margits Hand, dass die Haut über den Knöcheln aufplatzte.

Dann spürte Lüder, wie ihm ein Gürtel umgelegt wurde. Er sah an sich herab. Mein Gott! Wozu waren Menschen fähig?, fragte er sich. Es handelte sich um einen Sprengstoffgürtel.

Lüder hatte Mühe, auf den Beinen stehen zu bleiben. Für einen Moment schien sein Kreislauf zu versagen. Er spürte das Herz rasen. Der Puls lag gefühlt jenseits aller messbaren Grenzen. Es kostete ihn unendliche Überwindung, nicht loszuschreien, zu fragen, warum? Saif ad-Dīn musterte ihn aus ausdruckslosen Augen. Nicht ein Funke Menschlichkeit war darin zu lesen.

Saif ad-Dīn blieb Lüders Angst, die er nur für sich selbst zugab, nicht verborgen. Ein zynisches Grinsen umspielte die Mundwinkel, die fast vollständig von einem wilden Bart verborgen waren.

Dulamah zog Gurte durch Schlaufen. Lüder spürte, wie sie festgezogen wurden. Dann prüfte der Islamist den straffen Sitz. Er schien zufrieden zu sein.

Der Gürtel war handgenäht aus schwarzem, festem Stoff. Er war rundum mit Taschen bestückt, in denen Sprengstoffpakete platziert waren. Sie waren untereinander durch einen Draht verbunden. An der rechten Hüfte war der Funkempfänger montiert. Ein rotes Lämpchen flammte auf. Das Höllenpaket war scharf geschaltet.

Lüder war mutlos. Er sah keine Chance einer Gegenwehr. Jede Aktion würde Margit gefährden. Ihm wurde bewusst, dass er in eine tödliche Falle gelaufen war. Aber er hatte keine Möglichkeit gehabt, ihr zu entkommen. War es ein Fehler gewesen, dass er Margit und die Kinder nicht in Sicherheit gebracht hatte?

Der Farbanschlag auf das Haus war vom Thor-Bund ausgeführt worden. Drohungen gegen Polizisten, seit einiger Zeit auch gegen Politiker wurden oft ausgesprochen. Selten folgten Taten.

Klar! Man hatte ihn ausgewählt, weil er eine Symbolfigur im Kampf zwischen Staat und den Gaardener Islamisten war. Sein spektakuläres Ende würde weltweites Aufsehen erregen. An Bombenattentate in Afghanistan oder im Irak hatte man sich gewöhnt, auch wenn das zynisch klang. Aber einen Polizisten in Kiel in die Luft sprengen?

Er erhielt einen Stoß ins Kreuz. »Vorwärts«, befahl Dulamah.

Lüder sah Margit an. Ihr Blick! Tief grub er sich in seine Seele ein. Er hätte alles gegeben, wenn er sie noch einmal hätte umarmen dürfen. Saif ad-Dīn hatte es mitbekommen. Er drehte die Klinge und hielt sie wieder über Margits Handgelenk.

Lüder kämpfte dagegen an, umzufallen. Er drehte sich um und wischte sich mit dem Handrücken über die Augen. Er konnte sich nicht erinnern, wann er das letzte Mal geweint hatte.

Saif ad-Dīn sagte etwas auf Arabisch. Es klang abschätzig. Die beiden anderen lachten, allerdings eher pflichtschuldig. Besonders Boussoufa hatte Schwierigkeiten, die Haltung zu bewahren.

Dulamah dirigierte Lüder aus dem Haus zum VW Passat. Lüder blieb auf der Beifahrerseite stehen.

»Du fährst«, befahl Dulamah und stieß ihm den Pistolenlauf in die Rückenmuskulatur. Er folgte Lüder, öffnete die Fahrertür und ließ ihn einsteigen. Boussoufa stand an der Beifahrertür. Ihm war anzumerken, dass er nicht in den Passat hineinwollte. Saif ad-Dīn war mit Margit im Haus geblieben.

Dulamah sprach Boussoufa an, ohne dass der reagierte. Noch einmal kam das Kommando. So klang es jedenfalls. In Zeitlupe nahm der Marokkaner auf dem Beifahrersitz Platz. Er wirkte fast ein wenig geistesabwesend. Er hielt die Pistole noch in den Händen, sie war aber nach unten gerichtet.

Dulamah hatte den Wagen umrundet, nachdem er die Fahrertür zugeschlagen hatte. Er streckte seine Hand vor und gab Boussoufa ein kleines Gerät.

Die Fernbedienung. Dulamahs Worte prasselten auf Lüders Beifahrer ein. Dann schlug Dulamah die Tür zu.

»Fahr«, sagte Boussoufa.

Lüder verstand. Der Marokkaner sollte Lüder zu dem Ort führen, an dem der Sprengsatz gezündet werden sollte.

»Wo...«, setzte Lüder an. Erst nachdem er sich geräuspert hatte, war die Stimme frei. »Wohin?«, wiederholte er.

»Fahr«, schrie Boussoufa mit sich überschlagender Stimme und bohrte Lüder die Waffe in die Seite. Mit der rechten Hand hielt er die Fernbedienung so fest umklammert, dass seine Fingerknöchel weiß hervortraten.

Lüder startete den Passat. Es gelang ihm erst im zweiten Versuch. Er warf einem Blick auf das Haus, hinter dessen Fenstern Margit den Islamisten ausgesetzt war. Hoffentlich! Hoffentlich, dachte er, hielten die Verbrecher Wort und ließen sie unbeschadet.

Lüder fuhr im Schritttempo die Straße hinab.

»Hör mal«, begann er, aber Boussoufa unterbrach ihn rüde.

»Halt's Maul, sonst ...«

Was, und sonst?, überlegte Lüder. Diese Fahrt war keine Drohung. Es war eine Hinrichtung.

»Merkst du denn nichts?« Lüder hatte sich wieder etwas gefangen. »Du wirst in den Tod geschickt. Wofür? Man hat es dir eingeimpft. Warum gehen nicht Saif ad-Dīn oder Imam Qassim al'Ab diesen Weg? Sie sollten als Märtyrer —«

»Du sollst das verdammte Maul halten«, schrie Boussoufa aus Leibeskräften.

Lüder ignorierte es. »Dein Tod ist sinnlos. Weder der Prophet noch Allah wollen es. Deine Mutter war auserwählt, dir das Leben zu schenken, damit du Allah dienen kannst, damit du in seinem Namen Gutes tust. Allah will nicht das Blut von Menschen —«

Boussoufa hielt sich die Ohren zu. Dicke Schweißperlen standen auf seiner Stirn. »Hör auf. Hör auf.« Die Stimme des Marokkaners überschlug sich.

Lüder trat auf die Bremse.

»Sei vernünftig«, sagte er und versuchte, ruhig zu klingen. Es fiel ihm schwer. Den Sprengstoffgürtel konnte er nicht ignorieren. Fieberhaft suchte er nach einem Ausweg. Boussoufa hielt den Auslöser in der rechten Hand. Das Gerät war für Lüder unerreichbar.

»Lass es uns zusammen beenden«, sagte Lüder und streckte die Hand aus.

Boussoufa riss die Pistole hoch. Vom Bewegungsablauf war er Rechtshänder. Deshalb wirkte die Handlung ungelenk. Er drückte Lüder den Lauf gegen die Schläfe.

»Wenn du abdrückst, bist du ein Versager«, erklärte Lüder.

Boussoufa nagte an der Unterlippe. Das Argument schien ihm einzuleuchten.

»Fahr endlich«, schrie der Marokkaner.

Lüder nahm den Fuß von der Bremse. Es war nur ein kurzes Stück bis zum Ende der Straße. Dann schlug er das Lenkrad ein und fuhr rechts in den Sandweg, der von den Häusern fortführte.

»Halt sofort an«, schrie Boussoufa. »Wir müssen in die andere Richtung.«

»Nein«, sagte Lüder grimmig.

An diesem Weg lagen auf der einen Seite nur Kleingärten mit Lauben. Um diese Jahreszeit hielt sich dort niemand auf.

»Ich … ich …«, stammelte Boussoufa hilflos. Er hatte die Situation nicht mehr im Griff.

Lüder wollte es nicht verantworten, mit dem Sprengsatz an einen belebten Ort dirigiert zu werden. Dort würden zahlreiche andere Menschen Opfer werden. Er selbst und Boussoufa waren ohnehin dem Tod geweiht. Der Mann auf dem Beifahrersitz schien entschlossen zu sein, den Auftrag auszuführen. Immer wieder forderte er Lüder auf, umzukehren. Entschlossen schüttelte Lüder den Kopf. Er hatte die Lippen zu einem schmalen Spalt zusammengepresst.

Das also war das Ende. Viele Menschen stellten Gedanken darüber an, wie ihr Abschied von dieser Welt aussehen würde. Niemand dachte dabei an einen Sprengsatz, der das Leben beschließen würde.

Boussoufa trommelte auf das Armaturenbrett. Er war wie von Sinnen. Lüder erkannte, dass der Mann sich nicht vor dem Tod fürchtete, sondern davor, zu versagen. Er würde nicht auf Lüder schießen. Sein ganzes Trachten galt der Bombenexplosion am vorgegebenen Ort. Er wollte unbedingt seinen Auftrag ausführen.

Lüder bremste das Fahrzeug und schaltete den Motor ab.

»Los. Sofort wieder anmachen.« Die sich überschlagende Stimme des Marokkaners war kaum noch zu verstehen.

»Nein«, sagte Lüder und wunderte sich, wie ruhig er plötzlich war. Die Angst, der Gedanke an den Tod – all das war in diesem Moment von ihm gewichen. Wenn man ihm unausweichlich ins Auge sah, hatte der Sensenmann seinen Schrecken verloren. Ob es todkranken Menschen auch so erging?

Boussoufa nahm die Pistole in die rechte Hand und versuchte, den Auslöser und die Waffe gleichzeitig zu halten. Das misslang. Mit einem hysterischen Blick sah er Lüder an. Dann schob er die Waffe in die Ablage der Beifahrertür. Seine Hand umklammerte immer noch den Auslöser. Der Zeigefinger lag direkt auf dem Knopf. Mit der linken Hand drehte der Marokkaner am Zündschlüssel. Seine Konzentration war auf das Starten des Wagens ausgerichtet.

Lüder überlegte, ob er Boussoufa überwältigen konnte. Da war unmöglich. Er kam nicht an die rechte Hand heran. Vorsichtig fuhr er mit der linken Hand zu seinem Rücken. Die Waffe hatte man ihm abgenommen, aber nicht die Handschellen. Für den Einsatz auf Föhrenbecks Hof hatte Lüder ausnahmsweise Metallfesseln eingesteckt. Die löste er.

Ein kurzer Blick zeigte ihm, dass Boussoufa wie von Sinnen war. Immer wieder drehte er am Zündschlüssel. Als der Anlasser ein weiteres Mal ansprang, nahm Lüder den Fuß von der Kupplung. Der Passat machte einen Bocksprung vorwärts. Boussoufa hatte damit nicht gerechnet.

Diesen Moment nutzte Lüder, um blitzschnell die Hand des Marokkaners mit dem Zündschlüssel zu packen, eine Hand mit dem eisernen Ring zu umschließen und Boussoufa ans Lenkrad zu ketten. Verblüfft hielt der Mann inne und starrte auf die Fesselung. Dann zerrte er wie wahnsinnig daran. Vergeblich. Er schrie etwas. Lüder verstand es nicht. Boussoufa sprach arabisch.

»Wir werden sterben«, brüllte er plötzlich auf Deutsch.
Lüder nickte lethargisch. »Ja. Beide. Hier und nicht dort, wo du hinsolltest.«

Boussoufa wollte zur Pistole greifen. Es misslang. Er hätte dafür die Zündeinrichtung aus der Hand legen müssen. Sein Gesichtsausdruck veränderte sich. Von erregt über wütend wandelte sich seine Mimik zu traurig.

Er lehnte sich zurück, schloss die Augen und begann ein Gebet zu murmeln.

Lüder verstand. Boussoufa hatte eingesehen, dass es kein Entrinnen gab, weder für ihn noch für Lüder. Er schloss ebenfalls die Augen und versuchte, sich an bestimmte Dinge zu erinnern. An das Elternhaus in Kellinghusen. Die Schulzeit. Das Studium. Margit und die Kinder.

Plötzlich war es still im Auto. Totenstill. Lüder sah zur Seite. Boussoufa musterte ihn. Unendlich lange. Dann hob der Marokkaner die Hand. In Zeitlupe. Lüder sah, wie sich der Zeigefinger bewegte. Er schloss die Augen. Die einzige Hoffnung war, dass man nichts merken würde. Bitte. Lass mich schnell sterben. Keine Verletzung. Und verschone Margit.

Die Hundertstelsekunden dehnten sich zu einer Ewigkeit.

Nichts geschah.

Lüder öffnete die Augen und sah zu Boussoufa hinüber. Der Marokkaner drückte immer wieder auf den Auslöser.

Nichts. Das Gerät versagte.

Immer hektischer wurden Boussoufas Bewegungen. Er drückte und begann dabei zu fluchen.

Lüder hob seine linke Hand. Langsam. Dann ließ er sie vorschnellen und traf Boussoufa am Hals. Der Marokkaner zuckte, dann fiel er in sich zusammen. Der Angriff war überraschend gekommen.

Lüder atmete durch. Er saß ein paar Sekunden bewegungslos da. Warum war der Sprenggürtel nicht explodiert? Ein technisches Versagen? Nein, war er überzeugt. Dulamah hatte den Sprengsatz angelegt. Offenbar war der Moscheewächter der Bombenexperte.

Dulamah!

Geert Mennchen hatte von einem Maulwurf bei den Islamisten gesprochen. Natürlich. Dulamah. Der hatte Zugang zum innersten Zirkel, ohne als Spitzel verdächtigt zu werden. Die Führer der Islamisten achteten nicht auf den Mann in ihrer engsten Umgebung. Dulamah hatte den Sprengsatz so präpariert, dass er nicht explodieren konnte.

Lüder sah auf seine Hand, die unkontrollierbar zu zittern begann. Dann vibrierte sein ganzer Körper. Er beugte sich über Boussoufa hinweg, griff die Pistole und den Zünder, fischte aus der Jackentasche des Marokkaners dessen Handy und stieg aus. Er entfernte sich ein Stück von dem Passat und wählte dann die Nummer Dr. Starkes.

Edith Beyer meldete sich geschäftsmäßig.

»Lüders. Ich muss Starke sprechen.«

»Was ist das für ein Apparat?«, fragte die Abteilungssekretärin und ergänzte: »Ich weiß nicht, ob –«

»Sofort. Es geht um Leben und Tod.«

Kurz darauf meldete sich der Kriminaldirektor.

»Lüders. Hören Sie mir einfach zu«, sagte Lüder und schilderte kurz die Situation. »Schicken Sie einen Knallfrosch her, der mich von diesem Keuschheitsgürtel befreit. Da ich nicht zu der Fraktion gehöre, die von zweiundsiebzig Jungfrauen erwartet wird, ist der Sprengsatz bei meiner Lage ein echtes Manko. Wenn er hochgeht, würde mir das für immer ein Stück Lebensfreude nehmen. Außerdem – ich brauche das SEK bei mir zu Hause.«

Dr. Starke sagte nur: »Okay.«

Dann begann das Warten. Wie immer schien eine Ewigkeit vergangen zu sein, bis der erste Streifenwagen eintraf. Lüder forderte die Beamten durch Zuruf auf, Abstand zu halten. Schließlich traf das Team des LKA ein, angeführt von Dr. Starke persönlich.

»Geht es Ihnen gut?«, rief der Abteilungsleiter.

»Prächtig«, erwiderte Lüder. »Sagen Sie dem Experten, er soll vorsichtig sein. Ich brauche das Sprengmaterial für die nächste Silvesterfeier.«

Langsam näherte sich der Spezialist für Bombenentschärfungen. In seiner Schutzkleidung hatte er Ähnlichkeit mit einem Astronauten. Das Gesicht war hinter dem spiegelnden Visier nicht zu erkennen. Schwerfällig kämpfte sich der Mann Schritt für Schritt heran.

Der Mann? Lüder grinste. Warum war noch niemand auf die Idee gekommen, auch für solche Aufgaben eine Frauenquote zu fordern? Während Dr. Starke und die anderen Einsatzkräfte aus sicherer Distanz das Geschehen verfolgten, hatte der Sprengstoffexperte Lüder erreicht.

»Sie? Wer sonst treibt solche Späße«, sagte er und war nur schwer verstehbar.

»Als vielfacher Familienvater muss man haushalten. Ich kann mir keine andere Form von Abenteuerurlaub leisten.«

»Und mit Ihrer Frau wollten Sie nicht weg? Es ehrt mich, dass Sie ausgerechnet mich als Reisegefährten auserwählt haben.« Der Mann bat Lüder, stillzuhalten.

»Schon aus Eigennutz. Meinen Dienstsport treibe ich an einem anderen Platz.«

Der Sprengstoffexperte umrundete Lüder und zupfte vorsichtig an dieser und jener Stelle.

»Interessant«, murmelte er.

»Um keine Missverstände aufkommen zu lassen«, sagte Lüder. »Ich weiß Ihre Arbeit zu schätzen, aber ich möchte trotzdem kein Doppelgrab mit Ihnen.«

»Bis das so weit ist, haben Sie diese Aktion lange vergessen«, erwiderte der Mann.

»Schäfertöns«, sagte Lüder. Jetzt war ihm der Name des Kollegen eingefallen.

»Das wird auf meinem Grabstein stehen.«

»Dann schön vorsichtig. Befreien Sie mich von diesem Ding. Allmählich drückt es auf den Hüften.«

»Mein Tipp: nur jeden zweiten Tag Bratkartoffeln essen. Da rutscht so ein Gürtel von allein herunter.« Schäfertöns hatte etwas gefunden. »Ja. Da sitzt das Aas. Interessant.« Für den Experten schien alles »interessant« zu sein. »So. Jetzt schön stillhalten. Und drücken Sie nicht aus Versehen auf den Auslöser. Das ist teuer für den Ministerpräsidenten. Dann muss er gleich zwei Witwenrenten bezahlen, ohne dafür eine Gegenleistung zu erhalten.«

Lüder erklärte, dass die Auslösung nicht funktioniert hatte.

»Interessant«, befand Schäfertöns.

Lüder spürte, wie der Mann begann, am Sprengstoffgürtel herumzufummeln. Dabei führte er ein unverständliches Selbstgespräch. Nur einmal bat er: »Halten Sie die Arme in die Höhe.«

Lüder konnte nicht sehen, was Schäfertöns tat. Einmal zuckte er zusammen, als er spürte, wie der Bombenexperte am Gürtel zerrte.

»Interessant?«, fragte Lüder nach einer Weile.

Schäfertöns unterbrach kurz seine Arbeit. »Bitte?« Dann lachte er. »Ja – sehr interessant.«

Lüder sah den Weg hinunter, dann über die Wiese in Richtung Hedenholz. In einem der Häuser war er zu Hause. Plötzlich stutzte er. Ein Mann kam über die Wiese gestapft.

»Schäfertöns. Wir bekommen Besuch.«

»Besuch?« Der Sprengstoffexperte sah in die angezeigte Richtung. »Was ist das für ein Idiot? Wer macht so etwas?«

»Der Idiot heißt Leif Stefan Dittert und ist Reporter beim Boulevardblatt.«

»Der soll abhauen. Verdammt. Ich würde ihn gern in den Arsch treten. Im Augenblick habe ich aber zwei sensible Drähte in der Hand.«

»Verschwinden Sie, Dittert«, rief Lüder.

Der Journalist ließ sich nicht beeindrucken.

»Sind Sie nicht ganz dicht?«, fragte Lüder, als LSD bei ihnen war.

Dittert zeigte ein schiefes Grinsen. »Das ist mein Job. Wenn das Ding hier hochgeht – das gibt eine Riesenschlagzeile: Starreporter interviewt Bombenopfer auf dem Flug zur Wolke sieben.«

»Sie verdammter Idiot. Hauen Sie ab.«

Dittert schüttelte den Kopf und begann, die beiden Polizisten zu umkreisen. Fortwährend klickte seine Kamera.

»Interessant«, murmelte Schäfertöns ein weiteres Mal, dann

spürte Lüder, wie der Druck um seinen Leib nachließ. Der Experte hielt den Sprengstoffgürtel in einer Hand und ließ ihn herabbaumeln. Er streckte den Arm Dittert entgegen. »Halten Sie mal kurz.«

Für den Bruchteil einer Sekunde sah es aus, als würde der Journalist zugreifen. Dann fuhr er erschrocken zurück. »Bin ich denn verrückt?«

»Ja«, erwiderte Lüder. Er atmete tief durch.

Auf Schäfertöns' Winken hin näherte sich ein weiterer Sprengstoffspezialist mit einem Handwagen, auf dem er eine Kiste transportierte.

»Super, Uwe«, lobte der Kollege Schäfertöns, als er die kleine Gruppe erreichte. »Schwierig?«

»Interessant.«

Gemeinsam betteten sie den Sprengstoffgürtel in die Kiste. Dann verschlossen sie den Deckel. Schäfertöns schob das Visier in die Höhe. Jetzt konnte Lüder das schweißnasse Gesicht erkennen.

»Danke«, sagte er und klopfte dem Sprengstoffexperten auf die Schulter.

Schäfertöns lachte erleichtert auf. »Das war das erste Mal, dass ich so etwas am lebenden Objekt gemacht habe.«

Lüder erschreckte sich, als Dittert seine Pranke auf Lüders Schulter fallen ließ.

»Mensch, Lüders. Ich wusste ja, dass Sie ein Teufelskerl sind. Aber gleich als lebende Bombe herumlaufen ... Donnerwetter. Die Story müssen Sie mir erzählen. Exklusiv. Ich gebe auch einen aus.«

»Scheren Sie sich zum Teufel.«

»Zu dem, dem Sie gerade von der Schippe gesprungen sind?«

Dittert war aufdringlich, nervig, ein unangenehmer Zeitgenosse. Aber der Kerl hatte Mut, dachte Lüder.

»Ich muss jetzt in der Sache aktiv werden«, versuchte Lüder Dittert abzuwimmeln. »Übermorgen. Vielleicht«, schob er hinterher.

»In einer Stunde«, erwiderte der Journalist.

»Morgen.«

»In zwei Stunden.«
»Morgen Vormittag.«
»Heute Abend.«
Es war wie auf einem orientalischen Basar. Lüder ließ Dittert stehen und ging langsam auf die Gruppe zu, die in sicherem Abstand gewartet hatte. Aus ihrer Mitte löste sich Dr. Starke.

Der Kriminaldirektor sah genauso blass aus, wie Lüder wohl aussehen würde, wenn er in einen Spiegel sehen könnte. Dr. Starke breitete die Arme aus, als würde er ein kleines Kind auffangen wollen. Als sie sich gegenüberstanden, nahm er Lüder in die Arme und drückte ihn fest an sich.

»Mensch, Lüder«, sagte er nach einer Weile mit belegter Stimme.

Lüder fiel auf, dass das »s« fehlte. Der Kriminaldirektor hatte ihn noch nie mit Vornamen angesprochen.

Lüder spürte, wie Dr. Starke ihm auf den Rücken klopfte.

»Ich habe noch nie in meinem Berufsleben so bange Minuten durchlebt«, sagte der Kriminaldirektor. »Das glaubst du nicht.«

Du?, überlegte Lüder.

»Das ist unser Job. Allerdings brauche ich es nicht täglich. Meine Frau –«

»Ich weiß«, unterbrach ihn Dr. Starke. »Johannsen und das SEK sind sofort zu dir nach Hause gefahren, als wir davon hörten. Du kannst unbesorgt sein. Deiner Frau geht es gut. Relativ. Der Notarzt versorgt sie. Dann bringen wir sie ins Krankenhaus. Sie hat einen Schock. Ich habe veranlasst, dass ein Psychologe aus dem Kriseninterventionsteam in die Uniklinik fährt. Frau Beyer ist mit einer Streife zu euch unterwegs.«

Sie hatten die Umarmung inzwischen wieder gelöst. »Das alles haben Sie …?« Lüder war sprachlos.

Dr. Starke hielt ihm die Hand entgegen. »Jens«, sagte er.

Lüder nahm die Hand entgegen. In diesem Moment hatte sich viel verändert. Nur der Händedruck des Vorgesetzten war lasch wie immer.

Zwölf

Jens Starke hatte Lüder zum Hedenholz gefahren. Dort hatte sich eine Anzahl Schaulustiger eingefunden. Als Lüder aus dem Mercedes stieg, trat Frau Mönckhagen aus der Ansammlung hervor und bewegte ihre Hände, als würde sie Hühner über den Hof scheuchen.

»Geht nach Hause. Hier gibt es nichts zu gaffen«, sagte sie, um sich dann Lüder zuzuwenden. »Kann ich behilflich sein?«

Lüder lehnte dankend ab und ging ins Haus. Er stieß auf Hauptkommissar Johannsen und dessen Männer. Es war ein merkwürdiges Gefühl, lauter fremde Menschen in der Wohnung zu haben. So musste es Leuten ergehen, bei denen zu Hause eingebrochen worden war und die sich danach mit der psychischen Belastung auseinandersetzen mussten, dass ihre Burg nicht mehr unantastbar war. Fremde waren in ihre Intimsphäre eingedrungen.

Die Islamisten hatten ebenfalls das Haus durchsucht, Schubladen und Schränke geöffnet, aber nicht randaliert und – soweit Lüder es feststellen konnte – nichts gestohlen. Lediglich in Vivekas Zimmer hatten sie den Schrank ausgeräumt und die Kleidung zerrissen. Auch im Bad war die Kosmetik der beiden Frauen vernichtet worden.

Wie können Menschen nur so verbohrt sein?, durchfuhr es Lüder.

Johannsen informierte ihn darüber, dass man eine Großfahndung nach Saif ad-Dīn und Dulamah, aber auch nach Imam Qassim al'Ab eingeleitet habe. Bisher allerdings ohne Erfolg.

Lüders Besuch in der Uniklinik war nur teilweise von Erfolg gekrönt. Man hatte Margit ein Beruhigungsmittel gegeben. Sie war nicht ansprechbar. Er konnte zumindest eine Weile an ihrem Bett sitzen und ihre Hand halten. Dann war er ins LKA gefahren.

Man hatte Alf Föhrenbeck und Roland Schadtwald inzwischen verhört. Während Föhrenbeck zu den Vorwürfen schwieg und den »undeutschen« Auftritt fremder Kulturen in Gaarden geißelte, erging sich Schadtwald in wüsten Beschimpfungen und Drohungen gegen die Beamten.

Außerdem arbeitete man fieberhaft an der Auswertung der Funde, die man auf Föhrenbecks Hof, aber auch in der Nur-al-Din-Moschee und den anderen Wohnungen sichergestellt hatte.

»Da kann einem angst und bange werden«, stellte Gärtner fest. »Das ist ein Waffenarsenal ... Junge, Junge. Wir können außerdem davon ausgehen, dass die Islamisten einen oder mehrere Anschläge geplant haben. Dass sie mit Bomben umgehen können, haben Sie ja am eigenen Leib erfahren.«

Lüder hatte noch niemandem von seinem Verdacht berichtet, dass Dulamah den Sprengstoffgürtel absichtlich so geschaltet hatte, dass er nicht explodiert war. Er schloss sich in seinem Büro ein und rief Mennchen an. Natürlich war der Verfassungsschützer schon informiert. Er war Profi genug, um Lüder nicht mit Fragen zu behelligen.

»Machen wir es kurz«, sagte Lüder. »Dulamah ist Ihr Mann.«

»Muss ich darauf antworten?«

»Danke.«

Für Lüder war es eine Bestätigung. Er hatte mit seiner Vermutung recht gehabt.

Dreizehn

Uwe Stutzer schlenderte langsam die Elisabethstraße hinab. Im Hintergrund waren die gewaltigen blauen Portalkräne der Werft zu sehen. Gern hätte er dort gearbeitet. Wie es früher für Gaardener üblich war. Das Schicksal hatte es anders bestimmt. Die Werft hatte keine guten Zeiten durchlebt, als er ins Berufsleben eintreten sollte.

»Du musst etwas Handfestes lernen, etwas, das Zukunft hat«, hatte sein Opa ihm erklärt. »Und Wohnungen brauchen die Menschen immer.«

Uwe Stutzer hatte eine Maurerlehre begonnen. Wenn er heute gefragt wurde, warum er die Ausbildung »geschmissen« hatte, antwortete Stutzer stets: »Es waren die Umstände.«

Überhaupt spielten die »Umstände« eine wichtige Rolle in seinem Leben. Seine Eltern waren Adelige gewesen, so behauptete er immer. Sie seien »auf und davon«. Der Vater hatte sich schon vor der Geburt des Sohnes aus dem Staub gemacht. Stutzer kannte ihn nur als Schriftzug in der Geburtsurkunde. Die alleinerziehende Mutter war Kellnerin gewesen. Sie wollte mehr verdienen und hatte sich als Saisonkraft auf einer Nordseeinsel verpflichtet. Im Winter zog sie mit dem Tross weiter in die Touristengebiete mit Schneegarantie. Briefe und Geldsendungen wurden seltener, bis sie irgendwann ganz eingestellt wurden.

Stutzer wuchs bei Opa Fritz und Oma Jutta in der Gazellestraße auf. In der Zwei-Zimmer-Wohnung hatte er sein Bett in der Küche stehen. Dort wohnte er auch während der Lehre und danach, als er immer wieder als Helfer auf verschiedenen Baustellen tätig war. Dann kam »der Rücken«. Die Umschulung, die die Arbeitsagentur ihm abverlangte, brach er ab. »Fachkraft für Logistik« war nicht seine Welt. Seitdem war er arbeitslos und ging hartzen.

Mit Opa Fritz hatte er damals die Welt entdeckt. Die hieß Gaarden. Selten waren sie drüben in der »Stadt« gewesen. Mit den

Großeltern führte sein Weg bei der Bäckerei Mohr in der Elisabethstraße vorbei. Die Bärentatzen, die es dort gab, schmeckte er heute noch auf der Zunge. Ein besonderes Ereignis war es, wenn Opa sich im Hutgeschäft an der Ecke Augustenstraße einen neuen Elbsegler kaufte. Wie oft war das vorgekommen? Einmal? Zweimal?

Stutzer vergrub die Hände in den Taschen der abgetragenen Lederjacke. Er fror am kahl geschorenen Schädel. Die Piercings in Augenbraue und Nase waren ebenfalls Kältebrücken. Das Drachentattoo kroch förmlich aus dem Kragen hervor und klebte am Nacken.

Das Gaarden seiner Kindheit war nur noch Erinnerung. Heute sah sein Viertel, das er nie richtig verlassen hatte, fremd aus. Die alteingesessenen Geschäfte waren anderen gewichen. Die Kneipen waren verschwunden. Wenn wieder ein Kaufmann aufgab, zogen ausländische Ladenbesitzer ein. In der Elisabethstraße hatten sich türkische Supermärkte breitgemacht. Stutzer hörte manchmal, dass die Leute von exotischen Spezialitäten sprachen, die es dort angeblich zu kaufen gab. Nix da. Die hatten nicht einmal preiswertes Bier, das aus dem schmalen Etat eines Hartzers bezahlt werden konnte.

Nur noch selten traf Stutzer bei seinem Gang durch das Quartier Leute, die er kannte. Wenn eine Wohnung frei wurde, zogen Fremde ein. In seinem Haus war es, noch zu Opas Zeiten, ein Italiener. Dann folgten die Portugiesen, bis auch sie den Stadtteil wieder verließen und Platz für die auf Stutzer so fremd wirkenden Leute aus dem Nahen Osten machten.

Er bummelte die Elisabethstraße entlang, ärgerte sich, dass die orientalische Großfamilie die ganze Breite des Gehwegs mit Beschlag belegte, und musste sogar auf die Straße ausweichen, weil eine Gruppe älterer Männer mit ihrem Palaver den Weg vor dem Eingang zum türkischen Supermarkt blockierte. Ein Stück weiter stank es erbärmlich aus einem Eingang. Dort musste uriniert worden sein. Es waren aber nicht nur die nassen Flecken. Mit Abscheu registrierte er, dass auch andere Ausscheidungen dort hinterlassen worden waren. Dazwischen lag eine zerrissene

Plastiktüte, aus der Kleiderfetzen hervorlugten. Zigarettenkippen und Kronenkorken vervollständigten den Schmutz. Eine Schlafstätte für Menschen, die ganz unten angekommen waren.

An der Straßenecke blieb Stutzer stehen. Er war nicht ängstlich und wusste sich im Zweifelsfall zu wehren. Aber in die Augustenstraße, zumindest in diesen Abschnitt, traute er sich nicht mehr hinein. Dieses Teilstück galt als Sperrgebiet. Es wäre ungesund gewesen, wenn er, den man aufgrund seines äußeren Erscheinungsbildes »Nazi« schimpfte, in die »verbotene« Straße eingebogen wäre.

Die Augustenstraße war fest in fremder Hand. Die Läden und die Bewohner vermittelten den Eindruck, in irgendeinem finsteren Viertel einer heruntergekommenen orientalischen Großstadt zu sein. Auf den Straßen standen Männer mit Bärten, fast alle hielten Smartphones in der Hand und telefonierten. Man munkelte, dass dort im großen Stil gedealt wurde. Auch sonst war es eine verschlossene, geheimnisvolle Welt.

Stutzer vergewisserte sich, dass die Männer, die dort herumlungerten, ein Stück von seinem Standort entfernt waren. Sonst hätte er es nicht gewagt, sie zu beobachten. Er wollte sich abwenden, als ein dunkler Van die Augustenstraße von hinten entlangkam und mitten auf der Fahrbahn der Einbahnstraße anhielt. In Gaarden fuhren nicht nur alte Gebrauchtwagen herum, man traf auch Leute, die mit aufgemotzten Edelkarossen durch die Straßen patrouillierten. Diesen Wagen hatte Stutzer noch nie gesehen.

Die Bärtigen mit den Handys starrten auf das Auto, dem zwei schwarz gekleidete Männer entstiegen. Stutzer rieb sich die Augen. Es war wie in einem Actionfilm. Die Männer trugen Sturmhauben, die nur einen schmalen Sehschlitz frei ließen. Einer hatte eine Maschinenpistole unterm Arm und richtete sie auf die Handymänner. Sie wirkten wie gelähmt. Dann stoben sie auseinander und versuchten, fluchtartig in Hauseingänge zu verschwinden. Plötzlich waren nur noch Frauen mit Kopftüchern auf der Straße, die kleine Kinder an den Händen hielten oder sie in der Karre schoben.

Der Mann mit der Maschinenpistole machte eine unmissverständliche Geste, dass sie verschwinden sollten, während der zweite ein Gerät aus dem Van geholt hatte, es auf der Fahrbahn ablegte und zwei Schritte zurücktrat. Er hielt eine Art Fernbedienung in den Händen, die Stutzer von ferngelenkten Modellautos kannte. Das Gerät erhob sich, taumelte ein wenig und flog in die Höhe.

Stutzer starrte gebannt auf das Gerät. Klar. Es war eine Drohne, die manche zum Vergnügen fliegen ließen, die aber auch mit einer Kamera ausgestattet werden konnte, um damit Bilder aus der Höhe zu machen. Stutzer hatte gehört, dass sich Filmleute solcher Geräte statt Hubschrauber bedienten, wenn sie Verfolgungsjagden aus der Luft aufnahmen. Im Prinzip wurden größere Drohnen auch für militärische Zwecke eingesetzt. Sie wurden ferngelenkt und konnten schießen und Bomben gezielt irgendwo absetzen.

Die Drohne flog jetzt über dem Van, beschrieb einen Bogen und kreiste in der Straßenschlucht. Der Mann mit der Fernbedienung ließ sie ein Stück entgegen der Fahrtrichtung fliegen. Dann schien es, als würde die Drohne tanzen. Mehrfach flog sie im Kreis, bis sie aus der Bahn geworfen und an eine Hauswand katapultiert wurde.

Stutzer hörte es klirren, als die Drohne durch das Fenster flog. Fast im selben Moment knallte es. Das Fenster flog samt Glas und Rahmen auf die Straße. Ein Lichtblitz kam herausgeschossen. Ihm folgte eine Staubwolke. Noch während der Explosion waren die schwarzen Männer in den Van gesprungen. Mit quietschenden Reifen startete das Fahrzeug, kam kurz ins Schlingern, bremste kaum ab, als es Stutzers Höhe erreichte, und bog in die Elisabethstraße Richtung Werft ab.

Stutzer sah dem Fahrzeug mit offenem Mund nach. Es war schon fast an der Werftstraße, wo es rechts abbog, als er endlich begriff, was sich vor seinen Augen abgespielt hatte.

Uwe Stutzer saß in Lüders nüchternem Büro im Landeskriminalamt. Er hatte sich als Zeuge gemeldet.

Lüder hatte ihn befragt und erfahren, wie sich der Vorfall ereignet hatte.

In dem Zimmer, in dem die durch die Drohne transportierte Bombe explodierte, hatte es verheerend ausgesehen. Es bestand kein Zweifel, dass es sich um eine Bombe handelte, die so bemessen war, dass sie zerstörerisch in dem Raum wütete, aber dem Rest des Gebäudes keinen vernichtenden Schaden zufügte, insbesondere nicht den Menschen, die dort wohnten.

Ganz war das nicht aufgegangen. Der Rettungsdienst hatte sich um Verletzte kümmern müssen. Die Bewohner waren mit Knalltraumata, Schockzuständen und Schnittverletzungen durch umherfliegende Trümmer behandelt worden.

Wenn man es zynisch betrachtete, waren das Kollateralschäden. Für Zynismus war jedoch kein Platz. Diese Explosion war ein schweres Verbrechen.

Lüder bezweifelte, dass die Täter die Dosierung des Sprengsatzes so exakt hatten berechnen können, dass nur dieses eine Zimmer betroffen war. In dem Raum hatte man drei zerfetzte Leichen gefunden. Noch war es eine unbestätigte Vermutung, aber sie zielte darauf ab, dass es sich um Saif ad-Dīn, den Hassprediger Qassim al'Ab und Dulamah handeln könnte.

Schon wieder die schwarzen Männer. Wer verbarg sich dahinter? Lüder übergab Stutzer an einen anderen Beamten, der ihn noch einmal befragen und die Details der Aussage, Aussehen des Fahrzeugs und der Männer, aufnehmen würde. Die Polizei war ausgeschwärmt, um nach weiteren Zeugen zu suchen. Niemand sonst wollte den Vorgang beobachtet haben. Die Augustenstraße schien zum Zeitpunkt der Explosion menschenleer gewesen zu sein.

Als Lüder wieder allein in seinem Büro saß, stemmte er sich in den Schreibtischsessel. Wer waren die schwarzen Männer, die auch ihm geholfen hatten? Sie gehörten nicht zu Föhrenbecks Thor-Bund. Pastor Piepke und seinen Evangelikalen traute Lüder das Ganze nicht zu. Den Verdacht, dass Sawitzki und ein paar frustrierte Polizisten dahinterstecken könnten, hatte Lüder verworfen. Eine Bürgerwehr kam nicht in Frage. Von deren Existenz hätten sie erfahren.

Eine solche Aktion bedurfte einer guten Planung und Vorbereitung, einer professionellen Durchführung und dafür konzipierten Materials. Das waren Profis. Und zwar hoch spezialisierte Profis. So etwas konnten nur Geheimdienste organisieren und durchführen. Und nur wenige waren so perfekt wie der Mossad.

Die Islamisten hatten Jagd auf jüdische Mitbürger gemacht, sie nicht nur ermordet, sondern auf besonders grausame Weise getötet. Die Bilder waren um die Welt gegangen und hatten die Bundesrepublik in ein schlechtes Licht gesetzt. Der Bauunternehmer Silberstein hatte in einem Gespräch erwähnt, dass man in Israel mit Sorge auf Kiel sehe. Offensichtlich hatte Silberstein seine Kontakte spielen lassen. Das kleine Land im Nahen Osten hatte reagiert. Terroristen auf der ganzen Welt wussten, dass Israel nicht mit sich spielen ließ und prompt Vergeltungsschläge folgen würden.

Das Feuer in Gaarden schien gelöscht. Vorerst. Die Jagd nach den Bombenattentätern öffnete ein neues Kapitel.

Dichtung und Wahrheit

Die Handlung dieses Romans ist frei erfunden. Das gilt auch für alle dort auftretenden Figuren. Es gibt auch keine Nur-al-Din-Moschee, die ebenso wie die auftretenden Protagonisten ohne reales Vorbild ist.

Tatsache ist aber, dass Gaarden ein besonderer Problembezirk ist, in dem an vielen Stellen die Hoffnungslosigkeit wohnt. Es ist nicht gelungen, diesem Schmelztiegel unterschiedlicher Kulturen ein lebendiges oder gar folkloristisches Bild zu geben. Sicher liegt es auch an einem Teil der Menschen, die dort hausen – ich sage bewusst nicht: wohnen oder gar leben.

Die Recherche für diesen Roman war anders als gewohnt.

In Gaarden gibt es eine Vielzahl wunderbarer Häuser aus der Gründerzeit, von denen viele liebevoll restauriert worden sind. Traurig sind dagegen die zahlreichen Eingangstüren. Billiges Blech, zerschrammt, zerschlagene Glasscheiben, manchmal nur mit einer Spanplatte vernagelt. Graffitiverschmiert. Die *tags* scheinen Symbole dafür zu sein, dass sich hinter den Türen oft eine andere, düstere Welt verbirgt.

Auf den Straßen liegt der Abfall, als wäre gerade Sperrmüllabfuhr. Der orientalische Supermarkt lagert seine leeren Paletten auf dem Gehweg, direkt neben der Obstauslage. Mitten auf dem Bürgersteig finden sich Glasscherben, Erbrochenes und jede Menge Hundehaufen. Im Rinnstein sammelt sich der Dreck. Rund um einen Wohnblock scheinen die Bewohner ihren Abfall aus den Fenstern zu entsorgen. Man glaubt es nicht. Dreck. Überall Dreck. Ich habe auch einen Blick in die öffentliche Toilettenanlage geworfen (Recherchearbeit ist manchmal hart). Selbst starke Magennerven sind da überfordert.

Einmal bin ich angesprochen worden. Ein Mann mit »Rockeroutfit«, Glatze, aus dem Kragen kommenden Tattoos und ganz viel Blech an Ohren, Nase und sonst wo, keine vertrauenswürdig erscheinende Gestalt, steuerte auf mich zu, als ich an einer

Straßenecke stand, und fragte mich höflich: »Suchen Sie etwas? Kann ich Ihnen helfen?«

Ich habe Gaarden mehrfach besucht, zu unterschiedlichen Tageszeiten, bin unter dem kritischen Blick der Bewohner in dunkle Hinterhöfe gegangen und habe mich dort umgesehen. Besonders spannend war der Besuch der Augustenstraße, in der jeder Bezug zu »Kiel« verloren geht. Geschäfte und Menschen wirken fremdartig. Düsterer kann es in manchem dunklen Viertel im Nahen Osten auch nicht sein. Mich verfolgten die dunklen Blicke der dort zuhauf herumstehenden Männer, alle mit einem Smartphone am Ohr.

Angesprochen oder gar behelligt wurde ich ansonsten nie. Fast nie. Bei einem Besuch in Gaarden habe ich mein Auto in einer der Nebenstraßen geparkt. Bei meiner Rückkehr stand ein türkischer Geschäftsinhaber vor seiner Ladentür und fragte, ob es mein Fahrzeug sei. Es sei nicht gut, erklärte mir der Mann, das Navigationsgerät offen im Auto zu zeigen. Nicht in Gaarden. Das solle ein guter Rat sein. Er habe in der Zwischenzeit auf mein Fahrzeug aufgepasst.

Ich habe Jugendliche gesehen, die auf den wenigen freien Plätzen Fußball spielten und mit gekonnten Einlagen Ballgefühl und Spielvermögen demonstrierten. Die Freude an dieser Freizeitbeschäftigung war unübersehbar. Dazwischen liefen kleine Kinder herum, die noch nicht lange laufen konnten. Sie waren voller Lebensfreude unterwegs, ihre kleine Welt zu entdecken. Auch das ist Gaarden.

Es bleibt zu wünschen, dass sich dieses im Grunde liebenswerte Quartier wie einst Münchhausen selbst am Schopfe packt und aus dem Sumpf herauszieht. Hilfe von außen dürfte kaum zu erwarten sein.

Hannes Nygaard
TOD IN DER MARSCH
Broschur, 240 Seiten
ISBN 978-3-89705-353-3

»Ein tolles Ermittlerteam, bei dem man auf eine Fortsetzung hofft.«
Der Nordschleswiger

»Bis der Täter feststeht, rollt Hannes Nygaard in seinem atmosphärischen Krimi viele unterschiedliche Spiel-Stränge auf, verknüpft sie sehr unterhaltsam, lässt uns teilhaben an friesischer Landschaft und knochenharter Ermittlungsarbeit.«   Rheinische Post

Hannes Nygaard
VOM HIMMEL HOCH
Broschur, 240 Seiten
ISBN 978-3-89705-379-3

»Nygaard gelingt es, den typisch nordfriesischen Charakter herauszustellen und seinem Buch dadurch ein hohes Maß an Authentizität zu verleihen.«   Husumer Nachrichten

»Hannes Nygaards Krimi führt die Leser kaum in lästige Nebenhandlungsstränge, sondern bleibt Ermittlern und Verdächtigen stets dicht auf den Fersen, führt Figuren vor, die plastisch und plausibel sind, sodass aus der klar strukturierten Handlung Spannung entsteht.«
Westfälische Nachrichten

www.emons-verlag.de

Hannes Nygaard
MORDLICHT
Broschur, 240 Seiten
ISBN 978-3-89705-418-9

»Wer skurrile Typen, eine raue, aber dennoch pittoreske Landschaft und dazu noch einen kniffligen Fall mag, der wird an ›Mordlicht‹ seinen Spaß haben.« NDR

»Ohne den kriminalistischen Handlungsstrang aus den Augen zu verlieren, beweist Autor Hannes Nygaard bei den meist liebevollen, teilweise aber auch kritischen Schilderungen hiesiger Verhältnisse wieder einmal großen Kenntnisreichtum, Sensibilität und eine starke Beobachtungsgabe.« Kieler Nachrichten

Hannes Nygaard
TODESHAUS AM DEICH
Broschur, 240 Seiten
ISBN 978-3-89705-485-1

»Ein ruhiger Krimi, wenn man so möchte, der aber mit seinen plastischen Charakteren und seiner authentischen Atmosphäre überaus sympathisch ist.« www.büchertreff.de

»Dieser Roman, mit viel liebevollem Lokalkolorit ausgestattet, überzeugt mit seinem fesselnden Plot und der gut erzählten Geschichte.« Wir Insulaner – Das Föhrer Blatt

www.emons-verlag.de

Hannes Nygaard
TOD AN DER FÖRDE
Broschur, 256 Seiten
ISBN 978-3-89705-468-4

»Dass die Spannung bis zum letzten Augenblick bewahrt wird, garantieren nicht zuletzt die Sachkenntnis des Autors und die verblüffenden Wendungen der intelligenten Handlung.« Friesenanzeiger

»*Ein weiterer scharfsinniger Thriller von Hannes Nygaard.*«
Förde Kurier

Charles Brauer liest
TOD AN DER FÖRDE
4 CDs
ISBN 978-3-89705-645-9

www.emons-verlag.de

Hannes Nygaard
KÜSTENFILZ
Broschur, 272 Seiten
ISBN 978-3-89705-509-4

»Mit ›Küstenfilz‹ hat Nygaard der Schleiregion ein Denkmal in Buchform gesetzt.« Schleswiger Nachrichten

»Nygaard, der so stimmungsvoll zwischen Nord- und Ostsee ermitteln lässt, variiert geschickt das Personal seiner Romane.« Westfälische Nachrichten

Hannes Nygaard
TODESKÜSTE
Broschur, 288 Seiten
ISBN 978-3-89705-560-5

»Seit fünf Jahren erobern die Hinterm Deich Krimis von Hannes Nygaard den norddeutschen Raum.« Palette Nordfriesland

»Der Autor Hannes Nygaard hat mit ›Todesküste‹ den siebten seiner Krimis ›hinterm Deich‹ vorgelegt – und gewiss einen seiner besten.« Westfälische Nachrichten

www.emons-verlag.de

Hannes Nygaard
TOD AM KANAL
Broschur, 256 Seiten
ISBN 978-3-89705-585-8

»*Spannung und jede Menge Lokalkolorit.*« Süd-/Nord-Anzeiger

»*Der beste Roman der Serie.*« Flensborg Avis

Hannes Nygaard
DER TOTE VOM KLIFF
Broschur, 272 Seiten
ISBN 978-3-89705-623-7

»*Mit seinem neuen Roman hat Nygaard einen spannenden wie humorigen Krimi abgeliefert.*« Lübecker Nachrichten

»*Ein spannender und die Stimmung hervorragend einfangender Roman.*« Oldenburger Kurier

www.emons-verlag.de

Hannes Nygaard
DER INSELKÖNIG
Broschur, 256 Seiten
ISBN 978-3-89705-672-5

»*Die Leser sind immer mitten im Geschehen, und wenn man erst einmal mit dem Buch angefangen hat, dann ist es nicht leicht, es wieder aus der Hand zu legen.*«   Radio ZuSa

Hannes Nygaard
STURMTIEF
Broschur, 256 Seiten
ISBN 978-3-89705-720-3

»*Ein fesselnder Roman, brillant recherchiert und spannend!*«
www.musenblaetter.de

www.emons-verlag.de

Hannes Nygaard
SCHWELBRAND
Broschur, 272 Seiten
ISBN 978-3-89705-795-1

»*Sehr zu empfehlen.*« Forum Magazin

»*Spannend bis zur letzten Seite.*« Der Nordschleswiger

Hannes Nygaard
TOD IM KOOG
Broschur, 240 Seiten
ISBN 978-3-89705-855-2

»*Ein gelungener Roman, der einen realistischen Blick auf die oft banalen Gründe für sexuell motivierte Verbrechen erlaubt.*«
Radio ZuSa

www.emons-verlag.de

Hannes Nygaard
SCHWERE WETTER
Broschur, 256 Seiten
ISBN 978-3-89705-920-7

»Wie es die Art von Hannes Nygaard ist, hat er die Tatorte genauestens unter die Lupe genommen. Wenn es um die Schilderungen der Örtlichkeiten geht, ist Nygaard in seinem Element.« Schleswig-Holsteinische Landeszeitung

»Ein Krimi mit einem faszinierenden Thema, packend aufbereitet und mit unverkennbar schleswig-holsteinischem Lokalkolorit ausgestattet.« www.nordfriesen.info

Hannes Nygaard
NEBELFRONT
Broschur, 256 Seiten
ISBN 978-3-95451-026-9

»Nie tropft Blut aus seinen Büchern, immer bleibt Platz für die Fantasie des Lesers.« BILD Hamburg

www.emons-verlag.de

Hannes Nygaard
FAHRT ZUR HÖLLE
Broschur, 272 Seiten
ISBN 978-3-95451-096-2

»*Ein Meister der Recherche.*« NDR 90,3

Hannes Nygaard
DAS DORF IN DER MARSCH
Broschur, 272 Seiten
ISBN 978-3-95451-175-4

»*Dieser Autor killt die Langeweile – Hannes Nygaard ist einfach immer gleich gut.*« NDR 90,3

www.emons-verlag.de

Hannes Nygaard
SCHATTENBOMBE
Broschur, 256 Seiten
ISBN 978-3-95451-289-8

»Hannes Nygaards ›Hinterm Deich‹-Krimis gehören inzwischen zu den Klassikern der norddeutschen Krimilandschaft.«
Holsteinischer Courier

Hannes Nygaard
BIIKEBRENNEN
Broschur, 256 Seiten
ISBN 978-3-95451-486-1

»Herrlich, norddeutsch!« LebensArt Magazin

»Auch im neuen Buch verwebt er wieder die Handlung mit der Region, mit Typen, die der Leser zu kennen glaubt. Immer an Orten in Nordfriesland – Porträts einer einzigartigen Landschaft und ihrer Charaktere.« Husumer Nachrichten

www.emons-verlag.de

Hannes Nygaard
NORDGIER
Broschur, 272 Seiten
ISBN 978-3-95451-689-6

Gegen den Bevollmächtigten einer der reichsten Familien des Landes läuft ein Verfahren wegen Steuerhinterziehung. Die Situation eskaliert, und er wird auf spektakuläre Weise öffentlich hingerichtet. Kriminalrat Lüder Lüders soll als Sonderermittler für die Landesregierung in den höchsten Kreisen Schleswig-Holsteins ermitteln. Doch Lüder lässt sich von Adelstiteln und hohen Ämtern nicht beirren und deckt ein sehr bizarres Verbrechen auf ...

Hannes Nygaard
DAS EINSAME HAUS
Broschur, 288 Seiten
ISBN 978-3-95451-787-9

Auf Nordstrand, der idyllischen Halbinsel im Wattenmeer, wird ein brutaler Banküberfall verübt. Kommissar Christoph Johannes und eine Angestellte werden als Geiseln entführt. Eine dramatische Suche nach den Tätern beginnt, denn jede Minute rückt die Gefangenen dem Tod ein Stück näher. Kommt Große Jäger noch rechtzeitig?

www.emons-verlag.de

Hannes Nygaard
MORD AN DER LEINE
Broschur, 256 Seiten
ISBN 978-3-89705-625-1

»»Mord an der Leine‹ bringt neben Lokalkolorit aus der niedersächsischen Landeshauptstadt auch eine sympathische Heldin ins Spiel, die man noch häufiger erleben möchte.«   NDR 1

Hannes Nygaard
NIEDERSACHSEN MAFIA
Broschur, 256 Seiten
ISBN 978-3-89705-751-7

»Einmal mehr erzählt Hannes Nygaard spannend, humorvoll und kenntnisreich vom organisierten Verbrechen.«   NDR

»Nygaard lebt auf der Insel Nordstrand – dort an der Küste ist er der Krimi-Star schlechthin.«   Neue Presse

www.emons-verlag.de

Hannes Nygaard
DAS FINALE
Broschur, 240 Seiten
ISBN 978-3-89705-860-6

»*Wäre das Buch nicht so lebendig geschrieben und knüpfte es nicht geschickt an reale Begebenheiten an, man würde ›Das Finale‹ wohl aus Mangel an Glaubwürdigkeit schnell beiseitelegen. So aber hat Nygaard im letzten Teil seiner niedersächsischen Krimi-Trilogie eine spannende Verbrecherjagd beschrieben.*«
Hannoversche Allgemeine Zeitung

Hannes Nygaard
AUF HERZ UND NIEREN
Broschur, 256 Seiten
ISBN 978-3-95451-176-1

»*Der Autor präsentiert mit ›Auf Herz und Nieren‹ einen spannend konstruierten und nachvollziehbaren Kriminalroman über das organisierte Verbrechen, der auch durch seine gut gezeichneten und beschriebenen Figuren und Protagonisten punkten kann.*«
Zauberspiegel

www.emons-verlag.de

Hannes Nygaard
FLUT DER ANGST
Broschur, 288 Seiten
ISBN 978-3-95451-378-9

»Nygaard ist Norden. Seine ›Hinterm Deich Krimis‹ erzielen seit zehn Jahren Spitzenauflagen. Nun setzt er seinem kriminellen Schaffen die Krone auf und veröffentlicht mit ›Flut der Angst‹ den fulminanten Jubiläumsband.« Kultur-Artour

Hannes Nygaard
EINE PRISE ANGST
Broschur, 240 Seiten
ISBN 978-3-89705-921-4

Hannes Nygaard nimmt seine Leser mit auf eine kriminelle Reise von Nord nach Süd. Große und kleine Verbrecher begehen geschickt getarnte Morde, geraten unfreiwillig in dunkle Machenschaften oder erliegen dem Fluch von Hass, Gier oder Leidenschaft. Außergewöhnliche Mordmethoden und manch skurrile Beteiligte garantieren ein kurzweiliges und schwarzes Lesevergnügen.

www.emons-verlag.de